曾巩文学研究

于晓川 著

社会科学文献出版社
SOCIAL SCIENCES ACADEMIC PRESS (CHINA)

序

詹福瑞

我关注曾巩，缘于李白集的整理。20 世纪 80 年代，我与同门友从詹锳先生整理李太白集，校勘底本用的是日本静嘉堂文库藏宋蜀本。这个本子有两大特点：第一是类编李白诗，"沿旧目而厘正其汇次，使各相从"，这是与曾巩同朝且是藏书家的宋敏求所做的工作。曾巩《李白诗集后叙》说："《李白诗集》二十卷，旧七百七十六篇，今千有一篇，杂著六十篇者，知制诰常山宋敏求字次道之所广也。次道既以类广白诗，自为序，而未考次其作之先后。"宋敏求于宋英宗治平元年（1064）以工部郎中同修起居注，次年，加知制诰、判太常寺。他正是在这一段期间搜集整理了李白集。第二是编年。从第六卷下半的"歌吟"起，到卷末"哀伤"，每一类中都有大致的编年，并且在诗题下注明诗人的行踪所在。据詹锳先生考证，这项工作就是曾巩所做。此时曾巩正在馆阁任上。詹锳先生《〈李白集〉版本源流考》据此勾画出了李白一生游踪的线路：蜀中→襄汉（襄阳、楚汉）→淮南→会稽→安陆（安州）→鲁中→吴中→（吴越）→长安→去长安后→北游→燕魏（燕赵）太原→陕西（陕右）→洛阳→河南→梁宋→再至鲁中→齐鲁（齐州）→再至淮南（淮泗）→再入吴中→金陵→秋浦→庐江（舒州）→江东→寻阳→永王军中→宿松→寻阳→流夜郎→上陕、峡路、巫峡→荆州→江夏、岳阳→寻阳（庐山）→宣城→历阳→复至金陵→当涂。再看曾巩的后序："盖白蜀郡人，初隐岷山，出居襄汉之间，南游江淮，至楚观云梦。云梦许氏者，高宗时宰相圉师之家也，以女妻

1

白，因留云梦者三年。去，之齐鲁，居徂徕山竹溪，入吴，至长安，明皇闻其名，召见以为翰林供奉，顷之不合去。北抵赵、魏、燕、晋，西涉岐邠，历商於，至洛阳，游梁最久，复之齐、鲁，南浮淮、泗，再入吴，转徙金陵，上秋浦浔阳。天宝十四载，安禄山反，明年明皇在蜀，永王璘节度东南，白时卧庐山，璘迫致之。璘军败丹阳，白奔亡至宿松，坐系浔阳狱。宣抚大使崔涣与御史中丞宋若思验治白，以为罪薄宜贳，而若思军赴河南，遂释白囚，使谋其军事，上书肃宗，荐白材可用，不报。是时白年五十有七矣。乾元元年，终以污璘事长流夜郎，遂泛洞庭，上峡江，至巫山，以赦得释，憩岳阳、江夏，久之复如浔阳，过金陵，徘徊于历阳、宣城二郡。其族人阳冰为当涂令，白过之，以病卒，年六十有四，是时宝应元年也。其始终所更涉如此，此白之诗书所自叙可考者也。"这个路线与曾巩的后序完全吻合，是曾巩根据李白的诗文考证出来的李白一生游踪，是李白一生游踪最早也最为具体的勾勒。因此詹锳先生评价说："虽然曾巩对李白游踪先后的考定未必完全正确，各类中考订的诗篇先后也较粗疏，但总是有了一个很明确的轮廓，给我们按年编排李白诗文提供了最早的依据。这是非常可贵的。"因此可以说曾巩是研究李白诗文并为其做编年的第一人。曾巩对李白及其诗文的评价也颇中肯："白之诗连类引义，虽中于法度者寡，然其辞闳肆隽伟，殆骚人所不及，近世所未有也。《旧史》称白有逸才，志气宏放，飘然有超世之心，余以为实录。"这一段文字虽然很短，却精练地概括出李白其人其诗的特点。因此，曾巩在李白研究史上的地位十分明显。

按照当代的学科分类，曾巩还是宋代著名的文献学家。他在仁宗嘉祐五年（1060）被欧阳修举荐到京师任馆阁校勘、集贤校理，此一工作就是国家图书馆馆员的工作，与我应该是同行。他校勘整理历代典籍，可考者有《战国策》《说苑》《新序》《梁书》《陈书》《唐令》《李太白集》《鲍溶诗集》《列女传》等，有的撰写了目录序。《列女传目录序》云："刘向所叙《列女传》，凡八篇，事具《汉书》向列传。而《隋书》及《崇文总目》皆称向《列女传》十五篇，曹大家注。以《颂义》考之，盖大家所注，离其七篇为十四，与《颂义》凡十五篇，而益以陈婴母及东汉以来凡十六事，非向书本然也。盖向旧书之亡久矣。嘉祐中，集贤校理苏颂始以《颂义》为篇次，复定其书为八篇，与十五篇者并藏于馆阁。而《隋书》以《颂义》为刘歆作，与向列传不合。今验《颂义》之文，盖向之自叙。又《艺文志》有向《列女传颂图》，明非歆作也。自唐之乱，古书之在者少矣，而《唐志》录《列女传》凡十六家，至大家注十五篇者，亦无录，然其书今在。则古书之或有录而亡，或无录而在者，亦众矣，非可惜哉！今校雠其八篇及其十五篇者已定，可缮写。"《战国策目录序》云："刘向所定《战国策》三十三篇，《崇文总目》称十一篇者阙，臣访之士大夫家，始尽得其书，正其误谬而疑其不可考者，然后《战国策》三十三篇复完。"由这两篇目录序可了解曾巩整理旧籍所做的工作。首先是辨析版本源流。刘向著《列女传》是八篇，《隋书》及《崇文总目》著录为十五篇，这是曹大家注《列女传》时把七篇分为十四篇，再加上《颂义》而成。这就说清楚了八篇和十五篇的原委。其次曾巩整理古籍，不是死守在馆阁做校勘整理，还访书于社会，辑佚古籍。《战国策》到宋代已经缺失十一篇，曾巩访求于士大夫之家，搜集佚文补充之，《战国策》才成完璧。曾巩整理国家典籍之功，堪比汉代的刘向、刘歆。

但是，今日读者所知道的曾巩，是唐宋散文八大家的曾巩，却很少了解曾巩对李白的经典化所做出的贡献，至于他作为国家图书馆馆员为古籍整理与传播所做的非凡成绩就更少有人知了。退一步说，不论以上两个方面，只谈诗文，可看看同时代人的评价。王安石说："曾子文章众无有，水之江汉星之斗。"（《赠曾子固》）苏轼说："曾子独超轶，孤芳陋群妍。"（《送曾子固倅越得燕字》）苏辙说："儒术远追齐稷下，文词近比汉京西。"（《曾子固舍人挽词》）无论新党旧党，对曾巩文章的肯定众口一词。曾巩的同父异母弟曾肇说："是时宋兴八十余年，海内无事，异材间出。欧阳文忠公赫然特起，为学者宗师。公稍后出，遂与文忠公齐名。自朝廷至闾巷海隅障塞，妇人孺子皆能道公姓字。其所为文，落纸辄为人传去，不旬月而周天下。学士大夫手抄口诵，唯恐得之晚也。……世谓其辞于汉唐可方司马迁、韩愈，而要其归，必止于仁义，言近指远，虽《诗》、《书》之作者未能远过也。"（《行状》）可见曾巩诗文成就极高，影响极深。今人钱锺书先生说："就'八家'而论，他的诗远比苏洵、苏辙父子的诗好，七言绝句更有王安石的风致。"（《宋诗选注》）但在八大家中，曾巩与同朝的欧阳修、苏洵、苏轼、苏辙和王安石相比，在今天的处境颇寂寞。八大家中的其他七家集都有注本，唯有曾巩集迄今没有注本，对曾巩的研究远不能与他在中国古代文学史上的地位相称。朱熹说："予读曾氏书，未尝不掩卷废书而叹，何世之知公浅也！"（《南丰先生年谱序》）我也颇有此感此叹。所以当晓川与我商量博士论文选题时，我提议她研究曾巩。

晓川研究曾巩，我主张她不要理会博士论文习惯的套路，讲什么统系结构，而是从问题出发，开展实事求是的研究，所以她的论文集中于两个方面的研究。

首先是曾巩集版本的梳理。据晓川梳理，曾巩集自宋元至明清流传至今，共有二十余种版本。这些版本按照收录内容大致分为《元丰类稿》《曾南丰先生文粹》《南丰曾子固先生集》三类。其中《元丰类稿》是最主要的，为曾巩流传最广的诗文集。《元丰类稿》按先诗后文编排，计有五十卷（有五十一卷者为加续附碑志哀挽一卷）。第二类以"文粹"为名，有宋刻《曾南丰先生文粹》、明刻《南丰曾先生文粹》两种存世，皆为十卷，是曾巩的文章选本。第三类为金刻《南丰曾子固先生集》，含古诗、律诗三卷，文七卷，共三十四卷，内容多与《元丰类稿》相异。晓川用了大量精力跑图书馆，作《元丰类稿》版本的调查。她的论文正是基于这踏实的工作，对《元丰类稿》的二十余个版本一一加以考述，还原各版本的面貌及在历代的流传情况。在考证中，她注意梳理清楚各版本的刊刻信息和源流递嬗。晓川的论文证实元刊《元丰类稿》实有两个版本：大德本和黑口本。大德本是元大德八年东平丁思敬所刻。据丁思敬《元丰类稿后序》："公余进学，官诸生访旧本，谓前邑令黄斗斋尝绣诸梓，后以兵毁。夫以先生文献之邦，而文竟无传，后守乌得辞其责。乃致书云仍留耕公，得所刻善本，亟捐俸倡僚属及寓公、士友协力鸠工摹而新之，逾年而后成，其用心亦勤矣。"丁思敬所刻的底本是云仍留耕公所刻善本。半叶十行，行二十字，白口，左右双栏。此本是孤本，收藏于国家图书馆。元刊

《元丰类稿》还有黑口本。此本由乌程蒋氏密韵楼所藏，上海涵芬楼《四部丛刊》据此影印。此本半叶十一行，行二十一字，黑口，四周双边，双鱼尾。贺莉发表于《图书馆建设》1993 年第 6 期的论文《曾巩及其〈元丰类稿〉》所描述的藏于齐齐哈尔市图书馆的《元丰类稿》元刊残卷，即是这个本子。晓川细致地比较了大德本与黑口本版式、目录及内文文字的不同，确定大德本与黑口本是两个不同的元刊《元丰类稿》。她进一步考证明刊《元丰类稿》的版本源流，发现明代的正统邹旦本、成化八年杨参本、嘉靖十二年秦潮本、嘉靖四十二年贵阳任懋官重修本，都保留了元黑口本的特征，从而得出结论：明代多数《元丰类稿》版本都源自学者并未注意到的元刊《元丰类稿》黑口本。这是关于《元丰类稿》版本研究很重要的发现。其他考证如明刻黄希宪本是依据《曾南丰先生文粹》校订重刊，明秦潮刻本与九世孙曾文受本有密切关系，清彭期重刻《曾文定公全集》有较高的校勘、评点价值，流传至今的《南丰曾子固先生集》的部分内容、《南丰杂识》、《隆平集》很有可能是《续稿》《外集》的内容，等等，厘清了曾巩集版本的诸多问题。

晓川此书的第二个重点是对曾巩文学思想的研究。在第三章，她以曾巩与同时代人的交游为切入口，论述曾巩文学思想的形成。在众多的交游者中，晓川选取了具有代表性的三个人物：曾巩的伯乐欧阳修，好友王安石和追随者陈师道。从晓川细致的论述可以看出，曾巩志于古道、以文传道的思想是在师友文学思想互相激发与影响中形成的。曾巩上欧阳修书，以"执事将推仁义之道，横天地，冠古今"表达他对欧阳修的认识和尊敬，以"不敢有愧于古人之道"自期，并表明自己："尝自谓于圣人之道，有丝发之见焉。"他写给王安石的信也以"介卿居今世行古道，其文章称其行"赞许他。这是因为欧阳修和王安石的思想都以道为重，三人的文学思想有相通近似之处。三人关于文道关系的认识有同有异，互为补充和修正，这与三人的交流不无关系。晓川的论述进一步证明了这一点。顺便说一句，晓川从交游入手研究曾巩的文学思想，不仅可借此了解曾巩文学思想渊源和形成过程，亦可考察一个时代的文学风气，应该是聪明的研究策略。

关于曾巩的文学思想，此书显然把主要篇幅放在了曾巩文道观的探讨上，这源自"道"是曾巩文学思想核心范畴的判断："曾巩继承欧阳修的文道观，'道'成为曾巩文学思想的核心范畴。辨析'道'的内涵，了解其对'道'的体悟，是深入研究曾巩文学思想、把握其文学创作的重要前提。"我认为这个判断符合曾巩文学思想的实际。在这一章里，晓川首先致力于发掘曾巩文学思想中所谓"圣人之道""先王之道"的内涵，曾巩建构的从周公、孔子到扬雄、韩愈的道统，从致知、穷理到明之、乐之、安之自觉体道所达到的"天下之通道"的境界。然后展开对曾巩文道观的研究，从"文存圣道""道辨则明""以文传道""以道评文"四个方面分析了曾巩对文与道关系的认识，总体看既系统而又深刻，晓川文学理论专业出身的优势得到一定的显现。此书的最后两章具体分析曾巩的诗文，进而提炼曾巩师法经典、研习法度的文章观和娱情写物、以道节情的诗歌思想，不仅使曾巩的文学思想研究更加丰富具体，而且更加深入地论证了曾巩以"道"为核心的文学观，使曾巩之为醇儒的文学观显出了立体形态。

书稿以《曾巩文学研究》为题，可研究的空间还很大，比如前面谈到的曾巩作为馆阁之臣整理典籍的实践及其文献学思想，就是比较重要的内容。就此而言，希望此书是晓川研究曾巩迈出的第一步。

2023 年 8 月 26 日

目　录

绪　论

　　曾巩（1019—1083）字子固，北宋建昌军南丰县（今江西省南丰县）人，《宋史》有传曰："生而警敏，读书数百言，脱口辄诵。年十二，试作六论，援笔而成，辞甚伟。"① 曾巩兼擅诗、文创作，以文见长，主张"以文明道"，其散文写作行文纡徐婉曲、语言平易灵活、气体峻洁爽净，是北宋古文家的代表之一。南宋著名理学家朱熹年二十许时，便喜读曾巩之文，《朱子语类》常见其对曾文的高度评价。自南宋始，诸选本多录其文，并将其与欧阳修、王安石及三苏等并称，后世列为"唐宋八大家"之一。曾巩有《元丰类稿》《隆平集》等传世，《隆平集》多被视为史学著作，《元丰类稿》是曾巩的诗文总集，是研究曾巩文学的重要资料。20 世纪以来，宋代文学研究逐渐受到重视，自 80 年代开始，学界对曾巩这位文学大家亦予以关注，也取得了不少研究成果。目前的曾巩文学研究主要有关于曾巩著述的整理、考辨、辑佚，曾巩年谱的编订、研究资料的整理，曾巩散文研究，曾巩诗词研究，曾巩家族、交游、师承关系研究等几个方面。

　　当代曾巩文学研究起步于 20 世纪 80 年代初。在曾巩著述整理方面做出重要贡献的是陈杏珍、晁继周二位学者。1984 年陈杏珍于《文献》发文，对曾巩集的流传和版刻情况进行探讨，同年 11 月，中华书局出版了陈杏珍、晁继周点校的《曾巩集》。该书以清康熙五十六年（1717）长洲顾崧龄刻本《南丰先生元丰类稿》为底本，以元大德八年（1304）东平丁思敬刻本《元丰类稿》为最主要的校本，以何焯《义门读书记》为重要参

---

　　① 《宋史》卷三一九《曾巩传》，中华书局，1977，第 10390 页。

照，结合十余个版本，对曾巩著作进行了点校、辑佚。这是学界第一次对曾巩著述进行全面整理。陈、晁二位学者辑佚了曾巩诗作 33 首，词 1 首，文 78 篇。点校后的《曾巩集》共收入曾巩诗歌 443 首，词 1 首，文章 798 篇①，书后并附曾巩传记和曾巩著作主要版本序跋，为曾巩研究奠定了重要基础。②

在《曾巩集》基础上，后世学者对曾巩著述不断进行了一系列辨误、辑佚。涂木水于 1987、1988、1990 年共辑录了 3 首佚诗。③ 1999 年王河辑得曾巩佚文 6 篇④。王河认为南宋后诸家提及的《南丰杂记》《南丰杂志》等，实际皆为《南丰杂识》，并认为这是曾巩唯一一部文言小说类著作。2003 年，邹陈惠仪将《曾巩集》《全宋文》《全宋诗》《全宋词》等资料进行比对，发现《全宋文》有 4 篇文章未被《曾巩集》收入，而《全宋诗》收集的曾巩诗歌，又较《曾巩集》多了 6 首⑤。邹陈惠仪又从宋《锦绣万花谷》、元阴劲弦《韵府群玉》、明彭大翼《山堂肆考》等处，辑得曾巩诗作、诗句若干，曾巩佚文 5 篇⑥、佚诗 6 首⑦、佚词 1 首。2004 年方艳、李俊标发现目前出版的点校本曾巩诗文集失收的、见载于《永乐大典》中

① 李俊标《曾巩研究》（中国社会科学出版社，2011，第 114 页）云陈杏珍、晁继周先生点校的《曾巩集》共录有曾巩 828 篇散文，但笔者多次统计均为 798 篇，邹陈惠仪亦统计为 798 篇（《曾巩诗文版本概况与辑佚》，《古籍整理研究学刊》2003 年第 2 期）。

② 在《曾巩集》的基础上，三十年来出版了数十种曾巩文学选本、译注本（含八大家合集等），多以鉴赏为主，虽有学术性较强的译注，但选注作品及评说内容重复较多，此处不予详细介绍。

③ 共辑 5 首（见涂木水《〈曾巩集〉辑佚》，《抚州师专学报》1988 年第 12 期），后其中《赴齐州》《将行陪贰车观灯》为《全宋诗》所收。但此二诗经李俊标考非曾巩所作，见《曾巩研究》（中国社会科学出版社，2011）第 179 页。本书认同这一说法，不予计入曾巩作品中。

④ 共辑出 7 篇，但其中《狄青破侬智高》与《曾巩集》中"杂识二首"之二相近，因此以 6 篇计。见王河《曾巩佚著〈南丰杂识〉辑考》，《江西社会科学》1999 年第 7 期。

⑤ 其中含前文所提《赴齐州》《将行陪贰车观灯》。

⑥ 已于 1999 年被王河所辑。

⑦ 佚诗又经张如安、傅璇琮考订，其中《咏虞姬》一诗《冷斋夜话》作曾布妻魏夫人诗，《苕溪渔隐丛话》前集卷六考为许彦国作，而《过灵璧张氏园》已见于《元丰类稿》卷八，但未见于《曾巩集》；《范饶州坐客语食河豚鱼》一诗实为梅尧臣作，故实为 3 首。见张如安、傅璇琮《求真务实 严格律己——从关于〈全宋诗〉的订补谈起》，《文学遗产》2003 年第 5 期。本书认同张、傅二位学者的考订结果。

的佚文共有 10 篇，其中完整的文章 1 篇，其余为节选。另经李俊标考《游
双源》《祭柳子玉文》非曾巩之作，而明正德《建昌府志》录有的《南丰
县学记》为曾巩代笔。同年金程宇、方健①分别发表文章对久佚海外《永
乐大典》中的曾巩佚文进行了考察，认定 14 封书信中的 13 封不见于他书，
属于新发现的曾巩佚文，金程宇认为此次发现"是 20 多年来曾巩佚文发
现最多、最有价值的一次"②。

　　但以上学者的考证亦有重复，有部分考证又经学者再次考订非为曾巩
之作。因此，综合众学者考辨，曾巩作品现存诗歌 455 首，词 2 首，完整
的文章 821 篇。

　　对曾巩诗文集版本进行过较为详细梳理的有骆啸声③、陈杏珍④、祝尚
书⑤、吴芹芳⑥、于晓川⑦。骆啸声重在对各版本刊刻情况细节进行考订，
对《元丰类稿》在宋、元、明、清包括民国的刊刻情况进行了较为详尽的
梳理，对历代书目著录曾巩诗文集的情况有较为全面的考察，是目前所见
最早的全面版本考订。其不足在于对版本之间的传承关系缺乏辨析，又因
部分版本实未见到，出现了一些错误的判断，对部分内容的理解有误。陈
杏珍重在著录了《元丰类稿》个别稀见版本信息，对金刻本《南丰曾子固
先生集》做了详细介绍。祝尚书对《续元丰类稿》（以下简称《续稿》）
《外集》情况稍辨，并录各版本在国内、海外大体收藏情况。吴芹芳对
《元丰类稿》版本进行源流考辨，但其中遗漏了一些版本，并且由于对个
别版本情况把握不准，出现一些偏颇的判断。在《续稿》《外集》的考辨
中，笔者有较深入的尝试。诸家对元刊《元丰类稿》的两个版本及对后

---

① 方健：《久佚海外〈永乐大典〉中的宋代文献考释》，《暨南史学》第 3 辑，暨南大学出
　版社，2004。
② 金程宇：《新发现〈永乐大典〉残卷中的曾巩佚文》，《学术月刊》2004 年 9 月。
③ 骆啸声：《曾巩及其〈元丰类稿〉考释》，中州书画社编《宋史论集》，中州书画社，
　1983。
④ 陈杏珍《谈曾巩集的流传和版刻》（《文献》1984 年第 9 期）及《曾巩集》前言都谈及
　《元丰类稿》的版本情况。
⑤ 祝尚书：《宋人别集叙录》，中华书局，1999。
⑥ 吴芹芳：《〈元丰类稿〉版本考略》，《江西图书馆学刊》2003 年第 4 期。
⑦ 于晓川：《曾巩〈续元丰类稿〉、〈外集〉考》，《四川师范大学学报》（社会科学版）
　2016 年第 5 期。

世的影响皆未能辨明，对宋刻《曾南丰先生文粹》与明刻《南丰曾先生文粹》之间的关系不甚明了，对彭期刻《元丰类稿》的认识、各版本之间的关系考辨尚有分歧，因此《元丰类稿》的流传、考辨尚有许多工作要做。

南宋朱熹最早编过曾巩年谱。陈振孙《直斋书录解题》云："《元丰类稿》五十卷，《续》四十卷，《年谱》一卷。中书舍人南丰曾巩子固撰。王震为之序。《年谱》，朱熹所辑也。"① 此处明确言朱熹曾编曾巩年谱，历代《元丰类稿》亦多录朱熹为曾巩所作《曾南丰先生年谱序》《曾南丰先生年谱后序》等，但年谱早已亡佚。此后至清代，曾巩年谱出现杨希闵、孙葆田、姚范三种。20 世纪以来，关于曾巩年谱的编订，可见最早为王焕镳先生的《曾南丰先生年谱》，此谱 1930 年 11 月在《江苏国学图书馆馆刊》第三卷发表，1931 年在公孚印书局刊行，考订甚详，后世学者多有采之。1932 年，周明泰作《三曾年谱》（曾巩、曾布、曾肇），周先生作此谱时王谱已出，但他自言与王焕镳先生观点多有不同，有些系年"屈指能数不容有误"。这些年谱，为后世进行曾巩资料整理、曾巩研究做了重要铺垫。在旧有诸谱的基础上，李震"在翔实地掌握了大量曾巩资料的基础上，经过多年研究考订后"②，新撰了《曾巩年谱》，该书于 1997 年在苏州大学出版社首次出版。李谱较详细地论述了曾巩活动的时代背景、社会关系，将所存作品全部系以年月，较全面地反映了曾巩与其师友之结契、仕宦、行迹，为了解曾巩文学创作风格演变等方面提供了较多资料，是当前研究曾巩的重要参考文献。该书修订后于 2019 年在江西人民出版社出版，修订本对新的研究成果吸收利用，对新发现的曾巩佚文和佚诗进行系年。李震编撰的《曾巩资料汇编》③ 是目前为止唯一的曾巩研究资料集。此书收录了自宋迄清的与曾巩相关的资料，较为完备。

现有的曾巩文学研究成果中在散文研究方面最为集中。1983 年是学术界对曾巩关注的第一个高峰。这一年王琦珍发表《学术自应超董贾，文章

---

① 陈振孙：《直斋书录解题》，上海古籍出版社，1987，第 504 页。
② 吴文治：《曾巩年谱·序》，李震《曾巩年谱》，苏州大学出版社，1997。
③ 李震：《曾巩资料汇编》，中华书局，2009。

元不让韩欧》一文①，系统地对曾巩文学思想及曾巩散文价值、特点进行了深入探讨。对曾巩与其他古文家思想的异同，曾巩的"文""道"关系，曾巩散文的艺术风格，曾巩与道学家、唐宋派、桐城派理论关系等这些后世曾巩研究绕不开的问题，王琦珍的见解颇为深刻。王琦珍认为，曾巩的文学成就主要在散文，曾巩积极支持、追随欧阳修在古文创作上的主张，与其一道成为开文章"义法"先声的人物。与其他的古文家相较，韩愈、欧阳修是以"道"为手段，借"道"以重文，而曾巩更强调"贯道""振文""经世"的关系，更强调儒学作为封建正统思想的地位与作用，也正基于此，曾巩的文学思想缺乏对文学形象性的认识和对社会现实的批判性。② 王琦珍从历史的角度客观评判曾巩遵"道"在当世及后世的影响，亦从文学内部的规律探讨了曾巩文本身所具有的特色与不足，予以其在古文发展史上较为准确的定位，这是 20 世纪 80 年代曾巩研究的重要成果。同年 12 月，纪念曾巩逝世九百周年学术讨论会于江西南丰举行。这是 20 世纪国内曾巩研究的一个重要开端。此次会议收到 45 篇论文，会后出版了《曾巩纪念集》《曾巩研究论文集》③。值得注意的是，《曾巩研究论文集》涉及的研究范围较广，其中包括最为人瞩目的曾巩散文研究成果，如散文理论（成复旺、赖功欧）、散文艺术特色（万云骏、钱贵成）基本问题，也包括杂记文、题记文等文体的具体研究（傅开沛、袁瑾洋），同时涉及了曾巩的哲学、学术思想等方面（陈圣、傅义）。对曾巩的诗歌成就，也有专门文章探讨。如何全面地看待曾巩的文学成就，这次会议进行了较为深入的探讨，出现了一批开拓性的成果。自此以后，曾巩文学研究全面展

---

① 张海鸥于《宋文研究的世纪回顾与展望》一文中提到王琦珍此文为"20 世纪最先发表的专门研究曾巩的论文"，事实上除前文所提熊翘北先生之外，涂木水也于 1982 年发表了《羲之之书晚乃善 精力自致非天成——曾巩〈墨池记〉讲析》一文（《抚州师专学刊》1982 年 1 月），虽为鉴赏文但亦是专论曾巩；而万陆于 1983 在《江西大学学报》（社会科学版）1983 年第 4 期发表了《曾巩散文理论和散文创作的特色》一文，因《江西大学学报》为月刊，而王琦珍先生刊发文章的《文学遗产》为双月刊，故王文应在 1983 年 8 月发表，万文应为 1983 年 4 月发表，那么张海鸥先生的判断稍欠准确。相比较而言，万文理论性弱，分析曾巩散文的特色及对其的定位都不够深刻准确，故推王文。
② 王琦珍：《学术自应超董贾，文章元不让韩欧》，《文学遗产》1983 年第 4 期。
③ 江西省文学艺术研究所编《曾巩研究论文集》，江西人民出版社，1986。

开，其研究盛况虽远不及欧、苏，但早已摆脱了"无人问津"的境地，且全面"开花"，既有理论的细化、深入，又有角度的转变、方法的多样；既有研究者们显现在学术期刊的论文成果，也有高校从事文学研究的硕士、博士学位论文。

2019 年曾巩诞辰 1000 周年之际，地方政府及学术界举行系列纪念活动及学术会议，对 21 世纪的曾巩文学研究起到了推动作用。地方政府推举先贤，与学者合作出版"曾巩文化丛书"，是"全方位系统研究曾巩文化现象的一次全新尝试"。东华理工大学推出曾巩研究专栏（2019 年第 3 期），《汉语言文学研究》（2020 年第 3 期）组织"曾巩研究专辑"。由抚州市人民政府、北京大学中文系、中华文学史料学学会主办，南丰县人民政府承办的纪念曾巩诞辰 1000 周年学术研讨会收取参会论文百余篇，学者们从多方面对曾巩文学进行了全新的阐释，如第一次对海外曾巩研究进行关注（张剑）①、以地域视角观照曾巩诗文（曾维刚、夏老长）、对曾巩应用文进行全面考察（张兴武）、探讨曾巩道论与古文风格形成的关系（成玮）等，此次会议后有 27 篇优秀论文结集出版，有部分优秀论文也在各类期刊发表。在曾巩散文研究中，近年受经典理论的影响，部分学者、学位论文也探讨了曾巩散文的经典化过程（如黎清、刘双琴、裴云龙、白翙暄等）。

除上文所提王琦珍先生外，王水照是较早关注到曾巩散文研究问题的学者之一。他曾于 1984 年在《中国社会科学》及《复旦学报》发表文章《曾巩及其散文的评价问题》，对于曾巩这位"擅名两宋、沾丐明清、却暗于现今的作家"，王水照认为"解放以来的古典文学研究中"，"几部文学史大都一笔带过，研究论著竟付诸阙如"，"与他的'大家'地位总是很不相称的"②。王水照对曾巩文章的现实性内容、曾文的艺术特点进行了总结，评价"曾巩的散文成就虽然不及韩柳欧苏，但他在风格、手法、技巧等方面都有自己的特点和长处"③。1990 年王琦珍出版《曾巩评传》，该书以专著的形式，对曾巩及其文学思想进行了全面、系统的研究，是一部具

---

① 张剑：《中日韩曾巩研究管窥》，《汉语言文学研究》2020 年第 3 期。
② 王水照：《曾巩及其散文的评价问题》，《复旦学报》（社会科学版）1984 年第 4 期。
③ 王水照：《曾巩及其散文的评价问题》，《复旦学报》（社会科学版）1984 年第 4 期。

有开创性的论著。该书对曾巩的生平、文学道路进行了梳理，对曾巩与王安石变法、曾巩文学理论、曾巩散文的风格、曾巩散文艺术及艺术渊源、曾巩诗歌成就及艺术、曾巩影响与评价以及当时曾巩研究所存在的有争议的几个问题①进行了阐述，后附曾巩年谱、方志所辑曾氏族人诗文。较之前文所提的《学术自应超董贾，文章元不让韩欧》，该书在曾巩与王安石的交往、曾巩散文的艺术渊源、曾巩在宋元明清不同时代的影响与评价的问题上进一步深入，资料翔实，阐述深刻。在曾巩文学思想研究方面，王琦珍取得的成果具有奠基性质。② 1993 年，中华书局出版了夏汉宁的《曾巩》一书。该书正文从曾巩生平、文学成就两个方面对曾巩进行了评价研究。该书晚于王琦珍《曾巩评传》，所附世系表对曾巩家族进行了梳理，为曾巩家族研究奠定了一定的基础。

2004 年，李俊标的《曾巩研究》③ 为曾巩研究的第一篇博士学位论文，该文涉及曾巩政治思想、史学思想、散文、诗歌等内容。其突出之处在于全面关注了曾巩的政治思想、史学思想；在历来研究较多的曾巩散文方面，从曾巩对《战国策》中辩证思想、汉大赋的艺术手法的借鉴等方面深入探究，颇有新意；还对曾巩骈文的艺术特色进行了解析，并附曾巩诗文考，是进入 20 世纪以来较为扎实的曾巩研究成果。该作于 2011 年在中国社会科学出版社出版，增加了曾巩书法艺术研究、南丰曾氏家族文学创作研究等内容，有补于历来曾巩研究的不足。惜该书的视野稍欠宏阔，过于拘泥于曾巩其人其作本身，对曾巩的文学研究则拘于文本技法、艺术等层面，而对曾巩文学的思想性关注稍嫌欠缺。喻进芳的博士学位论文《论曾巩的文化品格与诗文创作》④ 有所突破。该论文分为上下两编，上编探讨曾巩的文化品格，从宋代士人的社会关怀与文化心态、曾巩对"道"的体悟与"道"对曾巩的影响、曾巩的人生思考方式与处世方式等三个方面

① 曾巩的籍贯、曾巩文集的编者、《隆平集》是否为曾巩所作、曾巩墓志铭的作者等。
② 王琦珍：《曾南丰先生评传》，江西人民出版社，2019。据作者言，新作"在结构上做了比较大的调整，并且补充了许多新的内容，研究视野也有所拓展"。
③ 李俊标：《曾巩研究》，南京大学博士学位论文，2004。
④ 喻进芳：《论曾巩的文化品格与诗文创作》，武汉大学博士学位论文，2008。

展开；下编主要关注曾巩的诗文创作，涉及曾巩的文道观、文章体式、散文风格、语言特点及影响、诗学主张、诗歌创作等六章内容。论文综合前人的研究成果，吸收文体学的一些研究方法，对曾巩的书、记、序、论、议、奏议、制诏、碑志及其他散文文体分别进行了剖析。部分论述稍显重复，但亦有其创新之处。李天保的《曾巩文学思想研究》①从经世观、文道观、创作观、道法说几个方面对曾巩的文学思想加以解读，从散文、诗歌两部分对其创作实践进行总结，具有一定概括性。

除以上这些成果外，学术界对曾巩散文的艺术风格及特点的探讨也在继续。古代诸家对曾巩散文艺术特点的认识与总结亦有不同，北宋陈恺以为"密而古"，南宋朱熹概括为"简严静重"，清方苞则以"淳古明洁"评之，而《宋史》评曾巩曰："立言于欧阳修、王安石间，纡徐而不烦，简奥而不晦，卓然自成一家。"②后世多数学者认可这一观点，有些学者作了更深入细致的辨析。万陆最早对曾巩散文理论及其散文艺术特色进行探讨，③其文从欧曾文学思想的异同，曾巩与理学家对文的态度、对文之用的不同观点等角度分析了曾巩文学主张形成的背景，认为虽然曾巩受欧阳修的影响，但二者风格不尽一致。王琦珍总结曾巩散文特点为风格雍容典雅、行文纡徐婉曲、语言平易灵活、气体峻洁爽净，但"许多文章中理学气较重，议论过多而形象不足，文字也有时显得过于平钝"④，认为和苏轼比，"曾巩的成就则明显不如，风格上也相异"⑤。熊礼汇认为曾巩散文"既不同于王安石的简劲峭折，也不同于苏轼的俊逸明快，和欧阳修虽然同属平易自然一路，却自有柔婉平实、茂密安和、凝重质直的特点"⑥。王

---

① 李天保：《曾巩文学思想研究》，西北师范大学硕士学位论文，2005。
② 《宋史》卷三一九《曾巩传》，中华书局，1977，第 10396 页。
③ 万陆：《曾巩散文理论和散文创作的特色》，《江西大学学报》1983 年第 4 期。
④ 王琦珍：《学术自应超董贾，文章元不让韩欧》，《文学遗产》1983 年第 4 期。在 2019 年出版的《曾南丰先生评传》（第 160～171 页）一书中，王先生将曾巩文章成熟后的风格总结为"纡徐婉曲，包蕴密致""熔式经诰，儒雅博厚""俊而不庸、洁而不秽""平易晓畅、精确生动"等。
⑤ 王琦珍：《曾巩评传》，江西高校出版社，1990，第 84 页。
⑥ 熊汇礼：《论曾巩散文的艺术特色及其成因》，《武汉大学学报》（社会科学版）1988 年第 2 期。

水照主编的《宋代文学通论》对曾巩文章颇有赞誉："在欧苏古文派中，欧阳修、曾巩、苏辙三人的风格最为相近，我们姑且称为'欧曾体'、'欧曾派'。该派的突出特点是提倡认真严肃的创作态度，注意文章的反复修改和精心锤炼，从而达到委婉条畅、一波三折、简洁凝练、韵味醇厚、自然精妙的境界，努力提高文章的艺术性和美学价值"，"曾巩最得欧氏真法"。① 谭家健的观点不同，他认为曾巩远不如欧阳修，也不如王安石，"曾巩在北宋文坛是足以自成一家的，但其思想虽然受到正统儒家的欢迎，却难免平庸之嫌；其文章固然有规矩可循，却显得变化不足，文采不够"②。郭预衡认为"他（曾巩）的成就虽然不及韩、柳、欧、苏，但有相当的影响"，"论事之文写得纡余委备，委婉曲折，与欧阳修相近"，"虽质朴少文，然亦时有摇曳之姿，纵横开阖，有如韩愈"，"是善于记叙的，其特点是条理分明，无不达之意"③。关于曾巩散文艺术风格和特点的探讨多见于早期曾巩文学研究中或各类文学史中，随着成果的累积及近年来研究方法、研究视角的转变，这方面的研究渐少。2010 年喻进芳从曾巩散文语言的声音节奏及句法修辞方面入手探讨曾巩散文风格的形成，④ 或许可视为一种尝试。

关于曾巩的文章理论早期有成复旺的《"明道"说的深化，"义法"论的先导——谈曾巩的古文理论》一文值得关注。成复旺认为："如果说诗文革新运动以后，北宋中叶的文学论坛出现了以程颐为代表的道学家、以王安石为代表的政治家、以苏轼为代表的文学家三派对立的局面的话，那么曾巩则别是一家……曾巩走上了一条在'文以明道'的原则指导下探讨古文写作的道路。"⑤ 在这一评判基础上，成复旺对曾巩的古文理论中文的社会作用、文的内容与形式、文章家的修养等几个方面的问题进行了探

① 王水照主编《宋代文学通论》，河南大学出版社，1997，第 201 页。
② 谭家健：《中国散文简史》，（马来西亚）新纪元学院，2010，第 337 页。
③ 郭预衡：《中国散文史》（中册），上海古籍出版社，2011，第 464、465 页。
④ 喻进芳：《论曾巩散文语言的声音节奏及句法修辞对其散文风格的影响》，《长江学术》2010 年第 1 期。
⑤ 成复旺：《"明道"说的深化，"义法"论的先导——谈曾巩的古文理论》，江西省文学艺术研究所编《曾巩研究论文集》，江西人民出版社，1986，第 99 页。

讨。成复旺认为,曾巩"文章之得失岂不系于治乱哉",是"将文章的社会作用提到了不能再高的高度",曾巩又要求文章内容上"当于理"、形式上"伟丽可喜",故而对文章家也提出了很高的要求,要道德、文章兼备,而道德修养应该"得于内",主要指知识、材料、语汇的积累。成复旺还认为,曾巩古文理论的主要意义在于促进了文与诗的分化,即促进了古文创作和古文理论的独立发展。这一观点与王琦珍的观点相近,但论述更为详尽。成复旺从古文发展的角度,对曾巩之古文理论及其主要观点、价值意义进行的分析颇为深刻。但他认为曾巩对诗的本质性艺术特征缺乏认识,这一论断尚需考量。2010年成复旺重新修订出版《新编中国文学理论史》,其中对曾巩文学理论的评价主要集中在曾巩论史臣修养问题上,并认为:"曾巩的理论虽无甚高明,然其古文家的声誉在当时却很有影响,不少人攀援仰望而走上专治古文的道路。"① 周楚汉从曾巩"道法说""事理说""辞工说""史铭说""内外说"等理论命题角度,对曾巩文学思想中的"道"和"道法"关系,文章内容与事理、文辞的关系,史传铭志理论等问题进行了较为深入的分析,是一篇内容充实、有见地的理论研究文章。② 曾巩文道观问题是曾巩文学思想研究的重要组成部分,有不少学者作专文探讨,如闫树立《曾巩"道统"思想的价值内涵》③、朱东根《试论曾巩的文道观》④、李金良《曾巩的道统思想与文统观对其创作的影响》⑤、于晓川《道:曾巩文学思想的核心范畴》⑥ 等,这些文章对曾巩"文道"观的思想内涵、曾巩对韩愈儒家"道"统的继承发展、曾巩与南宋理学思想的衔接以及因此而关联的文章创作、作家修养等问题研究起到了推动作用。

---

① 成复旺:《新编中国文学理论史》,中国人民大学出版社,2010,第233页。
② 周楚汉:《曾巩文章论》,《中国文学研究》1994年第4期。
③ 闫树立:《曾巩"道统"思想的价值内涵》,《绍兴文理学院学报》2005年第1期。
④ 朱东根:《试论曾巩的文道观》,《海南大学学报》(人文社会科学版)2006年12期。
⑤ 李金良:《曾巩的道统思想与文统观对其创作的影响》,重庆师范大学硕士学位论文,2010。
⑥ 于晓川:《道:曾巩文学思想的核心范畴》,《甘肃社会科学》2016年第3期。

陈圣是第一位较详细梳理曾巩生平并予以分期的学者，其《曾巩传》①从曾巩童年时代、定交京师、初见欧公、布衣荐贤、三年疾患、奉亲北上、躬耕陇亩、苦读南轩、初入仕途、校书馆阁、通判越州、治理齐州、转徙襄洪、移知福州、辗转明亳、任职京师、诗文创作等十七个方面，对曾巩一生经历、诗文创作进行了较为详尽的阐述。该文并不专为散文创作分期，但对曾巩生平的梳理为后人研究提供了基础。后王琦珍②、高克勤③、陶文鹏等都探讨过曾巩散文的分期问题。陶文鹏将曾巩散文创作划分为五个时期，可备一说："（一）早期，天圣八年（1030）—庆历七年（1047），曾巩十二岁到二十九岁。这个时期的文章多已散佚，但从今存之篇什，仍约略可见气势奔放、词采雄丽的早期风格。由于受到欧阳修的初步疏导，也已开始出现后期雍容典雅、纡徐婉曲的一些风格特征。（二）耕读与初仕时期，庆历八年（1048）—嘉祐五年（1060），曾巩三十岁到四十二岁。这个时期一开始，曾巩就写出了名篇《墨池记》，标志着他终于完成了从前期慄鸷奔放向后期雍容纡徐风格的根本性的转化。这是曾巩散文创作的第一个丰收期。（三）馆职时期，嘉祐六年（1061）—熙宁元年（1068），曾巩四十三岁到五十一岁。这是曾巩散文创作的第二个丰收期，主要成就是整理古籍的序文、文集序、赠序、墓志等，文章底蕴深厚，典雅纡徐。（四）外任时期，熙宁元年（1068）—元丰二年（1079），曾巩五十一岁到六十一岁。这是曾巩散文创作的第三个丰收期，作品数量最多，题材丰富，思想与艺术都已成熟，卓然自成一家。（五）晚年京官时期，元丰三年（1080）—元丰六年（1083），曾巩六十二岁到六十五岁去世。这个时期，曾巩主要是修史和撰制诰。"④ 相对于其他分期方式来讲，陶文鹏的阶段划分显得更为合理。

理论方面的研究除了文章理论及艺术特色、作品分期等问题的探讨，

---

① 陈圣：《曾巩传》，《抚州师专学报》（曾巩研究专辑）1988 年第 4 期。
② 王琦珍：《曾巩评传》，江西高校出版社，1990。
③ 高克勤：《曾巩及其散文述论》，《宁波大学学报》1995 年第 4 期。
④ 陶文鹏：《曾巩的生平与散文创作》，陶文鹏选注《曾巩》（中国古代十大散文家精品全集），大连出版社，1998，第 14、15 页。

还有一些不同的研究角度。叶全妹《宋金元明"欧曾"合论研究》① 一文对宋后"欧曾"合论的原因、特点及其所反映的文学思潮，曾巩的文学地位、评价等问题进行了纵向梳理。陈晓芬的《曾巩的心理机制及其对散文的影响》② 认为曾巩的心理形态不仅作为内容构成反映在他的散文中，而且对他散文的风格特点产生着重要影响。文章的切入点和文本分析方式颇为独特，认为曾巩"在他无力改变现实的时候，他往往把注意力移向自我心灵的观照，在自省自勉的过程中，从主观意识上去减弱外部世界和自我的冲突，从而使不满足的心灵不断趋于平静"，这一观点无疑是有一定道理的，然而作者忽略了曾巩《与抚州知州书》《鹅湖院佛殿记》等年轻时、批佛时偶现的"不平衡"，非调节模式的挥洒痛快的感情宣泄，是为缺憾。喻进芳亦从文人的心理、心态入手考察作家的文学创作，在其博士论文《论曾巩的文化品格与诗文创作》的引言中，喻进芳认为："在实际的生活中，他一方面在精神上保持着居高临下的优势，一方面又以平和淡泊的姿态从容于俗世，达到一种与物俯仰、和光同尘的生命境界，这实际上也是宋代文人普遍应用的一种寻找心理平衡的方式，但是我们也看到，这种内敛的品格使曾巩在人生中表现出做任何事都不走极端的'平和'，'以高度的理性与自我调节的特殊方式，从理论至实际构筑成一个稳定的机制，让人生一步步在设定的范式上。'"③ 这一观点虽然忽视了曾巩于入仕前后文学创作所显现心态的区别，但文人心态亦是研究曾巩文学思想的一个着手方式。

在曾巩散文研究中，又有不少分体研究成果。曾巩散文成就最高，而其中又属记体文艺术性最强，特点最为鲜明。因此，学界对曾巩记体文的研究开始最早、成果最多。早在1986年出版的《曾巩研究论文集》中，就有傅开沛、袁瑾洋对曾巩的杂记文、题记文进行关注。限于时代、文学研究的思路，这两篇文章主要从曾巩记体文的文本入手，对艺术特色、内容及曾巩儒家思想进行剖析，而对曾巩记体文的特点缺乏时间与空间上的

---

① 叶全妹：《宋金元明"欧曾"合论研究》，福建师范大学硕士学位论文，2012。
② 陈晓芬：《曾巩的心理机制及其对散文的影响》，《抚州师专学报》1988年第4期。
③ 喻进芳：《论曾巩的文化品格与诗文创作》，华中师范大学博士学位论文，2008。

纵横比较。近几年的硕士学位论文，如刘芸的《曾巩记体散文研究》①、张超旭的《曾巩记体文研究》② 等，在曾巩记体文研究上更加细化，多从曾巩记体文的分类、内容、特色、技法等方面进行详细解读，使曾巩记体文研究更加细化，亦值得肯定。

关于曾巩的序文，较早有周晓音对曾巩的目录序进行探讨③，后又有陕西师范大学的魏耕原《曾巩书序考论》④ 对曾巩的书序研究。此文考察今存的曾巩 20 余篇书序，认为可以从中获取曾公交游及文集作者的一些情况，考察他对当时执政要人乃至前代皇帝的评价。魏耕原从曾巩不满宋学和排击佛学、窥见本源的史学意识和通变的礼学观念，曾巩和王回兄弟及强至的交往，以及曾巩对"贤相明君"的微词和恭维等几个方面进行了论述，所论较有见地。喻进芳博士学位论文曾巩"序"部分认为，曾巩的书序以议论为主，有的类似杂感，有的实为厚重的学术论文，充分体现了"文以载道"的时代精神，赠序则善于根据不同的对象和现实生活选材立意。总体而言，学界对曾巩的序文研究成果不多。

曾巩碑铭等类文章有少量研究成果。俞樟华认为欧阳修、曾巩反对"谀墓"之作，强调墓志铭写作真实可信，这使他们在墓志铭写作的理论和实践方面对后代传记文学理论产生了重要影响。⑤ 包忠荣在曾巩"蓄道德而能文章"的墓志铭创作主张基础上，对曾巩因事设体、平中见奇、文采斐然的墓志铭创作进行了分析。⑥ 喻进芳将韩愈与曾巩的墓志铭创作进行对比，认为曾巩的墓志铭创作表现了深埋于儒家正统观念下的平实理智，显得深沉厚重，而韩愈由于尚奇的原因，往往在创作中突破儒家道统的束缚，显出疏宕豪俊的特点。⑦ 郭亚磊的《论曾巩的传记理论及传记创

---

① 刘芸：《曾巩记体散文研究》，安徽大学硕士学位论文，2012。
② 张超旭：《曾巩记体文研究》，陕西师范大学硕士学位论文，2013。
③ 周晓音：《试论曾巩的目录序》，《浙江师范大学学报》（社会科学版）1989 年第 4 期。
④ 魏耕原：《曾巩书序考论》，《陕西师范大学学报》（哲学社会科学版）1998 年第 3 期。
⑤ 俞樟华：《欧阳修、曾巩论墓志铭——古代传记理论研究之一》，《浙江师大学报》2000 年第 2 期。
⑥ 包忠荣：《曾巩墓志铭之特色及其价值》，《赣南师范学院学报》2005 年第 4 期。
⑦ 喻进芳：《论曾巩的墓志铭——兼与韩愈墓志铭比较》，《湖北社会科学》2008 年第 3 期。

作》① 则以现代文体视角，对曾巩祭文、墓志铭、记、哀辞、碑铭等的传记理论进行总结梳理，将曾巩、王安石、欧阳修传记创作相比较，颇有可取之处。

孟丽霞《曾巩散文在两宋的接受研究》②，喻进芳《明代唐宋派对曾巩的推尊》③，邹书《明代唐宋派论曾巩散文》④，刘珊珊、马茂军《曾巩接受研究》⑤，薛俊芳《曾巩文学思想及其传播与接受》⑥ 大体都涉及曾巩在宋、明、清的文学接受与评价，这些成果对曾巩文学思想在后世的传播有较为充分的梳理，但观点重复较多。值得注意的是李俊标对曾巩散文在选本中所收录情况的统计与梳理。李俊标通过五部宋代散文选本⑦对欧阳修、三苏、黄庭坚、秦观、晁补之、张耒、曾巩、曾布、曾肇、王安石等人文章的选录情况、历代所称之"六家""八家""七家""十家"等唐宋文选本中曾巩的选录情况进行统计对比，从而判断曾巩文学在后世的接受情况，不失为一种切实可靠的研究方法。

除了以上所涉及的诸种研究内容、方法，曾巩研究亦有关于其儒学思想研究、哲学思想研究、经典散文赏析等方面。总体而言，学界自20世纪80年代初以来，对曾巩散文的研究成果是较多的，研究范围也较为广泛，在曾巩文学研究之初，研究者不乏有影响力的学者。

曾巩的文学成就主要在于散文，这已是曾巩文学研究的定论，然而其诗歌亦不乏佳作。钱锺书曾评价："就'八宋'而论，他的诗远比苏洵、苏辙父子的诗好，七言绝句更有王安石的风致。"⑧ 20世纪，曾巩诗歌受到学术界关注始于1983年12月，在江西召开的曾巩逝世九百周年学术讨论会上，不少学者对曾巩诗歌予以关注。刘扬忠、夏汉宁、曾子鲁等学者

---

① 郭亚磊：《论曾巩的传记理论及传记创作》，浙江师范大学硕士学位论文，2012。
② 孟丽霞：《曾巩散文在两宋的接受研究》，兰州大学硕士学位论文，2010。
③ 喻进芳：《明代唐宋派对曾巩的推尊》，《人文论谭》2009年第1辑。
④ 邹书：《明代唐宋派论曾巩散文》，福建师范大学硕士学位论文，2014。
⑤ 刘珊珊、马茂军：《曾巩接受研究》，《安康学院学报》2014年第2期。
⑥ 薛俊芳：《曾巩文学思想及其传播与接受》，海南师范大学硕士学位论文，2013。
⑦ 李俊标：《曾巩研究》，中国社会科学出版社，2011。此五部选本为吕祖谦《皇宋文鉴》《古文关键》，真德秀《续文章正宗》，楼昉《崇古文诀》，谢枋得《文章轨范》，等等。
⑧ 钱锺书：《宋诗选注》，生活·读书·新知三联书店，2002，第63页。

在研讨会提交文章，对曾巩诗歌的评价、曾巩诗歌内容和艺术性都进行了探析。关于如何正确评价曾巩诗歌、如何全面看待曾巩的文学成就，这次讨论会出现了一批开拓性的成果。刘扬忠视角颇为宏阔，他将曾巩诗歌放在诗歌发展的历史进程、北宋诗文运动的兴起等时代背景下，认为曾巩"诗才虽然的确相对地'短'于文才，但还是有相当成就的"①。刘扬忠认为，曾巩诗歌与宋诗先驱者重赋体、喜铺叙、散文化、议论化的特点具有一致性。曾巩看重诗歌裨补时政、泄导性情的功用，主张诗以教化，标举"古诗"（即《诗经》）的传统，要求诗歌合于儒家之"理"，合于圣人"法度"，抒发士人现实生活中的"忧喜哀乐感激怨怼之情"。刘扬忠对古人"曾子固不能诗"之说进行了理论辨析，将曾巩诗歌放在文学发展的现实情况及宋人对文学内部规律探索的进程下，对曾巩诗歌进行了客观评价。夏汉宁认为"曾巩诗歌所表现的内容，远比其散文要广泛，而且有许多真情，在其散文中是难以见到的"②，这一观点在曾巩文学研究中尤为值得注意。2019 年夏汉宁的《曾巩诗歌研究》③ 出版，这是值得注意的一部专著。李艳敏的《曾巩诗歌研究》对曾巩的诗歌题材、内容及诗歌艺术特色、诗风的传承等进行了较为详尽的分析，认为曾巩的诗歌超过了其后"江西诗派"的大多数诗人，一扫晚唐以来颓靡浮艳的诗风，对宋调的形成起到了促进的作用。④ 陈斐认为曾巩诗歌艺术主要源于屈原、陶渊明、杜甫、韩愈。⑤ 喻进芳《温厚平和 含蓄深沉：曾巩诗歌论》则旨在通过对曾巩文化品格和诗歌创作关系的分析，"加强对其隐微深沉的内心世界的探索"⑥，是一部难得的曾巩诗歌研究专著。前文所提李俊标《曾巩研究》亦对曾巩"不能作诗论"进行了理论溯源。李俊标认为曾巩诗歌创作注重

---

① 刘扬忠：《关于曾巩诗歌的评价问题》，江西省文学艺术研究所编《曾巩研究论文集》，江西人民出版社，1986，第 55～70 页。

② 夏汉宁：《曾巩诗歌内容初探》，江西省文学艺术研究所编《曾巩研究论文集》，江西人民出版社，1986，第 209 页。

③ 夏汉宁：《曾巩诗歌研究》，江西人民出版社，2019。

④ 李艳敏：《曾巩诗歌研究》，山东师范大学硕士学位论文，2007。

⑤ 陈斐：《试论曾巩诗歌的渊源》，《厦门教育学院学报》2009 年第 11 期。

⑥ 喻进芳：《温厚平和 含蓄深沉：曾巩诗歌论》，中国社会科学出版社，2016。

师法前人，如杜甫、李白，并善于主动摸索，这也是宋调的尝试。在 2019
年的曾巩诞辰 1000 周年纪念会上，王友胜考察了曾巩诗歌的特定题材如疾
病书写，其他学者或重新审视曾巩诗歌成就（谷曙光），或探讨曾巩"不
能诗"的刻板印象生成与诗歌唱歌活动的关系（吕肖奂），为曾巩诗歌研
究提供了新视角，有较多创新。① 叶晔通过曾巩诗歌的齐州存录情况，探讨
诗歌的地方性及作家地方书写行为对地方文化的影响，以小见大，不失为
一篇佳作。① 周剑之有《曾巩诗歌的溪山佳兴与自然观照》②，认为曾巩任
职地方，履行职责之余赏玩风光，实现了政事与林泉的自然衔接，其文对
曾巩诗歌中"洗尘""醒心"表述方式予以关注，不失为一个新的视角，
但没有结合曾巩总体思想和文章追求，其中"曾巩对地方职任有着高度认
同"等观点还待商榷。曾巩词作因仅有二首存世，难以总体把握曾巩词的
艺术成就，学界多不关注。

近年来，学界对曾巩家族、交游、师承关系的研究亦有不少成果。江
西南丰县曾巩纪念馆在查找曾巩后裔资料时，发现了《二源曾氏族谱》，
文师华、包忠荣③对此谱进行了研究，对其中部分曾巩佚文佚诗、曾巩祖
上佚事、曾氏的世系和迁徙进行了综合考证。现存的《广昌甘竹赤溪渡曾
氏族谱》《瑶珠曾氏族谱》等都是曾巩研究的重要资料，文章对新族谱的
研究，补充、深化了曾氏家族研究。汤江浩将欧阳修文与王安石所作《墓
志铭》等史料进行比较，从王安石《墓志铭》钩沉出了若干有关曾致尧的
史料，并考订了曾致尧的仕历、葬地、改葬时间及原因。④ 汤江浩先生还
对曾致尧母亲、妻子、子嗣进行了考证。⑤ 这些对曾巩家族的研究是切实
有益的补充。南昌大学包忠荣《宋代南丰曾氏与文学》⑥，对曾氏家族中的

---

① 叶晔：《〈齐州吟稿〉与曾巩地方诗歌的存录方式》，《汉语言文学研究》2020 年第 3 期。
② 周剑之：《曾巩诗歌的溪山佳兴与自然观照》，《清华大学学报》（哲学社会科学版）2022
年第 3 期。
③ 文师华、包忠荣：《曾巩家族的〈二源曾氏族谱〉》，《文学遗产》2007 年第 5 期。
④ 汤江浩：《曾巩之祖父曾致尧略考——曾巩及其主要亲属行实考略之一》，《华东师范大学
学报》（人文社会科学版）2003 第 1 期。
⑤ 汤江浩：《曾致尧母、妻、子考略——曾巩及其主要亲属行实考略》，《福建师范大学学
报》（哲学社会科学版）2002 年第 3 期。
⑥ 包忠荣：《宋代南丰曾氏与文学》，南昌大学硕士学位论文，2008。

文学创作情况进行了较为系统的关注，然广而浅。前文所提李俊标《曾巩研究》中专有"南丰曾氏家族文学创作研究"一编，对曾布、曾肇等留存较多、较有文学价值的曾氏文学进行研究探讨，值得参看。罗伽禄的专著《曾巩家族》是值得注意的曾巩家族文学研究资料。①

　　关于曾巩交游，学界多关注曾巩与欧阳修、王安石二人的交往，近年来陈斐有《曾巩与欧阳修交游史实考论》②，侧重梳理史实；鄢嫣从曾巩、王安石与欧阳修的文学交往出发，考察二人对欧阳修倡导的古文运动"起而和之"之说。③ 对曾、王二人交游的情况，学者们基本都认为，后期二人政见、性格差异等使二人渐远，但二人并未断交，王琦珍④、方健⑤等认为，曾巩转徙七州，其责并不全在王安石，而二人的友情持续到曾巩去世。至于未见王安石悼文，有可能是其文已佚。关于曾巩与他人的交游研究，有祁琛云《苏轼与曾巩兄弟交往关系考论——立足于进士同年关系的考察》⑥，詹亚园《赵抃与曾巩交游事实略考》⑦，这些文章对曾巩的交游情况作了有益补充。据初步考察，曾巩的交游多过百人，但学界相关研究较少。2016 年余丽《曾巩的交游与创作》⑧ 以曾巩交游对象及相关作品为基础，对其交游与创作的关系进行梳理，虽未全面，但弥补了部分曾巩交游研究的缺憾。

　　总体看来，学界关于曾巩研究的重要成果已于 20 世纪 80 年代初初具规模。这一阶段的研究涵盖面广，其中关于曾巩著述等基本资料的整理、辑佚工作为后世研究奠定了最为重要的基础。关于曾巩文学作品的解读、理论分析均较有深度，虽然有些阐述限于时代原因显现一些"阶级"观

---

① 罗伽禄：《曾巩家族》，江西人民出版社，2014。
② 陈斐：《曾巩与欧阳修交游史实考论》，《苏州大学学报》（哲学社会科学版）2021 年第 3 期。
③ 鄢嫣：《疏离于古文运动之外——论王安石与欧阳修、曾巩的文学交游》，《北京社会科学》2021 年第 2 期。
④ 王琦珍：《曾南丰先生评传》，江西人民出版社，2019，第 208 页。
⑤ 方健：《北宋士人交游录》，上海书店出版社，2013。
⑥ 祁琛云：《苏轼与曾巩兄弟交往关系考论——立足于进士同年关系的考察》，《井冈山学院学报》（哲学社会科学）2009 年第 3 期。
⑦ 詹亚园：《赵抃与曾巩交游事实略考》，《浙江社会科学》2006 年第 3 期。
⑧ 余丽：《曾巩的交游与创作》，南昌大学硕士学位论文，2016。

点，有些文章的写作也主要体现为思想内容、艺术特色、文学价值等三段式模式，但总体而言，这些成果对曾巩文学研究具有开创性的意义。21 世纪以来，随着基础研究的推进，研究方法、研究对象的细化，学界对曾巩的史学思想、政治思想、哲学思想、书法艺术及散文中的分体研究、艺术特色研究都有深化，这无疑是锦上添花，对全面认识曾巩起到了推动作用。

但综合看来，曾巩文学研究目前依然存在诸多遗憾。第一，曾巩诗文全集的整理工作尤为欠缺。迄今为止仅有陈杏珍、晁继周对曾巩《元丰类稿》进行过点校。陈、晁二人在点校曾巩集的过程中虽进行了相关辑佚工作，但亦遗漏了不少曾巩作品。这一大型的、系统性的工作继陈、晁二人后再无人做过。而与整理曾巩诗文全集密切相关的《元丰类稿》的源流考辨等亦较少有人关注。第二，在曾巩文学研究中，学界对序、记之外其他文体的关注远远不够，对曾巩骈文、诗歌的理论分析相对较少，曾巩文学研究的方法与视角有待转变。近年来有些研究者将文体学方面的研究方法吸收到曾巩文学研究中，取得了不错的成绩，但仍有不少值得探寻的研究思路。第三，20 世纪 80 年代曾巩文学研究起步时，不少在学界有一定影响力的学者加入这一队伍，此后相当长的一段时间内，学界对曾巩的关注较少，甚至在宋代文学年会中都鲜能见到关于曾巩文学的研究探讨。若不是借 2019 年曾巩诞辰 1000 周年学术研讨会的东风，恐还有不少学者对曾巩文学所知有限。曾巩研究，需要一个全面、合理的研究梯队才能取得更为丰硕的成果。

基于曾巩的文学成就及目前学界的研究成果，限于个人能力及关注点，我的书稿包括两部分内容。上编梳理曾巩诗文集版本情况，对宋、元、明、清曾巩诗文集结集、流传过程及《曾南丰先生文粹》《南丰曾子固先生集》《元丰类稿》等版本情况进行辨析；下编考察曾巩文学研究中较为重要的问题。第三章从曾巩较为重要的交游入手考察其文学思想的形成；第四章探讨"道"作为曾巩文学的核心范畴的具体表现；第五章对曾巩文章积学储才、师法经典的文章法度、典范之处进行分析；第六章通过解读曾巩诗歌内容题材，重点关注其"穷人之辞"与寺庙诗歌，探究其士人心态。

第一章

曾巩《元丰类稿》《续稿》《外集》源流考

北宋文学家曾巩的文学著述，据其弟曾肇《行状》所述，有《元丰类稿》五十卷、《续稿》四十卷、《外集》十卷。《元丰类稿》今仍存世，《续稿》《外集》今已不存。目前学界对曾巩文学著述的结集、刊刻、传播、版本情况梳理还不甚明晰，本书就这些问题稍加探究。

第一节　《元丰类稿》已有的整理、考辨成果

《元丰类稿》的历代版本及流传情况散见于古代藏书家的书目及《元丰类稿》各版本序、跋等。陈杏珍、晁继周二位先生在 20 世纪 80 年代初着手对《元丰类稿》进行点校、整理、辑佚，形成了现在的曾巩诗文全集整理版《曾巩集》（中华书局，1984）。《曾巩集》中收录曾巩诗歌 443 首，词 1 首，文 798 篇。书后附曾巩著作主要版本序跋，为后世曾巩研究奠定了重要基础。陈、晁二位先生的校勘整理工作以清康熙五十六年长洲顾崧龄刻本《南丰先生元丰类稿》为底本，以元大德八年东平丁思敬刻本《元丰类稿》为最主要的校本，同时吸收何焯校勘成果，并以明、清十四个版本参校。陈、晁二位先生整理工作所涉版本有：

底本：

清康熙五十六年（1717）长洲顾崧龄刻本《南丰先生元丰类稿》

主校本：

元大德八年（1304）东平丁思敬刻本《元丰类稿》兼何焯《义门读书记》

参校本：

1. 《南丰先生元丰类稿》五十卷，续附一卷，明正统十二年（1447）邹旦刻本

2. 《南丰先生元丰类稿》五十一卷，明嘉靖四十一年（1562）黄希宪刻本（顾之遒跋并录何焯批校）

3. 《南丰先生元丰类稿》五十一卷，明嘉靖王忬刻本（吴慈培录何焯校跋）

4. 《南丰先生元丰类稿》五十卷，续附一卷，明隆庆五年（1571）邵廉刻本（傅增湘据宋刻《曾南丰先生文粹》、《皇朝文鉴》、嘉靖刻本校跋并录何焯校跋）

5. 《南丰先生元丰类稿》五十卷，续附一卷，明万历二十五年（1597）曾敏才等刻本

6. 《南丰先生元丰类稿》五十卷，续附一卷，明万历二十五年曾敏才等刻，清顺治十五年（1658）重修本（章钰校并录何焯、姚椿校）

7. 《元丰类稿》五十卷，清光绪十六年（1890）渔浦书院刻本（傅增湘校并跋）

8. 《曾南丰先生文粹》十卷，宋刻本

9. 《南丰曾先生文粹》十卷，明嘉靖二十八年（1549）安如石刻本（傅增湘校并跋）

10. 《南丰曾子固先生集》三十四卷，金刻本

此外，部分篇章还参校了下列几种版本：

1. 《南丰先生元丰类稿》五十卷，《四库全书》本

2. 《元丰类稿》五十卷，清乾隆二十八年（1763）查溪曾氏刻本

3. 《南丰先生元丰类稿》五十卷，《四部丛刊》本

4. 《曾文定公全集》二十卷，清康熙三十二年（1693）彭期刻本

可能因陈、晁二位以整理校勘为目的，《元丰类稿》的有些版本并未在参校书中列出。陈杏珍在《谈曾巩集的流传和版刻》中提到的明代流传较广的刻本还有嘉靖四十二年（1563）任懋官刻本、九世孙曾文受刻本、崇祯十一年（1638）曾懋爵刻本、明谭锴刻本等[①]，是对《元丰类稿》版本信息的一个补充。总体而言，陈、晁二位先生对《元丰类稿》诸版本的情况的把握是相当全的。在 20 世纪 80 年代初，能够认真梳理这些版本，进行校勘、整理，是非常不容易的事情，他们对《曾巩集》的整理功不可没。但也正由于二位先生做的是校勘、整理工作，故很多参校版本的细节情况读者无从知晓，在《曾巩集》的前言中，二位也未能将诸版本的信息、源流、刊刻、传播情况详加考辨，这为后人的《元丰类稿》版本整理的相关工作留下了不少空间。80 年代初骆啸声亦对《元丰类稿》各版本进行过梳理，起因于"何竹淇《两宋农民战争史料汇编》（一）（以下简称《汇编》）征引《元丰类稿》中有关农民战争史料的记载时，没有对某一事件发生的时间、地点和其他有关文献的记载，加以考订印证，往往容易出现差错"[②]。他梳理自宋至民国的《元丰类稿》刊刻情况，又较为关注历代书目中对《元丰类稿》的著录，惜占有资料较多却并未厘清《元丰类稿》的源流递嬗及版本系统，对有些版本并未提及，又因未见某些原书而出现错误的判断，对有些序跋的征引段落亦出现断句失误。

90 年代后，对《元丰类稿》的版本梳理有较大进展。1990 年王琦珍出版的《曾巩评传》第十章有关于曾巩文集编者的考订。王先生对曾巩文集最初结集的情况进行了溯源，文中提到的版本有金刻《南丰曾子固先生集》、元大德丁思敬刻本、明正统邹旦刻本、成化杨参刻本、清康熙长岭刻本（曾国光刻，陈杏珍未提及）、乾隆南丰查溪刻本（陈杏珍所说"乾隆本"）等，并主要对清康熙长岭刻本、乾隆南丰查溪刻本二者与元大德本、万历二十五年曾敏才等刻本的渊源关系进行了考辨，注意到清康熙长岭刻本、乾隆南丰查溪刻本与元大德本诗文篇目排序上的较大差异。1993

---

① 陈杏珍：《谈曾巩集的流传和版刻》，《文献》1984 年第 9 期。

② 骆啸声：《曾巩及其〈元丰类稿〉考释》，中州书画社编《宋史论集》，中州书画社，1983。

年贺莉①对《元丰类稿》入选各选本情况及版本情况作了介绍，她提到的版本有金刻《南丰曾子固先生集》、宋刻《曾南丰先生文粹》、元大德丁思敬刻本、明邹旦刻本、日本庆应元年刊《文钞》十卷（茅坤评本）、康熙三十一年南丰彭期重刻《曾文定公全集》、《四部丛刊》本、《四部备要》本等，并记载了齐齐哈尔市图书馆藏元刻本《元丰类稿》残卷的情况，此本原五十卷，存卷二三至卷五〇，卷五〇是配以明嘉靖王忬校刻本，"此书为半页十一行，每行二十一字，四周双边，大黑口，双鱼尾，版式宽大，字画精整，结构严谨，为黄麻纸印，略厚，是宋元刻本常用的纸，为元刻本的代表之一。（卷五十后续附南丰先生行状、碑志、哀挽，为无格白棉纸，亦为半页十一行，每行二十一字。）《四部丛刊》本即据此本影印"。此处对版式信息的记录较细，可供版本对比进行参考。1999年出版的祝尚书《宋人别集叙录》卷六中对曾巩《元丰类稿》的历代版本进行了较为详细的梳理，其中最为突出的成就在于对《续稿》《外集》等在宋元的流传稍作辨析，并统计各版本在国内外的著录情况，惜未能对版本流变加以厘定。2003年邹陈惠仪②也整理罗列出历代版本十五个，但一方面未提供任何细节信息，另一方面也并未超出陈杏珍罗列版本的范围。同年吴芹芳③有《〈元丰类稿〉版本考略》一文，该文第一次将《元丰类稿》按宋、元、明、清时代顺序作了系统考辨，提供了不少版本的具体信息，并溯源流，对《元丰类稿》流变的梳理有重要的意义。但其中亦存在不少问题。如关于九世孙曾文受本的情况录为："南宋年间，曾巩九世孙曾文受、曾文忠也刊刻《元丰类稿》，编次与元丰本迥异，为不同的版本系统——历代书目都不曾提及此本，散佚久矣。"事实上九世孙曾文受本虽佚，但在明嘉靖年间又有秦潮、莫骏等重新刊刻，并非不传，且其编次与元刻本编次无太大差别，但该文并未详加考订。另外一个重要问题是《元丰类稿》数个版本的缺席，如嘉靖四十一年金溪黄希宪本、嘉靖四十二年贵阳任氏重刊曾文受本、明崇祯十一年曾懋爵本、明谭锴本等，并称慈利渔浦

① 贺莉：《曾巩及其〈元丰类稿〉》，《图书馆建设》1993年第6期。
② 邹陈惠仪：《曾巩诗文版本概况与辑佚》，《古籍整理研究学刊》2003年第2期。
③ 吴芹芳：《〈元丰类稿〉版本考略》，《江西图书馆学刊》2003年第4期。

书院本底本不可知，而这些都是陈杏珍、晁继周等整理《曾巩集》时已列出的版本或陈杏珍后来在文章中已提及的版本。

笔者所见，自 20 世纪以来关于《元丰类稿》考辨、叙录的文章等仅有以上内容。综合看来，80 年代初陈杏珍、晁继周二位先生整理《曾巩集》时所见的《元丰类稿》版本最全，取得的成就最大，但关于各版本的信息披露较少。后世各位学者虽有所关注，亦存在不少缺憾。另笔者所检录到的二家均阙的版本有三：明曾思彦、曾思仪本（国家图书馆藏）；明嘉靖秦潮、莫骏刻九世孙曾文受本（见国家图书馆、台北故宫博物院、第一批《上海市珍贵古籍名录》）；清卫钗刻本（藏于浙江图书馆）。

曾巩诗文集按照收录内容大体分为三类。第一类多题名为《元丰类稿》，大体先诗后文，计有五十卷（有五十一卷者为加续附碑志哀挽一卷），含古诗、律诗八卷，文有论议、传序、序、书、记、制诰、制诰拟词、诏策、表、疏、札子、奏状、启、状、祭文、哀辞、志铭、墓表、碑铭、本朝政要策、金石跋尾录等。其中又有几个版本较为特别，一为彭期所刻《曾文定公全集》，此集为彭期在《元丰类稿》基础上重新编订而成，共二十卷，卷次与历来《元丰类稿》迥异，但内容上并没有缩减，因此暂置于此类。另有康熙四十九年长岭西爽堂曾国光刻本，此本在曾巩诗歌的排列上与历来《元丰类稿》又不同，将诗歌按体重新编排，但在曾巩文章编次上并没有调整，因亦含《元丰类稿》的全部内容，故也暂放于此类中。与长岭西爽堂曾国光刻本相类的还有乾隆二十八年查溪藏本、清光绪十六年慈利渔浦书院本。第二类以"文粹"为名，有宋刻《曾南丰先生文粹》、明刻《南丰曾先生文粹》两种存世，题名稍有差异，选文、卷次等基本一致，皆为十卷，是曾巩文章的选本。内容仅含曾巩文章，有论、议、序、书、记、诏、策问、札子、哀辞、墓志铭等，其中以序、记、书等内容为最多。第三类为金刻《南丰曾子固先生集》，共三十四卷。这三十四卷内容大多数与《元丰类稿》内容相异，含古诗、律诗三卷，文七卷，其中杂文为三卷，杂说二卷，杂议二卷，论一卷，策问二卷，表一卷，书三卷，启一卷，序六卷，记三卷，行传一卷，墓志二卷，词疏一卷，祭文三卷。现将这些版本列举如下：

《元丰类稿》（五十卷或五十一卷）

1. 元大德八年（1304）东平丁思敬刻本（简称大德本）

2. 蒋氏密韵楼藏元刻黑口本（简称黑口本），《四部丛刊》据此影印

3. 明正统十二年（1447）邹旦刻本（简称正统本）

4. 明成化南丰令杨参刻本（包括六年本、八年本、八年递修本）

5. 九世孙曾文受重刊，明嘉靖十二年（1533）莫骏、秦潮补刻本（简称秦潮本）

6. 明嘉靖二十三年（1544）王忤刻本（简称嘉靖王忤本）

7. 明嘉靖四十一年（1562）黄希宪刻本（简称嘉靖黄希宪本）

8. 明嘉靖四十二年（1563）任懋官本（简称任懋官本）

9. 明隆庆五年（1571）邵廉刻本（简称隆庆本）

10. 明万历二十五年（1597）曾敏才等刻本（简称万历本）

11. 明曾思仪、曾思彦本

12. 明谭锴本（简称谭锴本）

13. 明崇祯十一年（1638）曾懋爵刻本（简称曾懋爵本）

14. 清顺治十五年（1658）曾先补修本（简称曾先本）

15. 清康熙二十七年（1688）卫钹刻本（简称卫钹本）

16. 清康熙三十一年（1692）彭期刻本《曾文定公全集》（简称彭期本）

17. 清康熙四十九年（1710）长岭西爽堂曾国光刻本（简称西爽堂本）

18. 清康熙五十六年（1717）长洲顾嵩龄刻本（简称顾嵩龄本）

19. 清乾隆二十八年（1763）查溪藏版（简称查溪本）

20. 清光绪十六年（1890）慈利渔浦书院刻本（简称渔浦书院本）

21. 清宣统二年（1910）上海会文堂刻本（简称宣统本）

《曾南丰先生文粹》（十卷）

22. 宋刻《曾南丰先生文粹》（简称宋刻《文粹》）

23. 明嘉靖二十八年（1549）无锡安如石刻《南丰曾先生文粹》（简称明刻《文粹》）

《南丰曾子固先生集》（三十四卷）

24. 金代中叶临汾刻本

以上为对《元丰类稿》各版本的梳理情况。综合看来，《元丰类稿》元刻有大德本及黑口本两种，明刻有十一种，清刻有八种。已有的源流考辨成果中存在的问题亦不少，主要有：第一，诸多版本如九世孙曾文受本、黑口本、明刻《文粹》、明嘉靖黄希宪本等多个版本的源流及在后世的传播、影响问题皆未能厘清；第二，对某些版本的评价问题尚待商榷。如吴芹芳对康熙三十一年彭期重新编刻的《曾文定公全集》评价为："彭期自称此本细加校订，所有疑问、阙失之处均被证实或补缺，其实名不副实，各家书目均指斥为劣本。"① 第三，对《元丰类稿》之《续稿》《外集》的流传情况尚缺考辨。

第二节　宋元曾巩诗文结集、刊刻概况

最早可见对曾巩诗文成集的描述，是在熙宁六年（1073）。熙宁五年曾巩知齐州军州事，到齐州后，曾巩"除其奸强，而振其弛坏，去其疾苦，而抚其善良"，取得不错的政绩，"囹圄多空，而枹鼓几熄"（《齐州杂诗序》），闲暇之余得以游山赏水，并写下不少诗歌。黄震《黄氏日钞》卷六三云："公诗多齐州所作，有欣焉安之之意。"② 熙宁六年曾巩专门写下《齐州杂诗序》，记曰："通儒大人，或与余有旧，欲取而视之，亦不能隐。而青郓二学士又从而和之，士之喜文辞者，亦继为此作，总之凡若干篇。"③ 曾巩将自己闲时游玩兼与友人唱和之作所结集，《齐州杂诗序》即

---

① 吴芹芳：《〈元丰类稿〉版本考略》，《江西图书馆学刊》2003 年第 4 期。

② 黄震：《黄氏日钞》卷六三，《文渊阁四库全书》本。

③ 陈杏珍、晁继周点校《曾巩集》，中华书局，1984。本文所引用曾巩诗文如无特别标注均出自此集，为避繁冗，只在引文后附诗文名，不再单独注释。

为此集而作。此序刻石于齐州，但序中所言之集是否刊行并未言及，朱熹所言"南丰有作郡守时榜之类为一集，不曾出"①，即应指此集。这些齐州诗作被收入后来的《元丰类稿》中。旧题宋陈思编《两宋名贤小集》有曾巩《齐州吟稿》一卷，②收入曾巩知齐时诗歌三十余首，或许亦指曾巩所言之"齐州杂诗"而言。

至曾巩逝，元丰六年（1083）曾肇为其兄撰写的行状言："公未尝著书，其所论述，皆因事而发。既殁，集其稿为《元丰类稿》五十卷，《续元丰类稿》四十卷，《外集》十卷。"③此行状及韩维所作曾巩神道碑、林希所作墓志，均未言及《元丰类稿》、《续稿》及《外集》的编者、刊刻情况。

目前所见最早刊刻《元丰类稿》的记录在王震所作《南丰先生文集序》④中，序所记时间为元丰八年。王震（1046—1095）与曾巩同时，曾与曾巩共事，其序曰：

> 南丰先生……晚还朝廷，天下望用其学，而属新官制，遂掌书命。于是更置百官，旧舍人无在者。已试即入院，方除目填委，占纸肆书，初若不经意，午漏尽，授草院吏上马去。凡除郎御史数十人，所以本法意，原职守，而为之训敕者，人人不同，咸有新趣，而衍裕雅重，自成一家。予时方为尚书郎，掌待制吏部。一日得尽观，始知

① 黎靖德编，王星贤点校《朱子语类》，中华书局，1986，第3314页。
② 陈思：《两宋名贤小集》卷六五"齐州吟稿"，《文渊阁四库全书》本，其中记曰："卷六十五齐州吟稿，曾巩，字子固，建昌南丰人，易占长子，嘉祐二年进士，调太平州司法参军，召为集贤校理，出知福、明等州，神宗朝加史馆修撰，中书舍人卒，有《元丰类稿》、《续稿》、《外集》。"吟稿目录为《西湖二十二日》《百花堤》《寄子进弟》《蔡州》《鹊山》《鹊山亭》《环波亭》《芍药厅》《水香亭》《静化堂》《仁风厅》《雾凇》《百花台》《西楼》《鹤林寺》《鲍山》《亲旧书报京师盛闻治声》《芙蓉桥》《凝香斋》《北渚亭》《阅武堂》《阅武堂下新渠》《舜泉》《趵突泉》《金丝泉》《北池小会》《岘山亭置酒》《北渚亭雨中》《到郡一年》《冬夜即事》《郡楼》《郡斋即事二首》《早起赴行香》《戏书》《西湖二首》《西湖纳凉》《离齐州后五首》《寄齐州同官》。
③ 曾肇：《行状》，陈杏珍、晁继周点校《曾巩集》，中华书局，1984，第796页。
④ 金刻本《南丰曾子固先生集》其录王震序题名为"南丰曾先生文集序"，明最早刻本正统本则为"重刊南丰文集序"，最早的宋刻《文粹》则无序。

先生之学，虽老不衰，而大手笔自有人也……客有得其新旧所著而裒录之者，予因书其篇首云。宋元丰八年季春三月朔日，中书舍人王震序。①

此序多被后世诸版《元丰类稿》所录。这里王震明言为"重刊"，但重刊所据何本未知。曾巩集的刊刻又有"王无咎补之所编校"和"苏州所刻本"的说法，但仅见《篆竹堂稿》，云：

> 《元丰类稿》五十卷，近年刻在苏州，得之董都督，因取李古廉祭酒所选《文粹》各点识具首以备考究，《文粹》有新安朱徽跋，云家藏曾文百卷，盖宋太学直讲王无咎补之所编校，苏州所刻本也。补之，曾氏婿，南丰先生同年进士，朱之世姻。前先进士族伯祖彬、倬昆季宝藏是书，洪武丁丑失于回禄矣，然则重刻于苏亦非偶然，所惜《续稿》四十卷、《外集》卷不可得也。②

王无咎（1024—1069），字补之，与曾巩同为嘉祐二年（1057）进士，是曾巩的妹婿，与曾巩很早相识，交往甚密，"补之"之字即曾巩所赠。曾巩《王无咎字序》云："取《易》所谓无咎者，善补过者也，为之字补之。夫勉焉而补其所不至，颜子之所以为学者也。补之明经术，为古文辞，其材卓然可畏也。以颜子之所以为学者期乎己，余之所望于补之也。"（《王无咎字序》）王无咎卒于熙宁二年（1069），王震作序在元丰八年（1085），所以王无咎不可能去找王震作序，王震所言之"客"，非王无咎。以曾巩及曾肇、曾布等曾氏在当时的政治、文学的影响来看，此"客"亦非曾巩交游密切之人或者曾巩家人。但王无咎的字为曾巩所取，并从曾巩、王安石游，又曾两娶曾巩之妹，其整理曾巩所著述文字是有可能的。③

---

① 王震：《南丰先生文集序》，陈杏珍、晁继周点校《曾巩集》，中华书局，1984，第810页。
② 叶盛：《书元丰类稿后》，《篆竹堂稿》卷八，清初抄本。
③ 刊刻则不可能，因其极穷困。国家图书馆藏清查溪藏本《元丰类稿》注为陈师道辑，但王震所作之序不可能是陈师道所请，因陈师道当时已有诗名，王震不可能仅以"客"代指。

南宋时期曾巩诗文集已广泛流传。南宋光宗年间，曾巩文已有《文粹》刊刻，为婺州所刻选本，今国家图书馆存十卷本。晁公武《郡斋读书志》曾记"《曾子固南丰类稿》五十卷"，郑樵《通志》（《文渊阁四库全书》本）记："《曾子固集》三十卷，又杂文十五卷。"尤袤《遂初堂书目》中记载："《曾南丰杂志》"，又载："曾子固《元丰类稿》，又《续稿》。"① 陈振孙《直斋书录解题》云："开禧乙丑建昌守赵汝砺、丞陈东得于其族孙潍者，校而刊之。"② 张秀民《中国印刷史》记："曾巩《元丰类稿》赵汝砺建昌刻，开禧元年（1205）。"③ 王偁《东都事略·曾巩传》记："《元丰类稿》五十卷，《外集》十卷。"④ 南宋淳祐年间曾巩九世孙曾文受重刊了《元丰类稿》，后世元刊本、明正统本、成化本、秦潮本、任懋官本、万历本等都与此本有直接或间接的关系。但其原本已不传。元大德本《元丰类稿》丁思敬序中记南宋陈宗礼时县令黄斗斋曾刊刻，又毁于兵火。王更生所录之陈宗礼《曾南丰全集序》中云"邑之士请书其本末，遂不敢辞。宝祐四年，正月望日，参知政事陈宗礼撰"⑤，陈宗礼所序有可能即黄斗斋刻本。南宋末黄震《黄氏日钞》卷六三有《读曾南丰文》一卷，其中所评篇目与后世所见《元丰类稿》大体相同。这些丰富的记载说明，虽后世难见宋刻本，但《元丰类稿》在南宋时流传颇广。

傅增湘还曾记所见之宋刻本《元丰类稿》残卷："《元丰类稿》五十卷，宋曾巩撰，存卷四十三之五十五至五十八叶，计四叶，又卷三十一、三十二两卷。宋刊本，半叶十二行，每行二十至二十五字不等，白口，左右双栏，版心上记字数，鱼尾下记南九二字，下鱼尾下记叶数，下方记刊工人名。张久中墓志铭题下夹注云：'此文有两篇，意同文异，一篇附于本卷末'，十六字。其文有异字旁注：'某一作某'，刻之行间，此亦宋本

① 尤袤：《遂初堂书目》（丛书集成初编本），商务印书馆，1985，第22、29页。
② 陈振孙：《直斋书录解题》，上海古籍出版社，1987，第504页。
③ 张秀民著，韩琦增订《中国印刷史》（上），浙江古籍出版社，2006。此书不知是张秀民经眼还是摘录陈振孙之说。
④ 王偁撰，孙言诚、崔国光点校《二十五史·东都事略》，齐鲁书社，2000年，第379页。
⑤ 陈宗礼：《曾南丰全集序》，《王更生先生全集》第十六册《曾巩散文研读》，（台北）文史哲出版社，2010，第313页。

之仅见者也。其张久中墓志铭今以顾刻本校之，自'君姓张氏'至'所与之游'九十六字与前篇同，自'者甚众'以下至铭词与后篇同，不知最后定本如是，抑编集者两篇合并而为之也。"①可惜此残卷不知流落于何处了。

世所传《元丰类稿》最早、最精整的版本为元刻大德本。大德本有丁思敬序，云：

> 仆尝读舍人王公所著《南丰先生文集序》，喜其有波涛、烟云、三军朝气之语，足以摹写斯文之妙。及观紫阳夫子序公家谱，甚恨世之知公者浅，而后未敢以前言为可喜也。公先世亦鲁人，尝欲抽瓣香，修桑梓，敬而未能。大德壬寅春，假守是邦。既拜公墓，又获展拜祠下，摩挲石刻，知为魁枢千峰陈公名笔。至品藻曾、苏二公文，则独以金精玉良许曾文之正。信乎！曾文定之文价，至陈文定而后论定也。公余进学，官诸生访旧本，谓前邑令黄斗斋尝绣诸梓，后以兵毁。夫以先生文献之邦，而文竟无传，后守乌得辞其责。乃致书云仍留耕公，得所刻善本，亟捐俸倡僚属及寓公、士友协力鸠工摹而新之，逾年而后成，其用心亦勤矣。后必有不汲汲于它务者，悯其勤而寿其传，斯无负雪楼先生品题云。大德甲辰良月，东平丁思敬拜手书于卷尾。②

丁思敬序作于大德甲辰年（1304），距王震作序时间（1085）已两百余年。此本还有一程文海序，白口，版式宽大，字画精整，今《曾巩集》以其为最主要的校本。元刻本另有一个黑口本，即《四部丛刊》据以影印之蒋氏密韵楼藏本，此本源于南宋淳熙年间曾巩九世孙曾文受刊本，对明代诸本《元丰类稿》有重要的影响，后文将作详细阐述。

第三节　明清《元丰类稿》刊刻情况

明代《元丰类稿》版本众多，有《元丰类稿》正统十二年宜兴邹旦刻

---

①　傅增湘：《藏园群书经眼录》卷一三，上海古籍出版社，1989，第1138～1139页。
②　丁思敬：《元丰类稿后序》，陈杏珍、晁继周点校《曾巩集》，中华书局，1984，第811页。

本、明成化间南丰县令杨参刻本、明秦潮本、嘉靖王忬本、嘉靖黄希宪本、任懋官本、隆庆本、万历本、明曾思仪曾思彦本、曾懋爵本、谭锴本等十一个版本。

其中最早为正统邹旦刻本，传播最广的为明成化六年南丰县令杨参刻本。杨参刻本"以宜兴旧本命工翻刊以传，盖欲邑之学者人人有而诵之"①，首次增加了《少师文定公南丰先生遗像》（以下简称"遗像"）、《少师文定公南丰先生像赞》（以下简称《像赞》）、《续元丰类稿序说》（以下简称《序说》）等内容。此本于成化八年又重刻、递修，对后世影响很大。

明嘉靖年间《元丰类稿》多次翻刻。嘉靖十二年秦潮、莫骏等重刻《元丰类稿》，卷内见"九世孙曾文受重刊"字样，疑为在九世孙曾文受刻本的基础上据成化本校刻，嘉靖四十二年贵阳任懋官据此本重新刊刻，较此本增加了丁思敬序、陈克昌序。嘉靖二十三年王忬以秦潮本为底本，参校明正统本、成化本并收入正统本姜洪序。嘉靖四十一年，江西金溪人黄希宪重刻《元丰类稿》及《南丰曾先生文粹》（与刘士瑷同刻）。黄希宪本参以明刻《文粹》进行辑佚，是较好的本子。明代还有一个版本，为隆庆本。此本卷题下署"南丰后学"，《宋集珍本丛刊》录此本云："书末有《续附》一卷，通编为卷五十一，辑录曾巩行状、墓志、神道碑，与正统本所列相同，并备收元大德丁思敬、明正统十二年姜洪、赵琬、成化壬辰谢士元等人序跋。据此可推断此书系据成化本重刊。然版式与正统、成化本不同，每半叶十行、行二十字，字体丰润，颇具明刻本特色。"②

万历本是曾巩后裔曾敏才等所刻，是对后世影响较大的明刻本。此本较之前诸本新增了宁瑞鲤序、王玺序、《宋史·忠公忠义传》③、谱叙附录、罗汝芳《重修曾南丰先生祠堂记》、曾巩裔孙曾佩序及李良翰跋。这些新增内容提供了很重要的刊刻信息，揭示了几个版本之间可能存在的源流关

---

① 谢士元：《重刻元丰类稿跋》，陈杏珍、晁继周点校《曾巩集》，中华书局，1984，第816页。

② 《南丰先生元丰类稿》明隆庆五年刻本提要，四川大学古籍整理研究所编《宋集珍本丛刊》，线装书局，2004。

③ 即《宋史》中曾巩之孙曾忎的传记。

系。国家图书馆还藏有曾思仪、曾思彦本，为据万历本重刻。崇祯十一年，从裔懋爵、曾以居等又刻《元丰类稿》于杭州。

因明代多数版本都与明成化杨参刻本有密切关系，而杨参刻本不精，文字多误，故后世对明刻《元丰类稿》评价不高。清代《元丰类稿》的刊刻则总体较注重辑佚、校正。清时存世最古者为顺治十五年曾巩后人曾先据万历刻本的补修本。该本卷首徐子男序云："有族渣溪世袭祀生讳先者，出先生血孙，谥忠节，恙公嫡系也，与族嗣英、时秀、文通、文选等，感余悲痛之甚，慨然起而语余曰：'修治前典，后裔之责也。愿竭产补缉，以光我先贤名编。'经年告竣，因索叙于余……"[1]　此序说明，顺治年间刊刻《元丰类稿》的曾先依然是曾恙之嫡孙，因而大抵保留了明万历本的原貌，不过是增加了徐子男及邵睿明两序而已，其集所附传记依然为《宋史》中曾恙之传。

继曾先之后，南丰人彭期重刻《元丰类稿》，这是清代一个值得注意的版本。彭期刻本较前代诸本有较大区别，主要在于以下几个方面。第一，此本将前代诸版《元丰类稿》编次打乱重排，以文为先，以诗为后。第二，将《元丰类稿》全集进行汇校集评，虽不确知彭期所据版本，且汇校作得不够充分准确，但彭期尝试了这个工作。第三，彭期对《元丰类稿》进行了较为全面的辑佚工作。第四，将万历本、曾先本等版本中的《宋史·恙公忠义传》换为《宋史》本传[2]，这显示了彭期作为南丰后学而非曾巩后裔的刻集态度。

在曾先本、彭期本之后，又有西爽堂本及查溪藏本两种，皆为曾巩后裔所刻。《元丰类稿》到这两个版本又发生了较大的变化。西爽堂刻于康熙四十九年，五十卷，末卷为"金石录跋"，无之前诸版《元丰类稿》续附的碑传哀挽一卷。在曾巩诗歌内容的编排上此本与历代诸版《元丰类稿》又都不同，以体分诗，卷一为"五言古诗"，卷二为"七言古诗"等，诗歌中以《李氏素风堂》为首篇，而非历代《元丰类稿》篇首之

---

[1]　徐子男：《重修南丰先生文集序》，《元丰类稿》清顺治十五年曾先补修本，国家图书馆藏。
[2]　此"本传"为《宋史》中曾巩的传记。

《冬望》，卷九后曾巩文章内容排次则与历代《元丰类稿》相同（除彭期《曾文定公全集》外）。与前代诸曾巩后裔所刻之《元丰类稿》相较，西爽堂本不知为何遗失了曾巩像、《像赞》，亦无罗汝芳重修曾南丰先生祠堂记、谱叙附录，并将《宋史·忠公忠义传》换为《宋史》本传。光绪十六年，慈利渔浦书院重刻《元丰类稿》，中有田金楠跋，云："……兹集旧为先生裔孙国光重修刻本，谬讹殊多，今校其显误者正之，疑者仍旧，以俟后之多识君子。"① 这一跋明确提到了渔浦书院本是在西爽堂本的基础上校正而得。查溪本与西爽堂、曾先本有密切关系。

清代还有一个非常重要的版本，即康熙五十六年顾崧龄刻本，此本题为《南丰先生元丰类稿》，共五十三卷（较前代多出者为辑佚部分：南丰先生集外文卷上、南丰先生集外文卷下共两卷），卷内有王震序、丁思敬序、姜洪序、赵琬序、邹旦序、王一夔序、陈克昌序、宁瑞鲤序、王玺序、赵师圣序、《宋史》本传、顾崧龄跋，此本较前代《元丰类稿》之不同处在于校雠较精、辑佚较多。顾崧龄自言："侧闻屺瞻何太史焯每慨藏书家务博而不求精，故即近代通行之书多所是正，而先生集亦尝假昆山传是楼大小字二宋本相参手定，其副墨在同年友子遵蒋舍人杲所，因请以归，于是复参相校雠。"② 顾崧龄据宋本补《水西亭》书事及《太子宾客陈公神道碑铭》所脱文字，并参以吴曾《能改斋漫录》、庄绰《鸡肋编》、《宋文鉴》、《文粹》及《圣宋文选》等共辑二十首佚文。然顾崧龄刻此集时距彭期刻《曾文定公全集》仅二十五年，彭期所辑文章已有顾崧龄所辑之半，且皆注明出处，不知是因彭期刻本流传不广，顾崧龄并未看到，还是顾崧龄以此彭期本为劣未加采用。陈杏珍、晁继周二位先生认为此本校勘精，流传广，点校《元丰类稿》即以此本为底本。

第四节　曾巩《续稿》《外集》的流传情况

曾肇行状中所提到的《续稿》四十卷、《外集》十卷流传后世后，最

---

① 田金楠：《元丰类稿跋》，《元丰类稿》清光绪十六年慈利渔浦书院刻本，国家图书馆藏。
② 顾崧龄：《曾南丰全集跋》，陈杏珍、晁继周点校《曾巩集》，中华书局，1984，第823页。

早而完备的考述见陈振孙《直斋书录解题》：

> 《元丰类稿》五十卷、《续》四十卷、《年谱》一卷。中书舍人南丰曾巩子固撰。王震为之序。《年谱》，朱熹所辑也。案：韩持国为巩《神道碑》，称《类稿》五十卷，《续》四十卷，《外集》十卷，本传同之。及朱公为《谱》时，《类稿》之外，但有《别集》六卷。以为散逸者五十卷，而《别集》所存其什一也。开禧乙丑建昌守赵汝砺、丞陈东得于其族孙潍者，校而刊之，因碑传之旧，定著为四十卷，然所谓《外集》者，又不知何当，则四十卷亦未必合其旧也。①

陈振孙载赵汝砺、陈东重刊《元丰类稿》时，于曾巩族孙潍处所得校而刊之，虽"所得"为《续稿》《外集》，抑或兼《别集》，语焉不明，但可知二人所重校刊者有《元丰类稿》外之文。新刊除《元丰类稿》，另有新辑之《续稿》四十卷，计九十卷。马端临《文献通考》②承接陈振孙之说，所记与《直斋书录解题》基本一致，从略。在曾巩集的流传过程中，《续稿》《外集》在元及后世《元丰类稿》诸多版本序跋中或已不提，或言已散佚：

> 洪家食时，尝睹先生《元丰类稿》于邑之元氏，欲手钞之而未暇……过宜兴，访友人邹大尹孟旭，宿留累日，为洪道其始得《类稿》写本于国子司业、毗陵赵公琬，谋刻之，继又得节镇南畿、工部左侍郎、庐陵周公忱示以官本，彼此参校，刻梓成矣，试为我序之。③

> 南丰先生《元丰类稿》五十卷，《续稿》四十卷，《外集》十卷。《类稿》宜兴板行矣，《续稿》、《外集》世未有行者。南靖杨君参来

① 陈振孙：《直斋书录解题》，上海古籍出版社，1987，第504页。
② 马端临：《文献通考》，中华书局，1986，第1874页。
③ 姜洪：《重刊元丰类稿序》，陈杏珍、晁继周点校《曾巩集》，中华书局，1984，第812页。

令南丰，刻宜兴板于县学，属伦叙之。①

先生之集，盖刻自元大德甲辰，此为《元丰类稿》。宜兴有刻，为乐安邹君旦。丰学重刻，为南靖杨君参。缙绅章缝，遂有善本争相摹印，人人得而观之。……历岁兹远，板画多磨，虽尝正于谢簿普，再补于莫君骏，顾旋就湮至不可读。②

……至于先生《续稿》及《外集》，南渡后已散轶，见于吴曾《能改斋漫录》、庄绰《鸡肋编》与《文鉴》、《文粹》中者，得十三首，拟附于后。舍人闻而题之，因又出《圣宋文选》见示，复得七首。共二十首，分为上下卷，题曰《南丰先生集外文》。③

这些都说明《元丰类稿》在流传过程中，《续稿》《外集》世间实难以见到。那么《续稿》《外集》何时亡佚的？明何乔新（1427—1502）《书元丰类稿后》言：

南丰曾先生之文，有《元丰类稿》五十卷，《续元丰类稿》四十卷，《外集》二十卷，南渡后《续稿》、《外集》散佚无传。开禧间，建昌郡守赵汝砺始得其书于先生之族孙灘，缺误颇多，乃与郡丞陈东合《续稿》、《外集》校定，而删其伪者，因旧题定注为四十卷，缮写以传。元季又亡于兵火。④

何乔新认为《续稿》《外集》南渡后散佚无传，开禧间经赵汝砺重编后，元季又亡于兵火。《四库提要》几乎只是对何乔新所说稍加删改，"袭

---

① 罗伦：《元丰类稿序》，《元丰类稿》明嘉清四十一年黄希宪刻本，国家图书馆藏。
② 陈克昌：《南丰先生文集后序》，陈杏珍、晁继周点校《曾巩集》，中华书局，1984，第816页。
③ 顾崧龄：《曾南丰全集跋》，陈杏珍、晁继周点校《曾巩集》，中华书局，1984，第824页。
④ 何乔新：《书元丰类稿后》，黄宗羲编《明文海》，中华书局，1986年影印本，第2428页。

取之以为己说"①，余嘉锡对这一做法颇为不屑，并对《续稿》《外集》毁于南宋，重编后于元亡佚之说加以辨证：

> 考《遂初堂书目》有曾子固《元丰类稿》，又《续稿》，则南渡以后《续稿》亦未尽散佚，故吴曾、庄绰之徒尚能引用其文，朱子作谱之时，偶未见耳。《黄氏日钞》卷六十三《读曾南丰文》，自诗起至《金石录跋尾》止，此序悉与《类稿》合，而无一言及于《续稿》，是必汝砺之所重编至宋末已不甚显，以黄震之博学，亦未之见，宜乎日久遂至于亡。②

余嘉锡认为南宋《续稿》《外集》尚存世，因此吴曾《能改斋漫录》、庄绰《鸡肋编》能引用不见《元丰类稿》之文。但黄震《黄氏日钞》对《续稿》《外集》只字未提，可能是由于赵汝砺重编四十卷后"重编"之事已不显，而《续稿》《外集》确已渐不传。20 世纪 80 年代初，陈杏珍、晁继周点校《曾巩集》时亦持南宋散佚，重编后毁于元兵火之说。③ 骆啸声则认为到了元代，"《类稿》仍在，《续稿》和《年谱》，只是元初才有记载"，并引刘埙《隐居通议》卷一四关于《南丰先生学问》的论述，推断"刘起潜所见到的《续稿》，可能是陈东校订的刻本……稍后，不知何故，《续稿》和《年谱》都不见记载"。④ 20 世纪 90 年代末，祝尚书又有了新发现，他认为《续稿》《外集》究竟亡于何时，余嘉锡仍未考辨清楚：

> 今按成化四年（一四六八）李绍作《重刊苏文忠公全集序》谓曾氏全集经赵汝砺编次，"已传刻，至今盛行于世"。赵氏编次本即《续稿》。又《明文海》卷二四八载李玘《重刻曾南丰先生文集序》曰：

---

① 余嘉锡：《四库提要辨证》卷二一，中华书局，1980，第 1344 页。
② 余嘉锡：《四库提要辨证》卷二一，中华书局，1980，第 1345 页。
③ 陈杏珍、晁继周点校《曾巩集》，中华书局，1984，前言。
④ 骆啸声：《曾巩及其〈元丰类稿〉考释》，中州书画社编《宋史论集》，中州书画社，1983，第 514 页。

"公集有《元丰类稿》五十卷，《续稿》五十卷，《外集》十卷。《类稿》刻久矣，《续稿》、《外集》，成化间刻之于本邑。"此序诸家皆未引及，颇可注意。李玑乃应侍御黄伯容之请，而为翻刻本安如石《南丰文粹》（当时称《文集》）作序，时在嘉靖间，去成化不远，其说应可信。又《会稽钮氏世学楼珍藏图书目》著录"《元丰类稿》一百卷，嘉靖刊本"。百卷本是否为《类稿》、《续稿》及《外集》？不得而知。《续》、《外》两集成化间既有刻本，何以未见著录，也未流传至后代？尚待研究。要之，曾巩文集，今存唯《元丰类稿》耳。①

祝尚书注意到李绍作《重刊苏文忠公全集序》及《明文海》所载李玑序均言及《续稿》《外集》，疑《续稿》《外集》在明代亦传，但诸家书目多不见著录，不知为何，因此存疑。但祝尚书此说并未引起今人注意，学者在对《续稿》《外集》的考辨时仍云：

> 元代《续稿》、《外集》皆亡，仅余正集五十卷……《元丰类稿》从北宋成书算起，经过元、明、清、民国几代，刊刻已经无数次，其作品内容也因流传而异，《续稿》、《外集》五十卷，在宋南渡后散佚，虽经赵汝砺整理，但遭元代兵火，从此再无重见天日之期。②

历代亦有少数学者对《续稿》《外集》中之内容进行揣测，何乔新《书元丰类稿后》云：

> ……太学生赵玺访得旧本，悉力校雠，而未能尽善。予取《文粹》、《文鉴》诸书参考，乃稍可读。《文鉴》载《杂识》二首，并《书魏郑公传后》，《类稿》无之，意必《续稿》所载也，故附录于《类稿》之末。③

---

① 祝尚书：《宋人别集叙录》，中华书局，1999，第282、283页。
② 吴芹芳：《〈元丰类稿〉版本考略》，《江西图书馆学刊》2003年第4期。
③ 何乔新：《书元丰类稿后》，黄宗羲编《明文海》，中华书局，1986年影印本，第2428页。

何焯在这一基础上又于《古文渊鉴》发现了"在集外者"六篇，① 余嘉锡认为，"除何义门所举诸篇外，存者盖鲜，然其篇目犹有可知者"，这些篇目即刘埙《隐居通议》卷一四所论《续稿》的内容。② 余嘉锡这一判断极有价值，但后世学者并未予以重视。至陈杏珍、晁继周点校整理《曾巩集》时，陈杏珍在《跋北京图书馆藏金刻本〈南丰曾子固先生集〉》中云：

> 《南丰曾子固先生集》所收的诗文，很多是《元丰类稿》中没有的，《圣宋文选》、《曾南丰先生文粹》所收的曾文，皆备见此本。最可宝贵的是，它保留了其它书中不见的曾巩诗文，如：《喜晴赴田中》、《上杜相三首》、《寄王荆公介甫》、《读孟子》、《杜鹃》等诗和《号令辨》、《说学》、《议茶》、《财用》、《为治论》、《上欧阳龙图》、《喜似赠黄生序》等散文。这些作品，很可能就是《续元丰类稿》和《外集》中的作品……③

"很有可能"，说明据可考的证据不充分，难以下断定。

综合前说，多数学者以为《续稿》《外集》元代已亡佚，仅祝尚书认为尚存于嘉靖，但仍存疑。因此，《续稿》《外集》之流传与亡佚时间仍是值得辨析的问题，而《续稿》《外集》所录内容亦可进一步考叙。

南宋时《元丰类稿》《续稿》《外集》皆于世有传。《两宋名贤小集》录："曾巩字子固，建昌南丰人，易占长子。嘉祐二年进士，调太平州司法参军，召为集贤校理，出知福、明等州，神宗朝加史馆修撰，中书舍人卒，有《元丰类稿》、《续稿》、《外集》。"④ 但此集只是记录，并未提及《续稿》《外集》内容。

《郡斋读书志》记云："《续元丰类稿》四十卷，右南丰先生遗文也，

---

① 计《书魏郑公传》《邪正辨》《说用》《读贾谊传》《上田正言书》《上欧蔡书》六篇。
② 余嘉锡：《四库提要辨证》卷二一，中华书局，1980，第1346页。
③ 陈杏珍：《跋北京图书馆藏金刻本〈南丰曾子固先生集〉》，《文献》1985年第4期。
④ 《两宋名贤小集》卷六五《齐州吟稿》，《文渊阁四库全书》本。

建昌郡丞陈东书鲁刊而叙之。"① 此处明确提到《续稿》四十卷，陈振孙《直斋书录解题》稍晚于《郡斋读书志》，两相印证，可见建昌赵汝砺、陈东重刊《元丰类稿》并整理《续稿》之说不虚，《郡斋读书志》作者又明确了此次整理《元丰类稿》后有陈东所作之序。

尤袤《遂初堂书目》记载："《曾南丰杂志》"，又载："曾子固《元丰类稿》，又《续稿》。"② 但这一记载过于简略，不言《外集》，对《元丰类稿》《续稿》多少卷的基本信息都未言明，且《曾南丰杂志》与其他记载皆不同。王偁《东都事略》记："《元丰类稿》五十卷，《外集》十卷。"③ 这里又不言《续稿》，可见《续稿》《外集》很有可能因单独成集而在流传过程中各自分开了。

南宋诸家记录中，刘克庄所记较详，其言《元丰类稿》及《续稿》为：

> 昔南丰《元丰类稿》五十卷，《续稿》四十卷，末后数卷，如越州开湖顷亩丁夫、齐州籴米斗斛户口、福建调兵尺籍员数，条分件列，如甲乙账，微而使院行遣呈覆之类，皆著于编，岂非儒学吏事，粗言细语，同一机杼？ 有不可得而废欤？④

刘克庄生于1187年，仅言《续稿》四十卷末后数卷，并未言及《外集》等，推断其所见，很有可能是赵汝砺、陈东所编订的新《续稿》四十卷（赵汝砺等重编时间为开禧年间）。曾巩离开史馆十年外任期间曾到越州、齐州等多地任职，收入《元丰类稿》中的《越州鉴湖图序》《襄州宜城县长渠记》《广德湖记》等文即以条分缕析、数据翔实为重要特点。刘克庄所说末后数卷的内容及特点，与曾巩的外任经历及文章特点都是相符的。曾巩《越州鉴湖图序》云："巩初蒙恩通判此州，问湖之废兴于人，未有能言利害之实者。及到官，然后问图于两县，问书于州与河渠司，至

① 晁公武：《昭德先生郡斋读书志》（万有文库本），商务印书馆，1937年影印本，第680页。
② 尤袤：《遂初堂书目》（丛书集成初编本），商务印书馆，1985，第22、29页。
③ 王偁撰，孙言诚、崔国光点校《二十五史·东都事略》，齐鲁书社，2000，第379页。
④ 辛更儒笺校《刘克庄集笺校》，中华书局，2011，第7545、7546页。

于参核之而图成，熟究之而书具，然后利害之实明。故为论次，庶夫计议者有考焉。"（《越州鉴湖图序》）熙宁二年（1069），曾巩通判越州，他对湖之兴废尤为关注。据此段文字可知，曾巩到任后广泛查找相关资料，撰写了详明的关于鉴湖的文字材料，绘制了鉴湖图，并为之写序。《永乐大典》存一篇曾巩之《越州论开浚鉴湖状》①，部分内容如下：

> 越州山阴会稽两县所管。鉴湖，周边三百五十八里，自来蓄水以备旱岁，溉荫民田九千顷，及通行公私舟舡。累有法令，禁民盗种为田，而奸民冒法不已，以致积渐埋塞，蓄水不多，稍遇天旱，湖港即先干涸，前后累经相度，欲行开浚，……今若将前项开深五尺定计，工料日限分作七年。开浚各深五尺，每亩组计三万尺，每工开浚八十尺。每年只于水涸农隙之时，自十月一日与工止于次年正月三十日，住工日役三万七百九十六人，每人各役一百二十工，每年止上项月日计役三百八十一万五千五百二十工，开得湖一百一顷七十四亩二角五十二步四尺，每开方一里计五顷四十里，每年计开得方一十八里零四顷五十四亩二角五十二步四尺……②

刘克庄所言之"越州开湖顷亩丁夫"等内容与此切合。曾巩《齐州杂诗序》又曰："余之疲驽来为是州，除其奸强，而振其弛坏，去其疾苦，而抚其善良。未期图圄多空，而枹鼓几熄，岁又连熟，州以无事。故得与其士大夫及四方之宾客，以其暇日，时游后园。"熙宁五年（1072）曾巩由越州通判改知齐州军州事，到任后采取了行之有效的管理措施，使"图圄多空"，诗序中所言"岁又连熟"是关键性的信息。曾巩注重实证考察与资料收集，刘克庄所言"齐州籴米斗斛户口"内容不见《元丰类稿》所

---

① 据栾贵明所作《永乐大典索引》，方艳、李俊标对《永乐大典》中的曾巩佚文进行了辑佚、考辨，《越州论开浚鉴湖状》为其中完整的一篇，见方艳、李俊标《〈永乐大典〉所收曾巩佚文考》[《安庆师范学院学报》（社会科学版）2004 年第 5 期]。金程宇《新发现〈永乐大典〉残卷中的曾巩佚文》（《学术月刊》2004 年第 9 期）也提及此文，但二人都未将原文录出。

② 《永乐大典》卷二二六七，中华书局，1986，第 819 ~ 820 页。

录曾巩于齐州所作文章，① 这些有可能是曾巩知任齐州逢年岁丰稔，经调研后形成的资料性文字。熙宁十年（1077）曾巩以直龙图阁移知福州，兼福建路兵马钤辖，刘克庄记"福建调兵尺籍员数"相关文章可能为在福州任上所作。综合看来，刘克庄所言"《续稿》四十卷末后数卷"之内容应为《元丰类稿》中所涉及的、曾巩在齐州、福建等地任职时所作的考察资料等。

关于《续稿》的情况，所述最详者为元初刘埙的《隐居通议》。历代学者唯余嘉锡对刘埙所言《续稿》内容予以关注，但未经论证，亦因未见金刻《南丰曾子固先生集》而无从知晓其中各版本的关系，其他学者亦未见涉及。因此刘埙所言《续稿》内容的重要价值仍待挖掘。

刘埙所见既涉及后世所传《元丰类稿》的内容，亦见金刻《南丰曾子固先生集》、明刻《文粹》，亦有诸本皆无的文章。《隐居通议》卷一四文章二载《南丰先生学问》、《秃秃记》、《南丰县学记》（曾巩父易占所作，又传为曾巩十八岁代笔之作）、《曾文宗西汉》、《喜似》（即《喜似赠黄生序》）、《杂识》及朱熹后来所增《年谱》、《曾南丰先生年谱序》（简称《年谱序》）、《曾南丰先生年谱后序》（简称《年谱后序》）等。陈振孙曾记《元丰类稿》："五十卷，《续》四十卷，《年谱》一卷。中书舍人南丰曾巩子固撰。王震为之序。《年谱》，朱熹所辑也。"② 可测刘埙所见与陈振孙所见大体为同一版本。且先将其中涉及《元丰类稿》《续稿》的内容节录如下：

> 濂洛诸儒未出之先，杨刘昆体固不足道。欧苏一变，文始趋古，其论君道国政民情兵略，无不造妙，然以理学，或未之及也。当是时，独南丰先生曾文定公议论文章，根据性理，论治道则必本于正心诚意，……其《元丰类稿》，则览之熟矣。近得《续稿》四十卷，细观其间，或多少作，不能如《类稿》之粹，岂公所自择，或学者诠次

---

① 曾巩在齐州所作文章有《齐州北水门记》和《齐州二堂记》两篇。
② 陈振孙：《直斋书录解题》，上海古籍出版社，1987，第504页。

如《庄子》内外篇,《山谷内外集》之分欤?其间如《过客论》则仿《两都赋》,如《诏弟教》则仿《客难》、《僮约》、《进学解》,如《襄阳救灾记》则仿《段太尉逸事》。文公谓其多摹拟古作,盖此之类。又有《释疑》一篇,亦仿西汉文字。前辈谓此乃公少年慕学,借此以衍习其文耳。观后《听琴序》、《题赵充国传》、《题魏郑公传》诸篇,皆其妙者,盖不可及也。其《上李连州书》,十五岁所作,前集《秃秃记》,二十五岁所作。公生于真宗天禧己未岁,至仁宗嘉祐二年丁酉及第时,年三十九矣。神宗元丰五年壬戌四月试中书舍人,赐紫金鱼袋,九月二十八日母仁寿太君朱氏卒,公丁忧。明年癸亥四月丙辰,公卒于江宁府,年六十五,归葬南丰。朱文公作年谱,具载其本末如此。①

公之文源流经术,议论正大,然《秃秃记》则实自《史》、《汉》中来也。……《秃秃记》曰……(以下为《元丰类稿》所录《秃秃记》原文)②

南丰《续稿》有《喜似》一篇,为介甫作,尊敬甚至。及其得志,则与之异,故《过介甫归偶成》云:"直道讵非难,尽言竟多忤。知者上复然,悠悠谁可语。"③

南丰《续稿》为《杂识》二三兵事,多放《史》、《汉》文,可观,《宋史》、《备要》多采用之。④

刘埙对曾巩文学成就的评价无甚新奇,但他所提《续稿》的内容部分包含了重要的信息。据他所言,可知:第一,《续稿》部分的内容不及

---

① 刘埙:《隐居通议》(丛书集成初编本)卷一四,商务印书馆,1985,第147~148页。
② 刘埙:《隐居通议》(丛书集成初编本)卷一四,商务印书馆,1985,第148~149页。
③ 刘埙:《隐居通议》(丛书集成初编本)卷一四,商务印书馆,1985,第150页。
④ 刘埙:《隐居通议》(丛书集成初编本)卷一四,商务印书馆,1985,第150页。

《元丰类稿》内容精粹，"岂公所自择，或学者诠次如《庄子》内外篇，《山谷内外集》之分欤"。刘埙不能确定是外人还是曾巩自己所选编。刘埙还辨识出多篇文章有明显的模仿痕迹，"前辈谓此乃公少年慕学，借此以衍习其文耳"，显然在刘埙之前世间已多见这些文章，也即《续稿》在刘埙前确已流传。第二，与他集相对比即可发现，刘埙所言《元丰类稿》、《续稿》四十卷内容与今见之《元丰类稿》、明刻《文粹》、《南丰曾子固先生集》等诸本书目均有交叉，却又有不同。这证明了刘埙之言的可靠性。第三，《南丰曾子固先生集》、明刻《文粹》的一部分的确来源于《续稿》。第四，刘埙《隐居通议》中所录朱熹《年谱序》、《年谱后序》与后《元丰类稿》诸本所录皆基本相同，其中又言朱熹《年谱》，此年谱后世已佚，经刘埙叙可窥一二。

刘埙所提前集《秃秃记》今见《元丰类稿》。刘埙明确表明出于《续稿》者，有《过客论》《诏弟教》《襄阳救灾记》《释疑》《听琴序》《题赵充国传》《题魏郑公传》《上李连州书》《喜似赠黄生序》《杂识二首》等十篇内容。其中出处见表1-1。

表1-1 刘埙所言《续稿》文章收录情况

文章	文集					
	《续稿》	《宋文鉴》	《圣宋文选》	明刻《文粹》	《南丰曾子固先生集》	《元丰类稿》
题魏郑公传	√	√	√		√	清顾崧龄辑佚
听琴序	√		√	√	√	清顾崧龄辑佚
过客论	√		√	√	√	清顾崧龄辑佚
诏弟教	√					
襄阳救灾记	√					
释疑	√					
题赵充国传	√					
上李连州书	√					
喜似赠黄生序	√				√	
杂识二首	√	√				清顾崧龄辑佚

《杂识二首》、《题魏郑公传》（原题为《书魏郑公传》）、《听琴序》、《喜似》（全名则为《喜似赠黄生序》）均可见他集，并已被陈杏珍、晁继周辑佚至《曾巩集》。但《过客论》《诏弟教》《襄阳救灾记》《释疑》《题赵充国传》《上李连州书》等诸篇，今《曾巩集》及历代《元丰类稿》《南丰曾子固先生集》《文粹》皆不见著录，唯《释疑》、《过客论》、"过客论道者"残篇、残句已被学者在《永乐大典》中辑佚。① 这十篇文章，加之刘克庄所见"越州开湖顷亩丁夫、齐州籴米斗斛户口、福建调兵尺籍员数"等内容（越州开浚鉴湖图），《续稿》的一部分面貌似可还原了。②

明代关于《续稿》的记载亦见嘉靖四十一年黄希宪刻《元丰类稿》所录李玑序：

> 公集有《元丰类稿》五十卷，《续稿》四十卷，《外集》十卷。《类稿》刻久矣，《续稿》、《外集》成化间刻之于本邑，无锡安氏迻选其粹刻之。乃御史黄君伯容谓未之广也，又版多脱谬，爰檄苏守王君翻刻之，因属余以序。③

李玑序云："《续稿》、《外集》成化间刻之于本邑，无锡安氏迻选其粹刻之。"这给我们提供了侧面了解《续稿》《外集》的信息，其说是否可靠？明刻《文粹》之前已有的《元丰类稿》版本有大德本、黑口本、正统本、成化本、嘉靖王忬本、秦潮本以及金刻《南丰曾子固先生集》，将明刻《文粹》与这些版本部分目录对比，可发现一些问题，见下表。

---

① 方艳、李俊标《〈永乐大典〉所收曾巩佚文考》［《安庆师范学院学报》（社会科学版）2004 年第 5 期］辑佚了曾巩文章十篇，其中除本文所提之外，又有《诒弟教》，疑与《诏弟教》同文不同名。
② 虽然有些文章真伪未辨，但可确知收在了刘埙所见之《续稿》中。
③ 李玑：《重刻曾南丰先生文集序》，《南丰先生元丰类稿》明嘉靖四十一年黄希宪刻本，国家图书馆藏，本文附录。

表 1–2　元刻、明刻《元丰类稿》与宋刻、明刻《文粹》、
《南丰曾子固先生集》部分篇章收录对比

文章	文集版本							
	宋刻《文粹》	大德本	黑口本	成化本（八年）	嘉靖王忬本	秦潮本	金刻《南丰曾子固先生集》	明刻《文粹》
讲官议	×	√	√	√	√	√	×	√
救灾议	√	√	√	√	√	√	×	√
相国寺维摩院听琴序	√	√	√	√	√	√	×	√
听琴序	×	×	×	×	×	×	√	√
越州鉴湖图序	×	序越州鉴湖图	序越州鉴湖图	序越州鉴湖图	序越州鉴湖图	序越州鉴湖图	鉴湖图序	越州鉴湖图序
送蔡元振序	×	√	送蔡元握序	送蔡元握序	送蔡元握序	送蔡元握序	×	√
上欧蔡书	×	×	×	×	×	×	√	√
代上蒋密学书	×	×	×	×	×	×	√	√
代人上石中允书	×	×	×	×	×	×	√	√
答王深甫论扬雄书	×	√	√	√	√	√	×	√
齐州二堂记	×	√	√	√	√	√	√	√
赐高丽诏	×	√	√	√	√	√	√	×
请令州贰长自举士属官札子	√	√	√	√	√	√	×	√
请减五路城堡札子	√	√	√	√（手书补整页）	×	×	√	√
策问一	√	√	√	√	√	√	策问一道	√
策问二	×	√	√	√	√	√	策问一十四道	√
策问三	√	√	√	√	√	√	策问一十道	×
国体辨	×	×	×	×	×	×	√	√
邪正辨	×	×	×	×	×	×	√	√
说势	×	×	×	×	×	×	√	√
号令辨	×	×	×	×	×	×	√	×

续表

文章	文集							
	宋刻《文粹》	大德本	黑口本	成化本（八年）	嘉靖王忬本	秦潮本	金刻《南丰曾子固先生集》	明刻《文粹》
时俗辨	×	×	×	×	×	×	√	×
说用	×	×	×	×	×	×	√	√
读贾谊传	×	×	×	×	×	×	√	√

注：文章名中加粗者为明刻《文粹》较宋刻《文粹》多出的篇章。

明刻《文粹》在卷内较宋刻《文粹》多出《上欧蔡书》《代上蒋密学书》《代人上石中允书》《听琴序》等，卷末又注补遗文五篇《国体辨》《邪正辨》《说势》《说用》《读贾谊传》。前文李玑序言安如石所刻明刻《文粹》出于《续稿》《外集》，根据以上对比可发现，以上九篇文章的确并非出自安如石之前诸版《元丰类稿》，而金刻《南丰曾子固先生集》中皆录。不难推断出，以上见《南丰曾子固先生集》的文章即为安如石所本《续稿》《外集》的内容。而将《南丰曾子固先生集》《元丰类稿》部分文章收录情况相对比，除《鉴湖图序》《相国寺维摩院听琴序》外，几乎都是此有彼无的情况。陈杏珍亦曾推测："《南丰曾子固先生集》中保留了其他书中不见的散佚诗文，这些诗文很可能就是已佚《续元丰类稿》和《外集》的作品。"① 这一推测由于李玑序的内容，似乎更见确凿了。

由于刘埙并未提及《外集》，《南丰曾子固先生集》、明刻《文粹》不见于《元丰类稿》中的另一部分文章是否来源于《外集》就不得而知了。可以肯定的是《南丰曾子固先生集》中所录《上欧蔡书》《代上蒋密学书》《代人上石中允书》《听琴序》《国体辨》《邪正辨》《说势》《说用》《读贾谊传》等不是在《续稿》就是在《外集》中，而综观整部金刻《南丰曾子固先生集》，可知其中不见于《元丰类稿》的诗文确为《续稿》《外集》的一部分。

除旁证了《续稿》《外集》的内容，李玑序还提供了几个重要的信息。

---

① 陈杏珍：《谈曾巩集的流传和版刻》，《文献》1984 年第 9 期。

第一，其所言"无锡安氏"指安如石，其于嘉靖己酉年（1549）曾刻《文粹》，李玑序明确提到安如石所刻《文粹》是在《元丰类稿》《续稿》《外集》的基础上粹选而得，这是其他藏书家及后世学者所未能辨明的。① 第二，"《续稿》、《外集》成化间刻之于本邑"，说明成化间丰城即有《续稿》《外集》存世，而后世多不言，可能因流传不广。《增订四库简明目录标注》记《元丰类稿》云："朱修伯云：嘉靖本一百卷，尚佳。"② 洋洋一百卷，其内容应为曾肇行状所言《元丰类稿》《续稿》《外集》之一百卷，与李玑序对照，可见明代依然有《续稿》《外集》传世，时限可至嘉靖年间。《续稿》在成化间流传的情况还见成化四年（1468）李绍作《重刊苏文忠公全集序》，序谓曾巩全集经赵汝砺编次，"已传刻，至今盛行于世"③。前文陈振孙《直斋书录解题》言赵汝砺重编《续稿》四十卷以合原数，那么赵编曾巩全集应为九十卷，并无《外集》，因此李绍说成化年间盛行于世者，亦应为无《外集》的九十卷内容。

这样看来，明代流传于世的不仅有赵汝砺重新编定的《续稿》四十卷传世，至嘉靖己酉年还有最初曾肇所言的《元丰类稿》五十卷、《续稿》四十卷、《外集》十卷传世。

至此关于《续稿》《外集》的内容与流传似乎都已明了。但结合历来关于曾巩著述的记载，依然有些问题尚不明确。曾肇只言《元丰类稿》《续稿》《外集》，但后世亦见曾巩《南丰杂识》《隆平集》，此二集出于何处？

关于曾巩之《杂识》，20世纪90年代王河《曾巩佚著〈南丰杂识〉辑考》已做过简要考辨及辑佚：

> 《南丰杂识》一书，宋代目录书记多未著录，仅南宋尤袤《遂初堂书目》小说类著录为《曾南丰杂志》，元代不撰人《群书通要》卷

---

① 唯傅增湘将明刻《文粹》与宋刻《文粹》相校对，发现明刻《文粹》并非本于宋刻《文粹》，因此他怀疑明刻《文粹》"别有所本"。
② 邵懿辰撰，邵章续录《增订四库简明目录标注》，上海古籍出版社，1979，第692页。
③ 转引自祝尚书《宋人别集叙录》卷六，中华书局，1999，第282页。

九已集引录该书佚文，也作《南丰杂志》。元代脱脱编纂的《宋史·艺文志》著录有曾巩《杂职》一卷。宋代不撰人《锦绣万花谷》（四库全书本）引录了该书三条佚文，其中一条写作《南丰杂识》，二条写作《南丰杂记》；朱熹《三朝名臣言行录》、《五朝名臣言行录》（四部丛刊影宋本）所录该书佚文均作《南丰杂识》；四库全书本的朱熹所编的《宋名臣言行录》所录佚文，也均作《南丰杂识》。可见曾巩此书有《杂识》、《杂记》、《杂志》、《杂职》四种不同名称。①

又经考辨，王河认为诸家之说以"杂识"为原书名最为合理，并确为曾巩所撰。

王河所辑佚的文章有《王洙修经武略》、《仁宗命文彦博富弼为相》、《孙甫蔡襄为谏官》、《尹洙好善之心》、《孙甫不党》、《狄青破侬智高》②和《台官共谏濮王事》等七篇，经笔者再次考察，这些文章片段多为南宋笔记、史学著作引用，这证明王河对《曾巩杂识》的考辨与辑佚是可靠的。又《宋史·艺文志》著录有曾巩《杂职》一卷（《杂职》已经王河考辨为《杂识》之误），《宋史新编》（明嘉靖四十三年杜晴江刻本）载"《曾巩杂识》一卷"。但曾巩《杂识》是否独立于《元丰类稿》《续稿》《外集》之外，为另一卷曾巩文？前文所提刘埙《隐居通议》似乎可提供一丝线索，刘埙记："南丰《续稿》为《杂识》二三兵事，多放《史》、《汉》文，可观，《宋史》、《备要》多采用之。"王河所辑七篇中所言内容非政即兵，《狄青破侬智高》言北宋大将狄青率兵破侬智高叛乱的过程，叙述精简生动，虽不一定即指刘埙所说《杂识》，但其内容、主题合刘埙所记。至于其言"《杂识》二三"，并非言《杂识》只有二三篇，而是指其中的二三篇内容为兵事，在风格上仿《史》《汉》文风。基于此可认为，《宋史·艺文志》等所载曾巩《杂识》事实上为《续稿》中之内容。

通常被视为史学著作的《隆平集》二十卷已经学者辨明，亦为曾巩所

① 王河：《曾巩佚著〈南丰杂识〉辑考》，《江西社会科学》1999 年第 7 期。
② 清康熙顾崧龄曾辑佚此篇，收入今《曾巩集》中，为《杂识二首》之一。

作。① 关于《隆平集》的史料价值亦有许多学者进行论证，王瑞来认为：
"《隆平集》中记载的史料，近乎原生态，这便显得极为难得而可贵。因此
赞扬《隆平集》的史笔精湛，并不能给曾巩本人增添多少光彩。《隆平集》
就是曾巩录自国史实录的一种修史资料汇编而已。……正因为如此，在曾
巩去世后，包括其弟曾肇所撰行状、韩维所撰神道碑以及其他曾巩的传记
资料，均未将这部修史资料汇编视为曾巩本人的著作而加以提及。余氏推
测说：'肇之行状，必作于未葬之前，巩此书或以弃之敝篋之中，肇盖未
之见耳。'在我看来，'弃之敝篋'或为事实，但并非'未之见'，而是明
知而不录的无视。"② 在余嘉锡、王瑞来等学者看来，《隆平集》是独立于
《元丰类稿》《续稿》《外集》之外的曾巩所作资料汇编，因曾肇认为其价
值不高，故不提。

但若真如余、王二人所言，《隆平集》被曾肇"弃之敝篋"，那么
《隆平集》何以保留下来呢？当然余、王二说可能有夸张的成分，意在说
明曾肇因《隆平集》所录内容并非原创，而不加重视，王瑞来还认为曾肇
是"明知而不录的无视"。但事实恐非如此，重新检读曾肇《行状》或有
新的认知：

> 公生而警敏，不类童子，读书数百千言，一览辄诵。年十有二，
> 日试六论，援笔而成，辞甚伟也。未冠，名闻四方。是时宋兴八十余
> 年，海内无事，异材间出。欧阳文忠公赫然特起，为学者宗师。公稍
> 后出，遂与文忠公齐名。自朝廷至闾巷海隅障塞，妇人孺子皆能道公姓
> 字。其所为文，落纸辄为人传去，不旬月而周天下。学士大夫手抄口
> 诵，唯恐得之晚也……世谓其辞于汉唐可方司马迁、韩愈，而要其归，

---

① 历来学者对《隆平集》的作者多有争论，余嘉锡《四库提要辨证》、叶建华《〈隆平集〉
作者考辨》（《史学史研究》1999 年第 2 期）、王琦珍《曾巩评传》（江西高校出版社，
1990）、李震《曾巩年谱》（苏州大学出版社，1997）、熊伟华《〈隆平集〉研究》（暨南
大学博士学位论文，2008）等都对前人之说进行辩驳，综合诸家之说，曾巩作《隆平集》
之论可信。

② 王瑞来：《隆平集考述》，曾巩撰、王瑞来校正《隆平集校正》，中华书局，2012。

必止于仁义，言近指远，虽《诗》、《书》之作者未能远过也。①

曾巩在《学舍记》曾有自述："予幼则从先生受书，然是时，方乐与家人童子嬉戏上下，未知好也。十六七时，窥六经之言与古今文章，有过人者，知好之，则于是锐意欲与之并。"这说明曾巩幼时启蒙并不早，后虽受欧阳修赏识，却亦曾感叹："夫世之迂阔，孰有甚于予乎？"（《赠黎安二生序》）曾肇的《行状》言曾巩与司马迁、韩愈齐名，甚至"《诗》、《书》之作者未能远过也"，显然多有溢美之词，乃至为后世文人诟病。曾巩曾奉敕修《五朝国史》，若《隆平集》果真为修《五朝国史》而录的资料，这对曾巩家族来讲亦是值得大张旗鼓炫耀之事。尤其在斯人已逝之时，在曾肇这种极力溢美的表述倾向下，《隆平集》若独立于《元丰类稿》《续稿》《外集》之外，曾肇怎可不提？

从内容上来讲，刘埙见了赵汝砺重编之《续稿》内容，亦认为不及《元丰类稿》精粹。《朱子语类》卷一三九云："曾喜模拟人文字，《拟岘台记》是仿《醉翁亭记》，不甚似。"②何焯、刘埙皆疑《续稿》中之文多有曾巩少作。因此《续稿》《外集》可能在内容上不如《元丰类稿》更能代表曾巩之长，而传之不广。而《隆平集》因其非曾巩原创而被收入《续稿》《外集》极有可能。

从流传上来看，后世选录或提及曾巩之文的还有曾巩之《本朝政要策》一卷③，《元丰题跋》④ 等，皆出自《元丰类稿》，这些并非最初独立成集，而是曾巩文集在流传过程中后人辑出之内容。《隆平集》正因被收录在《续稿》或《外集》中，才因修史等需要得以在南宋被辑出，并广为征引。

综合以上考证，本书认为，曾巩之《元丰类稿》《续稿》《外集》，曾肇言有一百卷之巨，其所包含之内容应该非常丰富。今存金刻《南丰曾子

① 曾肇：《行状》，陈杏珍、晁继周点校《曾巩集》，中华书局，1984，第791页。
② 黎靖德编，王星贤点校《朱子语类》，中华书局，1986，第3314页。
③ 《澹生堂藏书目》，清宋氏漫堂抄本。
④ 明毛晋汲古阁本。

固先生集》之不见于《元丰类稿》的内容，刘克庄言"越州开胡顷亩丁夫"、"齐州籴米斗斛户口"和"福建调兵尺籍员数"之内容，曾巩《杂识》一卷、《隆平集》二十卷，皆为《续稿》《外集》之内容。曾肇所言的《续稿》《外集》至少在明嘉靖己酉年（1549）依然流传在世，经赵汝砺、陈东等重编的《外集》四十卷亦在明嘉靖年间传于世。

第二章

曾巩诗文集叙考

第一节　《曾南丰先生文粹》叙考

《曾南丰先生文粹》有宋刻、明刻两种存世，皆为十卷，是曾巩文章的选本，题名稍有差异。内容几乎相同，都含曾巩文章，有论、议、序、书、记、诏、策问、札子、哀辞、墓志铭等，其中以序、记、书等内容为最多。

一　宋刻本《曾南丰先生文粹》（简称宋刻《文粹》）

《曾南丰先生文粹》十卷，宋婺州刻本。此为今人所能见到的最早的曾巩文选版本。国家图书馆藏此本有四册，十四行二十六字（行字不一，唐论第一行有十四行二十五字），白口，四周双边，双鱼尾。版心题曾文，刻工有刘、张、伸、吕、宏、同、全、王等未知名或姓者，卷内有"谦牧堂藏书记"印，"天禄继鉴""乾隆御览之宝"二玺，卷七末等处有"寒云秘笈珍藏之印"。该本无序，无跋，所录内容皆无出于后世流传之《元丰类稿》者。

从避讳可推宋刻《文粹》为南宋光宗时刻本。傅增湘《藏园群书经眼录》曾记云："曾南丰先生文粹十卷，宋曾巩撰，存卷五至十，计六卷。宋刊本，半叶十四行，行二十六字，白口，四周双栏，版心上记字数，下记刊工姓名，有王、震、同、甲、仝、吕、仙、宏、张、刘、弢、蒋各单字。避宋讳至敦字止。钤有'谦牧堂藏书记'、'天禄琳琅'及盛昱藏印。（盛昱遗书，归袁寒云，余自寒云假来一校，宋本脱误颇甚。）"① 傅增湘又记云："昔年正文斋谭笃生有《南丰文粹》六卷，余曾假校一过，后为袁寒云所收，今不知流转何所矣。"② 祝尚书《宋人别集叙录》记："该本卷五至十由清宫流出，辗转为潘宗周所得，其《宝礼堂宋本书录》著录……潘氏后将是本捐赠北京图书馆，遂与该馆原藏第一至第四卷合璧。"③ 据此二记可大致了解宋刻《文粹》的流转情况。

宋刻《文粹》为婺州所刻。张秀民在介绍宋代刻书情况时道："婺州及所属义乌、东阳、永康书刊，刊书可考者有……婺州义乌青口吴宅桂堂《老泉先生文粹》，乾道……此外婺州刻的又有……《曾南丰先生文粹》、《圣宋文选》、《容斋随笔》等。"④ 与宋刻《文粹》刻于同时同地的还有《三苏文粹》《欧阳文粹》。《铁琴铜剑楼藏书目录》又记宋刊本《三苏文粹》道："不著纂辑姓氏。前有标目，无序跋……目后有真书墨图记云：'婺州东阳胡仓王宅桂堂刊行'，与《欧阳文粹》板式相同，当是同时所刊……每半叶十九（四）行，行二十六字。'敬'、'殷'、'匡'、'恒'、'贞'、'征'、'让'、'树'、'桓'、'构'、'慎'字皆缺笔，而'惇'字不缺，光宗前刻本也。"⑤ 傅增湘录宋刻《文粹》避讳亦至"敦"字止，为婺州刻，且"有标目，无序跋"，"每半叶十九（四）行，行二十六字"⑥ 等特点与《三苏文粹》《欧阳文粹》高度一致，三《文粹》应为同时所刊。关于《老泉文粹》，虽不明确切版式，然同为婺州刻，时间为乾道年间，亦以"文粹"名，可推测与前各《文粹》大体是版式一致而同时

① 傅增湘：《藏园群书经眼录》卷一三，上海古籍出版社，1989，第 1140 页。
② 傅增湘：《宋刊元丰类稿残卷跋》，《藏园群书题记》集部三，上海古籍出版社，1989，第659 页。
③ 祝尚书：《宋人别集叙录》卷六，中华书局，1999，第 285 页。
④ 张秀民著，韩琦增订《中国印刷史》，浙江古籍出版社，2006，第 58、59 页。
⑤ 瞿镛编纂，瞿果行标点，瞿凤起覆校《铁琴铜剑楼藏书目录》，上海古籍出版社，2000，第 662 页。
⑥ 傅增湘：《明嘉靖刻南丰文粹跋》，《藏园群书题记》集部三，上海古籍出版社，1989，第660 页。

的。北宋嘉祐二年欧阳修知贡举，倡平实朗畅之文以用于世，录用曾巩、三苏等，对改良浮弊文风起到了很大作用。曾巩一门七人，苏轼、苏辙父子同时登科，这对当时也产生了很大的影响。检录诸书目，以"文粹"名而刊北宋文学家文集者有《南丰文粹》、《三苏文粹》、《欧阳文粹》、《老泉先生文粹》和《欧曾文粹》①，这些别集同时刊刻，似可旁见后人对嘉祐二年进士文学的接受。

二　明嘉靖二十八年无锡安如石刻《南丰曾先生文粹》（简称明刻《文粹》）

《南丰曾先生文粹》十卷，明嘉靖二十八年安如石刻。国家图书馆藏两种，一为傅增湘校并跋本（简称傅校本），一为普通本。二者皆为十册，十行二十一字，白口，左右双边，单鱼尾，前有王慎中《曾南丰文粹序》，版心题"南丰文粹"，每卷题下有"盱江张光启校，无锡后学安如石刊"字样，卷十目录后附补遗《国体辨》《邪正辨》《说势》《说用》《读贾谊传》五篇，卷末无序无跋。

但二者似并非同一版次。现将几个条目对比如下。

《救灾议》

傅校本"如不可止，则将空近塞之地"，普通本作"如是不可止，则将空近塞之地"，今《曾巩集》校勘记："元刻本、顾校本、章校本、吴校本、傅校本无'是'字；《读书记》云'是字衍'。"②

傅校本"脱于流转死亡之祸"，普通本作"脱于流离死亡之祸"。《曾巩集》校勘记："'流转死亡'，原作'流亡转死'，据元刻本、《读书记》、顾校本、章校本、吴校本、傅校本改。"

---

① 《欧曾文粹》为朱熹所编，《鲁斋集》（民国续金华丛书本）卷一一有《跋欧曾文粹》云："右《欧阳文忠公南丰曾舍人文粹》合上下两集六卷，凡四十有二篇，得于考亭门人，谓朱子之所选。观其择之之精，信非他人目力所能到。"
② 陈杏珍、晁继周点校《曾巩集》，中华书局，1983，第153页，下文未出注之《曾巩集》，皆为此版本，不另注。

傅校本"发肤尚无足爱",普通本作"发肤尚无所爱",今《曾巩集》校勘记:"'所',顾校本、傅校本作'足'。"

《为人后议》

傅校本"是则名与实相违",普通本作"则是名与实相违",《曾巩集》校勘记:"'则是',正统本、顾校本作'是则'。"

傅校本"盖恶其为二,而使之为一",普通本作"盖恶其为二,而欲使之为一"。《曾巩集》校勘记为:"元刻本、章校本'而'下有'欲字'。"

傅校本"为人后者为其父母报",普通本与傅校本同,《曾巩集》校勘记为:"'服',元刻本、《读书记》、顾校本、吴校本、傅校本作'报',并注'一作服';正统本、章校本作'报',阮元校本《仪礼·丧服》亦作'报'。"

傅校本"此古人之常理",普通本作"此古今之常理",《曾巩集》校勘记为:"'今',元刻本、正统本、章校本作'人'。"

傅校本"而革变其父母之名",普通本作"而变革其父母之名",《曾巩集》校勘记为:"'变革',顾校本、章校本作'革变'。"

傅校本"《礼》曰:考庙,曰王考庙",普通本同,《曾巩集》校勘记为:"'礼'和'考'之间原本只有一'曰'字,据元刻本、《读书记》、顾校本、章校本增一'曰'字。"

傅校本"有宗庙祀祭之辞而已",普通本作"有宗庙祝祭之辞而已",《曾巩集》校勘记为:"'祝',元刻本、顾校本作'祀',并注'一作祝';正统本、章校本作'祀'。"

仅从以上文字对比可见,明刻《文粹》二种文字之异并非刻工重刻之时误写的结果,而是前后刊刻的两个不同版次,其中一个版次在重刻时对前一个版次进行了校勘。

傅增湘曾对明刻《文粹》进行校勘:

《南丰先生文粹》十卷,编者不著姓名,此明刊本题"盱江张光启校，无锡后学安如石刊"。前有嘉靖己酉王慎中序，卷末有补遗文五者，卷尾有"许文会缮写"五字。半叶十行，每行二十一字，白口左右双栏。旧为马笏斋所藏，钤有"马玉堂"、"笏斋"、"笏斋珍藏之印"各印记。余壬子岁得于上海坊市，洎丙辰岁，以残宋刻校过。宋刻乃巾箱本，存卷五至十，共六卷，半叶十四行，行二十六字，白口，四周双栏，版心上记字数，下记刊工姓名。有"兼牧堂书画记"印，又有"天禄继鉴"、"乾隆御览之宝"二玺。密行细字，精整可爱，盖《天禄琳琅后目》之书，不知何时流出此半部，为盛意园祭酒所得。余壬子夏见之于正文斋，旋归于袁寒云公子，余对勘时盖从寒云假得者也。宋本脱误颇甚，然间有佳字可取。惟安氏所刻似非出于此本，如卷六《齐州二堂记》宋本无之，补遗文六首宋本亦不载，其他字句宋本脱误而明本则否，是安氏所据别为一宋本也。此书虽属选本，所录文字有为《元丰类稿》所佚者，如卷三之《听琴序》，卷四之《上欧蔡书》、《代上蒋密学书》、《代人上石中允书》①，顾东岩校刻《元丰类稿》据以补入。其补遗五首亦属佚文，然宋刊巾箱本无之，未知为别一宋刻所载？②

这里傅增湘所说"宋巾箱本"为宋刻《文粹》，他不仅对明刻《文粹》基本情况进行了描述，还怀疑"惟安氏所刻似非出于此本（宋刻《文粹》）"，并将宋刻《文粹》与明刻《文粹》粗略对比，但亦未能厘清明刻《文粹》所据为何本，何人所编。后世学者亦多对此语焉不详。

明何乔新云："国初，惟《类稿》藏于秘阁，士大夫鲜得见之。永乐初，李文毅公为庶吉士，读书秘阁，日记数篇，休沐日辄录之，今书坊所刻《南丰文粹》十卷是也。正统中，昆池赵司业琬始得《类稿》全书，以畀宜兴令邹旦刻之，然字多讹舛，读者病焉。成化中，南丰令杨参又取宜兴

---

① 明黄希宪所刻《元丰类稿》据明刻《文粹》已补入《代上蒋密学书》《代人上石中允书》二篇。
② 傅增湘：《明嘉靖刻南丰文粹跋》，《藏园群书题记》集部三，上海古籍出版社，1989，第660页。

本重刻于其县，踵讹承谬，无能是正。太学生赵玺访得旧本，悉力校雠，而未能尽善。予取《文粹》、《文鉴》诸书参考，乃稍可读。"① 此处所提永乐初李文毅录《南丰文粹》的信息不够明确。李文毅"日记数篇"，不知其所记为秘阁所藏之已刻《文粹》，还是据已有之《元丰类稿》选录之？仅能知道安如石刻《文粹》之前坊间已有李文毅录之《南丰文粹》流传。叶盛《篆竹堂稿》亦曾记："《元丰类稿》五十卷，近年刻在苏州，得之董都督，因取李古廉祭酒②所选《文粹》各点识具首以备考究……"③ 考李文毅与李古廉非同一人，不知此李古廉所选之《文粹》为何种。

回到明安如石刻《文粹》本身，似有三个方面的信息暗示了其刊刻底本及刊刻情况。一为明刻《文粹》与宋刻《文粹》之异同。宋刻《文粹》与明刻《文粹》绝大部分内容都高度一致，在篇目的排序上除增加者外皆一致，但将二者目录信息对比可见一些细微不同，见表 2 - 1：

表 2 - 1　宋刻《文粹》与明刻《文粹》目录比较

类别	宋刻《文粹》	明刻《文粹》
卷内目录	曾南丰先生文粹目录	南丰曾先生文粹目录
卷五	谢章学士书	与章学士书
卷六	洪州新建县厅壁记	新建县厅壁记
	襄州宜城县长渠记	宜城县长渠记
卷七	拟廷试策问三	拟廷试策问二
卷八	请令长贰自举属官札子	请令州县自举士札子
卷十	殿中丞监扬州□徐君墓志铭	阙

明刻《文粹》于卷十目录后，专门注出补遗《国体辨》《邪正辨》《说势》《说用》《读贾谊传》五篇，除此之外，明刻《文粹》较宋刻《文粹》还多录数篇内容，卷一议部分补《讲官议》，卷三补《听琴序》《越州鉴湖图序》《送蔡元振序》，卷四补《上欧蔡书》《代上蒋密学书》《代

① 何乔新：《书元丰类稿后》，黄宗羲编《明文海》，中华书局，1986 年影印本，第 2428 页。
② 李古廉为祭酒时约 1436 年至 1449 年。
③ 叶盛：《书元丰类稿后》，《篆竹堂稿》卷八，清初抄本。

人上石中允书》《答王深甫论扬雄书》，卷六补《齐州二堂记》等，总计较宋刻《文粹》多录十四篇。这里即存在一个问题，若明刻《文粹》仅以今日所见之宋刻《文粹》为底本补之，那么需注补遗者显然不仅卷末之五篇内容，且内容亦不会有如上表之变动。但若不据宋本《文粹》所刻，则目录次序又与宋本《文粹》同。因此可判断，第一，明刻《文粹》与宋刻《文粹》有密切的关联；第二，从明刻《文粹》与宋刻《文粹》相同篇目的不同文字的使用可知，今日所见之宋刻《文粹》在后世的流传中出现了以不同底本校改的情况；第三，明刻《文粹》并非直接本于今日所见宋刻《文粹》。

另一值得注意的信息为国图所藏两种明刻《文粹》都有的"盱江张光启校，无锡后学安如石刊"字样。据嘉靖《建宁县志》①，张光启为建昌人，宣德间任建阳知县。盱江在赣东，这里即指江西建昌。张光启生卒时间尚不确定，但安如石重刻《文粹》在嘉靖己酉年，又仍具"盱江张光启校"字样，说明虽距张光启时已一百余年，但仍以张光启校之《文粹》为底本。

值得注意的第三个信息是嘉靖黄希宪本《元丰类稿》李玘序，其序曰："公集有《元丰类稿》五十卷，《续稿》四十卷，《外集》十卷。《类稿》刻久矣，《续稿》、《外集》成化间刻之于本邑，无锡安氏迳选其粹刻之。乃御史黄君伯容谓未之广也，又版多脱谬，爰檄苏守王君翻刻之，因属余以序。"② 黄希宪本《元丰类稿》初刻于 1562 年，与安如石明刻《文粹》仅相距三年，李序应较为可信。从李序可知安如石明刻《文粹》曾见了《续稿》《外集》，并"粹选之"。据以上三个方面的信息可知，明刻《文粹》是在张光启所校之《文粹》的基础上，参以《续稿》和《外集》③ 而补遗，而张

---

① 《建宁县志》卷六，明嘉靖刻本。
② 李玘：《重刻曾南丰先生文集序》，《南丰先生元丰类稿》明嘉靖四十一年黄希宪刻本，国家图书馆藏。
③ 成化四年（1468）李绍作《重刊苏文忠公全集序》谓曾氏全集经赵汝砺编次，"已传刻，至今盛行于世"。前文陈振孙言赵汝砺编订的《续稿》四十卷是原《续稿》《外集》散佚后重编，共九十卷，并无《外集》，因此李绍说成化年间盛行于世者亦应无《外集》。又《增订四库简明目录标注》云："朱修伯云：嘉靖本一百卷，尚佳。"而李玘序言安如石又于《续稿》《外集》粹选之，说明嘉靖年间确存有《元丰类稿》、《续稿》及《外集》共一百卷。故安如石所见之《续稿》《外集》并非赵汝砺重编者。

光启所校之《文粹》即在今日所见之宋刻《文粹》的基础上进行。李文毅于永乐初录《南丰文粹》，这与张光启生活的时间比较接近，李文毅所录有可能是藏于秘阁的宋刻《文粹》，坊间刊刻后，张光启进行了校勘。

容易导致误判的一个现象是，通过诸本目录比对可发现，以上明刻《文粹》补遗的文章的确并非出自安如石之前诸版《元丰类稿》，而金刻《南丰曾子固先生集》中皆录。这似乎显示了明刻《文粹》很有可能来源于金刻《南丰曾子固先生集》。但进一步对比即可发现，明刻《文粹》较宋刻《文粹》所增之《讲官议》《答王深甫论扬雄书》《齐州二堂记》等又不见金刻《南丰曾子固先生集》，而《元丰类稿》诸本皆有，这进一步说明李玑序所言安如石于《续稿》《外集》等"迩选其粹刻之"的说法是可靠的，而金刻《南丰曾子固先生集》因是《续稿》《外集》的一部分，所以与明刻《文粹》所选篇章有部分重合。

又据第二批《国家珍贵古籍名录》，《南丰曾先生文粹》尚存有明嘉靖黄希宪、刘士瑗刻本，现藏于福建省图书馆，仅存卷一至四卷，此本后世书目皆不见提及。黄希宪刊刻《元丰类稿》在嘉靖四十一年，距安如石明刻《文粹》十一年，推断黄希宪刻《元丰类稿》的同时翻刻了安如石刻之《文粹》。

宋刻、明刻《文粹》是曾巩的文章选本，在曾巩文学经典化的过程中，这一选本起到了重要的作用。

第二节　《南丰曾子固先生集》叙考

《南丰曾子固先生集》也是曾巩的诗文集，但内容大多数与《元丰类稿》相异，含古诗、律诗三卷，文七卷（其中杂文为三卷，杂说二卷，杂议二卷），论一卷，策问二卷，表一卷，书三卷，启一卷，序六卷，记三卷，行传一卷，墓志二卷，词疏一卷，祭文三卷。《南丰曾子固先生集》今藏国家图书馆，经学者鉴定为金代中叶临汾刻本，六册，十五行二十六字，白口，左右双边，共三十四卷，其中录诗三卷，文三十一卷。卷首仅一王震《南丰曾先生文集序》，目录题为"南丰曾子固先生文集目录"。

　　《天禄琳琅书目后编》[①] 有宋建阳刊巾箱本《南丰曾子固先生集》三十四卷，与元大德丁思敬所刻《元丰类稿》序次迥异。张秀民亦在《中国印刷史》宋代刻本部分记："曾巩《元丰类稿》赵汝砺建昌刻，开禧元年（1205）。《南丰曾子固先生文集》，建阳刊巾箱本。"[②] 余嘉锡《四库提要辨证》、陈杏珍《跋北京图书馆藏金刻本〈南丰曾子固先生集〉》、祝尚书《宋人别集叙录》卷六、《宋集珍本丛刊》中《南丰曾子固先生集》提要等均对此本进行过介绍。陈杏珍言："此本源出北宋旧椠，保留了北宋的避讳字。该书世间极为罕见，也未见翻刻本传世。书中所收诗文，很多是现存《元丰类稿》中所缺的。《圣宋文选》、《南丰文粹》及一些类书、笔记中收录的曾文，大都见于此书。最可宝贵的是，《南丰曾子固先生集》中保留了其他书中不见的散佚诗文，这些诗文很可能就是已佚《元丰类稿》和《外集》中的作品。可惜该书校勘较差，脱误也多，书中间有蠹蚀、残破、漫漶之处，因世无二帙，无法参照校补。"[③] 《宋集珍本丛刊》中《南丰曾子固先生集》提要云："本丛刊所收《南丰曾子固先生集》，历代藏书家均视为宋刻本，《天禄琳琅书目后编》卷六、《邵亭见知传本目录》均称为宋建阳巾箱本。余嘉锡《四库提要辨证》卷二一更言'宋刊《南丰曾子固先生集》近年自伪满洲国宫内散出，为清礼部尚书荣庆鹗卓而氏之孙赵元方所得'，与元丁思敬所刻《元丰类稿》相比较，次序多寡迥异，见丁本《类稿》者一百一十七篇，见顾崧龄所辑集外文者十六篇，另有五十四篇为各本所未见。余氏推断大概取之于《续稿》云。后经学者考定，此本实为金代平阳刻本。原为清廷旧物，书中钤有'太上皇帝之宝'、'乾隆御宝'、'谦牧堂藏书印'等印记，可证余嘉锡之说。此本源于北宋旧椠，保留了北宋的避讳字，世间极为罕见，也未见有翻刻本传世，（参见陈杏珍、晁继周校点本《曾巩集》前言）其版式为每半页十五行，行二十六字。尽管此本收文数量少于通行的《元丰类稿》，卷帙间亦有文字脱误，并有虫蚀漫漶之虑，然其刊刻时代较早，传世极稀，故弥足

---

① 《天禄琳琅书目后编》卷六宋版部著录有《南丰曾子固先生集》一函六册。
② 张秀民著，韩琦增订《中国印刷史》，浙江古籍出版社，2006，第 091 页。
③ 陈杏珍：《谈曾巩集的流传和版刻》，《文献》1984 年第 9 期。

珍贵。"①

郑樵《通志》云:"《曾子固集》三十卷,又杂文十五卷。"② 不知是否为金刻《南非曾子固先生集》之前身。前文《元丰类稿》概况中已经考证,《南丰曾子固先生集》中的部分内容确是《续稿》《外集》的一部分,但关于其集的编选、刊刻情况仍难知其详。

第三节　《元丰类稿》叙考

题名为《元丰类稿》的曾巩诗文集,大体都先诗后文,通常有五十卷,有五十一卷本则为加续附碑志哀挽一卷,内容上一般包含古诗、律诗八卷,文有论议、传序、序、书、记、制诰、制诰拟词、诏策、表、疏、札子、奏状、启、状、祭文、哀辞、志铭、墓表、碑铭、本朝政要策、金石跋尾录等。这些诗文集中又有几个版本较为特别,一为彭期所刻《曾文定公全集》,此集为彭期在《元丰类稿》基础上重新编订而成,共二十卷,卷次与历来《元丰类稿》迥异,但内容上并没有缩减。另有康熙四十九年西爽堂刻本,此本在曾巩诗歌的排列上与历来《元丰类稿》又不同,将诗歌按体重新编排,但在曾巩文章编次上并没有调整,亦含《元丰类稿》的全部内容。

一　元刻本

关于元刻《元丰类稿》的情况,学者们多有关注。《天禄琳琅书目后编》续卷——元版记载:

> 《元丰类稿》二函十册。宋曾巩撰。书五十卷,与晁公武《郡斋读书志》所载合。前有元丰八年王震序,后附录行状、碑志、哀挽一卷。大德甲辰丁思敬后序,有云假守是邦,获拜祠墓,得文集善本,

---

① 四川大学古籍整理研究所编《宋集珍本丛刊》,线装书局,2004。
② 郑樵:《通志》,中华书局,1987,第823页。

前邑令王斗斋绣梓，乃鸠工摹而新之。是本书法，椠手俱极古雅，麻纸、浓墨，摹印精工，为元刻上乘。明成化时，南丰知县杨参重雕，远逊初刊矣。①

20世纪80年代初陈杏珍、晁继周在《曾巩集》前言中记：

现存《元丰类稿》最早也最完整的刻本是元大德八年东平丁思敬刻本。这个刻本纸质细润，版式宽大，字画精整，是元刻本中的代表作。尤为可贵的是，它校勘精审，比之明刻诸本，较能反映曾巩著作的原貌。如第七卷《水西亭书事》诗一首，第四十七卷《太子宾客致仕陈公神道碑铭》中的四百六十八字，明刻诸本俱阙，而此本保存完整。综观全书，讹误也较少。明清诸刻，都源出于此书。②

祝尚书《宋人别集叙录》则云：

《元丰类稿》完秩，今以元大德八年（1304）东平丁思敬刻本为最古。③……《元丰类稿》明刊甚多，要之皆源于大德本。④

《宋集珍本丛刊》中《南丰曾子固先生集》提要云：

据元大德八年刊《元丰类稿》五十卷为祖本翻刻者有明正统、嘉靖、隆庆刊本。⑤

吴芹芳叙丁思敬刻本为：

---

① 于敏中、彭元瑞等著，徐德明标点《天禄琳琅书目　天禄琳琅书目后编》，上海古籍出版社，2007，第623、624页。
② 陈杏珍、晁继周点校《曾巩集》，中华书局，1984，前言。
③ 祝尚书：《宋人别集叙录》卷六，中华书局，1999，第286页。
④ 祝尚书：《宋人别集叙录》卷六，中华书局，1999，第289页。
⑤ 四川大学古籍整理研究所编《宋集珍本丛刊》，线装书局，2004。

是本书法椠手俱极古雅，麻纸浓墨摹印精工，版式宽大，字画精整，为元刻上乘，明清刻本所从出。①

以上皆言元刻本即为大德本，并认为后世明、清刻本皆源于此本。事实上并非如此。元刊《元丰类稿》有两个版本。

第一个版本即为诸家所言之大德本。傅增湘《藏园群书经眼录》记元刻本两种，其一为台北故宫博物院藏：

《元丰类稿》五十卷，宋曾巩撰。元刊本，十行二十字，白口，左右双栏，版式宽大，版心上记字数，下记刊工名一字。前有大德重刊元丰类稿序，为大德八年夏五月广平程文海撰。后有大德甲辰良月东平丁思敬跋，言前邑黄斗斋尝绣梓而毁，得善本于公云礽留耕公，今再刻之云云，盖为山东东平邑刻本也②。钤有"天全"、"濮阳李廷相双桧堂书画记"朱文二印。（故宫藏书）按：是书大字方劲，似元刊《白虎通德论》，尚存天水之风。异书也。藏园。（丁卯七月）③

今台北故宫博物院所出影印九种宋元刊善本丛书之《景印元本元丰类稿》即为此版，王更生亦记台北故宫博物院有藏，1988 年影印出版。④ 傅增湘又记海源阁藏本为：

《元丰类稿》五十卷，宋曾巩撰，续附一卷。元大德八年甲辰东平丁思敬刊本，半叶十行，行二十字，白口，左右双栏，版心上记字数，下记刊工人名一字，版匡高广异常。有朱锡庚跋。钤有明文氏玉兰堂、王履吉、清季振宜、季应召及朱竹君藏印。按：此与故宫藏本

---

① 吴芹芳：《〈元丰类稿〉版本考略》，《江西图书馆学刊》2003 年第 4 期。
② 丁思敬虽为东平人，但刻《元丰类稿》时任南丰县令，因此元刻白口本《元丰类稿》为南丰刻本。傅增湘定为"东平平邑刻本"为误判，祝尚书等学者已考订。
③ 傅增湘：《藏园群书经眼录》卷一三，上海古籍出版社，1989，第 1139 页
④ 《王更生先生全集》第十六册《曾巩散文研读》，（台北）文史哲出版社，2010。

正同，故宫本前有大德八年程文海序，题《大德重刊元丰类稿序》，此本佚去，杨氏误认为宋本。（海源阁藏书，辛未二月十二日观于天津盐业银行库房。）①

今中华再造善本之《元丰类稿》即据此本而制，现国家图书馆有藏。再造善本卷内记原书版框高 24 厘米，宽 17.6 厘米，十行二十字，左右双边，双鱼尾，版心"类稿一"字样，卷首有"道光三年癸未春二月既望少河山人识"序，少河山人即朱锡庚。吴芹芳又记元刊本为：

> 此本共五十卷，大字，框高 23.5 厘米，广 16.5 厘米；十行，行二十字；白口，左右双栏，版心上记字数，下记刊工人名。前有王震序和程文海撰《大德重刊元丰类稿序》，后附录行状、碑、志、哀挽一卷。②

从以上诸家记录来看，大德本这一系统版式皆同，不同之处在于序跋，有无序跋白口（海源阁本，朱锡庚跋为手写，非原刻书之跋）、程文海序丁思敬跋白口（台北故宫博物馆藏本）、王震序程文海序白口（吴芹芳叙）之别。前文傅增湘已明确海源阁本与台北故宫博物馆藏本相同，笔者对比两书书影确为一本。吴芹芳所叙之本笔者未见，根据版式推应与海源阁本、故宫本（为防混淆，下文将海源阁本、故宫本统称为大德本）同。

大德本均为白口本，元刊《元丰类稿》还有一个黑口本。祝尚书《宋人别集叙录》言："今齐齐哈尔图书馆犹著录元刊本，存卷二十三至四十九，卷五十配明嘉靖王忬刻本。此本未见，不详是否即大德本。"③ 祝尚书所言此本，贺莉所记更详："现齐齐哈尔市图书馆藏有元刻本《元丰类稿》五十卷中的第二十三卷至五十卷。卷五十是配以明嘉靖王忬校刻

---

① 傅增湘：《藏园群书经眼录》卷一三，上海古籍出版社，1989，第 1139、1140 页。
② 吴芹芳：《〈元丰类稿〉版本考略》，《江西图书馆学刊》2003 年第 4 期。
③ 祝尚书：《宋人别集叙录》卷六，中华书局，1999，第 289 页。

本，也是比较早的罕见刊本之一。此书为半页十一行，每行二十一字，四周双边，大黑口，双鱼尾，版式宽大，字画精整，结构严谨，为黄麻纸印，略厚，是宋元刻本常用的纸，为元刻本的代表之一。（卷五十后续附南丰先生行状、碑志、哀挽，为无格白棉纸，亦为半页十一行，每行二十一字。）《四部丛刊》本即据此本影印。"①《四部丛刊》影印本实较常见，卷内记："上海涵芬楼借乌程蒋氏密韵楼藏元刊黑口本景印，原书版匡高营造尺六寸七分宽四寸三分。"该本五十卷，续附《南丰先生行状碑志哀挽》一卷，版式为半页十一行，行二十一字，黑口，四周双边，双鱼尾。贺莉所录齐齐哈尔图书馆所藏本"半页十一行，每行二十一字，四周双边，大黑口"版式确实与《四部丛刊》所据影印的黑口本一致，显示了跟大德本完全不一样的版式。《四部丛刊》本卷内前有王震序、《年谱序》、《年谱后序》，末有丁思敬序。

将大德本与《四部丛刊》据以影印的黑口本相比对可发现，二者有较大差异，大德本目录每行仅二题，但黑口本目录每行多三题，兼有二题，目录内容亦有如下不同：

卷之一　大德本"冬莫感怀"，黑口本"冬暮感怀"；

卷之二　大德本"庶子泉"，黑口本"庶子亭"；大德本"南丰道上寄介甫"，黑口本"之南丰道上寄介甫"；大德本"送僧晓容"，黑口本"送僧晚容"；

卷之三　大德本"游麻姑山九首"，黑口本"游麻姑山"；大德本"七星杉"，黑口本"七星彩"；

卷之四　大德本"湘寇"，黑口本"湘冠"；

卷之五　大德本"种牡丹"，黑口本"种牲丹"；大德本"游鹿门不果"，黑口本"道鹿门不果"；

卷之六　大德本"丁元珍挽歌词二首"，黑口本"丁元珍挽词二首"；大德本"送关彦远赴江西"，黑口本"送关远江西"；

---

① 贺莉：《曾巩及其〈元丰类稿〉》，《图书馆建设》1993 年第 6 期。

卷之七　大德本"送韩廷评"，黑口本"送韩廷评"；大德本"郡楼"，黑口本"群楼"；

卷之十三　大德本"赠黎安二生序"，黑口本"赠黎安生二序"；

卷之十四　大德本"送蔡元振序"，黑口本"送蔡元握序"；

卷之十五　大德本"上杜相公"，黑口本"上柱相公"。

仅从部分目录对比可见，黑口本讹字较多，有不少错误是非常明显的。与之相较，大德本虽亦有误，但总体较精。

从内容上看，二者亦有区别。陈杏珍、晁继周在《曾巩集》序言中提到："第七卷《水西亭书事》诗一首，第四十七卷《太子宾客致仕陈公神道碑铭》中的四百六十八字，明刻诸本俱阙，而此本（大德本）保存完整。"① 黑口本与明刻诸本同无这些内容。

从版式上看，除行字、鱼尾、边栏等的不同之外，大德本与黑口本还有些细节上的区别。如黑口本在目录中每卷次前都有黑色鱼尾形装饰，鱼尾下并有"○"形，大德本则无。

结合以上这些情况，可以判定大德本与黑口本是元刻《元丰类稿》的两个不同版本，大德本根据序的不同，可知至少有三个不同版次，而黑口本目前看来仅存《四部丛刊》所据影印的乌程蒋氏密韵楼藏本。两个版本相较，显然是大德本更为精良，但后世诸版《元丰类稿》并非源出于此本。

从版式方面的细节来看，前文所提黑口本目录中卷次前的装饰这一特征在《元丰类稿》明代几个刻本中有所保留，明刻最早版本为正统本，因无目录无法比对（笔者所见为国家图书馆藏顾广圻抄补并跋本），但之后的成化八年杨参本、秦潮本、任懋官本，皆保留这一特征。在嘉靖黄希宪本中，黑色鱼尾变为白色鱼尾。这一细节的沿袭，事实上也暗示了这些版本和元刻黑口本可能存在的传承关系。

试将大德本、黑口本、正统本内容对比可发现：

---

① 陈杏珍、晁继周点校《曾巩集》，中华书局，1984，前言。

卷第一《侯荆》中，大德本作"暂饱膻腥"，黑口本、正统本同作"暂饱腥膻"；

《冬暮感怀》"奈至一岁除"，大德本、黑口本、正统本皆作"奈至此岁除"；

《送徐竑著作知康州》，大德本作"徐纮"，黑口本、正统本同作"徐竑"；

《茅亭闲坐》"鸟语变乔林"，黑口本、正统本同作"鸟语遍乔林"；"颜从缅虽卓"，黑口本、正统本均作"颜徒"；大德本"俯首微独吟"，黑口本、正统本均作"俯首微独今"。

其他部分的对比不一一列举，经对比，大德本、黑口本、正统本中，凡大德本与正统本相同之文字，黑口本则皆与之同；凡大德本与正统本相异之文字，黑口本皆与之异而与正统本同。因此可知，明正统本重刻所据之底本为黑口本而非元大德丁思敬本。正统本姜洪序曰："岁之四月，洪疾，得告南归。过宜兴，访友人邹大尹孟旭，宿留累日，为洪道其始得《类稿》写本于国子司业、毗陵赵公琬，谋刻之，继又得节镇南畿、工部左侍郎、庐陵周公忱示以官本，彼此参校，刻梓成矣，试为我序之。"① 姜洪言邹旦将赵琬之写本、周忱所示之官本两相参校刻成了正统本《元丰类稿》，这里所说的"官本"即元刊黑口本，而非丁思敬所刻之大德本。

后世诸版《元丰类稿》均与元刊《元丰类稿》有密切的关系，但这一关系源于黑口本，而非诸学者所说的大德本。

二　明正统十二年邹旦刻本（简称正统本）

国家图书馆藏顾广圻抄补并跋本《南丰先生元丰类稿》五十卷，续附一卷，刻于宜兴，此本为最早的明刻本，十一行二十一字，黑口，四周单边，卷首有姜洪序、王三槐（震）序、丁思敬序、赵琬识、邹旦识等，无目录，续附后末页有"姑苏章敬张祥毛文晟刊"字样。

---

① 姜洪：《重刊元丰类稿序》，陈杏珍、晁继周点校《曾巩集》，中华书局，1984，第812页。

　　此本有姜洪序，言其在宜兴访友人邹旦时，知邹旦于毗陵赵琬处得《元丰类稿》写本，谋刻之，继又得庐陵周忱示以官本，彼此参校，刻梓而成。前文已提此官本为元刊黑口本。又据前文正统本与黑口本比对的情况，可确定正统本以黑口本为底本重刻，但不知为何遗失了黑口本之《年谱序》及《年谱后序》。陆心源《正统本元丰类稿跋》之说法或可助于理解两序遗失的问题：

　　　　《类稿》始刻于元丰中，再刻于开禧之赵汝砺，三刻于大德丁思敬。正统中，毗陵赵琬得抄本，授宜兴令邹旦，旦复从侍郎周忱得官本参校付梓。所谓官本者，当即元刊耳。元刊之后以此本为最古，书贾往往割去邹、姜两跋以充元刊。①

　　陆心源之跋说明，书贾刊刻《元丰类稿》时，为盈利，可能对其中序跋进行删减。在不尊重原书的情况下，书内《年谱序》《年谱后序》遗失亦不足为奇了。

　　此本内容同黑口本，多有讹误，如古诗卷三七星杉误为"七星彩"，卷四"湘寇"误为"湘冠"，而卷二九《熙宁转对疏》第一行"臣愚浅薄恐言不采"，阙"足"字等。前文已经对比考证，正统本以黑口本为底本重刻。

　　历来藏家对此本多有著录。《皕宋楼藏书志》云："《南丰先生元丰类稿五十卷》，明正统刊本，何义门校，宋。"② 录此本有王震序、邹旦跋（正统丁卯）。傅增湘《藏园群书经眼录》又录写本："南丰先生元丰类稿五十一卷，宋曾巩撰。存二十七卷。明写本。前有正统十二年毗陵赵琬序，是从正统本钞出也。钤有赵氏天访楼印。（甲子）。"③

　　《宋集珍本丛刊》提要云："是本每半叶十一行，行二十一字。正文五十

---

① 国家图书馆编《仪顾堂题跋》卷一一《国家图书馆藏古籍题跋丛刊》，北京图书馆出版社，2002。

② 《皕宋楼藏书志》卷七五，《续修四库全书》本。

③ 傅增湘：《藏园群书经眼录》卷一三，上海古籍出版社，1989，第1140页。

卷，略有残损，如卷二十七《贺熙宁十年南郊礼毕大赦表》脱后半叶；卷四十五《沈夫人墓志铭》原缺二页，以他书增补，所补文字与本书全然有别，有跋语称'第十七、十八两页从尧圃藏本钞补'云。第四十七卷末顾广圻跋语称该卷第三页有脱字，据何义门所收宋本补足。后为附录，辑录曾巩行状、墓志、神道碑等，并收有元大德丁思敬跋，正统十二年赵琬、邹旦识语，常州郡学司训聂大年呈邹旦诗等。卷四十三钤'留馀堂印'篆文印。卷末钤有'姑苏章敬、张祥、毛文晟'长方印记，当为刻工名姓。其后之成化、隆庆本均为此本之重刻。"①

祝尚书《宋人别集叙录》记陆心源跋本："有何焯据宋本校并题识，今藏日本静嘉堂文库，见《皕宋楼藏书志》卷七五、《静嘉堂秘籍志》卷三三。此外，是本今北京图书馆庋藏两部，上海图书馆藏一部，日本宫内厅书陵部藏一残本（卷一至二十九）。"② 今《曾巩集》将其列为主要校本之一。

三 明成化南丰令杨参刻本

明成化南丰令杨参刻本有成化六年（1470）本、成化八年（1472）本及成化八年（1472）递修本之别。

《天禄琳琅书目后编》记："《元丰类稿》二函十二册。篇目同前元版集部，无王震序，多朱熹南丰先生年谱前后序、序说、遗像。成化庚寅杨参刻。有罗伦、王一夔二序。……是书参为南丰知县所刻，志称其讲学好古以孝行著云。"③ 傅增湘《藏园群书经眼录》载："《元丰类稿》五十卷附录一卷，宋曾巩撰。明成化刊本，十一行二十一字，黑口，四周双栏，卷尾有'府学生员吴柏校正'一行。前王震序，次明罗伦序，次成化六年一夔序，次年谱序，次序说，次像赞，次总目。（余藏。丙辰）"④ 吴芹芳叙六年本曰："杨参'欲邑人之学者人人有而诵之'，故于成化六年以宜兴

---

① 《南丰先生元丰类稿》明正统刊本提要，四川大学古籍整理研究所编《宋集珍本丛刊》，线装书局，2004。
② 祝尚书：《宋人别集叙录》，中华书局，1999，第290页。
③ 《天禄琳琅书目后编》续卷一八。
④ 傅增湘：《藏园群书经眼录》卷一三，上海古籍出版社，1989，第1140页。

旧本命工翻刊以传……前王震序，次罗伦序，次成化六年王一夔序，次年谱序，次序说，次像赞，次总目。篇目同元版，多朱熹南丰先生年谱，前后序序说，遗像。"① 傅、吴所述应为同一版本，二者与《天禄琳琅书目后编》所记稍有差异。王一夔序时间为成化六年，可知杨参初刻《元丰类稿》的确是在成化六年。吴芹芳叙："篇目同元版，多朱熹南丰先生年谱，前后序序说，遗像。"② 这一比较并不严谨，事实上黑口本已有朱熹《年谱序》及《年谱后序》，成化六年本的重要特点在于第一次增加了遗像、《像赞》及《序说》，而这些内容多为后世沿用。

与成化六年本不同的是，笔者所见之国家图书馆藏成化八年本及国家图书馆藏成化八年递修本皆无罗伦序、王一夔序。成化八年本十二册，半页十一行二十一字，黑口，四周双边。卷首有《年谱序》《年谱后序》，卷末有丁思敬《元丰类稿后序》。此本目录中卷次前有鱼尾形装饰，加"○"。

成化八年递修本的情况则又不同。《铁琴铜剑楼藏书目录》记有："元丰先生《南丰类稿》五十卷，明刊本。宋曾巩撰。后有附录一卷，成化六年南丰令杨参刻本。目录后有墨图记二行云：'成化壬辰（按：八年）秋八月良旦南丰县绣梓重刊。'有王震旧序及丁思敬序。"③ 国家图书馆著录信息为明成化八年南丰县刻递修本的《元丰类稿》，五十卷，续附南丰先生行状碑志哀挽。该本十六册，半页十一行二十一字，黑口，四周双边，在目录每卷次前亦有鱼尾形装饰并加"○"，首王震序、丁思敬序，卷末无跋，目录末有墨图记"成化壬辰秋八月良旦南丰县绣梓重刊"字样。卷内"南丰先生元丰类稿卷第一"题下及卷末有"铁琴铜剑楼"印章，无版心，无刻工，卷内字形不一，应为《铁琴铜剑楼藏书目录》所记之本。值得注意的一个细节是此本在卷六、卷七、卷二七、卷四六、卷四七等卷题下有"九世孙文受重刊"字样。对比此本及成化八年本，两者有细微差别，与元大德本的文字差异中，绝大部分内容是一致的（对比内容参见

---

① 吴芹芳：《〈元丰类稿〉版本考略》，《江西图书馆学刊》2003 年第 4 期。
② 吴芹芳：《〈元丰类稿〉版本考略》，《江西图书馆学刊》2003 年第 4 期。
③ 瞿镛编纂，瞿果行标点，瞿凤起覆校《铁琴铜剑楼藏书目录》，上海古籍出版社，2000，第 543 页。

表2-3)。2012年12月北京保利国际拍卖有限公司2012年秋季拍卖会［"广韵楼"藏珍贵古籍善本（整体拍卖）］中录有明成化南丰县刻递修本，拍品描述为"明成化南丰县刻递修本，4函16册，白棉纸本"，提要云："是书十一行行二十一字，上下黑口四周双边，目录、正文间有四周单边。正文五十卷，续附南丰先生行状碑志一卷，后有年谱序及大德年后序一篇。书旧装金镶玉，封皮洒金笺，版刻瑰丽，字体俊秀，触手如新，保存品相佳，堪为上善之本。藏家当重。《中国古籍善本总目》集部宋别集类著录。22cm×13.5cm。"又《皕宋楼藏书志》卷七五集部云："《南丰先生元丰类稿五十卷附录一卷》，明成化刊本，朱子年谱序、丁思敬后序。"① 保利拍卖公司所录者与国图所藏相较稍有不同，似为另一刊次。

　　成化八年本应有谢士元跋，隆庆本后有谢士元跋云："南丰曾先生所著《元丰类稿》凡五十卷，宜兴原有刻本传于世。知南丰事杨君参谓先生邑人也，流风余韵犹有存焉，况文乎？乃以宜兴旧本命工翻刊以传，盖欲邑之学者人人有而诵之。"② 谢士元跋落款为"后学长乐谢士元书于思政堂，时成化壬辰六月也"。此跋虽仅见隆庆本后，但言杨参之事，落款时间又为成化八年，应为八年重刻本原跋无疑，但笔者所见成化八年本诸本皆阙。

　　那么，成化本以何本为底本重刻呢？

　　成化本新增的两序都明确指出，杨参以宜兴板重刻《元丰类稿》于南丰县学。罗伦序曰："南丰先生《元丰类稿》五十卷，《续稿》四十卷，《外集》十卷。《类稿》宜兴板行矣，《续稿》、《外集》世未有行者。南靖杨君参来令南丰，刻宜兴板于县学，属伦叙之。"③ 王一夔序曰："属者南靖杨君参来令南丰，乃先生故邑，因求全集，正其讹漏，将锓梓以广其传，乃介教谕句容王铎，求予文以引其端。"④ 最早明刻本正统本即为邹旦等刻于宜兴，因此两序所言似皆在暗示成化本所重刻之底本即为正统本。

---

① 《皕宋楼藏书志》卷七五，《续修四库全书》本。
② 谢士元：《重刻元丰类稿跋》，陈杏珍、晁继周点校《曾巩集》，中华书局，1984，第816页。
③ 罗伦：《元丰类稿序》，《元丰类稿》明嘉靖四十一年黄希宪刻本，国家图书馆藏。
④ 王一夔：《元丰类稿序》，陈杏珍、晁继周点校《曾巩集》，中华书局，1984，第815页。

历来研究者亦皆持此说。陈杏珍言："正统十二年，宜兴县令邹旦从赵琬处得到了《类稿》的抄本……因版刻于宜兴，人称宜兴本。……明成化八年南丰县令杨参取宜兴本重刻成书。"① 《宋集珍本丛刊》中《南丰先生元丰类稿》明正统本提要云："是本为明刻本之始……其后之成化、隆庆本均为此本之重刻。"② 吴芹芳叙："明成化六年（1470）南丰县令杨参以正统邹旦本为底本，重新翻刻。"③ 再将明成化八年本、成化八年南丰县递修本与正统本进行比对，从版式上来讲，三个版本完全一致，从内容上来看，三个版本亦高度一致（对比内容见下文表 2-2、2-3）。因此说明成化本源于正统本是较为可信的。成化六年杨参第一次将《元丰类稿》刻于南丰县，其后之成化八年本、八年递修本皆刻于南丰，此三种皆为杨参所刻之本应无可怀疑。但成化八年递修本卷题下有"九世孙文受重刊"字样，成化八年本则无，这该如何解释？是否有一个版本为"九世孙文受重刊"本？成化八年递修本是继成化八年本覆刻还是以九世孙文受重刊本重刻？而成化八年本是以正统本为底本还是以九世孙文受重刊本为底本？此问题暂留至秦潮本版本讨论中解释。

成化本王一夔序谓杨参取宜兴本并"正其讹漏"，其实为客套之语。若成化本承于正统本，则杨参并未能对其中讹误进行校改。明何乔新毫不客气地批评正统本及成化本：

> 正统中，昆池赵司业琬始得《类稿》全书，以畀宜兴令邹旦刻之，然字多讹舛，读者病焉。成化中，南丰令杨参又取宜兴本重刻于其县，踵讹承谬，无能是正。④

《四库全书简明目录》又称：

① 陈杏珍：《谈曾巩集的流传和版刻》，《文献》1984 年第 9 期。
② 四川大学古籍整理研究所编《宋集珍本丛刊》，线装书局，2004。
③ 吴芹芳：《〈元丰类稿〉版本考略》，《江西图书馆学刊》2003 年第 4 期。
④ 何乔新：《书元丰类稿后》，黄宗羲编《明文海》，中华书局，1986 年影印本，第 2428 页。

> 杨参所刻讹漏不可胜乙，又佚其年谱。①

事实上，成化本的"讹漏"之源或在黑口本，或在九世孙曾文受本，成化本一直枉担了恶名，后世学者亦无人辨别这一问题。

虽然被批"踵讹承谬"，但明代诸多版本（如秦潮本、嘉靖王忬本、嘉靖黄希宪本、任懋官本、万历本等）都与其有着直接或间接的关系。明代刻本又直接影响了清代诸本《元丰类稿》的刊刻，至清时，《四库全书总目提要》卷一五三仍记云："今世所行《元丰类稿》有二：一成化本，一康熙本。"② 这亦说明了成化本流传广泛，影响可谓深远。

王更生记今台北故宫博物院亦藏有成化六年本。祝尚书《宋人别集叙录》记："成化刻本及递修本，今大陆及台湾著录达二十余部，日本宫内厅书陵部、大仓文化财团亦有藏本。"③ 这些同为成化本，它们之间的版本差异说明，成化本在当时的确多次刊刻，成化六年后，《元丰类稿》开始广为流传。考察曾巩文学在明代的接受和影响，成化年间《元丰类稿》的刊刻情况不失为一个重要的角度。

四 九世孙曾文受重刊，嘉靖莫骏、秦潮补刻本（简称秦潮本）

国家图书馆藏《元丰类稿》著录为"九世孙曾文受本"，为明嘉靖十二年（1533）所刻，八册，十一行二十一字，黑口，四周双边双鱼尾，卷四六、卷四七题下有"九世孙曾文受重刊本"字样。卷首有南丰先生文集序（王震）、罗伦序、王一夔序、《年谱序》、《年谱后序》、《序说》、遗像、《像赞》，以及其后"府庠生吴柏校"字样、"嘉靖癸巳岁，昭潭莫骏、古皖秦潮、锡山邹庶新增"字样。

国图藏此本封面有毛笔题写"元丰类稿八册，嘉靖癸巳古皖秦潮锡山邹庶新增画像并赞与题辞一页，卷末有丁思敬跋，癸丑九月玖聘识"，目录为"南丰类稿目录"，每卷次有鱼尾装饰加圆形图案加卷数，卷五一次为花鱼尾

---

① 永瑢等撰，傅卜棠点校《四库全书简明目录》，华东师范大学出版社，2012，第 622 页。
② 永瑢等：《四库全书总目提要》（《万有文库》本）卷一五三，商务印书馆，1930，第 129 页。
③ 祝尚书：《宋人别集叙录》卷六，中华书局，1999，第 291 页。

（内左右两侧蝴蝶状，"○"极小）。封面有"朱桱""永清朱玖聃藏书记"印，扉页有"永清朱玖聃藏书记"印，首序有红色印章"延古堂李氏珍藏""玖聃"等印章。《序说》有"玖聃三十年精心所聚"印，像下有"朱桱之印"，目录卷一有"朱桱之印"、"玖聃"印、"永清朱桱之字淹颂号玖聃滂喜堂藏经籍金石书画记"印。可知此本曾为清时名藏书家朱桱收藏。

　　九世孙曾文受本及秦潮本今人关注不多。邹陈惠仪①曾提及九世孙曾文受本，陈杏珍将其列为明代较有影响的刻本之一，② 但二者皆未详解版本情况，《宋人别集叙录》《宋集珍本丛刊》关于《元丰类稿》的介绍等也都不提此本。王琦珍认为曾文受本"正是南宋理宗淳祐年间，即曾巩被追谥为文定公前后的刻本"③。吴芹芳承接此说，认为曾文受本"编次与元丰本迥异，为不同的版本系统。刊刻时间约在南宋理宗淳祐年间，即曾巩被追谥为文定公前后"，又言"历代书目都不曾提及此本，散佚久矣"④。

　　关于莫骏、秦潮补刻《元丰类稿》的最早记录，见明嘉靖王忬本之陈克昌《南丰先生文集后序》：

　　　　……先生之集，盖刻自元大德甲辰。此为《元丰类稿》。宜兴有刻，为乐安邹君旦。丰学重刻，为南靖杨君参。……学者观先生之文，则知先生矣，知先生则于感发也，特易易耳。岁历兹远，板画多磨，虽尝正于谢簿普，再补于莫君骏，顾旋就湮至不可读。⑤

　　陈克昌序叙述了《元丰类稿》刊刻的历史，除前文所提到的正统本、成化本，陈序还提供了几个信息，一为嘉靖年间王忬刻《元丰类稿》之前，谢普曾重刻此本（嘉靖年间《建宁府志》卷一六载谢普为南丰主簿）。二为莫骏、秦潮亦曾补刻《元丰类稿》。谢普刻本后世均不见著录，已无

---

①　邹陈惠仪：《曾巩诗文版本概况与辑佚》，《古籍整理研究学刊》2003 年第 2 期。

②　陈杏珍：《谈曾巩集的流传和版刻》，《文献》1984 年第 9 期。

③　王琦珍：《曾巩评传》，江西高校出版社，1990，第 231 页。

④　吴芹芳：《〈元丰类稿〉版本考略》，《江西图书馆学刊》2003 年第 4 期。

⑤　陈克昌：《南丰先生文集后序》，陈杏珍、晁继周点校《曾巩集》，中华书局，1984，第 816 页。

从知晓，陈序所说的莫骏刻本即今国家图书馆所藏的秦潮本。后世藏书家及学者对此本著录较少，且著录者信息皆略为一人，或为秦潮，或为莫骏，或为邹庶，其实为同一刻本。《中国古籍善本总目》有"曾文受本，有王一夒等序，邹用新增"之叙，"邹用"应为"邹庶"之误。王更生录此本为"元丰类稿五十卷，附录一卷，曾巩撰，明嘉靖十二年（西元一五三三年）英骏覆刊本，现藏台北故宫博物院"，"英骏"应为"莫骏"之误。第一批《上海市珍贵古籍名录》中又有"南丰先生元丰类稿五十一卷，宋曾巩撰，明成化八年（1472）南丰县刻，嘉靖十二年（1533）秦潮补刻本"。而国家图书馆藏本有"嘉靖癸巳岁昭潭莫畯古皖秦潮锡山邹庶新增"字样，说明此本为莫骏、秦潮、邹庶共同刊刻。

第一批《上海市珍贵古籍名录》著录信息提示，秦潮本承于成化八年南丰杨参刻本。笔者见国家图书馆藏明成化八年递修本卷题下有"九世孙文受重刊"字样，国家图书馆叙秦潮本为据"九世孙曾文受"重刊，卷内题下见"九世孙文受重刊"字样，这就需要厘清曾文受本、成化本、秦潮本这些版本的渊源关系。

首先要解决的问题是曾文受本为何时何地所刊。罗汝芳《重修曾南丰先生祠堂记》中记：

> 先时，查溪祠始于宋，乾道八年，忞孙迈卜基址而创之。淳祐中，九世孙文忠就规制而廓之，岁久圮塌，故址具存。①

万历本王玺序中提及此本：

> 先时《元丰类稿》，九世孙居查溪讳文受、文忠者已经校刻，第原本存县久，多残缺。予方扪心感慨，倏裔孙才、行、道、思、秀、先等谋修先业，来属予言……②

---

① 《南丰先生元丰类稿》（五十卷，续附一卷）明万历二十五年曾敏才等刻本，国家图书馆藏。
② 王玺：《重刻南丰先生文集序》，陈杏珍、晁继周点校《曾巩集》，中华书局，1984，第821页。

结合以上两则材料，可知三方面信息。第一，王琦珍、吴芹芳的判断是正确的，曾文受、曾文忠皆为曾巩九世孙，二者同处于南宋淳祐年间，那么曾文受本应初刊于南宋淳祐年间。第二，王玺序言"第原本存县久"，王玺序为万历本之序，万历本刻于查溪，可见九世孙曾文受居查溪，其重刊《元丰类稿》即在查溪。第三，万历本等以曾文受本为底本。

那么，秦潮本到底所据何本呢？

将大德本、黑口本、正统本、成化本、秦潮本目录比对如表 2 - 2 所示。

表 2 - 2　大德本、黑口本、正统本、成化本、秦潮本部分目录对比

类别	大德本	黑口本、正统本	成化本（成化八年本、成化八年递修本）	秦潮本
目录名称	南丰先生文集目录	南丰类稿目录	同黑口本	同黑口本
卷前装饰	无卷次前装饰	黑鱼尾加〇	同黑口本	同黑口本，偶见黑花鱼尾装饰
卷一目录中《咏雪》	在《送徐竑著作知康州》后	在《送徐竑著作知康州》前	同黑口本	同大德本
卷二	《南丰道上寄介甫》	《之南丰道士寄介甫》，在《送人移知贺州》之前	同黑口本	《之南丰道上寄介甫》，在《送人移知贺州》之后
卷二	有《送钱生》	无《送钱生》	同黑口本	有《送钱生》
卷二	《送僧晓容》	《送僧晓容》	同黑口本	《送僧晚容》
卷二	《庶子泉》	《庶子亭》	同黑口本	同黑口本
卷三	《七星杉》	《七星彩》	同黑口本	《七星杉》
卷三	有《代书寄赵宏》	目录无《代书寄赵宏》，正文则录	同黑口本	目录即有《代书寄赵宏》*
卷五	《游鹿门不果》	《道鹿门不果》	同黑口本	同黑口本
卷六	《郡斋即事二首》《忆越中梅》，二首分开	《郡斋即事二首忆赴中梅》（诗歌题目连接，无空格）	同黑口本	《郡斋即事二首忆越中梅》（二首作一首）
卷七	《郡楼》	《群楼》	同黑口本	同大德本
卷八	《送高秘丞》	《送高秘丞》"高"似"扁"字	同黑口本	《送高秘丞》
卷一一	《南齐书目录序》	《南轩斋目录序》	同黑口本	同黑口本

类别	大德本	黑口本、正统本	成化本（成化八年、成化八年递修本）	秦潮本
卷一三	《赠黎安二生序》	《赠黎安生二序》	同黑口本	同黑口本
卷一三	《序越州鉴湖图》	《序越州鉴湖图》	同黑口本	同黑口本
卷一四	《送蔡元振序》	《送蔡元握序》	同黑口本	同黑口本
卷一五	《上齐工部书》	《上齐工陪书》	同黑口本	同黑口本
卷一七	《菜园院佛殿记》	《策园院佛殿记》	同黑口本	同黑口本
卷一八	《新建县厅壁记》	《洪州新建县厅壁记》	同黑口本	同黑口本

＊秦潮本自卷一至卷三目录疑为补版，字体与后文不一，字墨较淡，字偏长瘦，而卷四后字多墨浓，字小而紧凑。

将大德本、黑口本、正统本、成化本、秦潮本部分内容比对如表2-3所示。

表2-3 大德本、黑口本、正统本、成化本、秦潮本部分正文对比

类别	大德本	黑口本、正统本	成化本（成化八年本、成化八年递修本）	秦潮本
《冬望》	"入见奥作何雄魁"，"作"，注曰"一作阼"	"入见奥作何雄魁"，无注	同黑口本	同黑口本
《宿尊胜院》	"向来雪云端，叶下百仞隍"，注曰"一本作'向来云端叶，下飞百仞黄隍'"	"向来雪云端，叶下百仞隍"，无注	同黑口本	同黑口本
	"相与超八方"，"方"下注"一作荒"	"相与超八方"，无注	同黑口本	同黑口本
《寄孙之翰》	"夜出未倦安丰渔"	"夜出未卷安丰渔"	同大德本	同黑口本
《侯荆》	"暂饱膻腥馆中侈"	"暂饱膻腥馆中侈"	同黑口本	同黑口本
《上翁岭》	"濯足行尚侧"	"濯足行上侧"	同黑口本	同黑口本
《冬暮感怀》	"奈此一岁除"	"奈此一岁除"	成化八年本漫漶不清，递修本为"奈至一岁除"	"奈至一岁除"
	"虽受凛冽僵"	同大德本	成化八年本漫漶不清，递修本为"虽受示冽僵"	"虽受示冽僵"
《至荷湖二首》	"犹疑拔山湫"	"犹疑拔山秋"	同黑口本	同黑口本

续表

类别	大德本	黑口本、正统本	成化本（成化八年本、成化八年递修本）	秦潮本
《送徐竑著作知康州》	"竑"下注"一作纮"	《送徐竑著作知康州》	同黑口本	同黑口本
《咏雪》	"巨壁林林倚精铁"	"巨璧林林倚精铁"	同黑口本	同黑口本
《写怀二首》	"局促去有朋"	"局促去朋友"	同黑口本	同黑口本
《茅亭闲坐》	"鸟语变乔林"	"鸟语遍乔林"	同黑口本	同黑口本
《靖安县幽谷亭》	《靖安县幽谷亭》	《靖安幽谷亭》	同黑口本	同黑口本
《寄子进弟》	题下注"一本作牟弟，子进名也"	无注	同黑口本	同黑口本
	"颇测幽与微"	"颇测隐与微"	同黑口本	同黑口本

　　前文已论述正统本同于黑口本；表 2-2、2-3 显示成化八年递修本、成化八年本与黑口本、正统本高度一致，秦潮本除疑似补版内容外，与成化八年递修本一致，而秦潮本与成化八年递修本卷题下均见"九世孙文受重刊"字样。可推知，秦潮本与黑口本、正统本、成化八年本、成化八年递修本均出自同一底本。

　　综合以上信息，似可以做以下推测。

　　第一，秦潮本以成化八年递修本为底本重刻；《增订四库简明目录标注》中所记"明嘉靖重修杨本"可能即为秦潮本。

　　第二，秦潮本《像赞》后题写"嘉靖癸巳岁昭潭莫畯古皖秦潮锡山邹庶新增"字样，其"新增"若与吴芹芳所叙成化六年本相较，则仅新增了年谱后序，较成化八年南丰县递修本则新增了罗伦序、王一夔序、《年谱序》、《年谱后序》、《序说》、遗像、《像赞》等。秦潮本所录之罗伦序、王一夔序均录于今日所见之成化六年本，因此，秦潮本很有可能参校了成化六年本《元丰类稿》。而其目录中疑似补版之处很有可能又参校了大德本。

　　第三，成化八年递修本在内容上与成化八年本高度一致，但卷题下多"九世孙文受重刊"，推断递修本非以成化八年本直接为底本重印，而是与成化八年本在内容上一致的另一个版本。但无论成化八年递修本以何本为底本，成化六年本、成化八年本、成化八年递修本皆为南丰重修，且成化八年本、成化八年递修本在内容上的一致，都说明，成化年南丰县所刊刻之版本与曾文受本有密切的关系。

第四，诸家皆言成化年杨参取宜兴板重刻，宜兴板是仅指正统本还是另存九世孙曾文受本？仅以今日所能见到的杨参本为例，若成化八年递修本以正统本为底本重刻，则成化八年本、成化八年递修本的内容应与正统本内容高度一致，若事实如此，这一推断似是可成立的。但正统本所存之姜洪序、赵琬序、邹旦序，据诸家所录及笔者所见之成化诸版，没有一个版本存有此三序或其中之一，而诸成化本所录之《年谱序》或《年谱后序》，不见于正统本而见于黑口本，这该如何解释？姜洪言邹旦将赵琬之写本、周忱所示之官本两相参校刻成了正统本《元丰类稿》，事实上正统本与黑口本完全相同，并未因"参相校雠"而出现文字差异，因此正统本很可能即以黑口本之旧版重印。若此说成立，那么诸家所言杨参取宜兴旧版之说，很可能即杨参直接取黑口本旧版重印，因此并无正统本新序。（序跋及版式对比见表 2-4）但递修本卷题下有"九世孙文受重刊"字样又该作何解呢？

若成化八年递修本以曾文受本为底本，并保留了曾文受本的原貌，那么成化八年递修本的内容亦与正统本、黑口本高度一致该作何解释？一种可能是，成化八年本、成化六年本皆来源于正统本，成化八年递修本以宜兴所存之曾文受本为底本重刻（应未参校成化八年本，否则成化八年本之《年谱序》《年谱后序》递修本不会漏收）。另一种可能是成化八年递修本、成化八年本、成化六年本皆来源于藏于宜兴的曾文受本，在重刻过程中，成化八年本将"九世孙文受重刊"字样抹除，而成化八年递修本又以曾文受本重刻。

经表 2-3、表 2-4 中诸版本目录、内容对比，可发现这些版本内容高度一致。无论是哪种可能性，其实都指向了同一个结果，即九世孙曾文受本与正统本、黑口本实同出于一个底本。

第五，曾文受本刊刻时间早在南宋，至此前文所述黑口本、正统本、成化本的情况又可延伸一步，即我们可推测黑口本实源出曾文受本，正统本以黑口本重刻。曾文受本自南宋刊刻至明一直流传于世，在元代、明成化年间、明嘉靖年间都有版本据此刊刻。因此，也可得出结论，即对后世影响最大的刻本实为曾文受本。

表 2－4　黑口本及部分明刊《元丰类稿》版式、序跋对比

类别	册数	刻年		刻地	行款	版式	序跋
黑口本		元大德八年	1304	未详	11行21字	黑口四周双边双鱼尾（目录中卷次下鱼尾形装饰加○）	王震序、《年谱序》、《年谱后序》、丁思敬序
正统本	12	明正统十二年	1447	邹旦宜兴	11行21字	黑口四周单边双鱼尾（无目录）	姜洪序、王三槐序、丁思敬序、卷末赵瑰序、邹旦序
成化六年本		明成化六年	1470	杨参南丰县	10行21字	黑口四周双边	王震序、罗伦序、王一夔序、《年谱序》、《序说》、遗像、《像赞》
成化八年递修本	16	明成化八年	1472	南丰县刻递修本	11行21字	黑口四周双边（目录中卷次下鱼尾形装饰加○）	王震序、丁思敬序，卷末无跋
成化八年本	12	明成化八年	1472	南丰县刻本	11行21字	黑口四周双边双鱼尾（目录中卷次下鱼尾形装饰加○）	《年谱序》《年谱后序》，卷末丁思敬序
秦潮本	8	明嘉靖十二年	1533	秦潮本	11行21字	黑口四周双边双鱼尾（目录中卷次下鱼尾形装饰加○）	王震序、罗伦序、王一夔序、《年谱序》、《年谱后序》、《序说》、遗像、《像赞》

五　明嘉靖二十三年王忬刻本（简称嘉靖王忬本）

《南丰先生元丰类稿》五十一卷，嘉靖二十三年刻本，此本有有像（曾巩像）、无像之别。傅增湘《藏园群书经眼录》卷一三集部二载"《南丰先生元丰类稿》五十一卷，宋曾巩撰。明嘉靖王忬刊本，十一行二十一字。故人吴慈培临何焯校本。钤有孙从添、陈鳣、袁廷梼诸印。（吴君临终见托，暂寄余斋。）"[①] 中国国家图书馆藏有曾巩像本（叙为王忬校刻，吴慈培临何焯校跋），共五十一卷，其中续附南丰先生行状碑志哀挽一卷。

---

① 傅增湘：《藏园群书经眼录》卷一三，上海古籍出版社，1989，第1140页。

此本八册，十一行二十一字，黑口，四周双边。卷首王震序、罗伦序、王一夔序、《年谱序》、《年谱后序》、《序说》、遗像、《像赞》，卷末有丁思敬序、陈克昌序、姜洪序，卷题下有"明进士巡按湖广监察御史后学姑苏王忬校刻"字样，目录后有"府庠生吴柏校"及"嘉靖癸巳岁昭潭莫畯古皖秦潮锡山邹庶新增"字样。

国家图书馆还藏另一无像本，书目信息记为十一行二十二字（实为十一行二十一字），黑口，四周双边，卷首有王震序、罗伦序、王一夔序、《年谱序》，卷末有丁思敬序、陈克昌序、姜洪序。正文为"南丰先生元丰类稿卷第一 明进士巡按湖广监察御史后学姑苏王忬校刻"，上有云轮阁简印，此应为前述之底本。

嘉靖王忬本较秦潮本多陈克昌序、丁思敬序。陈克昌在序中叙述了入明后正统年间邹旦、成化年间南丰县令杨参及嘉靖莫骏刊刻《元丰类稿》的过程，结合刻本目录后保留的嘉靖秦潮本"嘉靖癸巳岁昭潭莫畯古皖秦潮锡山邹庶新增"等字样，及卷末的丁思敬序、姜洪序（仅见之前的正统本），可推测嘉靖王忬本应以曾文受本为底本，参校明正统本、明成化本的内容并增序。祝尚书《宋人别集叙录》记："王忬本乃修补成化杨参本。"[①] 此判断似不妥。

六 明嘉靖四十一年黄希宪刻本（简称嘉靖黄希宪本）

中国国家图书馆藏有嘉靖黄希宪本《南丰先生元丰类稿》五十一卷（索取号为10271），八册，十一行二十一字，细黑口，左右双边。首王震序、罗伦叙、王一夔序、《年谱序》、《年谱后序》、《序说》、遗像、《像赞》，卷末有丁思敬序。此本字体工整美观，线条清朗，刻工可见林、王、黄、袁、敖，卷题下可见"巡按直隶监察御史后学金溪黄希宪重校刊"字样。

国家图书馆另藏顾之逵跋并临何焯批校本，亦为五十一卷，其中续附南丰先生行状碑志哀挽一卷，十册。国家图书馆记为"十一行二十一字，

---

① 祝尚书：《宋人别集叙录》，中华书局，1999，第291页。

小字双行同，白口，左右双边"。此本卷首多李玑撰《重刻曾南丰先生文集序》，有王震序、罗伦序、王一夔序、《年谱序》、《年谱后序》、《序说》、遗像、《像赞》等，卷末有丁思敬序，又加陈克昌序。

卷中李玑序提供了安如石刻《文粹》与《续稿》《外集》关系的重要信息，前文已作梳理，不再赘述。而黄希宪看到《文粹》传播未广，便在王忬刻《元丰类稿》的基础上进行翻刻，属李玑作序。黄希宪此本较之前的《元丰类稿》增加了《代人上石中允书》《代上蒋密学书》等，这证明黄希宪刻本又参校明安如石刻《文粹》而成。这是诸多学者未予以关注的。

此本似有另一版本，2011 年春季，上海国际商品拍卖有限公司在拍卖会上的古籍善本专场有嘉靖黄希宪本《元丰类稿》，所录之序较前两本不同。拍品描述为："钤印：绛梅树屋，明嘉靖壬戌（1562）黄希宪刻本，白棉纸，线装，十二册一函。……此本每卷大题后第二行结衔称：'巡按直隶监察御史后学金溪黄希宪重校刊。'希宪，字毅所，金溪人。嘉靖癸丑进士，官至应天巡抚。著有《续自警编》八卷。此为其应天巡抚任上令苏州太守所雕。半页十一行，行二十一字。细黑口，左右双栏。版心下记字数，间有记刻工姓氏者，有'黄周贤、唐其、陆朝、吴中、下敖'等四十余位（单名不录）……首元丰八年三月朔日三槐王震序，次明罗伦序，成化六年豫章王一夔序，次南丰先生年谱序、南丰先生年谱后序、《序说》，次小像一帧，次《目录》。尾大德甲辰东平丁思敬后序，嘉靖甲辰仁和陈克昌跋。纸白墨浓，品相甚佳，旧装、旧函、旧包角。丁氏《善本书室藏书志》《艺风藏书记》《北京图书馆古籍善本书目》《中国古籍善本总目》均有著录。考《嘉业堂藏书志》著录此版，云'此本仅存宋人两序，伪为宋刊，不知明序虽去净而序说中有宋潜溪、李西涯云云，能言宋元本乎？'，据此则民国时书贾又将此本伪充宋元本，其刊刻之精于此可见。26.4cm ×16.6cm。"

黄希宪为江西金溪人，登嘉靖癸丑进士，万历丁丑（1577）擢知嘉兴府，《本朝分省人物考》（明天启刻本）、《石鼓书院志》等对黄希宪躬行古道有所记载，评其学问"发之犹为悉本学术"，对其政事亦赞赏有加，其重校《元丰类稿》更有以南丰为模范之意义。

前文已提黄希宪、刘士瑗亦刻《南丰曾先生文粹》（现藏于福建省图书馆），仅存卷一至卷四。此本后世书目皆不见提及。

七　嘉靖四十二年任懋官本（简称任懋官本）

国家图书馆、台北故宫博物院藏有此本，为曾文受本重刻本，五十一卷。国家图书馆藏为四册，十一行二十一字，黑口，四周双边或单边，鱼尾有单、双，版框高度不一，目录卷次下有鱼尾形加"○"形装饰，卷五一为花型。卷四六、四七等下有"九世孙文受重刊"字样。卷首有王震序、罗伦序、王一夔序、《年谱序》、《年谱后序》及《序说》，《序说》后有"嘉靖癸巳岁昭潭莫峻古皖秦潮锡山邹庶新增"和"嘉靖癸亥秋七月上浣贵阳任懋官校正重刻"字样，卷尾有丁思敬序、陈克昌序。"锡山邹庶新增"后有"任懋官校正重刻"字样，说明其本源于秦潮重刻之曾文受本，虽为"校正重刻"，却未见更优。

王更生记台北故宫博物院藏本为十二册，[①]其他学者未见著录此本。

八　明隆庆五年邵廉刻本（简称隆庆本）

中国国家图书馆藏傅增湘校跋并临何焯校跋本《南丰先生元丰类稿》五十卷，续附一卷。此本八册十行二十字，白口，四周单边。卷题下有"南丰后学邵廉校刊"字样，刻工有熊成、陆生、蔡谦、陆一、余成、余五、乐、黄一和、朱五、陈六一、天禄及七、亨、童、宏、鸾、朱、和、崇、五等未知全名者，卷首有邵廉序，卷末附有姜洪序、丁思敬序、赵琬序、谢士元跋。

台北故宫博物院亦藏隆庆本。

《宋集珍本丛刊》中《南丰先生元丰类稿》隆庆本提要录傅增湘批校本云："卷首有隆庆五年南丰邵廉序。正文五十卷，天头、行间有傅增湘批校语，于此本版式、错讹多有纠正。如书目卷二天头批'自《琳琅泉石

---

① 《王更生先生全集》第十六册《曾巩散文研读》，（台北）文史哲出版社，2010，第337页。

篆》以下低一字'，卷四十九，原书每行四题，天头批'宋本每行止二题'。正文卷五《和贡甫送元考不至》诗题，于'不至'旁增'元考'二字，诗句'一时惊豪捷'，旁批'捷'，又于地角批'宋本捷'。又，正文佳句，常有圈点，亦间有句读。据傅氏书后跋语称'壬子四月二十日将出都，旋以事滞留，竭尽一月之力，补临何义门圈点'云云，傅氏批校所据当为有何焯批点之宋刊本。书末有《续附》一卷，通编为卷五十一，辑录曾巩行状、墓志、神道碑，与正统本所列相同，并备收元大德丁思敬、明正统十二年姜洪、赵琬、成化壬辰谢士元等人序跋。据此可推断此书系据成化本重刊。然版式与正统、成化本不同，每半叶十行、行二十字，字体丰润，颇具明刻本特色。"①

邵廉亦曾刊刻《欧阳文忠公文集》（一百五十卷，《年谱》一卷，附录五卷，宋胡柯编）十行二十字，刻印俱精。《藏园群书经眼录》及《北京图书馆善本目》均著录。

九　明万历二十五年曾敏才等刻本（简称万历本）

中国国家图书馆藏此本为八册，十行二十字，白口，四周单边，单鱼尾，每卷题下有"查溪裔孙才道行思仪彦校刊"，卷一六后每卷题下有"查溪裔孙才道行思仪彦华祚校刊"。卷五一为"续附南丰先生行传碑志哀挽"。卷末附重刊元丰类稿序，并有"正统十二年岁舍丁卯夏五月"字，版心为南丰文集，刻工有杨世、林一、子荣及质、生、京、子、希、世、杨、三、可、木、方、范、云等。卷中有宁瑞鲤序、王玺叙、邵廉序、王震序、王一夔序、《年谱序》、《年谱后序》、《序说》、遗像、《像赞》、《宋史·忠公忠义传》、《谱叙附录》、《重修曾南丰先生祠堂记》、《南丰曾先生粹言叙》、李良翰跋，卷末有李元方校正字样。此本较多朱批，朱批常引"王遵岩曰""唐荆川曰"等，卷九救灾议，卷一一《新序目录序》《梁书目录序》等有朱批。国家图书馆另藏24册本，与前本相较，少《罗汝芳祠堂记》及曾佩叙。吴芹芳叙此本："明朝还有一个重要刻本万历本。

---

① 四川大学古籍整理研究所编《宋集珍本丛刊》，线装书局，2004。

五十卷附录一卷，半页十行二十一字，框高 18.2 厘米，广 13.4 厘米……
这个刻本，书名为《南丰文集》。卷首题识：《南丰先生元丰类稿》。全书
共五十一卷，以《回人贺授舍人状》一文为终篇。首有宁序，次有王玺
序，并附有隆庆五年（1571 年）邵廉序、王震序、朱熹年谱序及后序
等。"① 似与笔者所见不同。

　　万历本值得注意的有几个方面。第一，此本较之前诸本新增宁瑞鲤
序、王玺序、《宋史·忠公忠义传》、《谱叙附录》、《罗汝芳重修曾南丰先
生祠堂记》、曾巩裔孙曾佩之序及李良翰跋等，提供了此本刊刻方面的信
息。宁瑞鲤序曰："会邑庠士曾敏才、敏道、国彦、敏行、国祚、育秀、
能先等诣余……诸生祖恕，先生再世孙，死金将之难于越，遗子宓……"②
此序指出了曾巩之孙曾恕、再世孙诸人重刻《元丰类稿》，属宁瑞鲤等为
序。第二，值得注意的是此本新增传记，但非曾巩之传，而是《宋史》所
载曾巩之孙曾恕之传。这说明此本刊刻者系曾巩直系后裔，刊刻此集的目
的除传扬曾巩之诗文，继承先祖经义传统外，还在于表示对曾恕的纪念及
尊重。第三，王玺序进一步揭示了此本与曾文受本的相关信息，其序曰：
"所著《元丰类稿》、《隆平》、《金石》、《群史》诸书，总皆发自性灵，真
得孔门心法，克绍宗圣家学者乎！……先时《元丰类稿》，九世孙居查溪
讳文受、文忠者已经校刻，第原本存县久，多残缺。予方扪心感慨，倏裔
孙才、行、道、思、秀、先等谋修先业，来属予言。"③ 王玺之序揭示了一
条重要信息，即历来诸版从未提及的南宋九世孙曾文受、曾文忠校刻本
《元丰类稿》在万历时依然存世，而此次曾敏才等人所刻很有可能是在这
一"存县久，多残缺"的版本基础上重新刊刻。

　　至此时可以明确，与曾文受本相关的版本有明嘉靖秦潮本、王忤本、
任懋官本，以及万历本，因此，可知曾文受本并非"不传"。而与曾文受

---

①　吴芹芳：《〈元丰类稿〉版本考略》，《江西图书馆学刊》2003 年第 4 期。
②　宁瑞鲤：《重刻曾南丰先生文集序》，陈杏珍、晁继周点校《曾巩集》，中华书局，1984，
　　第 820、821 页。
③　王玺：《重刻南丰先生文集序》，陈杏珍、晁继周点校《曾巩集》，中华书局，1984，第
　　821 页。

本密切相关的万历本对后世影响深远，在明代即有曾思仪、曾思彦及曾懋爵等重新刊刻过两个版本，清代新刻的几个版本皆与万历本有着直接或间接的关系。

十　明曾思仪、曾思彦本

国家图书馆藏明曾思仪、曾思彦等刻本，二十四册，十行二十字，白口，四周单边，刻于查溪。版心为"南丰文集"，卷一至卷一五题下有"查溪裔孙才道行思仪彦校刊"等字，卷一六后卷题下有"查溪裔孙才道行思仪彦华祚校刊"字样。卷首有王震序、《年谱序》、《序说》、遗像、《像赞》、《宋史·忠公忠义传》、《谱叙附录》等，卷末有李良翰跋，有"李元方"校正字样。

此本与万历本同。

十一　明崇祯十一年曾懋爵刻本（简称曾懋爵本）

国家图书馆藏此本为二十四册，九行十八字，白口，四周单边，无鱼尾。内有王震序、王一夔序、《序说》、遗像、《像赞》、《南丰先生谱叙》。其中王震序末注"明崇祯三年清和节届从裔魁星里懋爵书于西湖斋中"；王一夔序末注"崇祯三季庚午岁花朝从裔以居书"；《南丰先生谱叙》注曰"皇明崇祯三年花朝从裔以居书"，有"崇祯戊寅岁季春吉旦从裔曾懋爵校刻"字样，卷末无跋。此本卷一一《新序目录序》前二半页缺，以手写补，有"吴正有号"印。卷题下见"南丰后学赵师圣我白父阅定，明从裔懋爵于仁父同男以居校刻"。此本讹误较少，《种牡丹》《僧晚容》《之南丰道上寄介甫》等皆已进行校改。版心下有子一、玉等刻工字。顾崧龄刻《曾南丰先生全集》时录赵师圣序一篇，曾懋爵本有"南丰后学赵师圣我白父阅定"之记，序则不录。天津图书馆著录曾懋爵刻本为明赵师圣辑，则赵师圣序可能最早出现于曾懋爵本。

《援鹑堂笔记》记此本刻于杭州："《曾南丰集》……开禧乙丑建昌守赵汝砺、丞陈东得于其孙滩者校而刻之，因得传之旧定著为四十卷，据此则南丰集在宋时已不见其全矣。明成化间南丰令南靖杨参隆庆间邵廉俱为镂板，其曾氏之后刻公集者万历丁酉有敏才者刻于南丰、查溪，崇祯有懋爵者与其子以居刻于杭州……杭州本较胜，而讹漏亦多。余仅有此本，姑留之，以备校阅，而摧烧诸序文，略识其概云。"①

《元丰类稿》在明代有谭锴本，陈杏珍先生将其列为明代比较有影响的版本之一，② 《王更生先生全集》第十六册《曾巩散文研读》中录《南丰先生元丰类稿叙》，为谭锴所撰，其中提到将曾巩旧集重订刻板之事。但笔者未能访得此版本。

十二　清顺治十五年曾先补修本（简称曾先本）

国家图书馆藏顺治十五年曾先补修本，为章钰校并录何焯、姚椿校本。曾先本十二册，十行二十字，白口，四周单边，刻于查溪。卷一至十六题下见"查溪裔孙才道行思彦校刻"字样，卷一七为"查溪裔孙才道行思仪彦华祚校刊"，同万历本。首页有手写跋，后依次为宁瑞鲤序、王玺序、邵廉序、王震序、王一夔序、从裔孙曾佩序、李良翰跋、徐子男序、《年谱序》、《年谱后序》、《序说》、遗像、《像赞》、《宋史·忠公忠义传》、谱叙附录、《重修曾南丰先生祠堂记》、邵睿明序。卷末无后序及跋。

此本与万历本相比较，除将曾佩序、李良翰跋置于《年谱序》前外，不同之处在于多了徐子男序、邵睿明序等。徐子男序云："有族渣溪世袭祀生讳先者，出先生血孙，谥忠节，忠公嫡系也，与族嗣英、时秀、文通、文选等，感余悲痛之甚，慨然起而语余曰：'修治前典，后裔之责也。愿竭产补缉，以光我先贤名编。'经年告竣，因索叙于余。余逡巡弗敢言，漫应之曰……"文末记："顺治戊戌岁孟冬朔，南州高士裔，丙戌亚魁，署儒学事徐子男题于登龙署中。"③ 邵序言："先生之裔，世居查溪，奉俎豆者，其嫡裔曰曾先，感先公之性情，而宪其文章，兹历燹毁，率族氏子次残补阙，而先生之集复著于南丰。睿明生先生之里，与其裔统善世谊姻幼，读其集，拜庭庙，抚遗器，山高水清，怃然想见其为人。今者发种种

---

① 《援鹑堂笔记》，清道光姚莹刻本，国家图书馆藏。
② 陈杏珍：《谈曾巩集流传和版刻》，《文献》1984 年第 9 期。
③ 徐子男：《重修曾南丰先生文集》，《元丰类稿》清顺治十五年曾先补修本，国家图书馆藏。

矣，高岸深谷，无复仕近。日从同里诸君子，讲道问学，寻六经之道，讨四子所疏，而先生之文章本末具是矣。"① 此本源于万历本，是目前所见清代最早的曾巩集。

王琦珍录清乾隆二十八年南丰查溪刻本《元丰类稿》之熊士伯序云："有族查溪世袭祀生讳先者，出先生血孙谥忠节志公嫡系也，与族嗣英、时秀、通、选等，感余悲痛之甚，慨然起而语余曰：'修治前典，后裔之责也。'愿竭产补辑，以光我先贤名编。经年告竣。"② 王琦珍所见之此本熊士伯序与笔者所见国图藏此版的徐子男序内容基本一致，不知何本为误录。

十三　清康熙二十七年卫钺刻本（简称卫钺本）

卫钺为钱塘人，南丰任县令时刻《南丰先生文集》，今浙江省图书馆有藏，笔者未见原书。彭期刻《曾文定公全集》之十册本有郑梁序："南丰令卫公，予仲兄也，戊辰秋季以丁外艰服阕，来京谒补，持其宰邑时重修《南丰先生文集》为赠，且命序之……卫公名钺，钱塘人，康熙壬戌由鸿胪寺属出宰南丰。此集之修，则乙丑岁云。康熙二十七年岁次戊辰十月既望。赐同进士出身、翰林院庶吉士慈溪后学郑梁谨撰。"③ 因此郑梁序为卫钺刻本所作。而彭期本存之戴晟序又言："岁癸酉，邑侯郑公授晟《元丰类稿》，乃公莅任日重辑查溪祠旧板也。今又赠新刊文集，展读之，知南丰彭毅斋先生校定点画明白，雕刻精工，视公所修特为完好。"因此卫钺刻之《南丰先生文集》应较彭期重刻时间稍早，始修时间为康熙二十四年，修好此集时为"戊辰秋季"，即康熙二十七年，所据底本即为查溪祠堂藏本。

十四　清康熙三十一年彭期刻本《曾文定公全集》（简称彭期本）

国家图书馆藏彭期刻《曾文定公全集》两种。

---

① 邵睿明：《重修曾文定公南丰先生文集序》，《元丰类稿》清乾隆二十八年查溪本，国家图书馆藏。
② 王琦珍：《曾巩评传》，江西高校出版社，1990，第 229～230 页。
③ 郑梁：《重修南丰先生文集序》，《曾文定公全集》清康熙三十一年彭期刻本，国家图书馆藏。

其一为十册（简称十册本），九行二十字，白口，左右双边单鱼尾，有句读。卷内录有王遵岩、邱邦士、卢文子、王惟夏、孙执生、唐荆川、茅鹿门批点，兼有彭期及刘二至二人批点。卷末多小字双行总评，天头、行间有批语，行间见大量圈点、抹等。首卷有彭期谨撰《新刻曾文定公全集序》、郑梁撰《重修南丰先生文集序》、汤来贺撰《曾南丰先生文集序》、凡例、曾文定公全集首卷目录、王震序、《年谱序》、《年谱后序》、邵廉序、符遂《曾南丰先生诗注序》、《序说》、《宋史》本传（曾巩传）、何乔新《书元丰类稿后》、戴晟《跋新刻曾南丰先生集》，彭期记曰："丁丑，客游淮阴，邑侯郑父母传示遗文七篇，为山阳戴君晦夫所辑者，捧读之下，恍遇异珍。"卷末稍残，可见为陈师道哀辞，《像赞》，《赠曾子固》，苏轼《送南丰曾子固倅越得燕字》，陈师道《挽诗二首》，刘埙《拜曾文定公墓》，何乔新《读曾南丰诗》《过嘉禾怀南丰先生》，等等。

另一本为康熙三十一年（1692）刻本（简称十四册本），共十四册，九行二十字，白口，左右双边，单鱼尾。卷内有"康熙壬申年新镌宋曾文定公全集，七业堂校梓"字样。目录题为"曾文定公全集首卷目录"，有王震序、《年谱序》、《年谱后序》、集录评论、符遂撰《曾南丰先生诗注序》、邵廉序、汤来贺撰《曾南丰先生文集序》、《宋史》本传、凡例（有"癸巳得六安杨君希洛重校此集精细详核"字样），并专门附一份评文姓氏表：

朱文公、王遵岩、茅鹿门、归震川、王惟夏（名昊，琅琊人）、卢文子（名元昌□人）、林西仲（名云铭，闽县人）、吴荪右（名荃，丹阳人）、真西山、唐荆川、钟伯敬（名惺，竟陵人）、汤霍林（名实尹□人）、徐扬贡（名与乔，昆山人）、孙执升（名琮□人）、金圣叹（名人瑞，吴县人）、过商侯（名珙，锡山人）、刘水村（名壎，南丰人）、孙月峰（名火广，余姚人）、陈明卿（名仁锡，□人）、徐文长（名渭，山阴人）、丘邦士（名维屏，宁都人）、汤敦实（名来贺，南丰人）、刘二至（名凝，南丰人)①

---

① "□"为刮去内容。见国家图书馆藏清康熙三十一年彭期刻本《元丰类稿》凡例。

末卷附有韩维神道碑、曾肇所作《行状》、林希作墓志铭、陈师道作哀辞、周必大作《像赞》、王安石《赠曾子固诗》、苏轼《送南丰曾子固倅越得燕字》诗、陈师道《挽诗二首》、元刘埙《拜曾文定公墓》、明何乔新《读曾南丰诗》、《书元丰类稿后》及戴晟《跋新刻曾南丰先生文集》，部分字迹已阙。此本较前本补遗数篇文章，卷四特注"后八篇系补遗"，并分别注明出处："《书魏郑公传后》（载《宋文鉴》及各选本）"，"《读贾谊传》（载《曾南丰文粹》）"，"《国体辨》（载《文编》）、《邪正辨》、《说势》（以上两篇载《文粹》）"，"《说用》（载《文编》）"，"《杂识一》、《杂识二》（以上二则载《宋文鉴》及钟伯敬选本）"。卷五书共三十一篇，目录特注"《代上蒋密学书》、《代人上石中允书》以上两篇载《曾南丰文粹》系补遗"①，据补遗文章，可知彭期所言《曾南丰文粹》为明刻《文粹》。

《万卷精华楼藏书记》录《曾文定公集》二十卷附录一卷，"南丰石钟山房本，康熙三十一年彭期编订，有序、例，刘氏校刊，首康熙癸酉王谦序，次彭期序，次王震序，次朱子序二篇（序年谱），次集诸家评论，次安如石刻文粹王慎中序，次邵廉，次汤来贺序，次本传，次凡例，次目录。文十七卷，诗三卷，附碑状志赠吊诗等类，末有戴晟跋，此本评点极俗"②。

彭期本与前代诸版《元丰类稿》编次皆不同，他将《元丰类稿》重行分类，合并卷帙，刻成二十卷，其中文为十七卷，置于集前，诗为三卷，置于十七卷之后。其凡例曰："……今汇并文集为十七卷，诗集为三卷，每卷各分类，仍于目录总载若干首，既易检阅，亦便成帙，其旧序、序说、本传编为首卷，附刻公碑铭、行状及哀辞、挽诗编为末卷。"此集在同一文体内的排序上亦有变动，如《上欧阳学士第一书》《上欧阳学士第二书》《上欧阳舍人书》《寄欧阳舍人书》《再与欧阳舍人书》等曾巩与欧阳修往来的书启放在一起，意在按内容相关性重新排序，看来较前代诸本

---

① 见国家图书馆藏清康熙三十一年彭期刻本《曾文定公全集》目录。
② 耿文光：《万卷精华楼藏书记》，中华书局，1993，第963页。

《元丰类稿》易于检阅了。当然如此重排所有文本，带来问题在所难免，亦有内容重复出现，如诗中"戏书"在十九卷末即有，但二十卷中又重录。

彭期此集的编排宗旨在《凡例》中亦可见一斑："公平生自命，志于古人之道，论学，则以致知穷理为事，论治，则以教化礼乐为先，原非屑屑求工于文也。如《转对疏》，敷陈治道，必本于学，学以正本得之心为要。挈出《洪范》之思，《大学》之诚正修。《召判太常札子》，必本尧舜禹汤之成德，宗孔子之志学不逾矩。《移沧州札子》，叙历代治乱得失，而归结于兢业祗慎，所入告者，皆大臣经世之略，开程朱理学之原。至于《论举属》取士，择将益兵、议经费边防，条奏保甲修史诸事，无非经济顾画，实可施行者，今编为第一卷，令读者展阅，便见本领。"① 彭期将应用性极强的文体排列在前，卷一为疏一篇、札子二十二篇，卷二为奏状共二十八篇，卷三为拟制一百一十二道、诏五道、策问三道，卷四为传一篇、议四篇、论一篇，卷五为书二十八篇等，这似乎也显示了较前代刊刻《元丰类稿》者完全不同的对曾巩文学接受的观点。彭期序又云："……余少习举子业，仅于鹿门《选本》得先生之文，读之，未及览其全书。闻昔刘水村先生偶在他乡，与诸友谈论，众知其为丰人。询及子固先生，因各背其文数首，而水村所记独少，每听一过，辄汗流浃背，以未能留意于同邑前贤之文为愧。盖在宋元之际，其文章见重于时已如此。是书旧无批点，余仿鹿门所选，为定其句读，而遍采诸评，无非欲发明作者之旨。其编次先后，则取旧本而更定之，以关于政事行谊者为先，余各以次编入，庶使后之君子知正献两言实非定论，而先生之立品，不仅以文章传世已也。""余仿鹿门所选，为定其句读，而遍采诸评，无非欲发明作者之旨"②，揭示了彭期本的编辑方式，这也是彭期本的重要特点之一，即汇集大量前人对曾巩诗文的评价，以"发明作者之旨"。

彭期本凡例还叙述了《曾文定公全集》的刊刻情况："近吾丰刻本有

---

① 彭期凡例，见《曾文定公全集》清康熙三十一年彭期刻本，国家图书馆藏。
② 彭期序，见《曾文定公全集》清康熙三十一年彭期刻本，国家图书馆藏。

四，其邵圭斋先生所刻，传布亦少。今所存三家刻本，皆屡易而愈失其真，虽存五十卷之名，而讹谬最多，编次紊乱，未必合于原本，甚至重复脱误，其诗亦篇首混淆，以致垂世大文，不惟展卷茫然，抑且黯黮削色。期不揣荒陋，因取三家刻本，及诸名家所选，细加校订，改编篇目，正其脱误，间与同志汤子敦实时共商榷，又得友人刘二至校本，更为详核。并集诸名家评点，参以管见，稍有增损，而阙其可疑者，诚知鲁莽无当，惟俟博雅宗工，取而正之。"① 彭期提到《曾文定公全集》是在"三家刻本及诸名家所选"的基础上，"细加校订，改编篇目，正其脱误"，"诸名家所选"亦仅能确定是参照了茅坤评本。卷中汤来贺序、戴晟跋虽涉及彭期刻此集的原委，然记叙不明。汤序记曰："《南丰先生文集》……自宋已逸其大半，余友中翰彭毅斋新校刻之，定为二十卷。……毅斋于是书用功之勤，非一朝一夕，读其序与凡例，昭然揭作者心思以示人。盖生平好学深思，持躬方正，不惑异端，不事奔竞，与公正合宜。其于公之书，好之笃而言之深切如此也。先是，学博刘二至时相过从，辄与赏奇析疑，曾取此集丹铅者数本，故毅斋是刻多存其说。既成，予得而读之，因推公出处之大端，以见其卓然自立，其学为有本……"此只说明了彭期刻《曾文定公全集》保留了刘二至对《元丰类稿》部分内容的评点，"丹铅者"不明为何本。卷末戴晟跋云："……岁癸酉，邑侯郑公授晟《元丰类稿》，乃公莅任日重辑查溪祠旧板也。今又赠新刊文集，展读之，知南丰彭毅斋先生校定点画明白，雕刻精工，视公所修特为完好，虽约为二十卷，而《类稿》诗文无一篇遗者。且就荆川、鹿门撰录补入五篇，用心详慎，非近日浮慕名高者所可同日语也……"戴晟之跋所言"邑侯郑公"为郑梁，曾于"邑侯"任上以查溪祠旧版重辑《元丰类稿》，结合十册本郑梁序可知彭期以卫钦刻本参校。

　　对比十册本与十四册本，尚有问题需厘清。第一个问题为十册本、十四册本的刊刻时间先后问题。十册本、十四册本都有戴晟跋，戴晟跋的时间为康熙丁丑年（1697），说明二者的刊刻时间都至少在丁丑年后。十四册

---

① 《曾文定公全集》清康熙三十一年彭期刻本，国家图书馆藏。

本卷首仍保留"康熙壬申年新镌"字样,无郑梁序,其他卷首、卷尾内容大体一致。从内容上可知,十四册本较十册本多有补遗,因此可确定十四册本晚出,而十册本所据之底本为康熙壬申年本,早于十四册本,但后人重印的时候仅仅增加了戴晟序,内容则仍沿其旧。

关于彭期本的评价不尽一致。吴芹芳叙:"彭期自称此本细加校订,所有疑问、阙失之处均被证实或补缺。其实名不副实,各家书目均指斥为劣本。"①《增订四库简明目录标注》云"康熙二十一年南丰彭期重编曾文定公集二十卷,劣"②,但陈杏珍、晁继周在点校《元丰类稿》时,将彭期本列为参校本,并评曰:"此书增添评点,又补充了几篇集外文(均见顾崧龄刻本),较《元丰类稿》易于查检,但有些地方因臆改而致误,句读也有不甚精当之处。"③ 事实上彭期刻本的价值需要重估。虽然彭期刻本未能保留原书的面貌,但至少在以下几个方面有其特有的贡献。第一,彭期刻本对《元丰类稿》的辑佚、校勘有重要的贡献。彭期本从《宋文鉴》、《文编》、明刻《文粹》及各选本等辑录了十余篇文章。历来诸家对顾崧龄所辑《元丰类稿》评价较高,而顾崧龄辑佚的近一半数量的文章,彭期早已经辑佚在《曾文定公全集》中。在文中,彭期参校其他版本,多在行间以小字注明,这为后世对曾巩诗文的校勘提供了方便。第二,彭期刻本将历来评价《元丰类稿》的资料进行了系统搜集整理,完成了曾巩诗文全集的汇评汇校工作。在这之前仅有曾巩文章选本流传于世,彭期辑录二十三位评点者之评价,这种大规模的、全集性的集评校注,与茅坤等的文章选评相比,提供了更多曾巩文学研究的资料。彭期刻本并附王安石、苏轼等与曾巩唱和诗,以及何乔新《书元丰类稿后》等文,体现了彭期文献学视野的广阔,而不止于哀挽、碑铭等资料。第三,彭期刻本显示了在曾巩文学接受过程中,彭期与以往接受者不同的文学观。其凡例及彭期序中都展现了彭期对曾巩应用类文章的认识,这与历来从文学审美性角度欣赏曾巩之记、序文体的态度不尽一致。

---

① 吴芹芳:《〈元丰类稿〉版本考略》,《江西图书馆学刊》2003 年第 4 期。

② 邵懿辰撰,邵章续录《增订四库简明目录标注》,上海古籍出版社,1979,第 692 页。

③ 陈杏珍、晁继周点校《曾巩集》,中华书局,1984,前言。

十五　清康熙四十九年长岭西爽堂曾国光刻本（简称西爽堂本）

国家图书馆藏康熙四十九年曾国光刻《元丰类稿》五十卷，末卷为"金石录跋"，无之前诸版《元丰类稿》的续附一卷。西爽堂本有两种。国家图书馆第一种为十册，十行二十字，白口，左右双边，单鱼尾，卷题下见"长岭裔孙国光重修""长岭绾裔国光同男廷栋、极、柱、枢重修"等字样，无刻工，版式较精。此本首卷有陶成序、梁瑶海序、裔孙曾锳序、魏权序、王震序、《年谱序》、《又年谱后序》、王一夔序、裔孙曾佩序、邵廉序、李良翰跋、《宋史》本传、《序说》，卷末无序跋。陶成序、梁瑶海序下皆有各自钤印，曾锳序下有"黄楼"等钤印。此本在诗歌编排上与彭期刻《曾文定公全集》及历代诸版《元丰类稿》都不同，以体分诗，卷一为"五言古诗"，卷二为"七言古诗"，卷三为"五言律"，卷四、卷五为"七言律"，卷六为"排律"，卷七为"五言绝句""七言绝句"，卷八为"歌行"。随着分类的变化，卷一起首部分的诗歌内容也发生变化，卷一前几首为《李氏素风堂》《和章有直城东春日》《过介甫归偶成》《过介甫》等，而之前诸版本的诗歌排次均为《冬望》《一鹗》《宿尊胜院》《苦雨》等。由于打破从前诸本顺序重新编排，因此部分目录与正文不一，如卷一目录最后几首次序为《苦热》《七月一日休假作》等，但正文为《七月一日休假作》《苦热》。卷九后曾巩文章内容排次与历代《元丰类稿》同（除彭期本外）。

第二种卷题下亦见"长岭绾裔国光同男廷、栋、极、柱、枢重修"字样，同为十行二十字，白口，四周单边，单鱼尾。不同的是，此本卷前序不同，较前本多王行恭序，另少陶成序、王一夔序、李良翰跋等内容。

之前有学者将此本简称为"长岭本"或"西爽堂本"，王琦珍最早对此本及查溪本的渊源进行考证，认为此本源于万历本①，吴芹芳承接王琦珍之说，叙此本道："以查溪曾敏才的刻本为底本。长岭本与查溪本的编次也完全一样：先本传、次序说，其中辑有欧阳修、朱熹等八大家评语；

---

① 　王琦珍：《曾巩评传》，江西高校出版社，1990，第231页。

复次陈宗礼宝祐四年（1256年）为曾巩文集所做的序文；之后为两刻本各自新增的两篇序文。长岭本两篇序文由陶成与梁瑶①作。二新序后，方是前代各刻本的序。无论长岭本还是查溪刻本，其所辑序文的最后一篇都是宁瑞鲤序，这就充分说明他们与万历刻本的渊源关系。"②

但笔者所见之西爽堂本、查溪本之序与吴芹芳所叙均有不同。笔者于西爽堂本所见而未见前代诸本者，有陶成序、梁瑶海序、裔孙锁序、魏权序，卷内并无宁瑞鲤序；而乾隆二十八年查溪本之序，在宁瑞鲤序之后，还有邵睿明序及《序说》之内容。关于"西爽堂"本的刊刻时间，靠新序似乎不能推断。陶成序曰："先生之嗣孙国光取《元丰类稿》重镌以行于世，吾知必将有慕先生而尚友者矣，因颓首拜书于其端。康熙庚寅岁长至后一日，赐进士翰林院庶吉士，盱江后学陶成顿首谨序。"③ 梁瑶海序曰："予甫莅丰邑，即询及先生文集，不期《元丰类稿》偶尔残缺，旋有后裔国光惧其失真，欲更新镌，属序于予，可谓孝矣。予故乐得而为之序。"④ 两序并未言及西爽堂本底本为何。但从第一种来看，其中曾佩之序、李良翰之跋均初见明万历本，而存于曾先本，因此亦可推此三本之间有密切关系。在卷首，此本将万历本的《宋史·忐公忠义传》换为了《宋史》曾巩本传，这点又同彭期刻本，不知刊刻者是否参照了彭期刻本。

十六　清康熙五十六年长洲顾崧龄刻本（简称顾崧龄本）

国家图书馆藏康熙五十六年顾崧龄刻《南丰先生元丰类稿》五十三卷。此本遵宋本校订，增附集外文二卷，十行二十一字，白口，四周双边双鱼尾。内页有记"长洲顾东严重刊《曾南丰全集》"字样，卷内有王震序、丁思敬序、姜洪序、赵琬序、邹旦序、王一夔序、陈克昌序、宁瑞鲤序、王玺序、赵师圣序、《宋史》本传、顾崧龄跋。卷题下有"长洲顾崧

---

① 此处吴芹芳误将"梁瑶海"作"梁瑶"。
② 吴芹芳：《〈元丰类稿〉版本考略》，《江西图书馆学刊》2003年第4期。
③ 陶成：《重修曾南丰先生文集序》，《元丰类稿》清康熙四十九年西爽堂本，国家图书馆藏。
④ 梁瑶海：《重修南丰先生文集序》，《元丰类稿》清康熙四十九年西爽堂本，国家图书馆藏。

龄东炎校"字样。此本卷五〇为"金石录跋尾"、卷五一为"南丰先生集外文卷上",卷五二为"南丰先生集外文卷下",卷五三为"续附南丰先生行状、碑志、哀挽",卷末"白首太玄经"中"玄"字缺一点,卷尾无序跋。

卷中顾崧龄序云:"崧龄喜诵先生文,苦无善本,又虑其愈久愈失其真,于是参相校雠,佐以《宋文鉴》《南丰文粹》诸书,手自丹黄,谋重刻之有年矣……侧闻屺瞻何太史焯每慨藏书家务博而不求精,故即近代通行之书多所是正,而先生集亦尝假昆山传是楼大小字二宋本相参手定,其副墨在同年友子遵蒋舍人杲所,因请以归,于是复参相校雠。凡宋本与诸本异同者,僭以鄙意折衷其间。如第七卷脱《水西亭书事》诗一首,第四十七卷《太子宾客陈公神道碑铭》脱四百六十八字,诸本皆然,则据宋本补入。类此颇多,未易悉数。至于先生《续稿》及《外集》,南渡后已散轶,见吴曾《能改斋漫录》、庄绰《鸡肋编》与《文鉴》、《文粹》中者得十三首,拟附于后。舍人闻而趣之,因又出《圣宋文选》见示,复得七首。共二十首,分为上下卷,题曰《南丰先生集外文》。"① 序中详叙了顾崧龄重刻《元丰类稿》的重要参校本为何焯以传是楼大小字宋本所校之副本,同时据宋本补《水西亭》书事及《太子宾客陈公神道碑铭》所脱文字,并参以吴曾《能改斋漫录》、庄绰《鸡肋编》、《宋文鉴》、《文粹》、《圣宋文选》等共辑二十首佚文。顾崧龄刻书距彭期刻《曾文定公全集》仅二十五年,彭期所辑文章已有顾崧龄所辑之半,且皆注明出处,不知顾崧龄是否以彭期本为据索取资料辑佚。

此本较前代诸本多赵师圣序,顾崧龄言"因次王震以下序十二首,总冠简端"②,前文提及赵师圣序最早可能见于曾懋爵本,那么顾崧龄重刻《元丰类稿》很有可能参校了曾懋爵本。

关于此书的评价,《四库全书总目》认为其"未及校改者犹多";陈杏珍、晁继周认为此本"校勘精、流传广、影响大",并以此本作为底本参

---

① 顾崧龄:《曾南丰全集跋》,陈杏珍、晁继周点校《曾巩集》,中华书局,1984,第824页。
② 顾崧龄:《曾南丰全集跋》,陈杏珍、晁继周点校《曾巩集》,中华书局,1984,第824页。

校其他刻本而成《曾巩集》。

十七　乾隆二十八年查溪藏版（简称查溪本）

国家图书馆藏乾隆二十八年查溪藏本，十行二十字，白口，左右双边，单鱼尾。首有王震序、《年谱序》、《年谱后序》、王一夔序、裔孙佩序、李良翰跋、宁瑞鲤序、邵睿明序、徐子男序、《序说》、《宋史》本传等。二十五卷及前卷之卷题下皆署"公祠重修"，其后为各裔孙重修（有震、璜、灏、国琏、定鼎、文蔚、文著、云章、文通同男瑞、匦等），此本以卷五〇"金石录"结束，卷末不见跋、序等。邵睿明序及徐子男序仅见曾先本，可推测此本为曾氏后裔以曾先本重修。

另国家图书馆录有宋陈师道编辑，书名页题《元丰汇稿》者，十册刻本，十行二十字，同为白口，左右双边，单鱼尾。卷首有《宋史》本传、陈宗礼序、王震序、《年谱序》、《年谱后序》、王一夔序、裔孙佩序、邵廉序、李良翰跋、宁瑞鲤序、邵睿明序、《序说》等。不同卷题下可见"梅峰公重梓"、"伯彰公重刊"、"乾隆癸未梅峰公重刊"、"迪宝公重梓"、"公祠重修"、"永泰公重修"、"裔孙龙章校修"、"英万淑珍公重修"、"珦荣公重修"及"裔孙云章、文连、文蔚、文著、文通、（匦）重修"等，版心下方有"查溪藏板"字样。此本部分目录与内容不符，如卷之一，所录内容较目录有漏，至杂诗四首"率自归鼎轴"结束，而下一页有《咏雪》《杂诗五首之四》等诗，与其他版本对比发现漏约八个半页，并将卷二最后一页附错。《万卷精华楼藏书记》亦记此本，曰："《元丰类稿》五十卷，宋曾巩撰，查溪本，门人陈师道编，乾隆癸未年刊。"[1] 但笔者遍查资料均未能找到陈师道曾编辑《元丰类稿》的相关记录。

王琦珍亦在江西省图书馆查得清乾隆二十八年南丰查溪刻本二函十二册的《元丰类稿》五十卷，蓝面，述此本"封面总题为《元丰类稿》，横头题'乾隆癸未年重镌'，右上题'门人陈师道辑'，左下题'查溪藏版'：此本卷首编次为"先本传；次'序说'，其中辑有欧阳修、朱熹等八

---

[1]　耿文光：《万卷精华楼藏书记》，中华书局，1993，第962页。

家评语；复次是陈宗礼在宝祐四年为曾巩文集所做的序文……陈序之后，才是此次刻本新增的两篇序文，一为南丰县儒学教谕熊士伯所作，一为南丰同里邵睿明所作……二序之后，方是前代各刻本序文的集录，计有王震序、朱熹《年谱》序、王一夔序、曾佩序、邵廉序、李良翰序、宁瑞鲤序。"①

对比以上三种查溪本《元丰类稿》，发现它们在卷首所录之序上皆不同，可知此本虽存在诸多问题，但在当时仍多次刊刻，传播较广。

王琦珍先生对这两个版本进行了比对、溯源，他提到两序中均言及查溪后裔与刻本的关系，并录熊序内容：

> 因购求先生秘书而询其藏版，则曰兵燹去其半。余抚兹残篇，不禁愀然涕集也。以为天之将丧斯文，而不欲广其传于天下后世乎！有族查溪世袭祀生讳先者，出先生血孙谥忠节恧公嫡系也，与族嗣英、时秀、通、选等，感余悲痛之甚，慨然起而语余曰："修治前典，后裔之责也。愿竭产补辑，以光我先贤名编。"经年告竣。②

前文已提及国家图书馆藏曾先本亦有徐子男序，与王琦珍所见之熊序内容基本一致。无论此序到底为谁所作，其序中都言明"查溪世袭祀生讳先者"刻，即曾巩裔孙曾先，曾先于清顺治十五年补修了明万历曾敏才等刻的《元丰类稿》。但徐子男序早于王琦珍所见之熊士伯序，很可能是乾隆查溪版重刻《元丰类稿》时出现的失误。而王琦珍所言邵睿明序在查溪本之前亦仅见曾先补修本，兼查溪本内容编排与西爽堂本一致的信息，可推查溪本《元丰类稿》即为乾隆癸未年曾氏后人以西爽堂本为底本，加曾先本之序重镌而成。

十八　清光绪十六年慈利渔浦书院刻本（简称渔浦书院本）

国家图书馆藏有三种。其一为书名页题《曾南丰先生全集》，十行

---

① 王琦珍：《曾巩评传》，江西高校出版社，1990，第229页。
② 王琦珍：《曾巩评传》，江西高校出版社，1990，第229～230页。

二十字，白口，四周单边，单鱼尾，版制精美，字画精细工整。书内题"曾南丰先生全集"字样，亦有"光绪庚寅慈利渔浦书院重刊"字样及阎镇珩序、王震序、《序说》、《宋史》本传，内容排序与西爽堂本同，以五十卷"金石录跋尾"结束。卷尾有"田金楠谨跋"。

其二为《元丰类稿》五十卷，十行二十字，白口，四周单边，版心题"元丰类稿"，页首有"曾南丰先生全集"字样，内页"光绪庚寅慈利渔浦书院重刊"字样。卷首阎镇珩序、王震序、《序说》、《宋史》本传。

其三，国家图书馆还藏有一版，此本仅有阎镇珩序、王震序、田金楠跋本。田金楠为创办渔浦书院之人，首版应有田金楠跋更为合乎情理。

田金楠跋的内容为："右《元丰类稿》都五十卷刊始于光绪庚寅十月，越辛卯十月讫工。……兹集旧为先生裔孙国光重修刻本，谬讹殊多，今校其显误者正之，疑者仍旧，以俟后之多识君子。"[①] 这一跋明确提到了渔浦书院本是在西爽堂本的基础上校正而得。

渔浦书院本承于西爽堂本，西爽堂本又承于万历本。《宋集珍本丛刊》提要叙此本云："正文中于篇题及书叶天头多有旁批、跋语。如卷九《书魏郑公传后》、卷十五《上欧蔡书》，旁批'元本、殿刻本无'，卷四十七《太子宾客致仕神道碑铭》天头批'缺文，殿刻、宋本补，见《义门读书记》'之类即是，应为田氏据宋本、元本、四库本及何焯校勘识语所批，具有校勘价值。"[②]

---

① 田金楠：《元丰类稿跋》，《元丰类稿》清光绪十六年慈利渔浦书院刻本，国家图书馆藏。
② 《元丰类稿》清光绪庚寅慈利渔浦书院刻本提要，四川大学古籍整理研究所编《宋集珍本丛刊》，线装书局，2004。

文学篇

第三章

曾巩文学思想的形成：基于交游的考察

　　交游，是个人与社会建立联系的重要方式。因社会关系的不同，古代士人交游往往有师生、同年、同学、僚属、乡贤、姻亲等情况。一个庞大、高质量的交游圈不仅具有简单的交友识人功能，往往也能带来政治、财富、权位等方面的提升。宋人充分认识交游的重要性，有"举世重交游"的风气①，对文人来讲，则较为注重"以文会友，以友辅仁"②，"友直、友谅、友多闻，益矣"③，以文章学问交友，与正直、信实、博学的人交往可以成就仁德，使人终身受益。曾巩抱持这样的观点，在其交游中，以文求教于师长前辈，以文交游于同道友人，以文影响于晚辈学生。这种交游方式使其获得师长前辈的指导，在文学思想上坚定了传扬儒道的宗旨，凝练了文章技法，又因与同道中人的切磋自省，获得了磨砻长养于学问文章的耐力，文章内容愈发充实。其文学思想日渐成熟后，以文名影响到后辈青年，则带动了他们的文章写作。

　　在曾巩的交游对象中，欧阳修是对其影响最大的师长，王安石是相识时间最早的朋友，陈师道则是追随最为笃定的后辈。本文重点针对这几位交游对象，梳理交游与曾巩文学思想之间的关系。

---

① 方健：《北宋士人交游录》，上海书店出版社，2013，第 1 页。
② 杨伯峻译注《论语译注》（简体字本），中华书局，2017，第 187 页。
③ 杨伯峻译注《论语译注》（简体字本），中华书局，2017，第 249 页。

第一节　良师振拔

在曾巩的交游中，学者们关注最多的就是曾巩与欧阳修的交游，从交往史实、影响等方面有过较为翔实的阐述。曾巩亦自述"早蒙振拔"（《祭欧阳少师文》）。近年来如王琦珍《曾南丰先生评传》①、陈斐《曾巩与欧阳修交游史实考论》② 等，都认为欧阳修是对曾巩影响最大的人物，是曾巩的"伯乐"，但是对欧阳修在文学思想上对曾巩的具体指引，却解析不够详明。本节重在梳理曾巩在文学思想的形成期，受欧阳修影响的时间脉络及事件。

一　疏决以导

欧阳修是曾巩早就仰慕的"道德""文章"兼备之人，曾巩文学成就很大程度上的取得亦在于欧阳修的指引与帮助。曾巩现存与欧阳修有关的诗文有《上欧阳学士第一书》、《上欧阳学士第二书》、《上欧阳舍人书》、《再与欧阳舍人书》、《寄欧阳舍人书》、《上欧蔡书》、《上欧阳龙图》、《代人上永叔书》、《与欧阳少师别纸启》（一）、《与欧阳少师别纸启》（二）、《与内翰别纸启》③ 等。

"师友之重也，圣人然尔，不及圣人者，不师而传，不友而居，无悔也希矣。"（《怀友一首寄介卿》）曾巩十分看重师友的作用，常"焦思焉"（《怀友一首寄介卿》）。庆历元年（1041），曾巩携时务策两编投于欧阳修，有《上欧阳学士第一书》，陈述自己对古儒家之"道"的看法及进于"道"的决心，并以欧阳修之文为"六经之羽翼"。此书从世之大贤说起，提出"明圣人之心于百世之上，明圣人之心于百世之下"的命题，认为大

---

① 王琦珍：《曾南丰先生评传》，江西人民出版社，2019，第 193～200 页。
② 陈斐：《曾巩与欧阳修交游史实考论》，《苏州大学学报》（哲学社会科学版）2021 年第 3 期。
③ 此三通书信为方健所辑，见方健《久佚海外〈永乐大典〉中的宋代文献考释》，《暨南史学》第 3 辑，暨南大学出版社，2004。

贤应传承"圣人之道"，得之于心，行之于身。曾巩认为，古之能当圣人者，当推孔子，而孔子之下，能明"圣人之道"者，则莫如孟子、荀子、扬雄、韩愈四人，韩愈之后，世人析辩诡辞，"圣人之道"难以明于世。一番宏论后，曾巩认为，欧阳修之文能观圣人之根本，拨正邪僻，深纯温厚，可为韩愈之后的"道义师祖"。曾巩还强调自己自幼学儒，"努力文字间，其心之所得庶不凡近，尝自谓于圣人之道，有丝发之见焉。周游当世，常斐然有扶衰救缺之心，非徒嗜皮肤，随波流，搴枝叶而已也"（《上欧阳学士第一书》）。

　　曾巩这番议论深得欧阳修之心。此时的欧阳修历经诸多波折，在文学思想方面已有一些变化。如沈松勤所言："至天圣年间，南士纷纷进入了权力中心，欧阳修自言'开口揽时事，议论争煌煌'，又昭示了天圣以后南方文士议论时事、揭露时弊的主体精神已全面形成，南北士人在参政主体上呈现出平等的局面，意识形态中的文与道势必趋向融合，南人在尚文的同时也像北人一样注重'先圣之道'。"① 文道并重成了南北文坛的基本发展趋势。南方文士进入文化主流同时参政的情况，加之北宋当时庆州战败、连年灾荒及政治集团斗争的社会状况，都促使欧阳修更加关心国家政治等现实问题，在文学思想上逐渐倡导文道并重。景祐年间，欧阳修在个人生活上经历了较多波折，其第一个妻子婚后不到两年病逝，续弦杨氏不久又卒。欧阳修第一次被贬之地夷陵属于下县小邑，地偏而穷，与洛阳、开封的繁华生活比较相差甚远，到职后，对地方底层生活有了更为深入的了解和体验。这些生活体验，加之对文学的独到领悟，使欧阳修在艺术鉴赏和文学理论的思考方面有所改变。对好友梅尧臣的诗歌，欧阳修除了欣赏其"本人情、状风物"的技巧，还注意到梅尧臣独特的艺术风貌和对诗歌发展的贡献："嗟哉我岂敢知子，论诗赖子初指迷。子言古淡真有味，大羹岂须调以齑！"② 历经挫折，欧阳修更能领悟梅尧臣诗歌含意深邃、语言清淡的可贵。在文章写作上，欧阳修提出，一个人思想充实，卓有见

---

① 沈松勤：《从南北对峙到南北融合——宋初百年文坛演变历程》，《文学评论》2008 年第 4 期。
② 欧阳修：《再和圣俞见答》，洪本健校笺《欧阳修诗文集校笺》，上海古籍出版社，2009，第 139 页。

识，反映在作品中，才能产生艺术的光辉，他提倡刚健笃实的文风。"大抵道胜者，文不难而自至也"① 就是在这个阶段提出的。

因此，曾巩此次拜见欧阳修时，欧阳修已重回京师，写出不少具有典范意义的古文，文学思想日臻成熟。在这种情况下，曾巩对孔孟、韩愈之"道"的向往正切合欧阳修之意。从艺术手法上来讲，曾巩之文，论议以"道"为中心，委婉曲折又平易晓畅，颇有韵致，得到了欧阳修的赞赏。

这次在京师，曾巩与欧阳修多次见面。欧阳修对曾巩"爱幸之深"（《上欧阳学士第二书》），并将曾巩收于门下，他对曾巩文章及儒道思想的肯定，极大增强了曾巩的信心。目前曾巩存世的文章中，最早系年者在庆历三年（1043），是没有拜见欧阳修之前的作品。但欧阳修给吴孝宗之诗云："我始见曾子，文章初亦然。昆仑倾黄河，渺漫盈百川。疏决以导之，渐敛收横澜。东溟知所归，识路到不难。"② 这首诗涉及对曾巩文章的评价，颇为后世学者注意，有人将"昆仑倾黄河，渺漫盈百川"理解为曾巩初期为文的风格，将欧阳修对曾巩的指导理解为对其风格的疏导。但换个角度思考，风格之宏肆渺漫，只是作家创作风格及创作个性的体现，何以要疏导？欧阳修所言"疏决以导之"，更多可能是针对写作艺术手法的引导。欧阳修反对务高言而鲜事实、盲目崇古而多空论的写作。景祐初，石介曾示文与欧阳修，欧阳修批其"自许太高，诋时太过，其论若未深究其源者"③。反观曾巩致欧阳修的书信，其中虽不乏对儒道的精彩见解，但曾巩言"圣人之道泯泯没没，其不绝若一发之系千钧也"（《上欧阳学士第一书》），未必无夸说之意。曾巩又将重振"圣人之道"之重任加于欧阳修肩上，"执事将推仁义之道，横天地，冠古今，则宜取奇伟闳通之士，使趋理不避荣辱利害，以共争先王之教于衰灭之中"（《上欧阳学士第一书》）等语，其识见与判断固然有正确之处，但面对纷杂的社会环境、历经政治

---

① 欧阳修：《答吴充秀才书》，洪本健校笺《欧阳修诗文集校笺》，上海古籍出版社，2009，第 1177 页。

② 欧阳修：《送吴生南归》，洪本健校笺《欧阳修诗文集校笺》，上海古籍出版社，2009，第 184 页。

③ 欧阳修：《与石推官第一书》，洪本健校笺《欧阳修诗文集校笺》，上海古籍出版社，2009，第 1764 页。

斗争与贬谪的欧阳修，未必认为此论是切合现实的。这时曾巩没有入仕经历，对社会、政治、文坛的了解、体会都不够深刻，以文来论"道"，很容易流于博而广，却大而空。因此，欧阳修加以疏导，很有可能他是认可曾巩崇尚"儒"道的，但在具体如何论"道"，即古文写作的内容与形式、写作技法等方面对曾巩进行了疏导。"东溟之所归，识路到不难"正是在说，只要坚守儒道思想，写作之路走起来也就较为容易了。"疏决以导之"，可视为曾巩最早在文章写作方面受教于欧阳修的记录。

庆历二年（1042）春，曾巩南归，欧阳修专门作《送曾巩秀才序》予以慰藉，这篇赠序对曾巩而言非常重要，特录于下：

> 广文曾生，来自南丰，入太学，与其诸生群进于有司。……呜呼！有司所操，果良法邪？何其久而不思革也！况若曾生之业，其大者固已魁垒，其于小者亦可以中尺度，而有司弃之，可怪也。然曾生不非同进，不罪有司，告予以归，思广其学而坚其守。予初骇其文，又壮其志，夫农不咎岁而蓄播是勤，其水旱则已，使一有获，则岂不多邪？曾生汇其文数十万言来京师，京师之人无求曾生者，然曾生亦不以干也。予岂敢求生，而生辱以顾予。是京师之人既不求之，而有司又失之，而独余得也。于其行也，遂见于文，使知生者可以吊有司而贺余之独得也。[1]

序中记叙曾巩入京师拜见欧阳修之事。经过与曾巩的短暂交往和对他诗文的初步了解，欧阳修对曾巩的才学已经有了认识，对其文章的水准有了基本评判——"大者固已魁垒，其于小者亦可以中尺度"，因此对曾巩科第未中的原因大为奇怪。序言中的"可怪也"，其实是在委婉质疑。在文坛已有很大影响力的欧阳修不疑曾巩而疑主考官、疑考试制度，这显然无形引导社会对曾巩才学进行正向评价。曾巩赴试不售，前去拜别欧阳

---

[1] 欧阳修：《送曾巩秀才序》，洪本健校笺《欧阳修诗文集校笺》，上海古籍出版社，2009，第1075～1076页。

修，欧阳修在赠序里记录了曾巩的向学态度，对曾巩的人品大加赞扬。他提到曾巩落榜却不怪罪考官，不非议同进，而是自我反省，要进一步广博见闻和学问，并"坚其守"。"坚其守"，是曾巩经历此次考试挫败，却不改变"扶衰救缺""体道扶教"的本心和后续的问学态度。对此，欧阳修以农人勤勉畜播作喻，鼓励、慰藉曾巩终会有所收获。

此序文的影响力很大。曾巩赴举未成，却有欧阳修为之延誉，"自是遂以文名天下，虽穷阎绝徼之人，得其文手抄口诵，惟恐不及"①，自然也受到极大的精神鼓舞。

庆历二年自京师返南丰途中，曾巩再次写信给欧阳修。给欧阳修的第一封信中，曾巩说："抱道而无所与论，心常愤愤悱悱，恨不得发也。"（《上欧阳学士第一书》）见到欧阳修之后，曾巩深为入于贤者门下感到庆幸，并十分感激欧阳修对他的延誉，遂表明自己"既而又敢不自力于进修哉，日夜克苦，不敢有愧于古人之道，是亦为报之心也"（《上欧阳学士第二书》），定不负恩师之望。

二　赐铭以教

回南丰后，曾巩一面侍亲，一面准备再次赴试，这期间他生活较为困顿，但一直和欧阳修保持着联系，也向恩师诉说"亲在忧患中，祖母日愈老，细弟妹多，无以资衣食"（《上欧阳舍人书》）的情况。庆历四年（1044）夏，曾巩又患上肺病，家中亦颇多变故，"其冬祖母弃馆舍，哀摧之余，仅存微息，至去秋复奉祖母、亡母葬。南丰贫贱也，乞丐以供事，故常奔走于道路，无须臾之暇能果其所欲。即又欲葬祖母后一至执事之侧，少慰其心，而自去夏属疾，至冬益甚，抵今未尽平复，未堪远役，又未能成其意。"（《上欧阳龙图》）② 曾巩将这些也都一一告知欧阳修。

---

① 林希：《曾公墓志铭》，陈杏珍、晁继周点校《曾巩集》，中华书局，1984，第798页。

② 李震《曾巩年谱》将此文系于庆历六年（1046），不明为何。曾巩与欧阳修拜别京师于庆历二年春，书中言不见欧阳修已三年，则此文应作于庆历五年。书中提到"去夏属疾"，则曾巩于庆历四年染病，"至冬益甚"，则冬季病情加重。王琦珍《曾南丰先生评传》言："庆历六年夏初，才略见减轻"（江西人民出版社，2019，第50页），则较为接近实情。

　　就在曾巩偏居于南丰之时，北宋的社会政治也发生着重大变化。庆历三年，仁宗迫于当时内外交困的政治局面，对两府要职进行重大变动，以晏殊为平章事，以杜衍为枢密使，以范仲淹、富弼、韩琦等为枢密副使，以欧阳修、蔡襄、王素、余靖为谏官，罢夏竦之户部尚书，充枢密使。朝廷上下一时人才济济，焕然一新。其间石介作四言长篇《庆历圣德颂》，称美一时名臣，以大奸斥夏竦。不久范仲淹升任参知政事，"庆历新政"兴起，范、富对贡举、官制、农桑、武备、徭役、命令等多个方面进行改革，整顿吏治。新政受到仁宗的支持，得以初步开展，但他们提出的十点建议中，"一半（第六至第十项）是涉及地方行政方面的，诸如土地开垦、地方民兵、徭役及法令等，而其它各项涉及官员的任用及升迁……第二项建议限制恩荫的特权，削减高级官僚可以提名为官的亲属人数。第三项是建议改革科举制度"①，触动了不少官僚、贵族的利益。

　　曾巩虽远离京师，却不失其志，他告知恩师自己的生活困境，也在书信中表达了对新政的关注。他对恩师得到人主重用深感欣慰，对新政带来的社会变化以及蔡襄、欧阳修、范仲淹等的遭遇都极为关注。庆历四年曾巩有《上欧蔡书》《上蔡学士书》，庆历五年有《上欧阳龙图》，庆历六年又有《上欧阳舍人书》②等，都对新政表示出极大关切。他认为庆历诸君子是体道之人，应"既得诸内，汲汲焉而务施之于外"（《上欧蔡书》）。新政失败，欧阳修遭无端谗言，曾巩沉痛愤慨，寝食不安，作《忆昨诗》一篇、杂说三篇表达自己的观点。其《上蔡学士书》极言谏官之重要，上书当时知谏院的蔡襄，希望他能伸张正义。其《上欧阳舍人书》论当世之急，曰"当世之急有三：一曰急听贤之为事，二曰急裕民之为事，三曰急力行之为事"（《上欧阳舍人书》）。其中论"急听贤之为事"，曾巩提出：

---

① 贾志扬：《宋代科举》，台湾东大图书股份有限公司，1996，第 102 页。

② 此文的系年有争议。杨希闵年谱系于庆历六年，王焕镳、李震《曾巩年谱》将其系于庆历四年，但欧阳修《户部郎中赠右谏议大夫曾公（致尧）神道碑铭》明确称："庆历六年夏，其孙巩称其父命以来请曰：'愿有述。'"（《居士集》卷二一）而曾巩《上欧阳舍人书》记："愿假辞刻之神道碑，敢自抚州佣仆夫往伺于门下。"则曾巩此文应作于庆历六年。

一曰急听贤之为事。夫主之于贤，知之未可以已也，进之未可以已也。听其言，行其道于天下，然后可以已也。能听其言，行其道于天下，在其心之通且果也。……今世贤士，上已知而进之矣，然未免于庸人、邪人杂然而处也。于事之益损张弛有庱焉，不辨之则道不明，肆力而与之辨，未必全也，不全，则人之望已矣，是未易可忽也。（《上欧阳舍人书》）

曾巩认为，在当下人"主"任用贤人是为最重要、迫切的事情，贤人主孔孟圣人之道，以古今治乱成败之理进言于统治者，使统治者远庸人、小人，行儒"道"于天下，定能治膏肓之病。但现实情况复杂，贤人与庸人、邪人难免同处，因此，贤人为保全人望，行道于天下，则应与庸人、邪人等辨道。"不辨之则道不明"，这是曾巩于儒家之道的重要观点，而以何种方式辨"道"、传"道"，这就必然涉及文章写作。曾巩还提出"急裕民之为事""急力行之为事"等观点，并针对科举考察士人经义的方式提出自己的看法：

凡此三务，是其最急。……至于学者策之经义当矣。然九经言数十万余，注义累倍之，旁又贯联他书，学而记之乎，虽明者不能尽也。今欲通策之，责人之所必不能也。苟然，则学者必不精，而得人必滥。欲反之，则莫若使之人占一经也。夫经于天地人事，无不备者也，患不能通，岂患通之而少邪？况诗赋论兼出于他经，世务待子史而后明，是学者亦无所不习也。（《上欧阳舍人书》）

庆历四年，欧阳修有《论更改贡举事件札子》，对科举改革提出具体建议："今贡举之失者，患在有司取人先诗赋而后策论，使学者不根经术，不本道理，但能诵诗赋，节抄《六帖》、《初学记》之类者，便可剽盗偶俪，以应试格。"[①] 他在《详定贡举条状》中又说："今先举策论，则文辞

---

① 欧阳修：《论更改贡举事件札子》，李逸安点校《欧阳修全集》，中华书局，2001，第1590页。

者留心于治乱矣；简其程式，则闳博者得以驰骋矣；问以大义，则执经者不专于记诵矣。"① 曾巩《上欧阳舍人书》则认为，作为学者，最为重要的当属通经明义。但九经本已数十万言之巨，后人加注、解又连贯他书，虽强记者亦难以全然记住。而现今的考试制度要求士人通览之，这几乎是强人所难，虽有能勉强做到之人，但很难专而精了。因此曾巩提出"通"的治学方法，专一精研某一经义，通而及其他，并认为，诗、赋、论等皆本源于经义，因此仍应以经为本，这是针对考试之制提出的变革要求。欧阳修是庆历新政的重要参与者，曾巩此书虽未能提出具体办法，但与欧阳修的观点在根本上是一致的。

这次上书之前，曾巩祖父曾致尧之墓因为水所浸改葬，曾巩特向欧阳修乞神道碑："先祖困以殁，其行事非先生传之不显"（《上欧阳舍人书》），并献通论杂文一编、先祖述文一卷。如果说曾巩第一次求见欧阳修，欧阳修在文章技法上对曾巩予以引导，那么这次曾巩向欧阳修求其祖父之神道碑，欧阳修又为曾巩上了第二课。

曾巩《寄欧阳舍人书》云"去秋人还，蒙赐书及所撰先大夫墓碑铭。反复观诵，感与惭并"，又云"愧甚"，这并非谦辞。曾巩前次上书欧阳修乞祖父之神道碑铭，并附先祖述文一卷。欧阳修应允，并认真考证了南丰曾氏家族的源流，除作了《户部郎中赠右谏议大夫曾公（致尧）神道碑铭》，还专门撰写《与曾巩论氏族书》，其书云：

> 然近世士大夫于氏族尤不明，其迁徙世次多失其序，至于始封得姓，亦或不真。如足下所示，云曾元之曾孙乐，为汉都乡侯，至四世孙据，遭王莽乱，始去都乡而家豫章。考于《史记》，皆不合……杨允恭据国史所书，尝以西京作坊使为江浙发运、制置、茶盐使，乃至道之间耳，今云洛苑使者，虽且从所述，皆宜更加考正。山州无文字寻究，不能周悉。幸察。②

---

① 欧阳修：《详定贡举条状》，李逸安点校《欧阳修全集》，中华书局，2001，第 1594 页。
② 欧阳修：《与曾巩论氏族书》，洪本健校笺《欧阳修诗文集校笺》，上海古籍出版社，2009，第 1183 页。

欧阳修检视曾巩所提供的曾氏资料，查之于史，发现曾巩叙述有错误的地方，感叹近世士大夫于此多考证不明，述先祖迁徙、次序等多有失误，于是将曾巩所叙之误一一指出，希望曾巩能够进一步考证。欧阳修最后仍以"山州无文字寻究，不能周悉"为曾巩委婉开脱。但正是这种委婉与宽容使曾巩愈发惭愧，"所谕世族之次，敢不承教而加详焉"（《寄欧阳舍人书》）。"世族之次"的厘定，不能仅靠家谱等基本材料，还要具备历史、地理等综合知识。曾巩自幼家承儒学，其知识储备多来自经籍，对社会现实生活的认识是较为有限的，在这之前的不少文章多少有坐而论"道"的意味，写文章亦颇有盛气。此番欧阳修的告诫，是对曾巩知识不足、阅读不广、考之不精的批评，对曾巩应有不小影响。

收到欧阳修所作书及神道碑之后，曾巩在庆历七年撰《寄欧阳舍人书》，专门致谢欧阳修。基于欧阳修的道德人格与渊博的才学、高妙的文章，结合铭、史传文体的社会作用与撰写要求，曾巩极尽曲折，以"蓄道德而能文章"赞美欧阳修。道德与文辞之美兼具才能写好志铭文章，这一观点的生发，是基于欧阳修的书写实践、写作指导产生的。欧阳修对曾巩的影响，于此亦可见矣。

三 滁州熏染

庆历七年（1047），曾巩侍父曾易占至金陵。此时欧阳修已被贬滁州，曾巩自宣化渡江到滁州与欧阳修相会，留二十日。这次与欧阳修时间不短的相聚，给曾巩带来巨大的思想冲击，是曾巩向欧阳修师法的第三个阶段。这一冲击可从曾巩给王安石的书信中窥见一斑：

> 欧公悉见足下之文，爱叹诵写，不胜其勤。间以王回、王向文示之，亦以书来，言此人文字可惊，世无所有。盖古之学者有或气力不足动人，使如此文字，不光耀于世，吾徒可耻也。其重如此。又尝编《文林》者，悉时人之文佳者，此文与足下文多编入矣。至此论人事甚众，恨不与足下共讲评之，其恨无量，虽欧公亦然也。欧公甚欲一见足下，能作一来计否？胸中事万万，非面不可道。……心中有与足

下论者，想虽未相见，足下之心潜有同者矣。欧公更欲足下少开廓其文，勿用造语及摹拟前人，请相度示及。欧云：孟韩文虽高，不必似之也，取其自然耳。（《与王介甫第一书》）

滁州之会，欧阳修与曾巩诸人既评文论道，亦论治政人事，使曾巩获益终身。这段材料对理解曾巩与欧阳修的进一步交往非常重要。可以获知的信息有四个方面：第一，曾巩与欧阳修探讨了时文之佳者；第二，欧阳修布置了"作业"，促成了曾巩《醒心亭记》的写作；第三，欧阳修认同曾巩的评文标准，对王安石、王回、王向等文章颇为赏识；第四，欧阳修指出文章写作"勿用造语及摹拟前人"，对曾巩等后学写作进行了具体指导。

曾巩于庆历二年拜别欧阳修后，至庆历七年之前未曾见面。回顾曾巩初见欧阳修，虽有不少交流，但恐未足够深入，后有书信相通，然未必如当面教诲深切详尽。欧阳修被贬滁州，与庆历"新政"有直接的关系，史书已多有记载，① 前人也多有论及，此不赘述。国势动荡，小人当政，经历波折，欧阳修到滁州后，筑亭修阁，寄情山水。滁州多佳山水，最有名琅琊山，滁州风景宜人，又得幽谷，"先生散游其间，又赋诗以乐之"（《奉和滁州九咏九首并序》）。待到曾巩前来拜望时，他已在滁州待了近两年的时间。《与王介甫第一书》提到，欧阳修编有《文林》，"悉时人之文佳者，此文与足下文多编入矣"。② 这是一条值得注意的信息。曾巩两次赴试不中，欧阳修既然与曾巩探讨"时文之佳者"，则"佳"文在何人，何文为"佳者"，"佳"显现在文章中是思想、风格还是笔法，都是可能涉及的。《荆溪林下偶谈》云："欧公凡遇后进投卷，可采者，悉录之为一册，名曰《文林》。"③ 结合曾巩书信，可知《文林》所录，有王回、王向、王

---

① 《续资治通鉴长编》载："初，吕夷简罢相，夏竦授枢密使，复夺之，代以杜衍，同时进用富弼、韩琦、范仲淹在二府，欧阳修等为谏官。石介作《庆历圣德诗》，言进贤退奸之不易。奸，盖斥夏竦也，竦衔之。而范仲淹等皆修素所厚善，修言事一意径行，略不以行迹嫌疑顾避。竦因其党造为党论，目衍、仲淹及修为党人。"见李焘《续资治通鉴长编》，中华书局，2004，第3580页。

② 此文指王回、王向之文。

③ 《荆溪林下偶谈》卷三，《文渊阁四库全书》本。

安石等的文章，曾巩文章亦有可能入选。另外，欧阳修编《文林》，其选文倾向应与自己的好尚相近。他比较欣赏的同辈朋友有尹洙、苏舜钦等，在庆历七年前，欧阳修的门生除曾巩之外，亦有徐无党、刘攽、刘敞、蒋颖叔等。诸人或长于经史，或善写文章，各有所长。尹洙早与欧阳修相识，为人刚正，"深于《春秋》，为文谨严"①。欧阳修对其文甚为推崇，评曰："师鲁为文章简而有法，博学强记，通知古今，长于春秋。"② 苏舜钦文章雄健负奇气。而欧阳修之好友梅圣俞之诗颇得赞誉，亦有可能论及。因此，关于"诗文之佳者"的探讨，应对曾巩关于文章风格、社会价值问题的认识都有影响。

以时人佳文为品评对象，这为曾巩提供了多角度的学习范本。对曾巩而言，欧阳修这次是以《文林》作为"教材"，为曾巩扎扎实实上了一段时间的写作指导课。除了理论指导，欧阳修也看重曾巩的才能，为其布置了写作"作业"。在滁州，欧阳修"乐其地僻而事简，又爱其俗之安闲"③，写下了《丰乐亭记》《醉翁亭记》等名篇，其文章技法愈发成熟，文章内容也愈显出与现实社会的紧密联系，"《醉翁亭记》初成，天下莫不传诵，家至户到，当时为之纸贵"④。筑醒心亭，欧阳修命曾巩为之记，曾巩遂作《醒心亭记》。这既是对曾巩文学才能的认可，亦可视作欧阳修对曾巩写作实践的检验。

曾巩此行仍不忘征询老师对好友王安石、王回、王向等人文章的看法。之前曾巩向欧阳修推荐诸人文章或言"文甚古"（《上欧阳舍人书》），或言"必魁闳绝特之人""树立自有法度"（《再与欧阳舍人书》）。此次到滁州又与欧阳修论起好友，对他的推荐，欧阳修也是认可的。曾巩给王安石的信里记："欧公悉见足下之文，爱叹诵写，不胜其勤。"（《与王介甫第一书》）对王回、王向之文，则转述欧阳修评价道："此人文字可惊，世无

① 黄宗羲：《宋元学案·庐陵学案》，中华书局，1986，第203页。
② 欧阳修：《尹师鲁墓志铭》，洪本健校笺《欧阳修诗文集校笺》，上海古籍出版社，2009，第767页。
③ 欧阳修：《丰乐亭记》，洪本健校笺《欧阳修诗文集校笺》，上海古籍出版社，2009，第1017页。
④ 朱弁撰，孔凡礼点校《曲洧旧闻》（历代史料笔记丛刊），中华书局，2002，第120页。

所有。盖古之学者或气力不足动人，使如此文字，不光耀于世，吾徒可耻也。"（《与王介甫第一书》）曾巩好尚六经古道，但所和者寡："我本孜孜学诗书，诗书与今岂同术？智虑过人只自仇，闻见于时未裨一。"（《秋怀》）欧阳修对众人之文的高度肯定，是对曾巩等后辈士人为文风格与主张的认同，对曾巩评文标准的认可，给曾巩极大增强了信心。

欧阳修也指出诸后学文章的不足。曾巩转达欧公对王安石的建议："欧公更欲足下少开廓其文，勿用造语及摸拟前人，请相度示及。"（《与王介甫第一书》）这明确表明，曾巩与欧阳修在滁州相聚的这段时间，二人之间的讨论也涉及了作文之法，"开廓其文，勿用造语及摸拟前人"之语，既是欧阳修转告王安石，那么必定也与曾巩相探讨过。曾巩之文亦多模仿前人。曾巩《续稿》于明嘉靖后已不传，刘埙曾见这部分内容，他认为，其中有些文章并不如《元丰类稿》之精粹，某些作品对班固、柳宗元、韩愈等有所模仿："近得《续稿》四十卷，细观其间，或多少作，不能如《类稿》之粹，岂公所自择，或学者诠次如庄子内外篇，山谷内外集之分欤？其间如《过客论》则仿《两都赋》，如《诏弟教》则仿《客难》《僮约》《进学解》，如《襄阳救灾记》则仿《段太尉逸事》。文公谓其多摹拟古作，盖此之类。又有《释疑》一篇，亦仿西汉文字。前辈谓此乃公少年慕学，借此以衍习其文耳。"① 这说明，曾巩早期的文字的确有模拟前人的倾向。再看曾巩作于庆历三年的《兜率院记》，其言："……百里之县，为其徒者，少几千人，多至万以上，宫庐百十，大抵穸塘奥屋，文衣精食，舆马之华，封君不如也。古百里之国，封君一人，然而力殆不轻得足也。今地方百里，过封君者累百十，飞奇钩货以病民，民往往噢呻而为途中瘠者。"这一批佛文章的入手点与韩愈之《原道》是有较明显的相似之处的，韩愈《原道》言："古之为民者四，今之为民者六；古之教者处其一，今之教者处其三。农之家一，而食粟之家六；工之家一，而用器之家六；贾之家一，而资焉之家六；奈之何民不穷且盗也！"② 二文都是以对比的方式

① 刘埙：《隐居通议》（丛书集成初编本）卷一四，商务印书馆，1985，第147～148页。
② 韩愈：《原道》，马其昶校注，马茂元整理《韩昌黎文集校注》，上海古籍出版社，1986，第15页。

表现崇佛之盛对国家政治民生的危害。欧阳修对王安石的忠告经曾巩转述，曾巩势必对欧阳修的意见有所汲取并自我反思。

在滁州逗留二十日后，曾巩继续侍父曾易占赴京。但行至南京（今河南商丘），其父暴病身亡。幸得杜衍帮助，曾巩才得以抚柩回乡。父亲去世，曾巩家道更衰，不得不为一家老小生计奔忙。回乡后的曾巩开始了耕读生活，置田于临邑金溪南源，率诸弟躬耕于大山长谷之间，以求箪瓢之饮。经过欧阳修的切实指点，饱览时人佳文，曾巩也认识到自己的不足。于耕读的困苦生活中，他并未放弃志向，阅读也不再局限于六经，而是观览百家，丰富写作。其文章风格也日愈成熟，早期汗漫标骛之风亦不多见，取而代之的，则是更为深沉的哲理之思、充实而博广的知识考据，议论的见微知著、以小见大。最为有代表性的当属《墨池记》《宜黄县学记》等，《菜园院佛殿记》《鹅湖院佛殿记》《饮归亭记》等作年都距此时间不远，《抚州颜鲁公祠堂记》《思政堂记》《南轩记》《学舍记》等也都是滁州相会之后、入仕之前的作品，这些文章在思想、艺术手法上已经显现出曾巩的鲜明特色。曾巩凝练技法，在文章议论方面益发昌明博硕、理析辞畅，各类记文则常能淳朴谨严、含蕴有致，取得了不错的成果。

嘉祐二年，欧阳修知贡举时，凡"太学体"之艰涩险奇之文一概不用，专取自然流畅之文。曾巩能脱颖而出，一举中第，固然与欧阳修科举改革有重要关系，但曾巩之前基于欧阳修之多次切实指引，又兼自身的不懈努力，在思想上宗法儒家经典，坚持以文传道，文章言之有物，平和晓畅，也是重要因素。

入仕之后，曾巩的交游圈渐渐扩大，又经欧阳修推荐入馆阁，欧阳修《举章望之曾巩王回等充馆职状》言："……太平州司法参军曾巩自为进士已有时名，其所为文章流布远迩，志节高爽，自守不回……此三人皆一时之秀，宜被朝廷乐于之仁……"[①] 入馆阁后，曾巩广读史书，整理典籍，进一步积累学识，在思想上日益成熟，写出了《战国策目录序》《南齐书

---

① 欧阳修：《举章望之曾巩王回等充馆职状》，洪本健校笺《欧阳修诗文集校笺》，上海古籍出版社，2009。

目录序》《礼阁新仪目录序》等一系列优秀的书序文章，其守"道"为文的基本文学思想日益确立、成熟起来。

在欧阳修的指点、提携下，在自身的不断探索中，曾巩得以成为北宋中叶诗文革新运动的重要一员，其古文写作也的确形成了自己的风格，词严而理正，"议论平正，耐检点"①，"近质"，"文字依傍道理做，不为空言"②，而独立于苏轼、王安石之间，为后世传诵。后世学者评价云："曾巩虽说是欧门中的代表人物，但欧门之说却并非始于曾巩，只能说曾巩的加入，使欧门的影响、地位上升到了一个新的阶段。"③

滁州相会时，曾巩吟诗颂欧阳修："先生鸾凤姿，未免燕雀猜。飞鸣失其所，徘徊此山隈。万事于人身，九州一浮埃。所要挟道德，不愧丘与回。先生逐二子，谁能计垠崖。"（《游琅琊山》）欧阳修殁后，曾巩祭曰："惟公学为儒宗，材不世出。文章逸发，醇深炳蔚。体备韩马，思兼庄屈。垂光简编，焯若星日。绝去刀尺，浑然天质。辞穷卷尽，含意未卒。读者心醒，开蒙愈疾。当代一人，顾无俦匹。谏垣抗议，气震回遹。鼓行无前，跋疐非恤。世伪难胜，孤坚竟窒。紫微玉堂，独当大笔。二典三谟，生明藏室。顿挫弥厉，诚纯志壹。斟酌损益，论思得失。经体虑萌，沃心造膝。……戆冥不敏，早蒙振拔，言由公诲，行由公率"（《祭欧阳少师文》），曾巩高度评价欧阳修，并坦言其言行都出于欧阳修师的引导教诲，这种最为直白的评论和叙述，实因对欧阳修的感激敬慕之心而发。

第二节　同道切劘

曾巩文学思想的形成与确立，与欧阳修揄扬、鼓励、指点有关，也与友朋之间的切磋砥砺有重要的关系。其中对他影响最大的是王安石，另有王回、王向、孙侔等人。

曾巩青年时期对交友非常渴望，这在他的诗文中都曾有明确的表露：

---

① 黎靖德编，王星贤点校《朱子语类》，中华书局，1986，第3313页。
② 黎靖德编，王星贤点校《朱子语类》，中华书局，1986，第3314页。
③ 梅新林、俞樟华主编《宋代江浙文学家群体研究》，华东师范大学出版社，2015，第218页。

"欲求天下友，试为沧海行。"（《欲求天下友》）"予少而学，不得师友，焦思焉而不中，勉勉焉而不及……度士与之居或游，孜孜为考予之失而切劘之，庶于几而后已，予亦有以资之也。皇皇四海求若人而不获。"（《怀友一首寄介卿》）"欲求天下友"之呼，既包含了曾巩对交友的满腔热情，又体现了曾巩实现理想抱负的急切心情。得友，对曾巩而言，在于"为考予之失而切劘之"，他期待好友为自己指出不足，相互切磋砥砺，共同进步。

一　相慰相警

庆历元年，曾巩游于太学，拜见欧阳修，也意外结识了好友王安石①。曾、王二人"客庖留共食"，"纷纷说古今"，颇有相见恨晚之意。关于曾、王二人的交游，已有不少学者进行较为详细的阐述②，然多考察二人从密切到暌违的交往史实。本节主要梳理二人交往过程对曾巩文学思想的影响问题。

庆历二年春，王安石经殿试进士高科及第，后出任扬州签署判官。曾巩则未得中，亦于春季回南丰，二人就此分别。庆历三年三月，王安石因公赴泰州如皋等地视察开浚漕河等事，五月王安石借机回家探望祖母，祭扫先人之墓，又赴南丰与曾巩见面，③旋往金溪舅家探视。八月王安石返程，曾巩送至洪州（今江西南昌）。这次见面后的几个月时间里，二人曾多次

---

① 王焕镳（《曾南丰先生年谱》）以景祐三年（1036）曾、王定交。但李震认为，曾巩、王安石定交时间应在庆历元年（1041），曾巩游太学在京师与王安石相识。（《曾巩年谱》，江西人民出版社，2019，第29页。）高海夫等人则认为二人应为宝元元年（1038）定交（高海夫主编《唐宋八大家文钞校注集评·南丰文钞》，三秦出版社，1998，第3700页），方健认为，曾巩在《王君俞哀辞》中提到庆历元年游太学，二年春应礼部试落第而归。而王安石则亦于庆历元年赴京，应明年之礼部试，二年春，经殿试进士高科及第，据此，二人定交于庆历元年秋无疑，见方健《北宋士人交游录》，上海书店出版社，2013，第405～405页。当从李震、方健之说。

② 如王琦珍《曾南丰先生评传》，江西人民出版社，2019年，第201～212页；方健《北宋士人交游录》，上海书店出版社，2013，第405～425页；崔铭《王安石与曾巩交疏始于熙宁初献疑》，《国学》2017年第2期；等等。

③ 顾栋高：《王荆国文公年谱》，詹大和等撰，裴汝诚点校《王安石年谱三种》，中华书局，1994。其谱第31页记云："公以三月乞假省亲，历两月至临川，复至子固家，留连历秋冬而后返。"方健亦持此说（《北宋士人交游录》，上海书店出版社，2013，第406页）。

同游、诗文酬唱，互道倾慕之心。如果说庆历元年初次见面二人还只是相识，未及深交，有些思想、感情还未能全部表露和倾吐，那么这次相聚则使二人对彼此有了更深的了解，交流也更为充分。这段时间二人多有诗歌唱和，如曾、王同有《清风阁》一首；王有《还自舅家书所感》，曾有《酬介甫还自舅家书所感》；临别时，曾巩有《怀友一首寄介卿》，王安石则有《同学一首别子固》。曾经非常渴望交友的曾巩此时得到了极大满足，甚至郑重讨论了交友的重要意义：

> 圣人之于道，非思得之，而勉及之，其间于贤大远矣。然圣人者不专己以自蔽也，或师焉，或友焉，参相求以广其道而辅其成。故孔子之师，或老聃、郯子云；其友，或子产、晏婴云。师友之重也，圣人然尔，不及圣人者，不师而传，不友而居，无悔也希矣。（《怀友一首寄介卿》）

曾巩从圣人之道的难得、伟大说起，认为圣人往往善于选择师者、友人，切磋互补，使自己的"道"得以广泛传播，亦促使自己于"道"有所成。而对普通人而言，在"道"的体悟、追求上都与圣人有较大差距，若不能从师者那里传承有益的东西，不能选择益友交流陪伴，当然会离"道"愈来愈远而后悔莫及了。

朋友之交，固然可以互相学习、督促进步，然而通过交友能有这样一番关于"圣人之道"的议论，将交友上升到对"道"的追寻这种高度，可以想见曾巩对王安石这个朋友的珍视。

这个时间段曾巩的朋友并非只有王安石，可考者还有张文叔、刘伯声、刘希声、王无咎等人，这些人都与曾巩交游，若就普通交往而言，曾巩是不缺乏朋友的。但显然，曾巩并不满足，他需要能与自己进行同水平对话，帮助自己体道、省思的朋友，因此这封信里曾巩进一步阐发了王安石对于他的重要：

> 自得介卿，然后始有周旋侁恳摘予之过而接之以道者，使予幡然

> 其勉者有中，释然其思者有得矣，望中庸之域其可以策而及也，使得久相从居与游，知免于悔矣。而介卿官于扬，予穷居极南，其合之日少而离别之日多，切劘之效浅而愚无知易懈，其可怀且忧矣。思而不释，已而叙之，相慰且相警也。介卿居今世行古道，其文章称其行。今之人盖希古之人，固未易有为也。作《怀友》书两通，一自藏，一纳介卿家。(《怀友一首寄介卿》)

曾巩好"六经之言"，喜读"古今文章"，王安石能指出他的错误，解答他的疑惑，"接之以道"，使他幡然醒悟，"望中庸之域其可以策而及也"，这是曾巩认识王安石最大的收获。二人分别之后，曾巩对不能与之"相从居与游"深为遗憾，恐怕朋友不在旁边而"切劘之效浅"，自己容易怠惰，专门作《怀友》书两通，一通给王安石，一通自己收藏。专门将这封信抄藏，目的当是警醒自己了。王安石亦言："还江南，始熟而慕焉友之。"① 经过这一番较长时间的了解、接触，曾、王二人的友情得到了确认、深化，曾巩从好友王安石处得到了激励。

王安石对曾巩也是相当珍惜的，他有《同学一首别子固》：

> 江之南有贤人焉，字子固，非今所谓贤人者，予慕而友之；淮之南有贤人焉，字正之，非今所谓贤人者，予慕而友之。二贤人者，足未尝相过也，口未尝相语也，辞币未尝相接也。其师若友，岂尽同哉？予考其言行，其不相似者，何其少也！曰："学圣人而已矣。"学圣人，则其师若友，必学圣人者。圣人之言行，岂有二哉？其相似也适然。②

王安石于扬州任上结识另一好友孙侔（字正之，后孙侔经王安石介绍与曾巩亦相知相交）。这篇《同学一首别子固》自叙新结识的二位好友皆为"贤人"，"慕而友之"。这次相聚时，曾巩还曾奉父命请王安石为其祖

---

① 王安石：《答段缝书》，李之亮笺注《王荆公文集笺注》，巴蜀书社，2005，第1319页。
② 高克勤：《王安石诗文选评》，上海古籍出版社，2002，第19页。

父曾致尧撰墓志铭①。约八月初，王安石返程，曾巩送至洪州。送王安石后，曾巩返回南丰的路上，又有《之南丰道上寄介甫》，王安石有《答曾子固南丰道中所寄》②。

经过这段时间的相处，曾、王二人不仅在友情上迅速深化，对彼此的志向、思想追求、文章的艺术性都有了更深入的了解。

庆历三年前曾巩可考的文章有杂文、书、序、记等多篇文章，如《上欧阳学士第一书》《上欧阳学士第二书》《王无咎字序》《号令辨》《时俗辨》《论贫》《书房事》《书与客言》《书唐欧阳詹集》《讲周礼疏》《刑部郎中张府君神道碑》《分宁县云峰院记》《秃秃记》《兜率院记》等。其中，曾巩两通给欧阳修的书信均表明自己志于古儒者之"道"的决心："巩性朴陋，无所能似，家世为儒，故不业他。自幼逮长，努力文字间，其心之所得庶不凡近，尝自谓于圣人之道，有丝发之见焉。周游当世，常斐然有扶衰救缺之心，非徒嗜皮肤，随波流，搴枝叶而已也。"（《上欧阳学士第一书》）其《王无咎字序》则赞赏王无咎"明经术，为古文辞"，强调士人应"以圣贤之道，归诸其身"，以实际行动践行儒道，而非在形式上汲汲求索。《分宁县云峰院记》则为曾巩最早的辟佛文章，他认为云峰院道常僧"气质伟然，虽索其学，其归未能当与义，然治生事不废"，"不为黍累计惜，乐淡泊无累"，为其作记以使"其有激也"，即激发儒者奋力用世之意；其《秃秃记》则记幼童秃秃被其父害死的经历，斥其父孙齐为禽兽，有振聋发聩之声。怀扶衰救缺之志，以明"圣人之道"为己任，强调士人对儒"道"的践行，是曾巩这一阶段的思想追求。

这些文章不能明确有哪些是王安石曾读到的，但曾巩这些文章中所反映的思想则是此阶段二人的讨论、切劘的基础。经过庆历三年较长时间的交往，王安石对曾巩也是非常倾慕，其《答曾子固南丰道中所寄》云："爱子所守卓，忧予不能攀。永矢从子游，合如扉上镮。愿言借余力，迎

---

① 王安石有《户部郎中赠谏议大夫曾公墓志铭》，李之亮笺注《王荆公文集笺注》，巴蜀书社，2005，第 1900 页。

② 这两首诗的作年历来较有争议，方健考证后认为此二诗当作于庆历三年二人于洪州分别之后，见方健《北宋士人交游录》，上海书店出版社，2013，第 413 页。

浦疏潺潺。亦有衣上尘，可攀裨泰山。……相期东北游，致馆淮之湾。"①
约在此年王安石抵达扬州未久，有友人段缝致书王安石，言曾巩在京师曾
避兄而居事，"以所闻诋巩行无纤完，其居家，亲友惴畏焉"②。王安石对
此颇为不平，给段缝的回信中对曾巩之事进行解释，并对曾巩做出了极高
评价："巩文学论议，在某交游中，不见可敌。其心勇于适道，殆不可以
刑祸利禄动也。"并言"贤者常多谤，其困于下者尤甚"，警告段缝"姑自
重，毋轻议巩"③。

　　王安石可确定作于这一阶段的文章不多，庆历三年前，可以考证出的
有《张刑部诗序》、《李叔通哀辞》、《伤仲永》、《送孙正之序》、《扬州新
园亭记》和《仙源县太君夏侯氏墓碣》等文。曾巩读到哪些篇章不可确
知④，但王安石创作初期的儒学、文学思想已经可以从中略为窥见。庆历
二年王安石已有《送孙正之序》，云：

　　　　时然而然，众人也；己然而然，君子也。己然而然，非私己也，
　　圣人之道在焉尔。夫君子有穷苦颠跌，不肯一失诎己以从时者，不以
　　时胜道也。故其得志于君，则变时而之道，若反手然，彼其术素修而
　　志素定也。时乎杨、墨，己不然者，孟轲氏而已。时乎释、老，己不
　　然者，韩愈氏而已。如孟、韩者，可谓术修而志素定也，不以时胜道
　　也。惜也不得志于君，使真儒之效不白于当世，然其于众人也卓矣。
　　呜呼！予观今之世，圆冠峨如，大裙襜如，坐而尧言，起而舜趋，不
　　以孟、韩之心为心者，果异众人乎？⑤

---

① 王安石：《答曾子固南丰道中所记》，李璧注，高克勤点校《王荆文公诗笺注》，上海古
　　籍出版社，2010，第 481 页。
② 王安石：《答段缝书》，李之亮笺注《王荆公文集笺注》，巴蜀书社，2005，第 1319 页。
③ 王安石：《答段缝书》，李之亮笺注《王荆公文集笺注》，巴蜀书社，2005，第 1320、1321
　　页。
④ 《伤仲永》《张刑部诗序》都是此次王安石返临川、赴南丰时所作，曾巩读到的可能性比
　　较大。
⑤ 王安石：《送孙正之序》，李之亮笺注《王荆公文集笺注》，巴蜀书社，2005，第 1633、
　　1634 页。

作此文时王安石 21 岁，这也是他早期最能显现其儒家思想的文章。王安石在文章中强调"圣人之道"，其"道"则在孟子、韩愈，而不在杨、墨、释、老。他所讲的"以韩、孟为心"，与庆历元年曾巩的"观圣人之道者，宜莫如于孟、荀、扬、韩四君子之书也"（《上欧阳学士第一书》）是基本相同的。王安石强调对"圣人之道"的顺应、坚守，他认为士人应坚持自己对"道"的看法并付诸切实行动，以韩、孟之心为心，不屈俗从时以害古道，遭遇艰难困苦亦能不易其志，不变其节。王安石批评今人"坐而尧言，起而舜趋，不以孟、韩为心者"表里不一的执"道"态度，曾巩也有"以为爱其身非至，夫然而人一皆善其名字，未尝一皆善其行。有爱其身之心，而于其身反尔其薄也"（《王无咎字序》）的观点，二人的见解是何其一致！

庆历三年的南丰之行中，王安石与从曾巩游的张文叔相识，"还自扬州识之，日与之接云"（《张刑部诗序》），并为张文叔之父张保雍作了诗集序《张刑部诗序》，序曰：

> 刑部张君诗若干篇，明而不华，喜讽道而不刻切，其唐人善诗者之徒欤！君并杨、刘生，杨、刘以其文词染当世，学者迷其端原，靡靡然穷日力以摹之，粉墨青朱，颠错丛庞，无文章黼黻之序，其属情藉事，不可考据也。方此时，自守不污者少矣。君诗独不然，其自守不污者邪？[①]

王安石倡古道，强调以"韩、孟为心"，他的文学思想亦以明"道"为高，将张刑部之诗与杨亿、刘筠作比。杨亿在真宗时曾任翰林学士兼史馆修撰，刘筠则曾任翰林承旨兼龙图阁直学士，二人与钱惟演等人诗歌唱和，多学李商隐诗，讲求辞藻华丽，好用典，王安石评"以文词染当世"即指此，但"粉墨青朱，颠错丛庞"，在他看来"迷其端原"，"属情藉事，不可考据"，是不"自守"的表现，即有悖孟、韩之道。这种认识与曾巩所言"近世学士，饰藻缋以夸诩""圣人之道泯泯没没"（《上欧阳学

---

① 王安石：《张刑部诗序》，李之亮笺注《王荆公文集笺注》，巴蜀书社，2005，第 1631 页。

士第一书》）又是极相同的。

这一阶段，基于思想上的诸多共识，曾巩评价王安石曰："介卿居今世行古道，其文章称其行。"（《怀友一首寄介卿》）对儒"道"的共同追求是二人交往的重要思想基础，对近世士人嗜文辞的倾向，二人都持批评的态度。从艺术形式、手法上来看，二人此时已有区别。王安石此时为文简明畅达，虽不专意辞藻，其文章语言却极洗练。曾巩喜王安石之论议，他在《寄王介卿》一诗中说："初冬憩海昏，夜坐探书策。始得读君文，大匠谢刀尺。……寥寥孟韩后，斯文大难得。嗟予见之晚，反复不能释。"喜王安石之捭阖恣肆，读其文反复不能释手，将其比之孟、韩，评价得高，并表示在自己的诗文写作中当努力研习揣摩。王安石之《送孙正之序》，以孙正之陪说，交互映发，更显错落参差之姿，与曾巩严肃认真地从"圣人之道"入手、直接明了地陈述二人交往之谊相比较，则显得别有情致。曾巩此阶段之文如《上欧阳学士第一书》等，虽蕴思缀语，委曲周折，却又有"语太烦絮，患在不能峻洁"① 之病。曾巩喜王安石之论议，正是看到自己的不足之处。虽然不能确定曾巩具体哪些文章最终受到王安石风格的影响，但可以明确的是，曾巩在与王安石相互诗文酬唱、交流切劘之时，王安石之论议对他是有极大冲击的，其洗练的文风也对曾巩有重要的影响。

曾巩曾自叹："惟其寡与俗人合也，于公卿之门未尝有姓名，亦无达者之车回顾其疏贱，抱道而无所与论，心常愤愤悱悱，恨不得发也。"（《上欧阳学士第一书》）王安石与曾巩一样志于古"道"，即孟、韩之儒道，使曾巩将自己引为知己，觉得吾道不孤；王安石评曾巩"善属文"，是"贤人"，能近于中庸之道，给了仍居抚州待科考的曾巩更多自信；王安石议论恣肆捭阖，识见高远，又让曾巩倾慕不已。与王安石的切劘、交流，使曾巩对儒家之"道"的认识得以修正、深化。② 这些都是曾巩早期文学思想的精神养料，为后来曾巩的古文写作奠定了重要基础。

庆历三年二人分别后，常有书信相通，并互相延誉。曾巩得投于欧阳

---

① 转引自高海夫主编《唐宋八大家文钞校注集评·南丰文钞》，三秦出版社，1998，第 3695 页。
② 王安石《答段缝书》言"巩果于从事，少许可，时时出于中道，此则还江南时尝规之矣。巩闻之，辄矍然"，李之亮笺注《王荆公文集笺注》，巴蜀书社，2005，第 1320 页。

修门下后，存世的数封书信中皆见曾巩向欧阳修力荐王安石①。庆历七年，曾巩奉父过金陵，特赴滁州拜访被贬谪的恩师欧阳修。在滁州逗留时，曾巩曾去信邀王安石往滁州同游②，但王安石因在鄞县政务缠身未能成行。王安石亦有诗云："始吾居扬日，重问每见及。云将自亲侧，万里同讲习。子行何舒舒，吾望已汲汲。"③ 此处提到曾巩致信王安石，并相约一起研习探讨，而此时曾巩在抚州亦因家事缠身，迟迟未能成行。曾巩对王安石的感情非常深厚，长久见不到王安石，音讯少闻时，曾巩很是心焦，其作《喜似赠黄生序》云：

> 而予自洪州归，虽其身去介卿之侧，其心焦然，食息坐作，无顷焉不在介卿也。人有至自介卿之门者，虽奴隶贱人，未尝不从之委曲反复问介卿起居状与其行事，得其所施为，虽小事皆识之，以自警且自慰也。……故闻黄生之归也，日企而望之，庶乎其来视我也。居一日，黄生来。望其表，其步趋之节，揖让之容，固有似乎介卿者。入而视其色，听其言，其气愉愉而其音淳淳，不似乎介卿者少矣。其学其归，得之乎介卿何多也。间而省其书，则又如出诸介卿之手。问介卿之事，皆能道其远者，大者焉。甚矣！黄生之似吾介卿也。吾得之，废食与寝而从之。吾喜也，惟恐其去我，而尚恨其来之不早也。庄生言见似人者而喜矣，信然哉！嗟乎黄生，岂特一时慰我也！于是知介卿之德，入人之深、化人之速也如此，使得其志于天下，何如哉？（《喜似赠黄生序》）

黄生为王安石门生，这段叙述可谓情极深，意极切。与王安石久难相见，无人能与自己切劘讨论，曾巩甚至寝之不安，食不甘味，每见与王安石相关的人即反复询问点滴信息。对王安石的想念，使曾巩一见黄生欣喜

---

① 如《上欧阳舍人书》《再与欧阳舍人书》等。

② 曾巩：《与王介甫第一书》，书云："欧公甚欲一见足下，能作一来计否？"见陈杏珍、晁继周点校《曾巩集》，中华书局，1984，第255页。

③ 王安石：《得曾子固书因寄》，李璧注，高克勤点校《王荆文公诗笺注》，上海古籍出版社，2010，第484页。

若狂，见黄生之一举一动，都仿佛看见了友人的影子，"废食与寝而从之"，"惟恐其去我，而尚恨其来之不早也"，考黄生之学、读黄生之书，曾巩想到王安石对黄生的教诲，推而言及王安石之学，感叹王安石化人之速。这一切都说明，曾巩对王安石不仅是想念其人，更怀念二人"绸缪指疵病，攻砭甚针石"（《寄王介卿》）激烈讨论的情景，有与同道好友交流的迫切愿望。这种感情并非单向的，庆历八年（1048），王安石在鄞县任职，忆起数年未谋面的好友，写下了《寄曾子固》一诗，诗云：

吾少莫与何，爱我君为最。君名高山岳，竭蘖嵩与太。低心收蠢友，似不让尘境。又如沧江水，不逆沟畎浍。君身揭日月，遇辄破氛霭。我材特穷空，无用补仓廥。谓宜从君久，垢污得洮汰。人生不可必，所愿每颠沛。乖离五年余，牢落千里外。投身落俗阱，薄宦自钳钛。平居每自守，高论从谁丐。摇摇西南心，梦想与君会。思君挟奇璞，愿售无良侩。穷阎抱幽忧，凶祸费禳禬。州穷吉士少，谁可婿诸妹。仍闻病连月，医药谁可赖。家贫奉养狭，谁与通货贝。诗人刺曹公，贤者荷戈役。奈何遭平时，德泽盛汪濊。鸾凤鸣上下，万羽来翔翔。呦呦林间鹿，争出噬苹藉。乃令高世士，动辄遭狼狈。人事既难了，天理尤茫昧。圣贤多如此，自古云无奈。……离行步荃兰，偶坐阴松桧。宵床连衾帱，昼食共粗粝。兹欢何时合，清瘦见衣带。作诗寄微诚，诚语无彩绘。①

王安石早已入仕，以其才学、地位而论，身边理应不缺朋友，可是与曾巩分别数年，接触众人之后，王安石更觉得曾巩之可贵。其诗起首数联均道与曾巩相知、想念旧友的心情。"谓宜从君久，垢污得洮汰"，"平居每自守，高论从谁丐"，"摇摇西南心，梦想与君会"，言与曾巩交游在学问、道德多方面的进步，期待能与好友再聚。对曾巩的生活，王安石也极

---

① 王安石：《寄曾子固》，李壁注，高克勤点校《王荆文公诗笺注》，上海古籍出版社，2010，第431～434页。

为关心。曾巩此时患肺病稍愈，父亲已卒，家中经济窘迫，除要负担家用，还有妹未嫁，弟未婚，王安石对这些情况甚为担忧，以"圣贤多如此，自古云无奈"慰之。

总体看来，庆历以前，是曾巩、王安石二人交游的初期阶段，二人从庆历元年相识，到互相引为挚友，虽分离多于相聚，却因二人都有志于孟、韩等儒家之"道"，强调以"道"自守，而心心相契，二人互相关切，彼此砥砺，这种青年时代的深厚友谊对彼此文学思想的成熟都起到了促进作用。二人相交渐深的庆历三年，庆历新政已经展开，在文学领域尹洙、石介、欧阳修、范仲淹等人先行在古文写作方面进行探索，写出了不少明道宗儒、简洁条畅之文。在文章写作上，王安石的论议使曾巩倾心向往，对曾巩的文学风格、艺术技法产生了潜移默化的影响。曾、王二人青年时期的交往，对曾巩的影响是极为重要的。

皇祐、至和、嘉祐后，曾巩、王安石二人亦聚少离多，但仍有往来，曾巩进士及第后，欧阳修曾设宴招待曾巩①、王安石②。嘉祐三年，王安石被任江东提刑，此年八月，曾巩与常秩共同拜访王安石，王安石有《答王逢原》书云："近蒙子固、夷甫过我，因与二公同观，尤所叹服。"③ 嘉祐八年，王安石之母卒，同年十月，王安石母葬江宁府，曾巩为之撰《仁寿县太君吴氏墓志铭》。治平二年，二人的共同好友王回去世，王安石作志铭，致信曾巩商榷，曾巩对王安石评王回之"令深父而有合于彼，则不能同乎此""深父书足以致其言""读《礼》，因欲有所论著"等评价提出建议，愿"更详之也"。信中还基于王安石的问询，对自己当时的生活状况作了交代，二人彼时都有丧亲之痛，曾巩让好友"强食自爱"，常通信息。这以后曾、王二人的交游已有学者考证，二人并未断交，在晚年依然保持往来。④ 但此后，二人存世的交游诗文较少，且少及文学方面，暂不论及。

---

① 曾巩将出任太平州司法参军。
② 此时王安石即将赴知常州。
③ 王安石：《答王逢原书》，李之亮笺注《王荆公文集笺注》，巴蜀书社，2005，第1407页。
④ 方健《北宋士人交游录》（上海书店出版社，2013）中有对王安石交游的考证，其中一部分全面考察了王安石与曾巩的交往。

二 君子相知

曾巩崇尚儒道，好古文，其所交友或好古文，或有史才、成长于经术。与王安石相识后，曾巩志趣相投的朋友逐渐增多，二人有很多共同好友，如王回、王向兄弟，孙侔等人。因欧阳修之缘，曾巩又认识了梅尧臣、苏轼兄弟、刘敞兄弟等不少名闻天下、深具才学的朋友。这些友人与曾巩的唱和诗歌存留不多。但从现有的材料可知，曾巩与欧阳修周边的好友、门生的交游是较为密切的。《宋元学案·庐陵学案》将苏轼、王回、常秩、刘敞、刘攽兄弟等都列为欧阳修门生，与曾巩交游之王安石、常秩、孙侔等又都颇得欧阳修赏识。这些人的共同特点是通经明古，在经学、史学上各有所长。与这些朋友的交流、切磋，对曾巩文学思想的成熟也有重要的作用。

王回、王向与曾巩同为嘉祐二年进士。王回、王向二人于庆历六年先与王安石结识。① 王安石《祭王回深甫文》云："虽吾昔日执子之手，归言子之所为，实受命于吾母，曰：'如此人，乃与为友。'吾母知子，过于予初，终子成德，多吾不如。"② 可知王安石与王回相识源于安石母亲之命。三人相识后，王安石将二人之文荐给曾巩，对曾巩称二人为有道君子。曾巩曾向欧阳修推荐王安石，但路途耽搁，书信抵达时，欧阳修已赴别任，曾巩又再次上书，除极称道王安石之人、之文章，亦为王回、王向延誉：

> ……近复有王回者、王向者，父平为御史，居京师。安石于京师得而友之，称之曰"有道君子也"，以书来言者三四，犹恨巩之不即

---

① 有学者（张静《北宋王回兄弟文坛交游考述》）疑王安石与王回相识于少时，因王安石《寄王回深甫》云："少年倏忽不再得，后日欢娱能几何？顾我面颜衰更早，怜君身世病还多。"考曾巩《再与欧阳舍人书》："近复有王回者、王向者，父平为御史，居京师。安石于京师得而友之。"此言王安石至京师时得识，而庆历六年王安石才携马汉臣入京待进士举，此时王回与父王平、弟王向居住开封，但庆历七年王回父卒于侍御史任上，王回遵父之遗嘱，举家迁至颍州，此后王回生活在颍州。因此二人只能于庆历六年相识，而王安石生于真宗天禧五年（1021），王回生于真宗乾兴元年（1022），结合此信息，王回与王安石相识之时皆已在二十四、二十五时，称少年相识恐不妥。

② 王安石：《临川先生文集》卷八六，中华书局，1959，第896页。

见之也，则寓其文以来。巩与安石友，相信甚至，自谓无愧负于古之人。览二子之文，而思安石之所称，于是知二子者，必魁闳绝特之人。……回、向文三篇，如别录。(《再与欧阳舍人书》)

这封信作于庆历六年，信中提到王回兄弟与曾巩通信三四次，曾巩对二人极为认同，反复向欧阳修推荐，强调二人如王安石所说，为"有道之君子"，"魁闳绝特之人"，意在使天下之士皆纳于欧门。欧阳修曾对此做出回应，认为"此人文字可惊，世无所有。盖古之学者有或气力不足动人，使如此文字，不光耀于世，吾徒可耻也"(《与王介甫第一书》)。王偁《东都事略》记王回曰："回经术粹深，王安石、曾巩与为深交，而当时之士，亦以为虽汉之儒林，不能过也。"[1] 晁说之记曰："王深甫布衣之友曰曾子固、常彝甫。其名宦已显，而忘年汲汲求友深甫于布衣中者曰刘原甫、王介甫，是五人者皆欧阳公客也。……彼五人商榷闳切之语，今虽无闻焉，而深甫于其所作《书传》，偶不出曾子固耳。其三人则各以姓字载之，或正其是非，或略无所辨，以视后之观者。"[2] 记录了王回与曾巩交往之密切与思想之契合。惜王回治平二年早卒，今仅存曾巩与王回的两通书信，其一为《与王深甫书》，其二为《答王深甫论扬雄书》。其《答王深甫论扬雄书》，可窥当时众人讨论之一斑：

蒙疏示巩，谓扬雄处王莽之际，合于箕子之明夷。常夷甫以谓纣为继世，箕子乃同姓之臣，事与雄不同。又谓《美新》之文，恐箕子不为也。又谓雄非有求于莽，特于义命有所未尽。巩思之恐皆不然。

又云：介甫以谓雄之仕合于孔子，无不可之义。夷甫以谓无不可者，圣人微妙之处，神而不可知者也。雄德不逮圣人，强学力行，而于义命有所未尽，故于仕莽之际，不能无差。又谓以《美新》考之，则投阁之事，不可谓之无也……

---

①　王偁撰，孙言诚、崔国光点校《二十五史·东都事略》，齐鲁书社，2000，第991页。
②　晁说之：《题王深甫传后》，《嵩山文集》卷一八，《文渊阁四库全书》本。

扬雄西汉仕于成帝、哀帝、平帝时官职低微，"三世不徙官"，及新莽时以三朝耆老的资历，校书天禄阁，转为大中大夫，后因事牵连被捕，晚年又在忧闷中去世。箕子则为纣王之父，官太师，曾因劝谏纣王被囚禁，周武王灭商后获释。曾巩与王回此信即在讨论扬雄在新莽时的行为是否与箕子处于商纣时的守道不变相符。从曾巩回信中可见，王回、王安石、常秩（常夷甫）诸人都对这一问题发表了见解，而曾巩与他们的看法不尽一致，他的结论是："况若雄处莽之际，考之于经而不缪，质之于圣人而无疑，固不待议论而后明者也。"以经书所载和圣人之论考查扬雄的作为，并无不妥之处。他对扬雄评价非常高，认为在当时"能明先王之道者，扬雄而已"（《筠州学记》），"扬雄篡言准仲尼"（《扬颜》）。

在这之前曾巩有《与王深甫书》，书中提到王回示曾巩以"介甫所作王令志文，以为扬子不过"，曾巩认为所论不然，并对此展开论述。他认为"凡介甫之所言，似不与孔子之所言者合"，并道："此吾徒所学之要义，以相去远，故略及之。"曾巩、王回、王安石、常秩等人对扬雄的讨论，实出于众人对孔子之"道"的不同领悟，何为真正的孔子之"道"，君子该如何领悟其中的要义等。这对坚守"儒"道之人是尤为重要的，对扬雄《美新》问题的看法，亦与士人处逆境之志节紧密相连。虽然他们都强调士人当于困境中坚于对儒家之"道"的持守，注重名节，然而如何陈述自己的观点，使自己的论辩更为有力，说服对方，则是论辩中不得不思考的问题。

通过与王回、王向、王安石、常秩诸人交流、论辩，曾巩梳理了自己的思路，审视了扬雄在自己思想成长中的重要作用，阐发了扬雄对自己的重大影响。

王回去世后，曾巩为其作《王深父文集序》，对王回推举甚高，其序曰：

> ……文集二十卷，其辞反复辨达，有所开阐，其卒盖将归于简也。其破去百家传注推散缺不全之经，以明圣人之道于千载之后，所以振斯文于将坠，回学者于既溺，可谓道德之要言，非世之别集而已也。后之潜心于圣人者，将必由是而有得，则其于世教，岂小补之而已哉？

曾巩认为王回读先王之遗文求其"道"，不仅于心中有所领悟，还能切实行于己身，有"穷达得丧不易其志"的高洁品行，而其辞反复辨达，繁归于简，其文则阐明"圣人之道"于千载之后，有补世教，确为"道德之要言"，非普通别集能比之。曾巩后作《隆平集》将王回收入"儒学行义"卷。①

曾巩还通过王安石认识了好友孙侔。孙侔字正之，又字少述，为人为文深得名士钦敬。"父及仕至尚书都官员外郎，简州卒。侔方四岁，从其母胡氏家扬州，母亲教之，侔虽幼，已惕然能自伤其孤，悲泣力学。七岁能属文，既长，读书精识元解，能得圣人深意，多所论撰。庆历皇祐间与临川王安石、南丰曾巩知名于江淮间……侔内行峭□，少许可，不妄戏笑。所居人罕识其面，非其所善者造门弗见，虽邻不与之通。其论曰：文，气也，君子之气正，众人之气随行之。于身而正者，然后为文，故必见诸行，行不正则言无以信于世。"② 孙侔之诗文严劲简古，自成法度，如其为人，史记其平日闭门读书，"鼓琴以自娱，体素羸，喜亲方书治药饵，未尝传经教授，而学者闻其风指多所开悟。又言侔志节刚果，不为矫激奇诡之行而气貌足以动人，所至一坐为之凛然。视权幸与善宦者意若奴隶之，以故不能者相与排毁，侔闻自持愈厉，不少降屈，故所憎嫉者终亦严惮云。"③

孙侔于庆历二年于扬州与王安石相识，王安石多称其贤："正之行古之道，又善为古文，予知其能以孟、韩之心为心而不已者也。"④ 并将其诗文示于曾巩。曾巩与孙侔都好古文，二人交往持续到晚年。他们的诗歌唱和存世不多，最早见于皇祐元年，诗中记载二人相游于山水之间，颇得其乐：

> 两人怀抱喜相投，初得青山一日游。已听高文吟太古，更开昏眼洗清流。共寻素壁题皆遍，欲去红桥钓始休。回首至今嘉兴在，梦魂

---

① 曾巩撰，王瑞来校正《隆平集校正》，中华书局，2012，第 451 页。
② 林希：《孙少述传》，《皇朝文鉴》卷一五〇，《四部丛刊》景宋刊本。
③ 林希：《孙少述传》，《皇朝文鉴》卷一五〇，《四部丛刊》景宋刊本。
④ 王安石：《送孙正之序》，李之亮笺注《王荆公文集笺注》，巴蜀书社，2005，第 1633 页。

犹拟奉觥筹。

隐似龙蛇应有待，清□冰雪更无双。志留世外虽遗俗，文落人间或过江。峻节但期终老学，健诗犹愧一时降。风骚近亦思强伴，恨未高吟共北窗。（《寄孙正之二首》）①

经过一段时间的接触，曾巩更为钦佩孙侔的才学与为人，赞其志节"冰雪更无双"。从诗中可知，曾巩早已拜读孙侔的文章，"吟太古"说明孙侔之文追求古"道"。孙侔之才不限于文章，二人游山玩水之时，各处题诗，孙侔作诗亦极高妙，使曾巩极为佩服，生发未能同窗之憾。曾巩赞道："大句闳篇久擅场，一函初得胜琳琅。少陵雅健材孤出，彭泽清闲兴最长。"（《孙少述示近诗兼仰高致》）将孙侔之诗与杜甫、陶渊明作比，评价极高。

与王安石的关系渐淡后，曾巩身边缺乏能尽心倾吐心情、相与探讨古"道"之密友，给孙侔的诗中他感叹自己疏于学问，又感激与孙侔的交往给自己带来慰藉："貌癯心苦气飘飘，长饿空林不可招。能举丘山惟笔力，可摩云日是风标。诗篇缀缉应千首，学术窥寻岂一朝。耳冷高谈经岁远，江南春动雪还消。"（《寄孙正之》）二人有机会相聚之时，曾巩欣喜异常："两翁头白喜追陪，好事铃斋燕席开。腊在未消盈尺雪，春归先放一枝梅。况无庭下书投蚰，更尽筵中酒满杯。周召二南皆绝唱，抑扬赓和愧非材。"（《和孙少述侯职方同燕席》）曾巩、孙侔二人之交并未似曾巩与王安石那样热切，但平淡长久的友谊也给了曾巩以浓厚的精神滋养："论高知峻节，交淡见纯诚。自昔心无间，相逢眼更明。"（《和酬孙少述》）这使得曾巩在与王安石渐行渐远之后，仍能有一个知己可以相知相慰、谈文论道。

王无咎则先与曾巩识，曾巩以妹许之，为其赠"无咎"字，后王无咎从王安石游。王无咎长于《周礼》，曾巩《讲周礼疏》曰："《周礼》之书于汉最晚出……其中或一事散于数篇，一篇散于数职，而用意之密若答符然，其思虑岂不诚深矣哉？其书如此，注义又数十万言，非深考而精通者，不得其终始之详，数制之要，则未可以传之人，而学者不得人之传，

---

① "□"原文阙。

则亦未可以进于此。南城王君补之，于此书深考而精通者也。"（《讲周礼疏》）可见王无咎对《周礼》确实颇有心得，曾巩与其探研琢磨，"听其口讲"，"观其指画"，很有收获。

概而言之，曾巩在青年时期与王安石交往尤为深笃。在与以王安石为中心的朋友交往中，曾巩志于古"道"、以文传"道"的思想获得共鸣，王安石的鼓励、切劘，以及因王安石所交的诸多友人，激发、增强了曾巩的古文创作信心，成为其青年时代重要的精神财富，为其文学思想的日益成熟奠定了重要基础。

第三节　后学追随

王安石虽为曾巩青年挚友，但二人并不常在一处，更多情况下只能以文会友、以心神交。庆历年间的日常生活中，曾巩亦有一些专意学问、磨砻浸灌的朋友。曾巩文名日显后，有不少志于古文者前来拜谒。《宋元学案·庐陵学案》仅将陈师道、李撰列为曾巩弟子，经考察诸多资料，曾与曾巩游或受曾巩之教者，早期有张彦博、刘希声、刘伯声等，较有影响的有陈师道、刘弇等人，这些追随者或在一定程度上促进了曾巩文章的创作、文学思想的成熟，或高度认同曾巩文学思想，成为北宋古文运动的余波。

一　倾慕从游

庆历间，曾巩文学思想初步形成，主要以儒家经典，韩愈、扬雄等人文章为尚。从曾巩游者有张彦博、刘希声等人。张彦博字文叔，蔡州汝阳（今河南省汝南县）人，与曾巩交往时间较久。张彦博吏治得法，"君少力学问，尤知史书，不惮折节以交贤士大夫"[1]。庆历三年，张彦博已从武昌县尉调至抚州司法参军，而曾巩自京师还抚州后，其文名日显。据曾巩记，张彦博"喜从余问道理，学为文章，因与之游"（《张文叔文集序》）。张彦博对曾巩论及父亲张保雍诸事，请曾巩为其父作神道碑，曾巩于是作

---

[1]　王安石：《尚书司封员外郎张君墓志铭》，《临川先生文集》，中华书局，1959，第975页。

《刑部郎中张府君神道碑》。碑文语词简练，历叙张保雍任职情况，重点记叙其汉阳任职时俚民贩茶事、筑堤事等。文末又将张彦博平日所叙其父事与行状事对看，凸显其父日常治己修身与为政威严之合一。此时曾巩还未与欧阳修论及墓志的写法，"蓄道德而能文章"的观点还未提出，但其早期墓志铭的写作风格可从此文稍作观览。

庆历三年十月二十二日，张彦博改建寝室，于地中掘得死儿秃秃。经查问得知，秃秃为其生父及陈氏所害，悲伤不已，诉之于曾巩，并"以棺服敛之，设酒脯奠焉"（《秃秃记》），又出钱给僧人昇伦，安顿他买砖砌成墓穴，在城南将秃秃遗骨安葬。曾巩听闻此事，心中不平，为秃秃撰写碑文，买石刻之，又专门撰写了《秃秃记》，以告慰秃秃，并警世人。文章记叙了前嘉州司法参军孙齐娶妻、骗婚、贿官、授官、弃妻、纳妾、窃子、杀人、藏尸等事，脉络清晰，叙事删繁就简，突出细节，还原孙齐为遮掩丑陋行径狡辩时的言语及杀死亲生儿子的情状："齐惧子见事得，即送匿旁方政舍。又惧，则收以归，扼其咽，不死。陈氏从旁引儿足，倒持之，抑其首瓮水中乃死，秃秃也。召役者邓旺，穿寝后垣下为坎，深四尺，瘗其中，生五岁云。"（《秃秃记》）曾巩文章以源流经术，议论正大为后人推崇，元人刘埙认为："《秃秃记》实自史汉中来也，此记笔力高妙，文有法度而世之知者盖鲜。予独喜之不厌也。"[1] 的确，文章以"秃秃也"和"生五岁云"等句式，书写秃秃小儿遭遇不测，看似简单客观的叙事，最后将事件中秃秃死去的结局、幼小的年龄强化，产生了强烈的情感冲击，读之令人扼腕。刘埙还提到此文在后世鲜为人知，但在蜀地影响很大："昔尝交蜀中士大夫，其论与予合，一日与范忠文家子弟评文，诵此记甚习，且云蜀文士多诵之。余因叹西州之士犹能知曾文之所以妙，而生南丰之乡者，口耳乃未尝及，可不愧邪？读书无眼目，何名为士？"[2] "范忠文家子弟评文"及"蜀文士多诵之"说明了元人对此文笔法上的琢磨研习过程，惜明清以来诸家文章选本未能识珠。

---

① 刘埙：《隐居通议》（丛书集成初编本）卷一四，商务印书馆，1985，第148页。
② 刘埙：《隐居通议》（丛书集成初编本）卷一四，商务印书馆，1985，第148页。

熙宁元年（1068），张彦博去世，其子仲伟携其遗文四十卷至京师，请曾巩作序。曾巩撰《张文叔文集序》，对张彦博致力为文进行表彰："讲道益明，属文益工，其辞精深雅赡有过人者。"（《张文叔文集序》）在曾、张二人的交往中，张彦博因其好尚文学，对曾巩十分倾慕；张彦博以司法参军身份获知的各类事件为曾巩的文学创作提供了宝贵的生活素材，丰富了曾巩的创作内容。

庆历年间，曾巩居于抚州，从其游者还有张彦博的内弟刘伯声、刘希声等人。曾巩为刘伯声写过墓志铭，铭曰："庆历之间，余家抚州。州掾张文叔与其内弟刘伯声从予游。……后数年，余以贫而仕，见伯声于京师，年益壮，学日以益。又数年，余校书史馆，伯声数过余，饮酒谈笑，道旧故相乐也。"（《刘伯声墓志铭》）庆历间二人建立的感情十分深厚，刘伯声去世后，其子携其文去亳州拜访曾巩，转达了"葬而不得余铭，如不葬也"的遗愿。对庆历间的曾巩而言，"余与刘伯声皆罕与人接，得颛意以学问，磨砻浸灌为事，居三年乃别。"（《刘伯声墓志铭》）曾巩能够静心思考，磨砻浸灌，部分得益于有这样专意读书的学伴。

刘希声对曾巩十分仰慕，跟随曾巩游学。庆历五年，刘希声将返东明（今河南开封），曾巩有《送刘希声序》，序中赞扬了刘希声之行节、文章："东明刘希声来临川，见之。其貌勉于礼，其言勉于义，其行亦然，其久亦坚。其读书为辞章日盛。从予游三年，予爱之，今年庆历五年，还其乡，过予别。"序文中还有专门的送别之语："与之言曰：东明，汴邑也。子之行，问道之所向者，以告子。子也一趋焉而不息，至乎尔也。苟为一从焉，一违焉，虽不息，决不至也。子也好问，圣人之道，亦如是而已矣。"（《送刘希声序》）赠别语中，告诫刘希声要向道而行，不可懈怠、不可违悖。这一告别语，俨然师者教导。曾巩此时二十六岁，与这些追慕其文名的友人交往，当有助于文学树立。

二 瓣香相赠

曾巩的追随者中，以陈师道最笃定，也最为人知。关于陈师道的师承关系，苏轼《与李方叔十七首》言："比年于稠人中，骤得张、秦、黄、晁及方叔、履常辈。"① 世人多以陈师道为"苏门六君子"之一，为苏轼门人。但《宋史》又记陈师道曰："年十六，以文谒曾巩。巩一见奇之，留受业。"② 考今《元丰类稿》诸版本及诸家辑佚之诗文，均不见曾巩与陈师道往来书信。20 世纪 90 年代曾枣庄曾专对陈师道的师承关系进行考辨，③ 后学者多以《妾薄命》及"向来一瓣香，敬为曾南丰"语言说陈师道对曾巩师恩不忘。④ 关于二人的师承关系本书不再赘述，只从曾巩对陈师道指导撰文方面稍加辨析。

可考的曾巩指导陈师道撰文的资料有三则。第一则为陈鹄《耆旧续闻》，载曾巩初见陈师道，授意其读《史记》之内容：

> 陈无己少有誉，曾子固过徐，徐守孙莘老荐无己往见，投赘甚富。子固无一语，无己甚惭，诉于莘老。子固云："且读《史记》。"数年，子固自明守亳，无己走泗州，间携文谒之，甚欢，曰："读《史记》有味乎？"故无己于文以子固为师。⑤

与此材料相近的还见《朱子语类》中："问：'尝闻南丰令后山一年看《伯夷传》，后悟文法，如何？曰：'只是令他看一年，则自然有自得处。'"⑥ 这两则材料不尽一致，一为曾巩令陈师道看《史记》，一为令陈师道读《史记》中的具体篇目《伯夷列传》。但这些笔记、文话性质的资料都说明，曾巩为文注重师法史学著作，并以此指导陈师道。据曾枣庄考辨，陈师道第一次拜见曾巩时，曾巩刚结束八年馆职生活转赴外任。此间曾巩曾充任馆阁校勘、集贤校理兼判官告院，这段时间曾巩整理了大量古籍，阅读了不少史书，写下《新序目录序》《梁书目录序》《战国策目录序》《南齐书目录序》《列女传目录序》《陈书目录序》《唐令目录序》等书序文

---

① 苏轼：《与李方叔书》，孔凡礼点校《苏轼文集》，中华书局，1986，第 1420 页。
② 《宋史》卷四四四《陈师道传》，中华书局，1977，第 13115 页 。
③ 曾枣庄：《陈师道师承关系辨》，《文学遗产》1993 年第 3 期。
④ 王琦珍：《曾南丰先生评传》，江西人民出版社，2019，第 219～221 页。
⑤ 陈鹄撰，孔凡礼点校《西塘集·耆旧续闻》，中华书局，2002，第 308 页。
⑥ 黎靖德编，王星贤点校《朱子语类》，中华书局，1986，第 3315 页。

章。较庆历七年拜别欧阳修后到嘉祐二年入仕以前的记体文而言，此段时间的文章更见史学视野。其论虽仍本于儒家之"道"，但基于初入仕途的地方任职及长期的馆职阅读、多年的写作探索，这些书序的突出特点在于议论更见醇正，笔力更见雄健。其《战国策目录序》针对刘向所说"此书战国之谋士度时君之所能行，不得不然"的说法进行辩驳，提出"盖法者所以适变也，不必尽同；道者所以立本也，不可不一，此理之不易者也"的观点，认为战国之游士"不知道之可信，而乐于说之易合，其设心注意，偷为一切之计而已"（《战国策目录序》）。历来学者对此文予以极高评价，南宋选家吕祖谦《古文关键》、楼昉《崇古文诀》、刘埙《隐居通议》、孙琮《山晓阁曾南丰文选》、张伯行《唐宋八大家文钞》、姚鼐《古文辞类纂》、林纾《古文辞类纂选本》等都以此文议论为高。在《南齐书目录序》，曾巩又对史家作史书提出具体要求，虽然他认为司马迁作史未能尽明万事之理、先王之意，但他也承认司马迁的史笔之才："司马迁从五帝三王既没数千载之后，秦火之余，因散绝残脱之经，以及传记百家之说，区区掇拾，以集著其善恶之迹、兴废之端，又创己意，以为本纪、世家、八书、列传之文，斯亦可谓奇矣"，"夫自三代以后，为史者如迁之文，亦不可不谓隽伟拔出之才、非常之士也"（《南齐书目录序》）。曾巩八年馆职期间，广阅史书，因此建议陈师道读《史记》或《伯夷传》都是很有可能的。这则材料提到陈师道初次抱惭而去，却又再次拜见曾巩，说明陈师道听从了曾巩的建议。曾巩以"读《史记》有味乎"问之，则正说明，曾、陈二人对《史记》的艺术性有了共识。

曾巩指导陈师道为文还见《朱子语类》：

广又问"后山文如何？"曰："后山煞有好文字，如《黄楼铭》、《馆职策》皆好。"又举数句说人不怨暗君怨明君处，以为说得好。广又问："后山是宗南丰文否？"曰："他自说曾见南丰于襄、汉间。后见一文字，说南丰过荆、襄，后山携所作以谒之。南丰一见爱之，因留款语。适欲作一文字，事多，因托后山为之，且授以意。后山文思亦涩，穷日之力方成，仅数百言。明日，以呈南丰，南丰云：'大略也好，只是冗字多，不知可略删动否？'后山因请改窜。但见南丰就坐，取笔抹数处，每抹处连一两行，便以授后山。凡削去一二百字。后山读之，则其意尤完，因叹服，遂以为法。所以后山文字简洁如此。"①

此亦涉及陈师道初见曾巩时的情况，"一见爱之"与前文所提陈鹄《耆旧续闻》之"子固无一语"似相抵牾。陈师道云："吾年如生时，见子曾子于江汉之间，献其说余十万言，高自誉道，子曾子不以为狂，而报书曰：'持之以厚。'"②陈师道之说未见曾巩"一见爱之"之意，言曾巩报书曰"持之以厚"而非面授，则与陈鹄《耆旧续闻》记曾巩转告之读《史记》相近。陈继儒所记，很可能是指陈师道二次拜见曾巩的情形。无论如何，这些都说明曾巩曾针对陈师道在文法上作具体指导。

陈师道《答晁深之书》谈及曾、陈二人对文章言意关系的不同见解，信中载：

> 始仆以文见曾南丰，辱赐以教曰："爱子以诚，不知言之尽也。"仆行方内才得此尔。夫言之不尽，非不能也，其心以为不足与之尽尔。不者，有所畏而不敢也。愚者无以告，智者告之而不敢尽也。言之难，其若是乎？③

曾巩早自学儒，志于古文，其作文说理者缜密谨严，语言多平易畅达。此处曾巩告诫陈师道作文应以"言尽"为高。这一类似观点还见释惠洪《冷斋夜话》："曾子固曰：'诗当使人一览语尽而意有余，乃古人用心处。'"④此语大致主张和曾巩的诗文理论是一致的。曾巩重诗歌裨补时政

---

① 黎靖德编，王星贤点校《朱子语类》，中华书局，1986，第3309页。明陈继儒《读书镜》卷三亦载。
② 陈师道：《送邢居实序》，《后山居士文集》卷一六，宋刻本（清翁方纲跋并题诗），国家图书馆藏。
③ 陈师道：《答晁深之书》，《后山居士文集》卷一〇，宋刻本（清翁方纲跋并题诗），国家图书馆藏。
④ 转引自李震《曾巩资料汇编》，中华书局，2009，第79页。

的作用，对"嗜文辞、抒情"（《鲍溶诗集目录序》）之诗是不太欣赏的。与曾巩、王安石同时的郭祥正当时为时人所重，其诗作甚至被时人以李白目之，但曾巩似乎并不太认同，王安石《与郭祥正太傅书》（之三）有记："承示新句，但知叹愧。子固之言，未知所谓，岂以谓足下天才卓越，更当约以古诗之法乎？哀荒未能剧论，当俟异时尔。"① 以北宋中期的古文发展状况及曾巩的这些诗文主张来看，可知曾巩"言尽"及"使人一览"之说，当指诗文语言应以辞达意畅、不晦暗难懂为主要原则，在此基础上，做到意味深长，耐人琢磨。陈师道对曾巩的"言尽"之说持不同态度，对曾巩的忠告他没有反驳，但与晁深之则吐露心声，不是不能做到使语言明白晓畅，而是"愚者无以告，智者告之，而不敢尽也"，在现实中，对那些不明白道理的人去讲尽与不尽都于事无补，对那些有识之人，却又未必要说得太过率意明白。因此他认为对言之尽与不尽的把握实有难度。

　　曾巩对陈师道非常看重，曾请陈师道为父亲作神道碑，其文云："公子舍人谓其门人陈师道曰：'公之葬，既以铭载于墓中，今幸蒙追荣三品，复立碑于墓道，以显扬其劳烈，明示来今，是以命汝为之铭。'师道幸以服役奉明命，虽愚不敢，其何敢辞？退考次其行治，慨然兴叹。"② 可见曾巩对陈师道文章是认可、欣赏的。今人对陈师道之文关注不多，古人多重其诗作，但也时见点评，如南宋时朱熹对陈师道之文以"有典有则，方是文字"③ 评之，又"某旧最爱看陈无己文，他文字也多曲折"④，"若散文，则山谷大不及后山"⑤，评价是较高的。诸家选本中南宋楼昉《崇古文诀》第一次将陈师道之文选入选本，有《上林秀州书》《王平甫文集序》《秦少游序》《思婷记》《送参寥序》《与秦少游书》《上苏公书》等。楼昉评《与秦少游书》曰："委曲而不失正，严厉而不伤和。深得不恶而严之道，

---

① 王安石：《与郭祥正太傅书》，李之亮笺注《王荆公文集笺注》，巴蜀书社，2005，第1290～1291 页。
② 陈师道：《光禄曾公神道碑》，《后山居士文集》卷一八，宋刻本（清翁方纲跋并题诗），国家图书馆藏。
③ 黎靖德编，王星贤点校《朱子语类》，中华书局，1986，第 3306 页。
④ 黎靖德编，王星贤点校《朱子语类》，中华书局，1986，第 3321 页。
⑤ 黎靖德编，王星贤点校《朱子语类》，中华书局，1986，第 3334 页。

可谓善处矣。"① 评《上林秀州书》则云："必是读《仪礼》熟，故其区别精。非特议论好，读其文，气正词严，凛然有自重难进，不可回扰之势。此后山之所以为后山，而曾子固诸公欲罗致而不可得也。"② 楼昉认为陈师道此文甚至超越了曾巩之文。《四库全书总目提要》对陈师道之文评价最高："其古文在当日殊不擅名，然简严密栗，实不在李翱、孙樵下。殆为欧、苏、曾、王盛名所掩，故世不甚推。弃短取长，固不失为北宋巨手也。"③ 以"北宋巨手"评陈师道，是对其文章成就的极大认可。

陈师道《王平甫文集序》曰："南丰先生既序其文，以诏学者，先生之没，彭城陈师道因而伸之，以通于世。"④ 这是传承曾巩思想的直接例证了。这些曾、陈二人交往的材料都说明，曾巩对陈师道的古文写作有重要的影响。王偁《东都事略》称陈师道"为文师曾巩"⑤，是有据可依的。

曾巩对陈师道的帮助不仅在作文之指导，亦在曾有意荐陈师道修史。魏衍《彭城陈先生集记》曰："元丰四年，神宗皇帝命曾典史事，且谓修史最难，申敕切至。曾荐为其属，朝廷以白衣难之。方复请，而以忧去，遂寝。"⑥ 陈师道极贫，然为人清正有节。或许正因曾巩对他的这些帮助，陈师道对曾巩的感情极为深挚，对早年学于曾巩终身不忘。后世笔记对苏轼欲召陈师道于门下，陈师道婉拒之事多有记录："官颍时，苏轼知州事，待之绝席，欲参诸门弟子间，而师道赋诗有'向来一瓣香，敬为曾南丰'之语，其自守如是。"⑦ 朱弁《风月堂诗话》记："陈无己与晁以道俱学文于曾子固。子固曰：'二人所得不同，当各自成一家。然晁文必以著书名于世。'无己晚得诗法于鲁直。他日二人相与论文，以道曰：'吾曹不可负

① 楼昉：《崇古文诀》（四库文学总集选刊），上海古籍出版社，1993，第 252 页。
② 楼昉：《崇古文诀》（四库文学总集选刊），上海古籍出版社，1993，第 294 页。
③ 永瑢等：《四库全书总目提要》（万有文库本）第 30 册，商务印书馆，1930，第 9 页。
④ 陈师道：《王平甫文集序》，《后山居士文集》卷一六，宋刻本（清翁方纲跋并题诗），国家图书馆藏。
⑤ 王偁撰，孙言诚、崔国光点校《二十五史·东都事略》，齐鲁书社，2000，第 1013 页。
⑥ 魏衍：《彭城陈先生集记》，陈师道撰，任渊注，冒广生补笺，冒怀辛整理《后山诗注补笺》，中华书局，1995，第 3 页。
⑦ 黄宗羲：《宋元学案·庐陵学案》，中华书局，1986，第 217 页。"向来一瓣香，敬为曾南丰"语出陈师道《观兖文忠公家六一堂图书》。

曾南丰。'又论诗，无己曰：'吾此一瓣香须为山谷道人烧也。'"① 陈师道
与曾巩的唱和诗有《和南丰先生西游之作》《和南丰先生出山之作》。曾巩
去世后，陈师道"苦语深情赋悼亡"②，作《南丰先生挽词二首》，又作
《妾薄命二首》，特注"为曾南丰作"：

> 主家十二楼，一身当三千。古来妾薄命，事主不尽年。起舞为主
> 寿，相送南阳阡。忍着主衣裳，为人作春妍。有声当彻天，有泪当彻
> 泉。死者恐无知，妾身长自怜。③

二诗以痛哭亡主、自明志节的薄命之"妾"自拟，以明陈不叛师门的
誓愿，感情极为真挚。

跟随曾巩学文的还有江西人刘弇。刘弇，字伟明，号云龙，吉安人。
《宋史》有传："儿时警颖，日诵万余言。登元丰二年进士第，继中博学宏
词科。历官知嘉州峨眉县，改太学博士。元符中，有事于南郊，弇进《南郊
大礼赋》，哲守览之动容，以为相如、子云复出，除秘书省正字。徽宗即位，
改著作佐郎、实录院检讨官，以疾卒于官。弇少嗜酒，不事拘检。为文辞铲
剔瑕类，卓诡不凡。有《龙云集》三十卷，周必大序其文，谓'庐陵自欧
阳文忠公以文章续韩文公正传，遂为一代儒宗，继之者弇也'。其相推重
如此云。"④ 今人对刘弇之文极少关注。可见的研究资料较早有罗根泽《中
国文学批评史》、郭绍虞《中国文学批评史》。郭绍虞认为："继江西文人而
言，弇实继欧、曾之后也。"⑤ 另有《刘弇年谱》⑥、《北宋文学家刘弇》⑦。

---

① 朱弁：《风月堂诗话》卷上，转引自李震《曾巩资料汇编》，中华书局，2009，第89页。
② 钱志熙：《苦语深情赋悼亡——陈师道〈妾薄命〉二首赏析》，《古典文学知识》1994年
第9期。
③ 陈师道：《妾薄命》，陈师道撰，任渊注，冒广生补笺，冒怀辛整理《后山诗注补笺》，
中华书局，1995，第4、5页。
④ 《宋史》卷四四四《刘弇传》，中华书局，1977，第13127~13128页。
⑤ 郭绍虞：《中国文学批评史》（上），百花文艺出版社，2008，第338页。
⑥ 刘宗彬、黄桃红：《刘弇年谱》，《井冈山学院学报》（哲学社会科学），2005年第1期。
⑦ 黄桃红：《北宋文学家刘弇》，《兰台世界》2006年第15期。

2015 年广西大学齐程花作《刘弇〈龙云集〉研究》①，这是目前唯一全面考察刘弇文学成就的研究成果。

　　曾巩与刘弇交游的诗文不见载于《元丰类稿》诸版本中，但刘弇《龙云集》有两通致曾巩的书信，一为《上曾子固先生书》，一为《上知府曾内翰书》。《上曾子固先生书》对曾巩的文章给予了极高评价，《上知府曾内翰书》暂录部分内容如下：

　　　　盖自孟子以来，号著书者甚众，而汉独一扬雄而已。唐自元和间，复得韩愈、柳宗元之徒。垂千百年，历三四人，至吾宋，而又得夫所谓三人者，何其作之鲜邪？孟子之言淳深浑厚，扬子之言劲直遂密，其为法谨严，其立意微妙。至于欧、王二公之文，又议之而不暇也。盖未易轻议，而请以韩、柳与阁下之文言焉。韩子之文，辉煌振越，瑰玮连犿，如长河大川，一泻万里，而波涛汹涌，震撼砰摆，老蛟怒鲸，千诡百怪，与夫吞风笑日，破山发石之势，无所不备，可微睎而不可平视。此韩子之文也。柳子之文，如悬崖绝壑，壁立千仞，卑犖峭拔，洞鸿轇轕，靳然独峙于苍烟蔼杳之外，使望之者不能跻，跻之者不能逾，逾之者不能绝，此柳子之文也。然二子之文，其宏壮伟丽，虽足以家自为名，而求列于后世，顾其间不能无憾，而若有所待者，亦岂少哉！

　　　　至于阁下之文则不然，虚徐容与，优游平肆，其析理精，其寓意微，其序事详且密，而独驰骋于百家之上。浑浑乎其深也，暨暨乎其壮也，謷乎其似质，而无当于用也。韬乎其与物逝，而不主于故常也，沉乎其若浮，敛乎其似无所止，而迢迢乎如将治而不可穷也。其光（少一字）彰灼显著，舒发而不可掩者，若云汉之昭融，日星之陆离。间见层列，时露琢刻，以出怪巧，及要其终，盖汩如也。若此者虽未敢直比之孟、扬，然自以为跨越韩、柳，其过诸子远矣。伏惟阁下道隆德峻，为世表的，凡天下之所以望阁下，与阁下之所以慰天下

---

　　① 齐程花：《刘弇〈龙云集〉研究》，广西大学硕士学位论文，2015。

之望者，固已非一日之积矣。①

刘弇标举、申说文章传统，以孟、扬、韩、柳等人之文为典范，至宋文则以欧、王、曾为高。刘弇对曾巩文章风格、议论析理、叙事特点等作出评价："虚徐容与，优游平肆，其析理精，其寓意微，其序事详且密。"评价较为中肯。文章虽有干谒色彩，却能紧紧抓住曾巩文章的突出特征。仅从此书信来看，刘弇措辞精赡雅致，行文不乏雄浑气势，颇有可观之处。

曾巩的文学思想在庆历间逐步构建，任职馆阁后，随着仕途变化、阅历增长、学识积累等，曾巩的文学思想逐渐成熟。在这一发展变化的过程中，良师指导、同道切劘，使得曾巩获得了社会认同，走出了一条自己的文学道路。他在文学创作中持守儒道，意图以文传道，倡导平易晓畅之文，这种思想又影响后辈，获得了青年士人的认同和追随。陈师道、刘弇等后学的文章多承接曾巩文风，他们共同坚持了文道并举的古文思想，犹如浪起后的余波，在北宋的古文写作中继续起到了一定的示范作用。

---

① 刘弇：《上知府曾内翰书》，《龙云集》卷二一，《豫章丛书·集部三》，江西教育出版社，2004，第 248～249 页。

第四章

"道": 曾巩文学的核心范畴

北宋初期，统治者对文人非常重视，而文人也大多以天下社稷为己任，社会责任感较前代逐渐增强。这种转变影响到文学创作，士人在文学的功用、文学与社会的关系、文章语言表达、作家道德修养等问题上进一步思考、探索，在文学风尚方面便有所转变。一些文学家反对五代旧习，试图以古文写作的方式重建儒家道统和文统。明道年间，随着诗文革新运动的展开，士人文章创作显现出勃勃生机，经世致用思潮逐渐兴起，儒家的道统学说受到普遍推崇，文学观念带有复古宗经色彩，以欧阳修为代表的一批士人创作出具有典范性的文章，对士风、文风产生了重要影响。

在这样的时代背景下，曾巩成长起来，其自述"家世为儒"，"自幼逮长，努力文字间，其心之所得庶不凡近，尝自谓于圣人之道，有丝发之见焉"（《上欧阳学士第一书》），投至欧阳修门下，与王安石、王回、王向、孙侔等为友，为文以儒学为本，体"道"扶教，其论多不离于"道"，后世评其文曰："六经之羽翼，人治之元龟。"① 曾巩认为文章可以留存圣人之"道"，圣人之"道"不辩不明。自身文章写作则重在以文传"道"，并以"道"评文。其论诗、撰诗，虽不以"道"为唯一标准，但有总体要求，即"要之不悖于道义者，皆可取也"（《读贾谊传》）。总而观之，"道"是曾巩文学的核心范畴。全面考察曾巩对道统的理解、对"圣人之道"的

---

① 宁瑞鲤：《重刻曾南丰先生文集序》，陈杏珍、晁继周点校《曾巩集》，中华书局，1984，第 820 页。

体认、曾巩所论之"道"与文学思想的关系等问题，对理解曾巩文学有重
要的意义。

第一节　曾巩体"道"

曾巩诗歌中可见"道"之用，但"道"更多出现于曾巩文章中，论议
类文章中尤多。"道"之用法，有单独使用，有与"理""德"等词合用
的情况，也有"圣人之道""先王之道"的命题；使用时有"道"的初始
意义，亦有引申之义。

一　申说道统

宋代中叶，道统亟待重建，文学家的社会责任感和历史使命使他们的
文学创作观念与儒家之"道"密切关联。不少文学家强调宗经复古，注重
文与"道"的关系，其中最为知名的当数欧阳修。欧阳修少习韩愈之文，
对其文甚为推崇，"读之，见其言深厚而雄博，然予犹少，未能悉究其义，
徒见其浩然无涯，若可爱"①。明道二年（1033），欧阳修提出"知古明
道"② 的观点，他强调士人君子当首要研习儒家之"道"，身体力行，并发
之于文章。欧阳修认为"道胜"而"文不难自至"，也是对儒家经典及儒
"道"的重视，他的古文写作多贴近生活、切于事实，其文章多明白流畅、
意尽辞美，为天下尊。庆历元年（1041），曾巩拜于欧阳修门下，在欧阳
修指点下，颇得文章写作之法。曾巩继承欧阳修的文道观，"道"成为曾
巩文学思想的核心范畴。辨析曾巩"道"的内涵，了解其对"道"的体
悟，是深入研究曾巩文学思想、把握其文学创作的重要前提。前人研究曾
巩之文道观多概而言之，但曾巩对"道"的体认是有渐进性的，因此本书
对曾巩之"道"进行重新梳理和考察。

---

① 欧阳修：《记旧本韩文后》，洪本健校笺《欧阳修诗文集校笺》，上海古籍出版社，2009，
第 1927 页。

② 欧阳修：《与张秀才第二书》，洪本健校笺《欧阳修诗文集校笺》，上海古籍出版社，
2009，第 1759 页。

"道"，段玉裁《说文解字注》云："道，所行道也。《毛传》每云行道也。道者人所行，故亦谓之行。道之引申为道理，亦为引道。从辵首，首者，行所达也。首亦声。徒皓切。"① "道"之非本义的用法在先秦诸典多见。老子《道德经》赋予"道"丰富、深刻的内涵。《道德经》认为"道"乃天地万物之源："道生一，一生二，二生三，三生万物。"（四十二章）"道生之，德畜之，物形之，势成之。是以万物莫不尊道而贵德……故道生之，德畜之；长之育之；亭之毒之；养之覆之。"② "道"充满活力，它既创生万物，也内附于万物，畜养、培育万物。"道"先天地生，它的重要特点是"视之不见""听之不闻""搏之不得"③，"道之为物，惟恍惟惚"④，"寂兮寥兮，独立不改，周行而不殆"⑤。"道"无声无形，无法视听与触摸，却无时无刻不在运动和发生作用，并不因外物而改变。陈鼓应将其归结为"实存意义上的道"，也是"道"的最高层面。⑥《庄子·养生主》也有"道"论："庖丁释刀对曰：'臣之所好者道也，进乎技矣。'"⑦这近乎"规律性的'道'"。

"道"在儒家思想中也是常用的范畴，如果说道家的"道"重在言说自然与顺应，那么儒家的道则更注重人伦与世事。《周易·说卦》："是以立天之道曰阴与阳，立地之道曰柔与刚，立人之道曰仁与义。"⑧ 孔子言"吾道一以贯之"⑨，曾子进一步解释道："夫子之道，忠恕而已矣。"⑩ 孟子说："道在迩而求诸远，事在易而求诸难：人人亲其亲、长其长，而天下平。"⑪《荀子·儒效》则言："道者，非天之道，非地之道，人之所以

---

① 许慎撰，段玉裁注《说文解字注》，上海古籍出版社，1981，第75页。
② 陈鼓应注译《老子今注今译》（修订本），商务印书馆，2016，第260页。
③ 陈鼓应注译《老子今注今译》（修订本），商务印书馆，2016，第126页。
④ 陈鼓应注译《老子今注今译》（修订本），商务印书馆，2016，第156页。
⑤ 陈鼓应注译《老子今注今译》（修订本），商务印书馆，2016，第169页。
⑥ 陈鼓应：《老子哲学系统的形成和开展》，《老子今注今译》，商务印书馆，2016，第23页。
⑦ 陈鼓应注译《庄子今注今译》，中华书局，2016，第103页。
⑧ 陈鼓应、赵建伟注译《周易今注今译》，商务印书馆，2016，第704页。
⑨ 《辞源》将此"道"释为"思想，学说"。
⑩ 杨伯峻译注《论语译注》（简体字本），中华书局，2017，第54页。
⑪ 杨伯峻译注《孟子译注》，中华书局，2018，第187页。

道也，君子之所道也。"① 孟、荀二人所言，皆显示了儒家之"道"与社会人的密切联系，儒家之道即人所当行之"路"。孟子还说："仁也者，人也。合而言之，道也。"② "仁"是人之所为人之本质，"合而言之，道也"，是将"仁"施于人，使人合于"仁"，就是儒家所提倡的"道"。但由人而"仁"，除个体的问题，亦涉及群体的"仁"，因此儒家提倡仁政，孔子、孟子都讲过"道"与仁政的关系。儒家思想中"道"的内涵也是极为丰富的："大哉圣人之道！洋洋乎！发育万物，峻极于天。"③ "圣人之道"同样也是充满于天地之间，有生成万物并使之充分发育成长的作用，其宏大也是"峻极于天"，但显然，与老子所受的"道"相较，儒家更多谈论对"道"的实践过程，而这一过程中主体对自身行为进行规范而养成的内在修养至关重要。

曾巩最早谈"道"是在庆历元年给欧阳修的第一封书信中，曾巩盛赞欧阳修，并阐发了自己所体悟之"道"。虽然曾巩此文有很强的干谒意味，但后世读者不能仅将其当作干谒文来看待。从历史发展的角度来看，关于韩愈、欧阳修对儒家之"道"的传承、在文章写作上的特有贡献，曾巩的评判是正确的。从曾巩个人思想发展的历程来看，作是文时曾巩年二十二岁，此文是他最早对"道"的系统论述之文：

> 夫道之难全也，周公之政不可见，而仲尼生于干戈之间，无时无位，存帝王之法于天下，俾学者有所依归。仲尼既没，析辨诡词，骈驾塞路，观圣人之道者，宜莫如于孟、荀、扬、韩四君子之书也，舍是醨矣。退之既没，骤登其域，广开其辞，使圣人之道复明于世，亦难矣哉。近世学士，饰藻缋以夸诩，增刑法以趋向，析财利以拘曲者，则有闻矣。仁义礼乐之道，则为民之师表者，尚不识其所为，而况百姓之蚩蚩乎！圣人之道泯泯没没，其不绝若一发之系千钧也，耗矣衰哉！非命世大贤，以仁义为己任者，畴能救而振之乎？（《上欧阳学士第一书》）

① 方勇、李波译注《荀子》，中华书局，2015，第95页。
② 杨伯峻译注《孟子译注》，中华书局，2018，第370页。
③ 陈晓芬、徐儒宗译注《论语　大学　中庸》，中华书局，2015，第344页。

曾巩此处实际上是申说了一个"道"的传统。首先他提到"圣人之道"在"周公之政"、在孔子。"周公之政"不能传播于后世，则"道"难全，因此曾巩所言之"道"与西周时代的礼制、法度、社会治理等密切相关；孔子处于乱世，使"帝王之法"存于天下，在曾巩看来，这也使"道"得以保留，因此孔子之"道"也在于"法"的执行。"仲尼既没，析辨诡词，骊驾塞路，观圣人之道者，宜莫如于孟、荀、扬、韩四君子之书也"，战国多纵横之士，曾巩认为这些人都是"析辩诡词"，而孟子讲仁政，法先王之"道"，与孔子的"忠恕之道""仁"等都一致；荀子推崇孔子，以其门人自居，扬雄、韩愈亦倡孔子之儒"道"，曾巩认为他们的文章都能再现"圣人之道"，有裨于世。但韩愈之后，近世学者往往不能明"仁义礼乐之道"，因此曾巩认为"圣人之道泯泯灭灭，其不绝若一发之系千钧也"，当前的社会现状是"圣人之道"或将不存于世，并几乎处在千钧一发的危险时刻。这种论调带有夸张色彩，但从中亦可见曾巩对儒家之"道"的重视。"圣人之道"处于这种状况，曾巩将欧阳修引出：

> 则又闻执事之行事，不顾流俗之态，卓然以体道扶教为己务。往者推吐赤心，敷建大论，不与高明，独援摧缩，俾蹈正者有所禀法，怀疑者有所同执，义益坚而德益高，出乎外者合乎内，推于人者诚于己，信所谓能言之，能行之，既有德而且有言也。韩退之没，观圣人之道者，固在执事之门矣。（《上欧阳学士第一书》）

曾巩认为，欧阳修不顾世俗看法，"以体道扶教为己务"，提携后辈，是"能言之，能行之，既有德而且有言"、继承"圣人之道"的大贤。

这一时期，欧阳修的确已经写出了《上范司谏书》《与高司谏书》等文，连类引义，又简洁明理，发常人所不能发，其《与高司谏书》之批判酣畅淋漓："昨日安道贬官，师鲁待罪，足下犹能以面目见士大夫，出入朝中称谏官，是足下不复知人间有羞耻事尔。"[①] 这种批判需要莫大的勇气

---

① 欧阳修：《与高司谏书》，洪本健校笺《欧阳修诗文集校笺》，上海古籍出版社，2009，1787 页。

和强烈的正义感，更需要承担被反击、贬谪的风险。曾巩评欧阳修"不顾流俗之态"，正是对欧阳修勇气与正义感的褒扬与钦佩。也正基于此，曾巩认为欧阳修是有德有言的大贤，当然也就传承了"圣人之道"。

从《上欧阳学士第一书》大致可总结，曾巩之"道"与理想的礼乐法度、社会治理密切相关，孔子不逢其时、不得其位，却致力于将周公之政布于社会，孔子之思想行为被视为"圣人之道"，而孟、扬、韩等都以其文章著述对"圣人之道"加以发明，欧阳修则在言语与具体行为上都能将"圣人之道"加以传承。自周、孔至孟、扬、韩、欧，这就是曾巩的"圣人之道"的传统。

庆历元年，曾巩亦与好友王安石相识，二人友情于庆历三年（1043）得以进一步确认和深化。从王安石处，曾巩又与孙侔、王回、王向、常秩等朋友相交游，这些人都是长于经、史，喜好儒家之"道"的年轻学者，曾巩常与他们相切磋，谈"道"论"理"。庆历三年，曾巩评价王安石道："君材信魁崛，议论恣排辟。如川流浑浑，东海为委积。如跻极高望，万物著春色。寥寥孟韩后，斯文大难得"（《寄王介卿》），曾巩认为王安石的才学、议论、艺术风格出众，又将其与孟、韩相比，无疑亦认可王安石论议中体现的儒家之道。与王安石的交往渐深，曾巩又总结："圣人之于道，非思得之，而勉及之，其间于贤大远矣。然圣人者不专己以自蔽也，或师焉，或友焉，参相求以广其道而辅其成。"（《怀友一首寄介卿》）他认为，圣人对"道"的体悟固然源于自身不断的深思与学习，但圣人并不"专己以自蔽"，也会选择能够教导自己、陪伴自己共同学习商讨的朋友，吸取有益的东西促使自己"道"成而推之弥广。这就说明，曾巩认识到"圣人之道"并非天成，而在后天的不断努力进取，是一个学习的过程。庆历三年，曾巩还有一篇文章《分宁县云峰院记》，此文应分宁县僧人道常之请而作。曾巩叙道常与其徒来请记，道常曰："吾排蓬蘲治是院，不自意成就如此。今老矣，恐泯泯无声界来人，相与图文字，买石刻之，使永永与是院俱传，可不可也？"（《分宁县云峰院记》）曾巩欣然应允，并记曰：

景德三年，邑僧道常治其院而侈之。门闳靓深，殿寝言言。栖客之庐，斋庖库庾，序列两傍。浮图所用铙鼓鱼螺钟磬之编，百器备完。吾闻道常气质伟然，虽索其学，其归未能当于义，然治生事不废，其勤亦称其土俗。至有余辄斥散之，不为黍累计惜，乐淡泊无累，则又若能胜其嗜施喜争之心，可言也。或曰，使其人不汩溺其所学，其归一当于义，则杰然视邑人者，必道常乎？（《分宁县云峰院记》）

在北宋中叶诸文学家中，曾巩历来以排佛知名。但从这篇文章看，曾巩此时虽认为道常之学未能当于"义"，却并未对其人、其"治其院而侈之"的行为加以激烈挞伐。相反，曾巩看到道常治生不废、好善乐施、淡泊无累的优秀品行，较之"视捐一钱，可以易死"的当地人来讲，作为僧人的道常反而自有其出众之处。曾巩还设想，若此人不溺于佛学，而归于儒"道"，则很有可能"杰然视邑人"，为县令之才。此时曾巩仅认为佛"道"非当于儒家之"义"，对二者思想的差别与对社会的影响等根本问题并未加以区别。

庆历四年（1044）新政失败后，一向对此极为关注的曾巩得知众贤被贬，感愤不已，给蔡襄、欧阳修上书陈述自己的看法。其中《上欧蔡书》有关于"君子之于道"的论述："君子之于道也，既得诸内，汲汲焉而务施之于外。汲汲焉务施之于外，在我者也；务施之于外而有可有不可，在彼者也。"（《上欧蔡书》）曾巩认为，欧、蔡皆为有"道"之君子，将他们对"道"的体认、领会施之于外物，即担起儒者的社会责任是他们应该做的。虽然"道"的推行未必容易，但是"君子不以必得之难而废其肆力"，并以孔、孟之"求治之心未尝殆矣"对二人进行勉慰鼓励。

这一阶段，曾巩虽然有"圣人之道"说，但他对"道"的讨论是有些空泛的。他认为"圣人之道泯泯灭灭"，已到了千钧一发的程度，不无夸张色彩。此时曾巩所谈的"道"，动辄即谈及"圣人"，较少切合具体事实，与社会问题生活是有些脱离的。虽然他也关注社会问题，针对庆历新政失败上书欧、蔡，但未经仕途的他难以明白、体会参与新政诸贤的处境与面临的困难。在这个时候谈君子应努力将"道"务施于外，是难以解决实际问题的，他也没有涉及新政失败的根本原因。因此，庆历初期，曾巩论"道"，多是出于一个士人青年时期对理想社会及"圣人之道"的想象。不能否认的是，曾巩此时的文章由于本于"圣人之道"的立场、浅白流畅的笔法，已经显出了"复古"的意味。

二 体认圣"道"

庆历新政兴起不久就因触动贵族、地主阶级的利益宣告失败。欧阳修因参与其中，被二次贬谪至滁州。这期间曾巩偏居南丰，患肺病三年有余，几至死去，生活日加困窘。庆历七年（1047），曾巩赴滁州与欧阳修相聚，停留二十天。就在这一阶段，曾巩基于困苦生活的深刻体悟，加之与欧阳修相聚二十余天的谈文论道，对"道"的认识及其整体的文学思想出现了一些重要变化。

总体看来，曾巩庆历七年以后的文章更具有现实针对性，对"道"的体认也愈加深刻。庆历六年，曾巩作《仙都观三门记》，文章从道观之门入手，以儒家要义为依据，对道观门之广大、靡费加以批判，其文措辞严厉："为里人而与之记，人之情也；以《礼》、《春秋》之义告之，天下之公也。不以人之情易天下之公，齐晔之取予文，岂不得所欲也夫？岂以予言为厉已也夫？"文章义正词严，态度激烈。到庆历七年，同样是批佛，但是结合佛教的现实发展情况，说理更加透辟深刻。

《鹅湖院佛殿记》一文斥学佛之人"不劳于谋议，不用其力，不出赋敛"，却坐享其成。其文虽短，然句句指斥佛教兴起对社会经济、普通百姓生活的害处。此记后半部分着力批判鹅湖院扩建殿宇带来的社会财富浪费，与前文所记道常扩建寺院相对比，前后态度差异是极为鲜明的。

曾巩此时言"道"，不限于批判佛教，还对儒"道"渐衰、儒者群体进行自我反思。在这一时期作的《金山寺水陆堂记》《菜园院佛殿记》都出现这种倾向：

> 吾观佛之徒，凡有所兴作，其人皆用力也勤，刻意也专，不肯苟成，不求速效，故善以小致大，以难致易，而其所为，无一不如其志者，岂独其说足以动人哉？其中亦有智然也。若可栖之披攘经营，捃

摭纤悉，忘十年之久，以及其志之成，其所以自致者，岂不近是哉？噫！佛之法固方重于天下，而其学者又善殖之如此。至于世儒，习圣人之道，既自以为至矣，及其任天下之事，则未尝有勤行之意，坚持之操，少长相与语曰："苟一时之利耳，安能必世百年，为教化之渐，而待迟久之功哉！"相薰以此，故历千余载，虽有贤者作，未可以得志于其间也。由是观之，反不及佛之学者远矣。则彼之所以盛，不由此之所自守者衰欤？与之记，不独以著其能，亦以愧吾道之不行也已。（《菜园院佛殿记》）

曾巩此文将世之学儒者与学佛法者相对比，感叹学佛者勤而学儒者怠的现象。曾巩看到学佛者用力则勤，用心则专，不以小事而不为，认真而不敷衍，踏实而不求速成，因此最后往往能事如其愿。因此曾巩总结，佛法在当下之所以天下盛行，不仅仅是因为其学能够"动人"，还因为学佛之人这种坚韧的品行，其中自有其"智"。相比较而言，世间儒者亦不少，但都以为自己近于"圣人之道"，则对小事不能够勤于持守，只图"大业"，因此"历千余载，虽有贤者作，未可以得志于其间也"，"圣人之道"反而难以传世。曾巩此记，终在"愧吾道之不行"，这既是理性认识，亦深蕴痛惜之情。《金山寺水陆堂记》中，曾巩对金山寺水陆堂被大火烧毁之后又很快重建之事感叹："而其作之完，盖非一人一日之力。……此非徒佛之法足以动天下，盖新者，余尝与之从容，彼其材且辨有以动人者，故成此不难也。夫废于一时，而后人不能更兴者，天下之事多如此。至于更千百年，委弃郁塞而不得振行于天下者，吾之道是也。岂独牵于势哉？盖学者之难得，而天下之材不足也。使如此寺之坏，而有新之材，一日之作，轶于百年累世之迹，则事之废者岂足忧，而世之治可胜道哉？"从金山寺水陆堂的重建，曾巩又得出另外一个结论，即"吾之道"之所以"委弃郁塞而不得振行于天下"，其重要的原因亦在缺少"天下之材"。

鉴于佛、道之法在当时的流行、学佛之人对佛事的勤行，曾巩对儒家之"道"进行了深刻反思，他认识到"圣人之道"不仅在于学习，更在于现实生活中对小事的不断累积，即在实践中将"圣人之道"行之于身，施之于世。这就使曾巩的"道"较前期多了实践性品格，而非脱于实际的高谈空论了。

曾巩对"道"的体悟进一步深化，逐渐形成他独有的儒道观，是在他经欧阳修推荐入史馆之后。从嘉祐六年（1061）曾巩充任馆阁校勘、集贤校理兼判官告院，至熙宁二年（1069）前，曾巩有长达八年的馆阁时间。这期间他写出了不少整理古籍的序文，这些序文体现的儒道观较以前的认识又有所深化。比较有代表性的有《梁书目录序》《新序目录序》《战国策目录序》等。其中以《梁书目录序》最为集中地体现了曾巩之"道"的观念：

> 盖佛之徒，自以为吾之所得者内，而世之论佛者皆外也，故不可诎。虽然，彼恶睹圣人之内哉？《书》曰思曰睿，睿作圣，盖思者所以致其知也。能致其知者，察三才之道，辨万物之理，小大精粗，无不尽也。此之谓穷理，知之至也。知至矣，则在我者之足贵，在彼者之不足玩，未有不能明之者也。有知之之明而不能好之，未可也，故加之诚心以好之。有好之之心而不能乐之，未可也，故加之至意以乐之。能乐之则能安之矣。如是则万物之自外至者，安能累我哉？万物之所不能累，故吾之所以尽其性也。能尽其性，则诚矣。诚者，成也，不惑也。既诚矣，必充之，使可大焉。既大矣，必推之，使可化焉。能化矣，则含智之民，肖翘之物，有待于我者，莫不由之以全其性，遂其宜，而吾之用与天地参矣。德如此其至也。而应乎外者，未尝不与人同，此吾之道所以为天下之通道也。

曾巩针对佛徒"自以为吾之所得者内，而世之论佛者皆外"之说进行批驳，他认为，佛徒亦未得"圣人之内"。曾巩以《尚书》《大学》《周易》为基本论点，强调"致知"的重要性。知之至，是指能考察世间万物变化的根本规律，无论大小、博微、粗精皆能通晓其意，其所知无不尽。达到这样的程度，又兼"知之者不如好之者，好之者不如乐之者"之心，就能不被世间任何事情、事物左右、牵绊，即"无累"。佛教认为外物世界会引起人的贪欲、情爱、嗔怒等，是人的牵累，曾巩即针对此说辩论。既无累，则人能尽其性，《礼记·中庸》曰："自诚明，谓之性；自明诚，谓之教。诚则明矣，明则诚矣。"① 《孟子·尽心下》曰："可欲之谓善，有诸己之谓信，充实之谓美。充实而有光辉之谓大，大而化之之谓圣，圣而不可知之之谓神。"② 曾巩之"尽其性"说显然是对这些关于内圣之学的进一步发挥，曾巩认为人只要充实、扩展自己的内在需要，从内在认知、对规律的把握上加以完善，则"吾之用与天地参"，"吾之道所以为天下之通道"。曾巩这样的论说，显然是试图从根本上证明儒家之"道"的合理性，与前面文章的单纯批判相较，具有更为深刻的思辨性质。

在《梁书目录序》中，曾巩还认为，"道"基于主体的人对外物的努力探索、对客观世界的认知而生发，主体对外物的探索程度、对客观世界的认知具有差异性，因而"道"就有了"圣人之道"与"百家之道"之分，而唯有"圣人之道"才为"道"之至极：

> 既圣矣，则无思也，其至者循理而已，无为也，其动者应物而已。是以覆露乎万物，鼓舞乎群众，而未有能测之者也，可不谓神矣乎！神也者，至妙而不息者也。此圣人之内也。圣人者，道之极也。佛之说，其有以易此乎？求其有以易此者，故其所以为失也。夫得于内者，未有不可行于外也；有不可行于外者，斯不得于内矣。《易》曰："智周乎万物而道济乎天下，故不过。"此圣人所以两得之也。知足以知一偏，而不足以尽万事之理；道足以为一方，而不足以适天下之用，此百家之所以两失之也。（《梁书目录序》）

曾巩认为不断学习、了解、认识世间万物的相关知识及内在规律，明察人世可使主体发生变化，"能致其知者，察三才之道，辨万物之理，小大精粗无不尽也"，加之以好之、乐之之心达到"至妙不息"的境界，通过漫长

---

① 杨天宇：《礼记译注》，上海古籍出版社，2004，第 704 页。
② 杨伯峻译注《孟子译注》，中华书局，2018，第 376 页。

修为，普通人可以成为圣人。圣人智周万物，又不为万物所累，能够"覆露乎万物，鼓舞乎群众"，道济天下，因此圣人"两得"。相对而言，百家之知"足以知一偏"，但这种对客观外物的认知有限，"不足以尽万事之理"；百家之道"足以为一方"，但"不足以适天下之用"，不能对世间万物之规律进行全面深刻的把握并将其运用到实践中，曾巩认为这是"百家之所以两失"的根本原因，故百家皆"失"天下，佛家即是典型代表。从这篇文章可以看到，曾巩又不一味批佛，而是承认百家亦有"道"，"百家之道"亦有自己在某一方面的理论认知，但在根本上，"百家之道"恰因只"知一偏"，所以不能适天下之用。在曾巩当时，这种论辩还是较有力量的。

需要注意的是，曾巩这里所言、所推崇之"道"，是基于对客观世界充分认知，即在了解其内在规律的基础上，注重个人修为的综合体。通过学习和主体修为成为"圣人"的人，也即"道之极也"，圣人即成为"道"本身的所在，"圣人"在，"道"即在。当然，世之儒者对"道"的体悟不仅在于得之于心，还要将"道"行之于身，施之于世。这也是君子、圣人与普通俗儒的重要区别。朱熹曾评曾巩文曰："南丰文却近质。他初亦只是学为文，却因学文，渐见些子道理。"[1] 朱熹是理学名家，"见些子道理"之评，应是着眼于曾巩体悟儒"道"时从尽性、充实自身的方面而言。有学者认为曾巩在周、程之前对理学已有所得，元刘埙评道："此朱文公评文专以南丰为法者，盖以其于周、程之先，首明理学也。然世欲知之者盖寡，无它，公之文自经出，深醇雅澹，故非静心探玩，不得其味。"[2] 明李玑序《元丰类稿》曰："详其书而味之，则又统一道德，上本六经，词有厥源，异乎攘袭。是故书疏之作婉而确，论序之作辩而则，代言诸制又皆词严理正，参之典谟无愧焉。盖孟学不传之后，程学未显之前，言美而传，而绝无偏驳之弊者，如公盖寡矣。"[3] 这些说法不是没有依据的。

---

① 黎靖德编，王星贤点校《朱子语类》，中华书局，1986，第3313页。
② 刘埙：《隐居通议》（丛书集成初编本）卷一四，商务印书馆，1985，第147页。
③ 李玑：《重刻曾南丰先生文集序》，《南丰先生元丰类稿》明嘉靖四十一年黄希宪刻本，国家图书馆藏。

这一阶段曾巩还有通变的儒道观，这极为难得。其《礼阁新仪目录序》说：

> 然而古今之变不同，而俗之便习亦异。则法制数度，其久而不能无弊者，势固然也。故为礼者，其始莫不宜于当世，而其后多失而难遵，亦其理然也。失则必改制以求其当。……由是观之，古今之变不同，而俗之便习亦异，则亦屡变其法以宜之，何必一二以追先王之迹哉？其要在于养民之性，防民之欲者，本末先后能合乎先王之意而已，此制作之方也。故瓦樽之尚而薄酒之用，大羹之先而庶羞之饱，一以为贵本，一以为亲用。则知有圣人作而为后世之礼者，必贵俎豆，而今之器用不废也；先弁冕，而今之衣服不禁也，其推之皆然。然后其所改易更革，不至乎拂天下之势，骇天下之情，而固已合乎先王之意矣。

曾巩认为，古今习俗随着时代、客观世界的改变也不断发生变化，古之法制礼节，因其时而设，年岁久远之后不可能没有瑕疵与弊害。因此，古代的礼制不适应"今日"之用，也是理所当然的。曾巩以实例详细阐明，古制若有不适当之处，则应详细考察其缘由与害处，针对现实情况加以调整、修改，而不必迂腐地一一遵从，只要"养民之性，防民之欲者"，即是本乎先王之法度，这才是制度、法规制定的基本原则。这种观点还见于《战国策目录序》。曾巩强调，孔子、孟子坚守"先王之道"并不是勉强后世君主去做难以做到的事情，而是"因其所遇之时、所遭之变而为当世之法，使不失乎先王之意而已"，因此曾巩认为：

> 盖法者所以适变也，不必尽同；道者所以立本也，不可不一，此理之不易者也。（《战国策目录序》）

"道"为立本，是不可改易的，"法"是适变，是可以通融的，这显示了曾巩并非迂腐拟古的儒者，他具有通变的眼光、通达的儒道观。

综上可以看到，庆历七年后，曾巩的儒道观念逐渐切于现实，在复杂的社会生活中，曾巩对"道"的体悟愈加深刻。从入职馆阁之后，曾巩《梁书目录序》的"圣人之道"说，是其儒道思想臻于成熟的表现。

三 "道"之内核

曾巩文章中论"道"之处极多。除前文涉及的"圣人之道"，曾巩所论之"道"还有"先王之道""道德""理"及单独使用的"道"等命题。这些命题有内在的关联性，有时又有特指意义，因此还须稍加梳理。曾巩有自己认可的"道"之传统，论述这些内容时多涉及"先王之道"的说法：

> 夫孔孟之时，去周之初已数百岁，其旧法已亡，旧俗已熄久矣。二子乃独明先王之道，以谓不可改者，岂将强天下之主以后世之所不可为哉？（《战国策目录序》）

> 周衰，先王之迹熄。至汉，六艺出于秦火之余，士学于百家之后……当是时，能明先王之道者，扬雄而已。（《筠州学记》）

> 自周衰以来千有余岁，先王之道蔽而不明。（《相制一》）

> 汉兴，六艺皆得于断绝残脱之余，世复无明先王之道以一之者，诸儒苟见传记百家之言，皆悦而向之。（《新序目录序》）

> 古之治天下者，一道德，同风俗。……故《诗》、《书》之文，历世数十，作者非一，而其言未尝不相为终始，化之如此其至也。（《新序目录序》）

> 自先王之道不明，百家并起，佛最晚出，为中国之患，而在梁为尤甚，故不得而不论也。（《梁书目录序》）

> 窃以先王之迹，去今远矣，其可概见者，尚存于《诗》。（《福州

上执政书》）

以上曾巩反复强调周衰而"先王之道"不明、六艺断脱残缺而道术衰微。与前文所言"圣人之道"相对比，可发现二者具有一致性，一方面，都与西周法度、习俗密切关联，另一方面，以《诗》《书》等"六艺"经典为载体，只是言说方式不一，二者在内涵上是根本一致的。在曾巩看来，"先王之道"有极大裨益：

> 惟先王之道，因时适变，为法不同，而考之无疵，用之无弊，故古之圣贤，未有以此而易彼也。（《战国策目录序》）

正因"先王之道"能够适用不同时代的变化，遵循起来并无弊害，所以古代的圣贤都加以保留。了解、通达"先王之道"，可"内足以不惑，外足以行事"（《说非异》）。守"先王之道"，可令社会风俗同一而利于治，百姓受教化而利于生，为人君者，可以"先王之道"明其心，为人臣者，可引其君（《熙宁转对疏》）。"先王之道""圣人之道"这般百无一疵，显然是被曾巩理想化了，但无疑也是曾巩思想的重要命题。以"先王之道""圣人之道"为根本，在具体将"道"施之于外的过程中，曾巩论"道"有时显现了"准则""方法""技艺"层面的含义。

> 农桑贡赋，王道之本也；管榷杂税，王道之末也。善为国者，重其本而轻其末，不善为国者反是。（《议茶》）

> 故《礼》无往教而有待问，则师之道，有问而告之者尔。（《讲官议》）

> 古者为治有常道，生民有常业。（《兜率院记》）

《论语·里仁》有曰："富与贵，是人之所欲也，不以其道得之，不处也。"① 又《子张》曰："虽小道，必有可观者焉。"② 皆是这个层面的意思。曾巩此处所言"王道"应为治理国家之方法，"师之道"则讲为人师之原则。而这些，都应该符合曾巩所向往的"圣人之道""先王之道"的内在要求，是对"圣人之道""先王之道"的具体执行准则。

"道"有时作为规律性的存在，与老子所言之"道"有某些一致性：

> 伏以道本无言，理惟尽性，非得圆通之士，孰开方便之门？（《请文慧和尚住灵岩疏》）

> 窃以心虽离相，因相始可明心，道固无言，藉言所以显道。若投声于空谷，求应系于洪钟，感而遂通。（《请文慧和尚开堂疏》）

《请文慧和尚开堂疏》是曾巩熙宁六年（1073）知齐时应制之文，不可将此处的"道"脱离曾巩思想的整体而视为佛道、佛法。文中所言之"道"，是曾巩对他所倡导的儒家之"道"的化用，可理解为主体对世界的理性认知，其特性可从三个方面来理解。第一，"道固无言""道本无言"说明"道"本身是不会发出声音的，这与老子所言"听之不闻""视之不见"具有相通之处，"道"具有客观存在、默然无语的特性。第二，"藉言所以显道"，"言"为方式、途径，"显道"为目的。正是由于"道"的"无言"这一特性，"道"之深意需借语言文字来揭示。第三，"道"虽"无言"，然是可以感知的，曾巩将感悟"道"的过程比喻为"投声于空谷，求应系于洪钟"，作为主体的人在这一过程中起到主导性的作用，主体努力进行对"道"的探索，才能体识"道"的存在。

曾巩又有"理"之说：

> 彼有接于物者，存乎自然，世既不得而无，则圣人固不得而废

---

① 杨伯峻译注《论语译注》（简体字本），中华书局，2017，第49页。
② 杨伯峻译注《论语译注》（简体字本），中华书局，2017，第282页。

之，亦理之自然也。圣人者，岂用其聪明哉？善因于理之自然而已。其智足以周于事，而其辨足以不惑，则理之微妙，皆足以尽之也。（《阆州张侯庙记》）

"其智足以周于事，而其辨足以不惑，则理之微妙，皆足以尽之也"，很明显与前文所提"圣人之道"的察三才万物之理是一致的，因此，曾巩所言之"理"亦多为"道"之另外一种表达。"道"与"理""德"合用而成"道理""道德"，这亦是儒家思想中常见的术语。《周易·说卦》曰："昔者圣人之作易也，幽赞于神明而生蓍，参天两地而倚数，观变于阴阳而立卦，发挥于刚柔而生爻，和顺于道德而理于义，穷理尽性以至于命。"① 《礼记·王制》曰："司徒修六礼以节民性，明七教以兴民德，齐八政以防淫，一道德以同俗。"② 曾巩所言"道德"常指践行"道"的过程中所显现的儒家行为准则。既是行为准则，则应有"有道""无道"之分，但曾巩所言"道德"有时直指主体的良好修为：

伏以执事好贤乐善，孜孜于道德，以辅时及物为事，方今海内未有伦比。（《上欧阳学士第二书》）

古之治天下者，一道德，同风俗。盖九州之广，万民之众，千岁之远，其教已明，其习已成之后，所守者一道，所传者一说而已。（《新序目录序》）

关于对儒家行为准则的遵守，曾巩在致欧阳修之书中，就铭志这一文体的写作提出写作主体需"蓄道德而能文章"，而"道德"强调主体对是非、公正与否等事理的正确判断。"道理"属于主体对"道"的理性认知，相对"道"而言具有一定主观性：

---

① 陈鼓应、赵建伟注译《周易今注今译》，商务印书馆，2016，第702页。
② 杨天宇：《礼记译注》，上海古籍出版社，2004，第156页。

是时文叔年未三十，喜从余问道理，学为文章，因与之游。(《张文叔文集序》)

向老傅氏，山阴人。与其兄元老读书知道理，其所为文辞可喜。(《送傅向老令瑞安序》)

于致知、察道、循理的基础上覆露天下，这对于普通人是极难的事，"圣人之道"难于体悟及严格遵循，而普通人更需要不断进行学习与提高自身修养。基于对"圣人之道"的领悟程度、致知的深浅等有个体差异，不同的人有不同的"道理"，"道理"具有主观性，而知"道理"之深应渐渐与"圣人之道""先王之道"接近。

综上看来，曾巩所言之"道"可以从以下几个方面来理解。

第一，"道"是有分别的，有"百家之道"，亦有"圣人之道""先王之道"。"圣人之道"与"先王之道"实为一物。"圣人之道"（"先王之道"）为"道"之极致，主要体现在西周时的习俗、礼法等中，载体主要为儒家六艺经典。"圣人之道"因圣人先贤对世界的认知客观全面，掌握了事物的根本规律而可称"得于内"，亦能"行于外"而适天下之用。这是曾巩所向往的"道"之最高境界，后世之人都应遵循。

第二，值得遵循的"道"在何处？他的答案是在圣人先贤，在六艺经典。得"圣人之道"者，古之先贤有孔、孟二人，至汉独有扬雄，唐则有韩愈，当世则有欧阳修。这是曾巩的"道"之传统。曾巩常慨叹周衰后道术不明，世人得"道"者寡，俗人惑而不解。因此，"圣人之道"需加以辨明、传扬。

第三，"道"具有实存意义，是客观存在的。"道"单独使用时，有"规范""法则"之意，与"道理""道德"之意是非常接近的。但仍需辨析，有时曾巩默认"道"为近于"圣人之道"，如"君子之于道也，既得诸己，汲汲焉而务施之于外"（《上欧蔡书》）、"安石于京师得而友之，称之曰'有道君子也'"（《再与欧阳舍人书》），此"道"明显非"百家之道"，亦非普通的法则。

第四，"法"为适变，是可变、可调节的；"道"为立本，是不可动摇的。

本圣人之"道"、宗经等都不是曾巩的创造，但曾巩基于这些主张，给"道"以较新而全面的解释。曾巩在内涵上醇醇乎出于儒家，本源六经，又在"得于内"即不断充实内心、丰富知识等方面加以拓展，使其所言之"圣人之道"，既致力于、施于外在，亦在于内心自省。曾巩继承欧阳修言"道"切于现实的主张，与王安石后期强调政治之用的"道"、苏轼掺杂释家思想之"道"、李觏排除孟子之"道"都不同。

第二节　"道"与文章

一　文存圣"道"

曾巩的文学思想是以"道"为中心而展开的。讨论这一问题，还需要回到曾巩于庆历元年给欧阳修的第一封书信上。前文已提及此书信是曾巩第一次系统论述其儒道观。这封信在述说曾巩"道"之传统外，也明确表露了曾巩的部分文、"道"观念。

其一，基于对"大贤"之人的解释，曾巩提出，大贤当把"圣人之道""书存之"：

> 夫世之所谓大贤者，何哉？以其明圣人之心于百世之上，明圣人之心于百世之下。其口讲之，身行之，以其余者，又书存之，三者必相表里。其仁与义，磊磊然横天地，冠古今，不穷也。其闻与实，卓卓然轩士林，犹雷霆震而风飙驰，不浮也。则其谓之大贤，与穹壤等高大，与《诗》、《书》所称无闲宜矣。(《上欧阳学士第一书》)

曾巩认为，能"明圣人之心于百世之上，明圣人之心于百世之下"者为大贤，其表现是"口讲之，身行之，以其余者又书存之"。这三者是相辅相成的，"口讲之"是体悟"圣人之道"并诵记，"身行之"强调将"圣人之道"在实践中加以执行，"书存之"则认为大贤当将"圣人之道"

以文章的形式解读传扬。这就说明，文章是存留"圣人之道"的重要方式。

其二，文章存留圣"道"，对社会有重大作用。曾巩认为："仲尼既没，析辨诡词，骊驾塞路，观圣人之道者，宜莫如于孟、荀、扬、韩四君子之书也。"孔子之后，唯孟子、荀子、扬雄、韩愈能以文章彰显"圣人之道"（《上欧阳学士第一书》），韩愈之后古文不昌，圣人之"道"几于断绝。因此执笔撰文关系到"圣人之道"泯灭与否，这里曾巩很自然地将文章之社会作用提到很高的程度。

其三，天下明"圣人之道"者颇少，因此"圣人之道"需要大贤、君子以文章来辨明、传承。自韩愈之后，"仁义礼乐之道，则为民之师表者，尚不识其所为，而况百姓之蚩蚩乎"！世之知"道"而勤行者少，普通百姓更加迷茫不知所措。曾巩认为在"圣人之道"行将泯灭之时，非大贤之人难以担此重任。他赞扬欧阳修"不顾流俗之态，卓然以体道扶教为己务"，"敷建大论"，认为欧阳修实为有德能言、能传"圣人之道"的贤者君子。这就涉及以文传"道"对主体的道德修养的要求。

其四，"饰藻缋以夸诩"，非曾巩所言之传"圣人之道"的做法。孔、孟、荀、扬、韩、欧是曾巩认可的"道"之传统，孔、孟、荀等古人都以"圣人之道"为宗自不必详说，扬、韩、欧三人，因以儒家思想为传播目的，曾巩也都是极力称颂的。他曾感慨："巩自度学每有所进，则于雄书每有所得……则雄之言，不几于测之而愈深、穷之而愈远乎？……况若雄处莽之际，考之于经而不缪，质之于圣人而无疑，固不待议论而后明者也。"（《答王深甫论扬雄书》）明确提到扬雄是自己师法的对象。韩愈作有《原道》等篇，极力批佛，曾巩认为韩愈为传"道"之人，固然源于对其儒道思想的肯定，对韩愈之文，曾巩也是非常推崇的。曾巩在庆历初还未详言韩愈之文，到皇祐四年（1052），曾巩有《杂诗五首》对韩愈之文高度评价："韩公缀文辞，笔力乃天授。并驱六经中，独立千载后。谓为学可及，不觉惊缩手。如天有日月，厥耀无与偶。当之万象莹，所照百怪走。""谓为学可及，不觉惊缩手"，形象说明曾巩欲师法韩愈却深觉力有不逮。欧阳修是曾巩之业师。庆历六年（1046），曾巩对欧阳修文章有"蓄道德而能文章"的评价，"蓄道德"指撰写文章时能做出"公与是"

的判断；"能文章"，指文辞美且可传世，这一评价是很高的。欧阳修去世后，曾巩又以"文章逸发，醇深炳蔚"（《祭欧阳少师文》）来评欧阳修。这些都说明曾巩所倡导的传"道"在形式上的要求。

总体来看，曾巩所言可以存"圣人之道"的文章，即本原六经、对社会现实有用的文章。而"道"关联了曾巩的文学内容、文学鉴赏、文学功能等问题。曾巩后来关于文章与"道"关系的认识，也大都是在此基础上展开和深化的。

二 "道" 辨则明

"圣人之道"的持守尤其艰难，"道不辨不明"。曾巩较早认识到这一问题，在庆历新政遭到失败时，约在庆历六年，曾巩给欧阳修上书中就已提到：

> 今世贤士，上已知而进之矣，然未免于庸人、邪人杂然而处也。于事之益损张弛有庚焉，不辨之则道不明，肆力而与之辨，未必全也，不全，则人之望已矣，是未易可忽也。就其所能而为之，则如勿为而已矣。（《上欧阳舍人书》）

今世固有贤能之人，但若君主不能完全辨明庸人、邪人等而进行任用，则贤能之人往往难以避免与他们相处。遇到需要处理的事情，若要坚持正确的做法，按照圣人之意行事，则不能不与庸人、邪人去争辩、讨论，而不去辨析，则"圣人之道"难以明确，难以被世人认识与理解。若去与他们争辩，则很有可能使自身陷入危难之中。曾巩认为，应该尽己所能将"道"讲明。

也是在这一阶段曾巩又有《上欧蔡书》，书中提出欧、蔡二人应该专力行"道"，施之于外："虽然，君子之于道也，既得诸内，汲汲焉而务施之于外。汲汲焉务施之于外，在我者也；务施之于外而有可有不可，在彼者也。在我者，姑肆力焉至于其极而后已也；在彼者，则不可必得吾志焉。"曾巩认为，君子既然较普通人更能体悟"圣人之道"，则应努力使"道"推行天下，"次亦使邪者庸者见之，知世有断然自守者，不从己于邪，则又庶几发于天子视听，有所开益"（《上欧蔡书》）。使庸邪之人真正明白"道"之所在，对君主有所开益，这都需要君子对"道"的辨析、阐说。

任职馆阁期间，曾巩还撰有《新序目录序》，除申说道统，还针对刘向所撰《新序》评价得失：

> 汉兴，六艺皆得于断绝残脱之余，世复无明先王之道以一之者。诸儒苟见传记百家之言，皆悦而向之。故先王之道为众说之所蔽，暗而不明，郁而不发。而怪奇可喜之论，各师异见，皆自名家者，诞漫于中国，一切不异于周之末世，其弊至于今尚在也。……盖向之序此书，于今为最近古，虽不能无失，然远至舜禹，而次及于周秦以来，古人之嘉言善行亦往往而在也，要在慎取之而已。故臣既惜其不可见者，而校其可见者特详焉，亦足以知臣之攻其失者，岂好辩哉？臣之所不得已也。（《新序目录序》）

《新序》是刘向"采传记行事"而成的一部"谏书"，其编纂宗旨在于"言得失，陈法戒"，"助观览，补遗阙"，从而"以戒天子"。[①] 曾巩认为，至汉代，先王之"道"已难以被传承和持守、践行，《新序》记录了古人的嘉言善行，有补于世，但仍有阙失，为明儒道，不得不"辩"之，因此在对该书进行整理校订时尤为详细，亦有"攻其失者"之处。

持守、践行儒道，在现实中具有复杂性：

> 自周衰以来，道术不明。为人君者，莫知学先王之道以明其心；为人臣者，莫知引其君以及先王之道也。一切苟简，溺于流俗末世之卑浅，以先王之道为迂远而难遵。（《熙宁转对疏》）

> 盖汉承周衰及秦灭学之余，百氏杂家与圣人之道并传，学者罕能

---

① 马世年：《新序·前言》，中华书局，2014，第3页。

独观于道德之要，而不牵于俗儒之说。至于治心养性、去就语默之际，能不悖于理者，固希矣……（《徐干中论目录序》）

《徐干中论目录序》约作于治平二年（1065），《熙宁转对疏》则作于曾巩结束转徙七州外任之时。曾巩认识到，"圣人之道"在现实生活中难以遵循，主要原因之一，君、臣皆不用力勤学，认为"圣人之道"迂远不切合实际；原因之二，不少人学于百氏杂家，世间真正能明了、深刻体悟"圣人之道"和"道德之要"的人太少。而"学"与"行"不是必然联系的，学于心，行于身，才能传承"圣人之道"。

在曾巩言"道"、辩"道"的过程中，有人对曾巩提出过质疑。曾巩《答李沿书》记：

足下自称有悯时病俗之心，信如是，是足下之有志乎道而予之所爱且畏者也。末曰"其发愤而为词章，则自谓浅俗而不明，不若其始思之锐也"，乃欲以是质于予。夫足下之书，始所云者欲至乎道也，而所质者则辞也，无乃务其浅，忘其深，当急者反徐之欤！

夫道之大归非他，欲其得诸心、充诸身，扩而被之国家天下而已，非汲汲乎辞也。其所以不已乎辞者，非得已也。孟子曰："予岂好辩哉？予不得已也。"此其所以为孟子也。今足下其自谓已得诸心、充诸身欤？扩而被之国家天下而有不得已欤？不然，何遽急于辞也？

李沿将自己的文章呈给曾巩过目，并称道曾巩"足以文章名天下"，但同时对曾巩发出了质疑，认为曾巩"发愤而为词章"，这样的文章"浅俗而不明"，较曾巩之前所作文章，在思想价值上有不足之处。曾巩对此颇不平，他认为，李沿虽说"志乎道"，却更多关注"辞"[1]，这是舍深求浅之举。在曾巩看来，"道"的最高境界在于"欲其得诸心、充诸身，扩而被之国家天下"，领会、体悟大"道"，并将其传扬天下，这是文章之用

---

① 此"辞"应理解为言辞等语言形式。

的根本所在，而辞章只是传"道"的一种方式，自己言说不休、缀文不辍，根本原因是"道"需辨明，不得已而为之矣。

"道不辨不明"，是考察曾巩文学内容、思想、价值的一个重要角度。

三 以文传"道"

曾巩基于青年时期就已形成的对儒家道统的理解、"道不辨不明"等观念，也基于真正走入社会生活后对"道"的进一步体认，特别看重士人对"道"的发明与传扬，"圣人智出造化先，始独俯仰模坤乾。一人诘曲意百千，以文写意意乃宣"（《谢章伯益惠砚》）。在他看来，传"道"的媒介即为文章。

从曾巩自身来看，他撰写文章时，在内容上多关涉古之礼法习俗、礼乐制度、学校政治等现实问题。曾巩曾承接韩愈之《原道》，专作《说非异》，申说儒道缺失的严重后果，批判佛徒之说：

> 独浮屠崛起西陲荒忽枭乱之地，假汉魏之衰世，基僭迹，文诡辩，奋丑行。至晋梁，破正擅邪，鼓行中国。有卑世主、轻海内之实，盛从诡谲鬼琐恣睢之邪情，驰骛祓祥倾荡怪神之邪说，离君臣，叛父子，捐耒耜桑柘之务，髡而缁，不俪不嗣，辟而无用。意者在削灭典刑，铲学刮语，寝礼崩乐，涂民视听。遂将除唐虞，汩沉三代，杜塞仲尼之训检，自贤其淫，妄然使天下混然不知是非治乱之所存，为言动居处皆变诸夷狄。缅惟在昔，尊礼义而尚失畴，圮废而克终。（《说非异》）

这篇文章从佛教源起展开论说，认为佛教自汉魏发展至晋、梁之时，给儒家旧有的礼教习俗、伦理纲常带来不良影响，以诡谲神怪之说迷惑民众，"离君臣、叛父子"，使人和人之间失去了应有的君臣、父子之序，扰乱儒家仁义教化，使礼乐崩坏。因此，曾巩认为应当以"先民所谓复其人，庐其居，明先王之道以导之"，并从君王上层进行正确引导，"王者正德以应天，纯仁以得民，群天下之智愚，而告之以往古，教之以至顺"，才能将佛、老之弊止于根本，使"外运造化，内沾毫芒，浸之以纯锻"（《说非异》），将"圣人之道"传之于世，以利儒家教化、国计民生。前文所举之《金山寺水陆堂记》《菜园院佛殿记》《仙都观三门记》《鹅湖院佛殿记》等都表明了类似的立场，后世评曾巩寺庙道观记文"必为自家门第"①。《上欧蔡书》《自福州台判太常寺上殿札子》《筠州学记》《宜黄县学记》等文中都提到学校教育的问题："盖凡人之起居、饮食、动作之小事，至于修身为国家天下之大体，皆自学出，而无斯须去于教也。"（《宜黄县学记》）曾巩认为小到人的生活习惯、个人修养，大到国家之观念体制等，都不能离开学校教育。这种教育应该是潜移默化的，使贤者、中材都能受到应有的教化，发挥作用，承担社会责任，不徒务空言："予谓二君之于政，可谓知所务矣。使筠之士相与升降乎其中，讲先王之遗文，以致其知，其贤者超然自信而独立，其中材勉焉以待上之教化，则是宫之作，非独使夫来者玩思于空言，以干世取禄而已。"（《筠州学记》）

曾巩文章对"道"关于现实与古制的冲突等予以关注、辨明，显现出鲜明的风格。曾巩之《讲官议》开篇以孔子、孟子、荀子之语为据，认为熙宁元年（1068）王安石、吕公著等人提请的给讲官赐坐之事不合圣人之师"道"，论述严谨峻洁；《为人后议》则为"濮议"而发。仁宗无子，嘉祐七年（1062），仁宗立其兄濮安懿王赵允让之子赵曙为太子，此年赵曙即位，是为英宗。治平元年（1064），因加封宗室，诸贤关于濮王之礼制引发争议。欧阳修评曾巩此文："笔力雄赡，固不待称赞。而引经据古，明白详尽，虽使聋盲者得之，可以释然矣。"② 何焯则评："此等文，后惟朱子能之。"③ 对曾巩任职诸馆所作的系列目录序，后世选家都极为看重。④

---

① 茅坤评语，转引自高海夫主编《唐宋八大家文钞校注集评·南丰文钞》，三秦出版社，1999，第4095页。

② 李逸安点校《欧阳修全集》卷一五〇，中华书局，2001，第2468页。

③ 何焯：《义门读书记》，中华书局，1987，第740页。

④ 历代选本颇重曾巩论议为主的文章，如南宋吕祖谦《古文关键》、真德秀《续文章正宗》及明茅坤《唐宋八大家文钞》等。吕祖谦评曾文"专学欧，比欧文露筋骨"，评《战国策目录序》："此篇节奏从容和缓，且有条理，又藏锋不露，初读若太羹元酒，当仔细味之，若他练字好，过换处不觉，其间又有深意存。"

其《梁书目录序》试图从"得之于内"的角度对佛道思想加以批驳，认为"圣人之道"才是察三才万物之理、得圣人之"内"的终极大"道"；《南齐书目录序》则就史书的撰写提出"其明必足以周万事之理，其道必足以适天下之用，其智必足以通难知之意"的观点；《战国策目录序》针对刘向之书，提出法可变而道不可不一的观点，指斥战国纵横家之害："不知道之可信，而乐于说之易合，其设心注意，偷为一切之计而已。故论诈之便而讳其败，言战之善而蔽其患，其相率而为之者，莫不有利焉，而不胜其害也；有得焉，而不胜其失也。"楼昉《崇古文诀》评曰："议论正，关键密，质而不俚。太史公之流亚也，咀嚼愈有味。"① 姚鼐《古文辞类纂》引王慎中语评曰："何等谨严，而雍容敦博之气宛然。"② 《礼阁新仪目录序》则针对后人以为"圣人之道"迂远难遵之说，提出"先王之道，因时适变，为法不同"的观点。

曾巩推崇"圣人之道"，文章体现了"道"不远人的道理。他的很多文章都是就日常生活、社会事务等具体现象和事实进行探讨。其《上欧蔡书》《范贯之奏议集序》《书魏郑公传后》《先大夫集后序》都强调了官员应有的诤谏品格和原则，其《邪正辨》《国体辨》《救灾议》《论习》《说用》《移沧州过阙上殿札子》《请令长贰自举属官札子》等文都对国家治理方面的诸多问题进行了讨论和建言，其《洪渥传》《秃秃记》表现了曾巩对社会中下层人民的深切同情。曾巩又有《越州赵公救灾记》和《越州论开浚鉴湖状》③ 等文，以条分缕析的方式将赵抃救灾的过程、越州鉴湖的治理等现实问题交代清楚，使之传于后世。

文章是用来传播儒道的，因此曾巩以"道"来约守情感，在写作中遵循了"中和"原则。曾巩尊崇韩愈，但韩愈有"不平则鸣"说，似乎在情感上"没有继承儒家的'中和'原则"④，成复旺认为"不平则鸣""主要

① 楼昉：《崇古文诀》（四库文学总集选刊），上海古籍出版社，1993 年影印本。
② 姚鼐选纂，宋晶如、章荣注释《古文辞类纂》卷五五，中国书店，1986，第 168 页。
③ 《永乐大典》卷二二六七，中华书局，1986，第 819～820 页。
④ 成复旺：《新编中国文学理论史》，中国人民大学出版社，2010，第 166 页。

是论诗，与'修辞明道'之类的古文理论并无必然联系"。① 但观韩愈之《毛颖传》《送穷文》等，非有不平之气似难成其文。再观唐之刘蜕、孙樵、来鹄、陈黯、皮日休、陆龟蒙、罗隐等人，这些皆为穷愁之士。② 他们当中，刘蜕求仕"不甚高谈'行道'，而主要是去贫困而致富贵"，郭预衡认为其"早期所作，多是牢骚愁苦之辞；晚期所作，尤多怨愤骂世之辞"③。又将这些文人相比较："扬雄只是牢骚，元结只是嫉俗，却都不曾如此'恚愤'。当然，扬雄为文，故为艰深，元结为文，也刻意求怪，而刘蜕行文，更趋古僻，自然是一脉相承者。大概嫉俗好古而形于文字，便难此弊。历来作者，如前辈的樊宗师、皇甫湜，同时的孙樵，也都类似。"④ 孙樵有《逐疟鬼文》："要逐的是谏、忠、廉、信四鬼，在这以下要招的还有谄、矫、巧、钱四鬼。孙樵本是守道之士，但在世风极劣的时代，发为此言，去善为恶，弃正归邪，这是十分愤慨的……《逐疟鬼文》具有更强烈的刺世嫉邪的特点。"⑤ 来鹄"曾'师韩柳为文'，大中、咸通中'声价籍甚'，但'家贫不达，颇亦忿忿'，'凡十上不得第'"，"亦唐之季世穷愁之士，诗多'讥讪'，文亦多讽"⑥。皮日休家世卑贱，文字之中亦常流露出穷愁之士傲视豪门子弟的不平之气。罗隐是则十年索米于京师，六举随波而上下，其诗名于天下，尤长于咏史，然多讥讽。其所作《谗书》，后人多评为愤懑不平之言。文人挣扎于生活的困苦之中，仕途不遇，将这种忧怨不平显现在杂记、小品等文章中，实为感情的自然抒发。基于嫉俗与怨怼的情感蕴藉，文章风格艰深、求怪，或古僻、戏书等，这在以上这些文人中是常见的。这些穷愁之士不乏倡导儒道之人，但从写作实践来看，他们对儒家思想中较为重要的中和要求并未完全遵循。遭遇现实生活的困境，情感的宣泄与思想的自然、真实流露，是他们写作的重要

---

① 成复旺：《新编中国文学理论史》，中国人民大学出版社，2010，第 167 页。
② 郭预衡在《中国散文史》中专门有"愤世之文"二节与"刺世之文"一节，其中包含这些作家，见郭预衡《中国散文史》，上海古籍出版社，2011，第 300 页。
③ 郭预衡：《中国散文史》（中），上海古籍出版社，2011，第 310 页。
④ 郭预衡：《中国散文史》（中），上海古籍出版社，2011，第 313 页。
⑤ 郭预衡：《中国散文史》（中），上海古籍出版社，2011，第 319 页。
⑥ 郭预衡：《中国散文史》（中），上海古籍出版社，2011，第 323 页。

组成部分。曾巩则不同，他以"道"约守、节制情感，其文章切合儒家之"中和"思想，其情感抒发总体是极为隐晦与收束的。在曾巩的数百篇文章中，表现情感最为强烈的仅有《喜似赠黄生序》《仙都观三门记》《鹅湖院佛殿记》等数篇文章。这数篇文章中，两篇寺、观记基于批佛、传扬儒家之道的目的；《喜似赠黄生序》中对王安石的想念之情溢于文字之外，也是出于对友情的真切渴望。这些文章所传达的感情虽然较为浓烈，但语言皆浅明易懂，行文叙述亦简而畅达，其中的议论发明，亦与曾巩所言之儒"道"一致。曾巩认为文有"传道"之用，对待文章的态度极为严肃、认真。曾巩不轻易为文，不以文为戏，论议、记事、叙史、写传皆本于"道"，而不发怪论奇谈，不以务奇为高。朱熹评其文议论平正耐检点、文字依傍道理作、不为空言等，正与曾巩的这种特点相关。

四 以"道"评文

曾巩评价他人文章的价值，多以是否传"道"、合"道"为根本标准来衡量。对好友王回的文章，他就极为推崇：

> 深父……当先王之迹熄，六艺残缺，道术衰微，天下学者无所折衷，深父于是时奋然独起，因先王之遗文以求其意，得之于心，行之于己，其动止语默必考于法度，而穷达得丧不易其志也。文集二十卷，其辞反复辨达，有所开阐，其卒盖将归于简也。其破去百家传注推散缺不全之经，以明圣人之道于千载之后，所以振斯文于将坠，回学者于既溺，可谓道德之要言，非世之别集而已也。(《王深父文集序》)

史评王回深于经术，《宋史》将其归于儒林传。曾巩与王回经王安石推荐相知，交往较早，读其文后，未见其人，即积极向欧阳修推荐。庆历七年，曾巩与欧阳修相与探讨王回之文，欧阳修对其评价颇高："言此人文字可惊，世无所有。盖古之学者有或气力不足动人，使如此文字，不光耀于世，吾徒可耻也。"(《与王介甫第一书》)王回不幸早逝，曾巩评价王回其文"明圣人之道于千载之后"，其集非普通别集可比，而实为"道德之要言"。曾巩之《隆平集》又有"王回"简传:"安石谓回造次必稽孔子、孟轲所为,而不为小廉曲谨以求名于世。其学问所得,自汉以来列儒林者罕及也。"① 正是因为王回"因先王之遗文以求其意",发明"儒"道,曾巩才对其如此重视。

曾巩倡导以文传"道",又以"道"评文,但并不否认文章的形式:

> 伏承赐书,及示盛制六编,凡三千首,盛矣哉!文之多,工之深,且专以久也……其语则博而精、丽而不浮,其归要不离于道……(《答孙都官书》)

> 余读其书,知文叔虽久穷,而讲道益明,属文益工,其辞精深雅赡,有过人者。(《张文叔文集序》)

> 长乐王向字子直,自少已著文数万言,与其兄弟俱名闻天下,可谓魁奇拔出之材,而其文能驰骋上下,伟丽可喜者也。读其书,知其与汉以来名能文者,俱列于作者之林,未知其孰先孰后。考其意,不当于理者亦少矣。然子直晚自以为不足,而悔其少作,更欲穷探力取,极圣人之指要,盛行则欲发而见之事业,穷居则欲推而托之于文章,将与《诗》、《书》之作者并,而又未知孰先孰后也。(《王子直文集序》)

曾巩评孙都官、张文叔之文,都首先强调"其归要不离于道","讲道益明",又评王子直之文,"考其意,不当于理者亦少",都是将"道"作为根本标准。在这一前提下,曾巩又认可了他们的文章在文辞上有过人之处,评孙都官"语则博而精,丽而不浮",评张文叔"辞精深雅赡",评王子直"其文能驰骋上下,伟丽可喜"。这说明,曾巩虽重明"道",却非重道废辞。

曾巩对文章的形式之美其实有自己的深刻认知和体悟,在评价文章

---

① 曾巩撰,王瑞来校正《隆平集》,中华书局,2012,第451页。

时，往往能够抓住其独有特点加以评析。他评价祖父曾致尧"所学已皆知治乱得失兴坏之理"，为文"闳深隽美"（《先大夫集后序》）；评傅权律诗、杂文，认为"指意所出，义甚高，文辞甚美"（《回傅权书》）；评钱藻之文，则言"其见文辞，闳放隽伟"（《故翰林侍读学士钱公墓志铭》）；又评强几圣文章："几圣为属稿草，必声比字属，曲当绳墨，然气质浑浑，不见刻画，远近多称诵之。"（《强几圣文集序》）评萧子显道："子显之于斯文，喜自驰骋，其更改破析刻雕藻缋之变尤多，而其文益下，岂夫材固不可以强而有邪！"（《南齐书目录序》）评苏明允之文时，曾巩则云："……其指事析理，引物托喻，侈能尽之约，远能见之近，大能使之微，小能使之著，烦能不乱，肆能不流。其雄壮俊伟，若决江河而下也；其辉光明白，若引星辰而上也。其略如是。"（《苏明允哀辞》）从这些可以看出以下几点。首先，曾巩所欣赏的文章，在艺术特点上主要表现为自然天成。他反对在辞藻上的雕饰刻镂，写文应以明"道"为前提，若因辞离"道"，言之无物，过于追求文章形式，即是曾巩所言"汲汲乎辞"，偏离了作文的意义。其次，曾巩因人而评文，能够以精准、简明的语言总结作家的独有风格与艺术特点。最后，曾巩对文章的艺术表现技法有多方面的理解和体会。曾巩为苏洵作的哀辞虽有溢美之词，但以"其雄壮俊伟，若决江河而下也；其辉光明白，若引星辰而上也"之语形容苏明允的文学成就，又"指事析理，引物托喻"等语，实际上都是对作品写作手法的深入剖析。

曾巩虽以"道"评文，却能够在客观把握写作主体个性特征的基础上，对主体创作风格及作品显现的美感进行准确分析，并以精当的语言总结归纳。基于传"道"的目的，如何避免"刻雕藻缋"、害于"道"，成为曾巩思考的重要问题，其深刻的体悟常被曾巩化用在自己的文章写作中，形成了自己独有的艺术成就。曾巩《拟岘台记》《道山亭记》《赠黎安二生序》等文章或摹写如画，或曲折尽意、富有波澜。《拟岘台记》曰：

> 然后溪之平沙漫流，微风远响，与夫波浪汹涌，破山拔木之奔放，至于高桅劲舻，沙禽水兽，下上而浮沉者，皆出乎履舄之下。山

之苍颜秀壁，巅崖拔出，挟光景而薄星辰。至于平冈长陆，虎豹踞而龙蛇走，与夫荒蹊聚落，树阴晻暧，游人行旅，隐见而断续者，皆出乎衽席之内。若夫烟云开敛，日光出没，四时朝暮，雨旸明晦，变化不同，则虽览之不厌，而虽有智者，亦不能穷其状也。或饮者淋漓，歌者激烈，或靓观微步，旁皇徙倚，则得于耳目与得之于心者，虽所寓之乐有殊，而亦各适其适也。

此文虽摹拟欧阳修《醉翁亭记》，但言简而光影声色、动静形状皆备，状物写景让人如临其境，不失为佳作。南宋选家楼昉评此文为："状物之妙，非常人可及。自有抚州即有此风景，隐于前日而显于今日者，以今日有台而前日无台也。台成而景现，则此台之胜，不言可知。"[①] 茅坤曾转引王慎中评曰："繁弦急管，促节会音，喧动嘈杂，若不知其宫商之所存，而度数齐自噭，如使听者激竦，加以欢悦，此文之谓矣。"[②] 由此文亦可判断，曾巩并非不善辞藻，而是出于文之传"道"功用，不专意于显露辞章。

从曾巩文章中，读者固然可以见其独特的文章技法，从一些笔记资料、学者评价中也侧面可见曾巩极高的文章修养。前文已经提到曾巩为陈师道删改文章的逸事，关于曾巩文字笔法的资料还见《挥麈录》：

秦会之暮年作《示孙文》云："曾南丰辟陈无［己］、邢和叔为《英宗皇帝实录》检讨官，初呈稿，无己便蒙许可，至邢乃遭横笔，又微声数称乱道。邢尚气，跽以请曰：'愿善诱。'南丰笑曰：'措辞自有律令，一不当即是乱道。请公读，试为公骊括。'邢疾读，至有百余字，南丰曰：'少止。'涉笔书数句。邢复读，南丰应口以书，略不经意，既毕，授归就编。归阅数十过，终不能有所增损，始大服。自尔识关［楗］，以文章轩轾诸公［间］。"[③]

---

① 楼昉：《崇古文诀》（四库文学总集选刊），上海古籍出版社，1993 年影印本，第 292 页。
② 转引自高海夫主编《唐宋八大家文钞校注集评·南丰文钞》，三秦出版社，1999，第 4071 页。
③ 王明清：《挥麈录》（历代史料笔记丛刊），上海书店出版社，2009，第 186 页。

此条记载了曾巩为邢和叔修改文章斟酌措辞之事，经曾巩之手，文章写成后反复阅读数十遍却不能增损一字。结合曾巩为陈师道改删文字之事，可见曾巩对文字简洁、精严、得体方面的严格要求，以及当时世人对曾巩文章成就的推许。如果说这样的记载很有可能是夸张的笔法，带有小说的性质，那么另一则评价则是更好的印证：

> 晚还朝廷，天下望用其学，而属新官制，遂掌书命。于是更置百官，旧舍人无在者。已试即入院，方除目填委，占纸肆书，初若不经意，午漏尽，授草院吏上马去。凡除郎御史数十人，所以本法意，原职守，而为之训敕者，人人不同，咸有新趣，而衍裕雅重，自成一家。予时方为尚书郎，掌待制吏部。一日得尽观，始知先生之学，虽老不衰，而大手笔自有人也。①

王震与曾巩曾同在馆阁，其《元丰类稿序》中描绘了曾巩结束外任生活回京时，"除目填委"，"占纸肆书"的情景。王震评价曾巩之文"衍裕雅重，自成一家"。这些侧面记载都说明，曾巩虽以"道"评文，其自身在文字精严、简洁、雅致等形式上皆有独到的追求。

也正是基于对文与"道"关系的认识与实践，曾巩在当时即被一些后学仰望，跟随其学习古文，陈师道、刘弇、吕南公等人都在曾巩的指点下，古文写作取得了可观成绩。在曾巩当时，除了恩师欧阳修、好友王安石之外，范仲淹、梅尧臣、苏轼、苏辙、刘敞、刘攽、清江三孔等都对曾巩有很高的评价。南宋理学家朱熹非常看重曾巩的文章，他认为："人要会作文章，须取一本西汉文，与韩文、欧阳文、南丰文。"② 又感叹曰："予读曾氏书，未尝不掩卷废书而叹，何世之知公浅也！盖公之文高矣，自孟、韩子以来，作者之盛，未有至于斯。夫其所以重于世者，岂苟而云哉！"③ 今人郭预衡则认为曾巩"文章虽质朴少文，然亦时有摇曳之姿，纵

① 王震：《南丰先生文集序》，陈杏珍、晁继周点校《曾巩集》，中华书局，1984，第810页。
② 黎靖德编，王星贤点校《朱子语类》，中华书局，1986，第3321页。
③ 朱熹：《曾南丰先生年谱序》，明成化八年杨参本《南丰先生元丰类稿》，国家图书馆藏。

横开阖，有如韩愈"①。这些都说明，曾巩的文学思想在当时及后世都有不小的影响。

对曾巩而言，虽在未入仕之际就得欧阳修赏识而闻名于世，但更多时候他只是历史与政治洪流中普通的一个文人，对古"道"之追寻过程往往伴随着他人的不解以及自己的孤独：

> 黎生补江陵府司法参军，将行，请予言以为赠。余曰："余之知生，既得之于心矣，乃将以言相求于外邪？"黎生曰："生与安生之学于斯文，里之人皆笑以为迂阔，今求子之言，盖将解惑于里人。"余闻之，自顾而笑。夫世之迂阔，孰有甚于予乎？知信乎古而不知合乎世，知志乎道而不知同乎俗，此余所以困于今而不自知也。（《赠黎安二生序》）

"知信乎古而不知合乎世，知志乎道而不知同乎俗"，曾巩认为没有谁能比自己更为迂阔了，这是难得的自笑自嘲之文。说明像曾巩这样追求"圣人之道"，在当时并不为众人接受，这是个体修为在复杂的社会环境之下必然面对的问题。换个角度而言，亦是诗文革新运动在后续推进过程所遭遇的现实状况。王安石执政时，基于政治改革的需要，认为写文章不外是为了"有补于世"，因此他去诗赋，主经义，强调文章以合用为主，对"治教政令"之文的强调达到了极端："熙宁间作新斯文，而丞相以经术文章为一代之儒宗，天下始知有王氏学。灏灏乎其犹海也，其执经下座抠衣授业者如百川归之海。于是百家之言陈弊腐烂，学士大夫见必呕而唾之。呜呼！一旦取覆酱瓿矣！当时历金门、上玉堂、纡青拖紫、朱丹其毂者，一出王氏之学而已。"② 这种极为专制功利的文学观使士人深受其害。曾巩很早与王安石相知，但到这时，他们的分歧已经非常鲜明了。王安石以文辞为刻镂之器，不传"道"即无用，而曾巩认为文章只要合于"理"，文

---

① 郭预衡：《中国散文史》（中），上海古籍出版社，2011，第 465 页。
② 毛滂：《上苏内翰书》，《东堂集》卷六，《文渊阁四库全书》本。

辞的精赡、雅致、典丽、清约、谨严等不同风格的美都是可取的。二人都对如何以文章传"道"、明"道"进行思考，但曾巩形成了文道并重的文章理论和文学思想，避免了文学走向致用之极端、沦为政治之工具而丧失本身应具有的审美品格。正因为如此，曾巩仍然名列文学家而非道学家。

与北宋中期其他各家如欧阳修、苏轼相比较，曾巩对"道"的坚持是较为突出的。曾巩自言家世学儒，一直有志于孔孟之"道"，并自青年时代一直到年老都保持一致的态度。他强调"圣人之道"，注重得之于心、穷万物之理，强调主体"得于内"的修养，重在内心的自省、对知识的不断求取，这一点在其入仕后接触更为广阔的社会生活时亦并未改变。欧阳修初习韩愈之文时，只知其文之宏肆曼妙，却不明其中所含之"道"义。在两次赴试不中后，欧阳修为养家之计，不得不专习杨、刘时文，直至入仕，与尹洙、梅尧臣、张先、苏舜钦等人结交之后，其对古文的兴趣才逐渐恢复，并逐渐有意识地研习古文，并以之传"道"。基于"家世学儒"以及对孟子、《中庸》尽性等内圣思想的继承，曾巩更强调士人作为写作主体的自我道德约守，在文章中，总体显露的情感较为克制，议论文章风格偏向质正、谨严；欧阳修因性格及身居政治权力的中心，其"道"更多基于改革社会弊病的需求，他自身更是将古文写作与社会时政密切结合，以文为工具，对现实进行针砭、批判，而于具体的文章写作则不拘于"道"的束缚与矜守，因此发为文章如《上高司谏书》等有激烈剀切之语。曾巩为文常努力将文意说透，把道理辨明，较为稳健谨严而少风致。欧阳修早期所学四六之文为其后期写作打下了很好的美学基础，后人评欧阳修的骈文道："宋初诸公骈体，精敏工切，不失唐人矩矱。至欧公倡为古文，而骈体亦一变其格，始以排奡古雅争胜古人。"① 正是由于对偶丽之文的研习，欧阳修方能有《醉翁亭记》《秋声赋》这样性情摇曳又辞采华美的文章。曾巩与苏轼相较，思想上的差异就更为明显了。二人虽然都因文章备受欧阳修赏识，但苏轼因其放达的性格，兼之家学、诗僧等各类朋友的影响，其论"道"多掺杂了他家思想。

---

① 孙梅著，李金松校点《四六丛话》，人民文学出版社，2010，第 675 页。

与北宋同期的其他家文学相较，曾巩的文道思想有其独有的特点，曾巩能够与欧阳修、王安石、三苏等并列于北宋中叶文坛，为后世尊崇，根本原因在于其对儒家之"道"的体认及以文传"道"的实践成就。深入了解曾巩的文道思想，有助于还原北宋中叶诗文革新运动的完整面貌，更为深入切实地了解北宋古文写作的发展过程。

第五章

文章大业：师法经典

前文已从交游角度初步考察了曾巩文学思想的形成过程，亦从曾巩对道统的理解、对"圣人之道"的体认，对"道"与文学关系的辨析等方面梳理了曾巩文学思想的核心观念，但想要全面深入了解曾巩文学及其价值的形成，离不开对曾巩文学创作方法的探寻。曾巩诗文中关于文学创作相关理论的论述是较为有限的，但依然可以从只言片语中推知一二。

第一节　积学储才，儒家为本

有宋一代，士人对学问普遍推崇，学术修养和成就也迥超前代，很多士人既进行诗文创作，也在经学、史学、地理学、金石学等方面颇有造诣，"就创作主体的知识结构、文化修养、传世意识而言，宋人普遍呈现出'文''学'相融的鲜明时代特色……在'文'与'学'的关系上，宋人不像先唐那样强调'文'对'学'的独立和分离，而是主张'以学济文'，强调'学'对'文'的济成与融合"。[①] 在这种时代风气下，重视士人的博学多识，熟参经史，从中汲取营养充实道德文章是一条必然之路。

---

① 何诗海、胡中丽：《从别集编纂看"文""学"关系的嬗变》，《华南师范大学学报》（社会科学版）2020 年第 3 期。

一 广取博采

宋代帝王抑武重文，太宗真宗之后，"下之为人臣者，自宰相以至令录，无不擢科，海内文士彬彬辈出焉"①，文人勤读博学是普遍现象，读书成为时代风尚，已有较多学者论述，此不赘论。曾巩交游最密的欧阳修、王安石等著述极繁，都需要极为广博的阅读及大量的知识储备才能完成。时代风潮如此，曾巩难以不受影响。翻检曾巩文章，其常以识之博寡来论人，如评刘向，"向之学博矣"（《说苑目录序》），评范仲淹"造于道，尤可谓宏且深，更天下事，尤可谓详且博者"（《上范资政书》），评王向"以文学器识名闻当世"（《王容季墓志铭》），评王平甫"博览强记""其诗博而深"（《王平甫文集序》），评钱纯老"强记多识"（《朝中祭钱纯老文》），另有"其语则博而精"（《答孙都官书》）、"博观于书而见文字"（《谢曹秀才书》）、"博古通今"（《侍读制》）、"强识博闻"（《使相制》）、"广听博观"（《谢章学士书》）、"有智识度量"（《宝月大师塔铭》）、"多识博闻，操守纯笃"（《秘书监制》）等，虽有些为应酬之辞，亦可旁见曾巩对识之广博的重视。

就曾巩自身而言，他倡导广读百家之书：

> 然而六艺百家史氏之籍，笺疏之书，与夫论美刺非、感微托远、山镵冢刻、浮夸诡异之文章，下至兵权、历法、星官、乐工、山农、野圃、方言、地记、佛老所传，吾悉得于此，皆伏羲以来，下更秦汉至今，圣人贤者魁杰之材，殚岁月，愈精思，日夜各推所长，分辨万事之说，其于天地万物，小大之际，修身理入，国家天下治乱安危存亡之致，罔不毕载。处与吾俱，可当所谓益者之友非邪？（《南轩记》）

在这篇《南轩记》中，曾巩自述于书几乎无所不读，从类别上，既读六艺、诸子百家之书、经史之作，也读兵书、天文、历法、农耕、舆地、

佛老等；不仅读经籍元典，还要读笺疏之书。从时间跨度上，不崇古贱今，自伏羲至秦汉、今人今著，曾巩皆遍读不废。

曾巩书斋南轩储书"长编倚修架，大轴解深囊"（《读书》），其弟曾肇亦载曾巩"平生无所玩好，顾喜藏书，至二万卷，仕四方，常与之俱，手自雠对，至老不倦"①。藏书二万卷，这一数量在他所处的时代是非常惊人的。宋代刻印图书虽已较为发达，但仍有大量书卷靠手抄获得，而曾巩得书后又用心校读，反映了他读书广博与读书之法谨严。

综合梳理曾巩的阅读情况，青年时期读书主要好尚孟子、荀子、扬雄、贾谊、司马迁、韩愈等人，对同道友人王安石、王回、王向、孙侔等人诗文有较多关注，对欧阳修、范仲淹、蔡襄、杜衍等当世名公极为推崇，馆职时期后大量阅读史书。曾巩文章中，较为常见的直接、间接引用的早期儒家经典有《诗经》《论语》《孟子》《礼记》《尚书》《易》《大学》《中庸》等。倘列书目，从曾巩诗文中可直接获知的就已较为丰赡，其中《战国策》《礼阁新仪》《新序》《南齐书》《陈书》《梁书》《南齐书》《唐令》《列女传》《中论》《说苑》《鲍溶诗集》《李白诗集》等，是曾巩的精读书籍，曾巩对其进行了整理校勘，并为之作序。另《汉书》、《隋书》、《崇文总目》、《艺文志》、《唐志》、《文粹》、《类选》②、《旧唐书》、《新书》、《史记》、《孔子家语》、《水经注》、《临川记》、《北史》、《南史》、《贞观政要》、《白虎通义》、《集古录跋尾》、《唐六典》及谢灵运和陶渊明的诗歌等，是曾巩阅读、撰文、作诗、校勘、整理书籍时用到的文献。《唐六典》是御赐之书，因其"本原设官因革之详，上及唐虞，以至开元。其文不烦，其实甚备，信可谓善于述作者也"（《乞赐唐六典状》），曾巩对此书甚为看重。同代人物撰著中，曾巩读过晏殊《类要》、《强几圣文集》、《范贯之奏议集》、《王容季文集》、《王子直文集》、《王深甫文集》、《张文叔文集》及《王平甫文集》等；家集读过曾致尧《仙凫羽翼》《西陲要纪》《清边前要》《广中台志》《为臣要纪》《四声韵》等，

---

① 曾肇：《行状》，陈杏珍、晁继周点校《曾巩集》，中华书局，1984，第796页。
② 《文粹》《类选》二书见曾巩《鲍溶诗集目录序》一文，《文粹》指《唐文粹》，《类选》应为《唐诗类选》。

并为之作序；他还阅读了傅权、李沿、陈师道等后学晚辈前来求教的诗文；在齐州任职时，曾巩喜与同僚等观各类舆图，可知的有齐州舆图、《越州鉴湖图》等。其阅读不可谓不广而博。

读诸家之书，远者可学习"圣人之道"，把握万事万物之理，了解国家治乱之法；近者可去疑解蔽，积学储才，亦可修身养德。这是曾巩入仕前居抚州耕读期就已形成的观点，为晏殊《类要》作序时又有所强调。晏殊与曾巩同为抚州人，以词著于文坛，亦工诗善文，有《珠玉词》《类要》等传世。晏殊去世后，其子知止请曾巩为其集作序。序文中，曾巩对晏殊的成就进行总结，认为晏殊之所以名显于世，"所为赋、颂、铭、碑、制、诏、册、命、书、奏、议、论之文传天下"，重要原因在于他阅读广博：

> 及得公所为《类要》上中下帙，总七十四篇，凡若干门，皆公所手抄。乃知公于六艺、太史、百家之言，骚人墨客之文章，至于地志、族谱、佛老、方伎之众说，旁及九州之外，蛮夷荒忽诡变奇迹之序录，皆披寻抽绎，而于三才万物变化情伪，是非兴坏之理，显隐细钜之委曲，莫不究尽。公之得于内者在此也。(《类要序》)

曾巩首先肯定了晏殊之才。晏殊曾任政事，位宰相，真宗时"天下无事"，于是国家"辑福应，推功德，修封禅，及后土、山川、老子诸祠，以报礼上下"，此时，"左右前后之臣，非工儒学，妙于语言、能讨论古今，润色太平之业者，不能称其位"。(《类要序》)晏殊正因其博学而当其位。其次，曾巩从文集内容、成就方面来思索考量，认为晏殊之所以能为学者宗，是因为其能够遍阅六艺、史记、百家之言，并不局限于儒学、文学之作。在这种广泛的阅读中，晏殊善于究理，披寻抽绎，于百书中了解三才万物之变化，认识是非兴坏之理，辨其显隐、细巨之委曲，方学有所成。

阅读广博，积学储才，为曾巩的文学创作奠定了重要基础。

二　儒典为本

曾巩倡导广取博采，首先是为了获得基本的知识储备，但这只是成就文章事业的一种方式，士人终要以儒家经典为根本。曾巩早年及庆历耕读时即已表露对儒家经典的尊崇，自述其读书用心所在："自少至于长，业乃以《诗》、《书》文史，其蚤暮思念，皆道德之事，前世当今之得失，诚不能尽解，亦庶几识其一二远者大者焉。"（《上欧阳学士第二书》）庆历间居南丰时，作《学舍记》，述其幼时从先生受书，但"方乐与家人童子嬉戏上下"，不知读书之好，直到十六七岁时，"窥六经之言与古今文章，有过人者，知好之，则于是锐意欲与之并"（《学舍记》），了解到六经与今人文章之佳处，他开始主动研习。在抚州耕读期间，曾巩患肺病，且承担抚养弟妹之责，生活困窘，于病榻之间，曾巩仍"独抱六经意"（《写怀》），致力于儒家经籍，怀抱自信。在《读书》一诗中，曾巩又极言六经内容广博丰富，含义深邃，取之不竭：

> 新知固云少，旧学亦已忘。百家异旨趣，六经富文章。其言既卓阔，其义固荒茫。古人至白首，搜穷败肝肠。仅名通一艺，著书欲煌煌。瑕疵自掩覆，后世更昭彰。世久无孔子，指画随其方。后生以中才，胸臆妄度量。彼专犹未达，吾懦复何望？端忧类童稚，习书倒偏傍。（《读书》）

曾巩认为诸子百家各持其说，唯有六经内蕴丰富高深，如能通得一经，便可著述煌煌。"夫经于天地人事，无不备者也"（《上欧阳舍人书》），六经之言蕴含卓越宏阔的见识，其旨意深微宏大，是士人的思想源泉，值得士人穷尽一生不断琢磨学习。

曾巩文学的核心思想体现为对儒道的追求、申说，[①] 他常言周衰而先王之道弊而不明，自西周而下，明"道"者唯孔、孟、荀子及扬雄、韩愈等而已，因此，常怀"扶衰救缺之心"（《上欧阳学士第一书》），常欲将"道"得诸心、充诸身，"扩而被之国家天下"（《答李沿书》）。这种思想

---

① 前文已论述，另拙文《"道"：曾巩文学思想的核心范畴》对曾巩视"道"为何以及"道"在曾巩文章写作中的重要表现等进行了较为详细的阐释，见《甘肃社会科学》2016年第 3 期。

的前提，必然是儒"道"被之不广，因此，曾巩虽广读百家之书，但内心有对儒"道"的持守，常要辨道与明"道"。面对那些不能传扬儒"道"的百家之书，他的态度不是禁绝，而是厘清观点，明示于天下人，使人认为百家之说不可从。《战国策目录序》里，曾巩以虚拟对话的方式讨论了此问题：

> 或曰："邪说之害正也，宜放而绝之，则此书之不泯其可乎？"对曰："君子之禁邪说也，固将明其说于天下，使当世之人皆知其说之不可从，然后以禁，则齐；使后世之人皆知其说之不可为，然后以戒，则明，岂必灭其籍哉？放而绝之，莫善于是。是以孟子之书，有为神农之言者，有为墨子之言者，皆著而非之。至于此书之作，则上继春秋，下至楚汉之起，二百四五十年之间，载其行事，固不可得而废也。"（《战国策目录序》）

对于不足为信的他家之言，可以取孟子之法，存而驳之。沈德潜剖析曾巩此篇云："尊孔孟以折群言，所谓言不离乎道德者邪。后段谓存其书，正使人知其邪僻而不为所乱，如大禹铸鼎象物，使民知神奸，然后不逢不若也。"①《梁书目录序》里，曾巩也强调，百家之书"知足以知一偏，而不足以尽万事之理；道足以为一方，而不足以适天下之用"（《梁书目录序》），士人最终应回归儒家经典，以传扬儒道为本。

再翻检曾巩作于庆历年间的几篇寺庙、道观记，《鹅湖院佛殿记》《仙都观三门记》等文对佛、道等家的批驳用语犀利、笔法劲锐，是历代选家、后世学者较为关注的。另有一篇庆历八年《菜园院佛殿记》，全面地反映了曾巩对佛、道盛行之下，作为崇尚儒家圣人之道的士人该如何做的反思。此文中曾巩记叙可栖和尚白手起家，行医聚资，勤行不辍，终建起寺院一事，文末他感叹，"吾观佛之徒，凡有所兴作，其人皆用力

---

① 沈德潜选评，〔日〕赖山阳增评，闵泽平点校《增评唐宋八家文读本》，崇文书局，2010，第 624 页。

也勤，刻意也专，不肯苟成，不求速效，故善以小致大，以难致易，而其所为，无一不如其志者，岂独其说足以动人哉？……至于世儒，习圣人之道，既自为至矣，及其任天下之事，则未尝有勤行之意，坚持之操"（《菜园院佛殿记》）。两相对比，溺于佛法的僧人与习圣人之道的世儒在勤行方面高下立判。固然，曾巩提到的这些世儒，可能直接与庆历年间某些扼杀新政的守旧派官员、不思进取的地方为政者有更紧密的关联，可是官员尚如此，普通士人呢？所谓口言儒"道"之人，又有多少能如可栖一样勤勉，不以事之大小、能否速效而在为与不为之间选择？所以曾巩又进一步反思，佛教之所以盛行，与儒家士人的自守惰怠是有关系的。作《菜园院佛殿记》时曾巩尚未入仕，与入于馆职期间写的《战国策目录序》《梁书目录序》，相隔十余年，曾巩对"圣人之道"的坚守一直未变，只是更加理性地勤行"圣人之道"，其一生文章之目的，无非欲将自己所理解的"圣人之道"被之于天下，而其方式，就是以儒家经典为法、为据。

前文提到曾巩阐说道统自孔子之后，可以观"圣人之道"的人，有荀子、孟子、扬雄、韩愈等人，读书则有六经及《论语》、《孟子》、《大学》、《中庸》等经典，除了这些，因司马迁、刘向、班固等有史才，所著"以集著其善恶之迹、兴废之端"（《南齐书目录序》），曾巩以"三代两汉之书"概而代之，言说传扬儒道之经典。读这些书给他带来精神上的充实、愉悦，如读班固《汉书》之《贾谊传》：

　　余读三代两汉之书，至于奇辞奥旨，光辉渊澄，洞达心腑，如登高山以望长江之活流，而恍然骇其气之壮也。故诡辞诱之而不能动，淫辞迫之而不能顾，考是与非若别白黑而不能惑，浩浩洋洋，波彻际涯，虽千万年之远，而若会于吾心，盖自喜其资之者深而得之者多也。既而遇事辄发，足以自壮其气，觉其辞源源来而不杂，剟吾粗以迎其真，植吾本以质其华。其高足以凌青云，抗太虚，而不入于诡诞；其下足以尽山川草木之理，形状变化之情，而不入于卑污。及其事多，而忧深虑远之激扞有触于吾心，而干于吾气，故其言多而出于

无聊，读之有忧愁不忍之态，然其气要以为无伤也，于是又自喜其无
入而不宜矣。(《读贾谊传》)

按曾巩心得，读"三代两汉之书"，有两个方面的益处。其一，"其气
壮"，书中奇辞奥旨使人内心光辉充溢、澄澈明净，思虑明白，识见高远，
使研读之人获益良多。这揭示了先秦两汉文章、著作所蕴含的瑰琦文辞、
深邃意旨、雄壮气势、是非之理等博大的内容与成就，这是就"三代两汉
之书"本身的艺术特点及可师法之处而言；其二，使学者"自壮其气"，
摒弃诡辞丽句，不被其诱导、迷惑，明辨是非如对黑白两色的辨别那样简
单自如，写文章时心中有根底，高下相宜，能尽万物之理与形状变化之情
而不流于俗说。

研习"三代两汉之书"后，曾巩作为学习者有很大收获。他的确于先
秦两汉之书中汲取了丰富的思想而文辞雅正，议论丰赡且有所根本，也撰
写了更多具有忧患意识的议论文章和寓感抒志之作。[①] 正因为有这样的认
识，曾巩即便是因"信乎古，而不知合乎世"(《赠黎安二生序》)，即便
世人觉得他"迂阔"，即便在患病几死、落魄痛苦之时，也没动摇自己信
古、崇尚六经的思想。

第二节 承继经典，学以致用

后世选家评曾巩文章本于六经，是看到了曾巩之文与儒家经典之间紧
密的关联，却较少阐释其文如何以六经为本，及本于六经何处，本节拟稍
加阐释。

一 研习法度

关于宋代以来儒学、经学方面发生的变化，国内诸多学者早已有很多

---

① 王运熙、顾易生主编的《中国文学批评通史》(宋金元卷，1996，上海古籍出版社，第
96~98页)，对曾巩此文有详细的阐述，颇有见地。

论述，陈植锷《北宋文化史述论》提到："北宋中期，仁、英两朝，是宋学的草创期。从以孙复为代表的疑传派到以欧阳修为代表的疑经派，疑古思潮的形成和发展，开始了儒学复兴的新局面。"① 这种变迁显现在士人对待儒家经典的态度上，则为："经典不再只是一部与为政阶层的训诂和典则相关的教养或教义之书，而是被重新解读为能够为展现社会政治的应有方式而进行理念创新时的典据，站在这样的立场上，人们开始重新评价经典或是通过提供新的诠释改变对经典的看法。"② 有些学者把"重新评价经典"或是"新的诠释"称作以欧阳修为代表的一批文人掀起的经学辨疑思潮。王安石、孙复、尹洙、范仲淹③等都参与其中。欧阳修极为赏识的曾巩，虽然没有给儒家经典以"新的诠释"，即注经、解经等行为，但是这场思潮依然影响了他的创作，如何对待儒家经典，是曾巩慎重思考的问题。曾巩文章本于六经，不仅在于以六经积累才学、辨明儒道，还在于从儒家经典中研读出文章之法。

《王容季文集序》可以较为清晰地展现曾巩汲取经书文章之法的思想脉络。刘勰在《文心雕龙·宗经》中言，"诏、策、章、奏，则《书》发

---

① 古代文人也有相关论述，陆游《困学纪闻》里有一段记载常为学者引用："唐及国初，学者不敢议孔安国、郑康成，况圣人乎？自庆历后，诸儒发明经旨，非前人所及。"见《困学纪闻》卷八《经说》。清代学者皮锡瑞则把宋代称为"经学变古时代"，见皮锡瑞《经学历史》。

② 〔日〕沟口雄三：《中国思想史——宋代至近代》，龚颖、赵士林等译，生活·读书·新知三联书店，2014，第 15 页。

③ 据陈尚君考证，欧阳修的著作涉及解经的有《诗本义》十四卷（附收《诗谱补亡》一卷）、《诗图》一卷（佚）、《诗解》一卷等，见《欧阳修著述考》，《复旦学报》（社会科学版）1985 年第 3 期。高克勤在《王安石著述考》〔复旦学报》（社会科学版）1988 年第 1 期〕一文中记，王安石除《临川先生文集》一百卷、《王文公集》一百卷、《王荆文公诗笺注》五十卷外，还有二十余种撰述，多为解经之作，如《易解》二十卷（佚）、《尚书新义》十二卷（佚）、《毛诗新义》二十卷、《周官新义》、《考工记解》二卷、《礼记要义》二卷（佚）、《孝经解》一卷（佚）、《论语解》十卷（佚）、《孟子解》十四卷（佚）、《字说》二十四卷（佚）、《群经新说》十二卷（佚）、《左氏解》一卷（佚）、《老子注》二卷、《庄子解》四卷（佚）、《杨子解》一卷（佚）、《维摩诘经注》三卷（佚）、《金刚经注》（佚）、《楞严经解》十卷（佚）等。《宋元学案·泰山学案》载孙复"作《易说》六十四篇，《春秋尊王发微》十二卷"；尹洙则"尤长于《春秋》，善议论"，见《安阳集》卷四七《故崇信军节度副使检校尚书工部员外郎尹公墓表》；范仲淹则"泛通六经，长于《易》，学者多从质问，为执经讲解，亡所倦"，见《宋史》卷三一四。

其源"①，强调文体的发源与《尚书》密切相关。曾巩则在研习儒家经籍的过程中读出了文章法度，他非常看重《尚书》的叙事之法：

> 叙事莫如《书》。其在《尧典》，述命羲和，宅土，测日暑星候气，揆民缓急，兼蛮夷鸟兽，其财成辅相，备三才万物之理，以治百官，授万民，兴众功，可谓博矣。然其言不过数十。其于《舜典》则曰："在璇玑玉衡，以齐七政。"盖尧之时，观天以历象。至舜，又察之玑衡。圣人之法，至后世益备也。曰七者，则日月五星。曰政者，则羲和之所治，无不在焉。其体至大，盖一言而尽，可谓微矣。其言微，故学者所不得不尽心。能尽心，然后能自得之。此所以为经，而历千余年，盖能得之者少也，《易》、《诗》、《礼》、《春秋》、《论语》皆然。其曰测之而益深，穷之而益远，信也。（《王容季文集序》）

宋代对《尚书》的接受主要表现在疑辨和义理阐释两个方面②，曾巩却不从这两个方面来读《尚书》。他从文章学的角度，借给友人王容季的文集作序，揭示出《尚书》的叙事之法。他认为，《尚书》内容博杂丰富，但论说一个事理，却往往不过数十字而已。而其高妙之处又不仅在于叙事用字简要，还在于其语言表述会随时代变迁而进行调整。学者想要有所收获，除了把握其语言特点，还要深入了解其叙述内容，尽心研习体悟。曾巩认为，这是《尚书》之所以成为经书的原因，《易》《诗》《礼》《春秋》《论语》等无一不如此。这段文字中，"测之而益深，穷之而益远"，言六经内在旨意的幽远难明与宏博深邃，这是强调经书文章之法的文本效果。

曾巩的道统言说从早期给欧阳修的上书到任职馆阁后，始终较为一致。在他看来，时代更替，社会环境发生变化，世道衰微，"能言者"只数人而已：

---

① 刘勰著，詹锳义证《文心雕龙义证》，上海古籍出版社，1988，第78页。
② 据王小红《宋代〈尚书〉学文献及其特点》一文，"宋代《尚书》学著作，绝大部分为义理之作，见记载的430部中义理之作占77%。这类《尚书》学著作，多以'解'、'说'、'义'、'意'命名。"见《图书与情报》2007年第6期。

世既衰，能言者益少。承孔子者，孟子而已。承孟子者，扬子而已。扬子之称孟子曰：知言之要，知德之奥。若扬子则亦足以几乎此矣。其次能叙事，使可行于远者，若子夏、左丘明、司马迁、韩愈，亦可谓拔出之才，其言庶乎有益者也。(《王容季文集序》)

这段文字需要从"能言者""能叙事"两个层次辨析。"能言者"，以孟子、扬雄等为代表，而重点则在扬雄。扬雄评价孟子知言之要，知德之奥，而曾巩又认为扬雄亦可当此说，对扬雄评价极高。① 曾巩特别注意研习扬雄的著述，他深深佩服扬雄的学识，自言在学问上有所精进，多是在扬雄处有所得，且"雄之言，不几于测之而愈深、穷之而愈远者乎？故于雄之事有所不通，必且求其意"(《答王深甫论扬雄书》)。那么以扬雄为师法、学习的对象则是必然的了。《汉书》本传说扬雄："实好古而乐道，其意欲求文章成名于后世，以为经莫大于《易》，故作《太玄》；传莫大于《论语》，作《法言》；史篇莫善于《仓颉》，作《训纂》；箴莫善于《虞箴》，作《州箴》；赋莫深于《离骚》，反而广之；辞莫丽于相如，作四赋；皆斟酌其本，相与放依而驰骋云。"② 这样竭尽所能理性求知、明道而能文的人是绝少的，后世也有学者评价："扬雄的人生形态，在以政治上成功与否作为衡量知识分子唯一价值标准的中国封建社会有着分外重要的意义。把知识作为个人安身立命的基石，孜孜不倦地终身追求，为此不惜抛弃富贵功利与当世浮名，忍受毕生的寂寞穷困，这种为知识而知识的人生形态在扬雄之前从未有人做到过。"③ 曾巩19岁父亲去世，作为长子担当起养家的责任，于困顿中挣扎，两次科试不中，但他自有持守，认为"得其时则行，守深山长谷而不出者，非也。不得其时则止，仆仆然求行

---

① 曾巩有《答王深甫论扬雄书》，其中与好友王回讨论扬雄之《美新》问题时曾言："雄遭王莽之际，有所不得去，又不必死，辱于仕莽而就之"，一个"遭"字巧妙反映了曾巩为扬雄仕莽、投阁、《美新》等做全面辩护的态度。曾巩认为扬雄的行为甚至可视为合于箕子明夷之道，是"知折衷于圣人，而能纯于道德之美者"，见陈杏珍、晁继周点校《曾巩集》。

② 《汉书》卷八七。

③ 王青：《扬雄评传》，南京大学出版社，2000，第92~93页。

其道者，亦非也"（《南轩记》）。曾巩对扬雄极力褒扬，应该是以扬雄作为士人进退之典范，从他的人生中汲取精神营养，同时，基于对扬雄一生不断求索知识的敬佩，曾巩还从扬雄处学得了文章之法、学问之道，以期自立于世。"其次能叙事，使可行于远者"，主要提到了子夏、左丘明、司马迁、韩愈等。如果说曾巩所言"能言者"偏重于撰著文章书籍、发明儒道的内容，"能叙事"则更多偏重于对言说儒道方式的强调，"可行于远者"是"能叙事"的结果，从接受的角度言说叙事得法的重要性。

二　引经据古

曾巩努力于儒家经籍，推重汉唐扬雄、韩愈等人，其学识的沉淀，对文章写作产生了重要影响，其文常"引经据古"[①]，明白详尽，其所引之"经""古"则多为先秦两汉等儒家经典。

曾巩任齐州太守期间，为便于使客留宿停息，建历山之堂、泺源之堂，并撰《齐州二堂记》。他认为建设使客之馆、考辨山川源流都是太守本职，因此在记文中专意留心史籍所载齐州山水文字、舆图，注意从《史记》《尚书》《孟子》《春秋》等典籍中发掘文献，以资撰文。

其《仙都观三门记》以《易》《礼记》《春秋》之礼制考之："门之作，取备豫而已。然天子、诸侯、大夫各有制度，加于度则讥之，见于《易》、《礼记》、《春秋》。其旁三门，门三涂，惟王城为然……其备豫之意，盖本于《易》，其加于度，则知《礼》者所不能损，知《春秋》者所太息而已。"（《仙都观三门记》）此文抓住"三门"作文章，认为仙都观之门"三涂"同于"王城"，无疑是在僭越礼法，其论点劲锐，有理有据，让人心生畏戒。张伯行《唐宋八大家文钞》卷一五评此文云："佛老之徒，不知大义，乌知所谓《易》、《礼》、《春秋》？故骄奢僭妄，无所不至，此昌黎之所以欲火其书，庐其居也。南丰此记，当是齐晔晓梦里一声晨钟。"[②]

《饮归亭记》是为人所请而作，因"金溪尉汪君名遘，为尉之三月，

---

① 李逸安点校《欧阳修全集》卷一五〇，中华书局，2001，第 2468 页。
② 张伯行选评《唐宋八大家文钞》，中华书局，2010，第 186 页。

斥其四垣为射亭。既成，教士于其间，而名之曰饮归之亭"（《饮归亭记》）。曾巩紧扣"射亭"的建亭缘由，以《礼记》之记载对"射之用事"进行了历史溯源：

> 射之用事已远，其先之以礼乐以辨德，《记》之所谓宾燕乡饮大射之射是也；其贵力而尚技以立武，《记》之所谓四时教士贯革之射是也。古者海内洽和，则先礼射，而弓矢以立武，亦不废于有司。及三代衰，王政缺，礼乐之事相属而尽坏，揖让之射滋亦熄。（《饮归亭记》）

基于对"射之用事"的历史考察，曾巩展开议论，他认为："自秦汉以来千有余岁，衰微绌塞，空见于六艺之文，而莫有从事者，由世之苟简者胜也。"（《饮归亭记》）古制虽好，却因后世之俗儒苟简行事，而使有些传统被丢弃。曾巩以此入手，认为汪君此射亭合于古"道"，"又谓古者师还必饮至于庙，以纪军实。今庙废不设，亦欲士胜而归则饮之于此，遂以名其亭"，"不忽任小"赞扬汪君是有志之士、勤行之士。引用《礼记》内容作为文章展开论述的依据，将其与时人之事相关联，使这篇本出于应酬的小小亭记显得扎实厚重，富有学理气息。

又如《相国寺维摩院听琴序》，曾巩由与友人听琴引发修身养性的思考，一段文字中有《论语》《尚书》《乐记》等经典的转引："孔子曰：'兴于《诗》，立于《礼》，成于《乐》。'盖乐者，所以感人之心，而使之化，故曰'成于《乐》'。昔舜命夔典乐，教胄子，曰：'直而温，宽而栗，刚而无虐，简而无傲。'则乐者非独去邪，又所以救其性之偏而纳之中也。故和鸾、佩玉、《雅》《颂》琴瑟之音，非其故不去于前，岂虚也哉？"（《相国寺维摩院听琴序》）

曾巩查阅案卷时，见到"盗三十人，凡十五发"之事及盗贼"盗吴庆船者杀人皆应斩，盗朱缯船者，赃重皆应绞"（《叙盗》）的结局，颇有感慨，思及五六月大旱，百姓稍富者持钱无处买粮、贫苦者无乐生之情的现实状况，对盗贼甚为同情，认为他们是出于生存需求而不得不为之。文章对《尚书·康诰》《孟子》等杀人之盗贼"不待教而诛"的观点进行辨析，又引孔子"天下有道，盗其先变乎"（《叙盗》）之说，认为应引导教化，百姓生活能够得以保障是解决盗贼问题的根本。

在曾巩看来，研习儒家经典，使人自壮其"气"。"气"是"基于创作主体生命活力之上的气质个性及其在作品中的体现"[①]，曾巩其文发于外，议论纵横并能持论于正，合于儒家中庸之道。曾巩《读贾谊传》言三代两汉之书，其辞奇伟，旨意深奥，内蕴有"气"，读来可使人疑惑得解，心胸洞明；"剔吾粗以迎其真，植吾本以质其华"（《读贾谊传》），则言阅读三代两汉之书后能够寻得文章根本，使文辞郁然，有似树木根干茁壮，乃能枝条森然。"气"壮之用不仅于此，以曾巩之意，同时在于辨理见性，不流于卑污与诡诞，虽有"忧深虑远之激扞有触于吾心，而干于吾气"，却因有三代两汉之书的根底在而能不自伤于"气"而合于道。因此，曾巩之"气"论主要与儒家之"道"密切相关，其表现在于切合儒家思想的议论之"正"及雄浑劲健的风格。《读贾谊传》即以骈散结合、长短句结合兼平仄词语和谐搭配的手法使文章抑扬顿挫、富有节奏感；起首壮阔的比喻，使文章视野宏阔、表意畅达、气格舒朗，颇具雄浑之气。这种风格在曾巩颇为后世所重的佛、观记中有所表现：

> 自西方用兵，天子宰相与士大夫劳于议谋，材武之士劳于力，农工商之民劳于赋敛。而天子尝减乘舆掖庭诸费，大臣亦往往辞赐钱，士大夫或暴露其身，材武之士或秉义而死，农工商之民或失其业。惟学佛之人不劳于谋议，不用其力，不出赋敛，食与寝自如也。资其宫之侈，非国则民力焉，而天下皆以为当然，予不知其何以然也。今是殿之费，十万不已，必百万也；百万不已，必千万也；或累累而千万之不可知也。其费如是广，欲勿记其日时，其得邪？（《鹅湖院佛殿记》）

北宋太宗至道元年（995）后，佛教迅猛发展，"古者一夫耕，三人食，尚有受馁者，今一夫耕，十人食，天下安得不重困"（《佛教》），曾

---

① 汪涌豪：《中国文学批评范畴及体系》，复旦大学出版社，2006，第534页。

巩对此痛心疾首，恰庆历年间有僧来请曾巩为鹅湖院佛殿作记以刻石立碑，曾巩不为俗礼所拘，借此机会，反而在记中对佛徒声色俱厉地加以痛斥，其言"自西方用兵"①，无论天子、大臣、士大夫还是材武之士等往往节省钱物，尽力以供其用，但只有"学佛之人不劳于谋议，不用其力，不出赋敛，食与寝自如也"，曾巩以举国上下之减省费用与学佛之人之"自如"写出强烈反差，又以反诘增强文章的气势，"天下皆以为当然，予不知其何以然也"。而今修佛殿之费用巨大，却还要曾巩来作记以写其事，曾巩颇觉不忿，"欲勿记其日时，其得邪"，发所欲言，其气凛然，虽读起来有气势汹汹之感，但曾巩所发乃立于天下治政之基而非一己之幽怨，文章便不显得过于愤激狭隘。

曾巩有学记两篇，其中《宜黄县学记》尤为后人称道。学记常见的写法是叙述建学之缘起、考述学校制度的历代发展、论述兴学之意义等，但如无高妙的写作技巧，则往往"徒具工筑兴作之程期，殿观楼台之位置，雷同铺叙，使览者厌倦，甚无谓也"②。曾巩之《宜黄县学记》则极为高妙。文章起首言"古之人，自家至于天子之国皆有学，自幼至于长，未尝去于学之中"，详考古人建学之要，以"又有""而""则""则又""至于"等转承词语接连叙述，得出结论："其在堂户之上，而四海九州之业、万世之策皆得，及出而履天下之任，列百官之中，则随所施为，无不可者。"随后又设问："何则？其素学问然也。"议论质正而有温厚细密，叙述简洁明畅，姚鼐评曰："随笔曲注，而浑雄博厚之气郁然纸上。"③ 何焯则以"宏肆"评之，并认为"自汉氏以来，能为如此之文者，不过五六人耳"④。

总体说来，曾巩主张博览各家之书，但始终以六经为要，认为儒家经典蕴涵三才万物之理，也是具有审美意义的文章，可以学习。对儒家经典的尊崇和研习，使曾巩的文章具备了义理畅达、引证丰富等特点。明清文

---

① 曾巩《鹅湖院佛殿记》中此语应指景德年间"澶渊之盟"事。
② 方苞：《答程夔州书·方苞集》，上海古籍出版社，1983，第 166 页。
③ 姚鼐选纂，宋晶如、章荣注释《古文辞类纂》卷五五，中国书店，1986，第 994 页。
④ 何焯：《义门读书记》，中华书局，1987，第 778 页。

学家有"六经皆文"[①] 的观点,将儒家经典视为文章进行评析,[②] 偏重于在理论上进行阐发,而曾巩则是在写作中实践了这一主张,因此进一步探讨研究曾巩的文章观有着重要的意义。

第三节 典范之作,可法可传

曾巩文章有古意,师法经典,这是历代选家共同的认识。在宋代各类选本中,诸选家多重曾巩之议论。如《唐论》,南宋楼昉选此文曰:"此等文字,从前未有,公之所创为也。如善弈者之布势,寥寥不过数子,而胜局已定。只是所占分数多,不屑屑争尺寸之利。然非识高而气健,未易措手。"[③] 元人刘埙《隐居通议》言:"先儒言欧公之文,纡余曲折,说尽事情。南丰继之,加以谨严,字字有法度。此朱文公评文,专以南丰为法者,盖以其于周、程之先,首明理学也。然世欲知之者盖寡,亡它,公之文自经出,深醇雅澹,故非静心探玩,不得其味。"[④] 字字有法,文自经出,正说明曾巩之论议文章本于六经。

在明清唐宋八大家选本中,诸选家在曾巩议论文章之外,亦颇留意记文。《抚州颜鲁公祠堂记》为颜真卿而作,文章开头以简要文字略写颜真卿捍贼事,于忤奸不悔处则详为之记:"在肃宗时,数正言,宰相不悦,斥去之。又为御史唐旻所构,连辄斥。李辅国迁太上皇居西宫,公首率百官请问起居,又辄斥。代宗时,与元载争论是非,载欲有所壅蔽,公极论之,又辄斥。杨炎、卢杞既相德宗,益恶公所为,连斥之,犹不满意,李

---

① 清代文学家袁枚有"六经者,亦圣人之文章耳"的表述,见袁枚《小仓山房诗文集》中《答惠定宇书》一文;另有"六经者文章之祖,犹人家之有高、曾也",见袁枚《小仓山房诗文集》中《答定宇二书》一文。魏源则提出:"《诗》则纂辑当时有韵之文也,《书》则纂辑当时制诰章奏载记之文也,《礼记》则纂辑学士大夫考证论议之文也。"见《魏源全集》中《古微堂内外集·国朝古文类钞序》。

② 傅道彬在《"六经皆文"与周代经典文本的诗学解读》一文中对以经为文的各种观点进行了系统梳理,文中指出,"六经皆文"是把经学还原为文学,还原为美学。见《文学遗产》2010 年第 5 期。

③ 转引自高海夫主编《唐宋八大家文钞校注集评·南丰文钞》,三秦出版社,1998,第 4114 页。

④ 刘埙:《隐居通议》(丛书集成初编本)卷一四,商务印书馆,1985,第 147~148 页。

希烈陷汝州，杞即以公使希烈，希烈初惭其言，后卒缢公以死。是时公年七十有七矣。""斥去之""连辄斥""又辄斥""又辄斥""连斥之"等语，看似重复，却是在客观记录时着意强调了颜真卿屡遭排挤构陷事，为后文发论做足了铺垫："维历忤大奸，颠跌撼顿，至于七八而终始不以死生祸福为秋毫顾虑，非笃于道者不能如此，此足以观公之大也。"此文叙事从容谨严，完备透彻，不求新巧，却使人觉得自有法度，被宋至明清时期的历代选家看重。茅坤叹云："令人读之而泫然涕洟，不能自已。"①

《越州赵公救灾记》是明清选家最为关注的曾巩记文之一，本节试以此文为例进行详细剖析。茅坤《唐宋八大家文钞》、张伯行《唐宋八大家文钞》、孙琮《山晓阁曾南丰文选》、钟惺《唐宋八大家文悬》、卢元昌《唐宋八大家文钞》、沈德潜《唐宋八家文读本》、徐乾学《御选古文渊鉴》、蔡世远《古文雅正》、黄道恩《古文类选》、浦起龙《古文眉诠》、高梅亭《唐宋八家钞》、于光华《古文分编集评》、《御选唐宋文醇》、姚鼐《古文辞类纂》等十余家选本都选录此文，且评价极高，孙琮认为此文"一篇之中，兼有二美，赵公之仁政传，此文当与之俱传。""二美"指赵抃仁政、曾巩文章，实际上此篇记文还对救荒策略有详细记载，可资参考，以"三美"多重价值誉之亦不为过。

一　救荒美政，补文献之缺

《越州赵公救灾记》记事详备，可补灾害史及赈灾文献之缺。《文献通考》记北宋熙宁间旱灾："熙宁二年三月，旱甚。三年，畿内及诸路旱。八月，卫州旱。五年五月，北京自春至夏不雨。……八年四月，真定府旱。八月，淮南、两浙、江南、荆湖等路旱。九年八月，河北、京东西、河东、陕西旱。十年春，诸路旱。"② 《宋史》记此间饥荒则有："熙宁三年，河北、陕西旱。四年，河北旱，饥。……八年，两河、陕西、江南、淮、浙饥。九年，雄州饥。十年，漳泉州、兴化军饥。"③ "旱""饥"二

① 转引自高海夫主编《唐宋八大家文钞校注集评·南丰文钞》，三秦出版社，1998，第4030页。
② 马端临：《文献通考》，中华书局，1986，第2396页。
③ 《宋史》卷六七《志第十四》，中华书局，1977，第1463页。

字不能详明灾情的轻重。曾巩救灾记虽未能像有些诗赋词等那样对灾情现场有细描式的记录，但其《越州赵公救灾记》"吴越大旱""明年春，大疫""旱疫被吴越，民饥馑疾疠，死者殆半，灾未有巨于此也""疾病之无归者""弃男女者""死者"等记录赵抃赈救过程的关键性词语勾连起了这场旱灾的轮廓，有补史书之略。曾巩对赵抃赈救过程的详细记录，为后世研究救荒文献的学者所重视。宋代董煟所撰《救荒活民书》可称我国现存最早的综合性赈灾文献集，[①] 其书四卷："于是编次历代荒政，釐为三卷。上卷考古以证今，中卷条陈今日救荒之策，下卷则备述本朝名臣贤士之所议论施行，可鉴可戒，可为矜式者，以备缓急观览，名曰《救荒活民书》。"[②] 书中收录了曾巩的《救灾议》和《越州赵公救灾记》，其中《越州赵公救灾记》并不是全文收录，从开头至"又僦民修城四千一百丈，为工三万五千"处结束，下文为董煟自增补："下户乏食者赈粜，有田无力耕者与赈贷，阖境五邑，以乡村远近均粟置场，每场以一总首主出纳，十场以一官吏专伺察，越人至今称之。"[③] 至于曾巩对赵抃其人的评价性文字被裁剪掉了，而此文题目则被更易为《赵抃救灾记》，可见《救荒活民书》是把《越州赵公救灾记》视为一篇救灾文献来收入的。南宋谢维新等所编《事类备要》将曾巩救灾记文录在卷二〇"灾异门"下，列出条目为"赵公振饥"："熙宁九年[④]夏吴越大旱，知越州赵公抃，前民之未饥，为书问属县所被灾者二万一千九百余人，公敛富人所输及僧道食之羡者，得粟四万八千余石，又为之出官粟得五万二千余石，或给粜又促民完城四千一百丈，南丰作救灾记。"《事文类聚》前集卷五天道部录"赵公振饥"事与此一致。元人写《宋史》对赵抃知越州的文字记载非常简短，而内容显然是脱胎于曾巩救灾记文字："乞归，越州。吴越大饥疫，死者过半。抃尽救荒之术，疗病，埋死，而生者以全。下令修城，使得食其力。"

"历史是面镜子，不仅资治需要通鉴，救灾纾难，历史也能提供启示，

---

① 陈华龙：《〈救荒活民书〉作者生平及成书时间考》，《农业考古》2015 年第 4 期。
② 董煟：《救荒活民书·救荒活民书原序》，《文渊阁四库全书》本。
③ 董煟：《救荒活民书·救荒活民书原序》，《文渊阁四库全书》本。
④ 曾巩原记为熙宁八年。

把握人类走向未来的命运。"① 明清选家看重曾巩此记，诸人评点所言，有助于理解曾巩此文的文献意义。茅坤云："赵公之救灾，丝理发栉无一遗漏，而曾公之记其事，亦丝理发栉而无一不入于机杼及其髻总。救灾者熟读此文，则于地方志流亡如掌股间矣。"② 《御选唐宋文醇》云："赵抃救灾之法尽善尽美，而巩所记又复详尽明晰，司牧之臣案间必备之书。"③ 沈德潜云："救荒之法，井井有条，不但可行于一方一时，实天下万世之利也。清献实政，得此文传出，后之为政者，可仿而行之。"④ 再如浦起龙《古文眉诠》、何焯《义门读书记》等，这些选家、选本都看到了曾巩救灾记重要的文献价值并将其存录，对其进行评判。

历史上的确也有以曾巩所记赵抃救灾之法为理论依据的事例。南宋薛季宣所作《浪语集》卷三四载有一事。隆兴二年（1164）春温州楠溪大旱，"甲申春，不雨者三月，大无麦苗，农田不复播种。方仍岁困飓风，困之以饥疫，贫民挑蕨根春糙充腹，或尽室胀死，去而操觚以乞者载路。时守倅俱阙，莫有任赈民事者。君合乡民吁祭吁嗟，至于感泣。"⑤ 当地乡贤刘进之"与乡人徐谠求赈救之方，得赵清献公《救灾记》以献。袁公榜于座右，视以为法，为是生者得食，病者得药，死者得藏，孩提之委弃者得以长养。"⑥ 刘进之访得曾巩救灾记文并献于防郡太守袁公，袁公采纳之，使民得救。其文所记之"生者得食，病者得药，死者得藏，孩提之委弃者得以长养"正是曾巩所记赵抃赈救之法的效仿，这种实践性恰恰说明了曾巩记文所述之详备足以让后世效之以法。

记录救灾之法，补文献之阙，是曾巩此文的第一"美"。

二　赵公之仁，示以天下

《越州赵公救灾记》如实记录了一位优秀地方官员的赈灾过程。

① 王瑞来：《宋代地方官的救灾防疫》，《月读》2020 年第 5 期。
② 转引自高海夫主编《唐宋八大家文钞校注集评·南丰文钞》，三秦出版社，1998，第 4058 页。
③ 《御选唐宋文醇》卷五六，清乾隆三年武英殿刻四色套印本，国家图书馆藏。
④ 沈德潜选评，〔日〕赖山阳增评，闵泽平点校《增评唐宋八家文读本》，崇文书局，2010，第 624 页。
⑤ 薛季宣：《刘进之 代人作》，《艮斋先生薛常州浪语集》卷三四，清抄本，国家图书馆藏。
⑥ 薛季宣：《刘进之 代人作》，《艮斋先生薛常州浪语集》卷三四，清抄本，国家图书馆藏。

宋代有大量的灾难发生,《宋史·五行志》卷一四、一五等,《宋史·食货六·赈恤》,《宋会要辑稿·食货六》,《皇朝编年纲目备要》卷一九,《救荒活民书》,等等都有记录。宋代也有不少诗歌、词、赋对灾难进行了极为可贵的现场记录,从自然灾难的生动描摹,到对受灾百姓苦难生活的再现,都较为常见。如同样写吴越地区遭遇旱灾,比曾巩早些的苏舜钦以诗歌录之:"吴越龙蛇年,大旱千里赤。寻常粳稬地,烂漫长荆棘。蛟龙久遁藏,鱼鳖尽枯腊。炎暑发厉气,死者道路积。城市接田野,恸哭去如织。"①(《吴越大旱》)这首诗既对吴越久旱后的局部水文、地貌、动植物样态典型进行了详细描写,也记录了受灾百姓在久旱之中生活难以为计甚至失去生命的悲惨命运。贺铸的《病暑》诗则从个人身体感官的角度,对酷热干旱详尽描写:"早夏景延永,烈日天中央。欻欻燎原野,中人如探汤。病肺苦焦渴,吐舌生喉疮。蔗浆与茗饮,未易苏膏肓。稍惊气象变,云物来冥茫。仰枕视檐际,浩浩浮沧江。忽得灌顶偈,洒然心地凉。雷公未鼓怒,风伯何猖狂。扫荡太宇空,万影才斜阳。俯辞楚台上,拱立齐鼎旁。一介命蝼蚁,敢干私雨旸。田夫信无罪,触热正驱蝗。"② 又如释净端(1030—1103)所作《苏幕遮》词:"遇荒年,每常见。就中今年,洪水皆淹遍。父母分离无可恋。幸望豪民,救取庄家汉。最堪伤,何忍见。古寺禅林,翻作悲田院。日夜烧香频□□,祷告皇天,救护开方便。"③ 记录了百姓遭遇洪灾导致父母分离之痛,以及豪民、寺庙参与赈灾救济的过程。洪适亦作《望江南·答徐守韵》:"嗟故岁,夏旱复秋阳。十雨五风皆定数,千方百计为灾伤。小郡怎禁当。劳拊字,惠露洽丁黄。田舍炊烟常蔽野,居民安堵不离乡。祖道免赍粮。"④ 此词内容较为翔实,记录了徐守韵赈灾济民、百姓得安的事情。

如果说这些文学作品多数是通过受灾人或现场亲历者的身体感官体验、文人情感抒发等展现了各种灾难,那么曾巩《越州赵公救灾记》则舍

---

① 苏舜钦:《苏学士文集》卷二,清康熙三十七年刻本,国家图书馆藏。
② 《全宋诗》卷一一〇三,第19册,北京大学出版社,1995,第12513页。
③ 转引自李朝军《论宋词的灾害书写》,《文艺评论》2017年第1期。
④ 洪适:《盘洲文集》卷八〇,清光绪十年刻本,国家图书馆藏。

弃了对吴越遭受旱灾地区的水文、地貌、天象、受灾人群的细描，而以独特的视角记录了赵抃作为一位地方官员在旱灾发生时的工作方法、行事风范与人格操守。在救灾救荒过程中，"各级官吏特别是直接承担实施救灾的地方官吏的表现能与否、勤与否，对于能否及时救济灾民和取得实绩的多寡就显得尤为关键"，[①] 曾巩此篇记文展现了赵抃的能、责、德、勤等。记文开篇仅直接、简单交代了事件的背景："熙宁八年夏，吴越大旱。"旋即叙赵抃事迹。在旱灾尚未发生时，赵抃即"为书问属县"，问询的内容包括灾情可能涉及的地理范围，百姓能自救者比例，需要赈济的百姓人数，可使百姓通过劳动获得报酬的工程有多少，所存库钱仓储可发予百姓者有多少，当地富裕人家可捐出的粟米多少，等等，并要求属吏以书面形式上报。仅从灾情的预判和赈救的心理、物资准备等方面即可见赵抃之能。曾巩记录了在法定赈灾制度下，赵抃具体采取的方法及变通之处，并提供了详明的数据。记文中提到例行赈灾制度如"故事，岁廪穷人，当给粟三千石而止"，"法，廪穷人，尽三月当止"等，然在大灾之下，赵抃"敛富人所输及僧道士食之羡者，得粟四万八千余石，佐其费"，廪穷人则延长时间，"是岁尽五月而止"。曾巩着意写赵抃应对各种突发状况时的责任担当："事有非便文者，公一以自任，不以累其属。有上请者，或便宜多辄行。公于此时，蚤夜惫心力不少懈，事细巨必躬亲。"在曾巩笔下，赵抃还是一位不以私人得失为意、充满生命关怀的官员，在赈救的过程中，遇到某些可能与规定不符的情况，赵抃给下属多行便宜，并免去他们的后顾之忧，自行承担可能累及的责罚，并亲自参与到各个赈救环节，多加问询，使救灾策略能够及时有效地施之于民。遇到穷苦的百姓，赵抃拿出自己的俸禄救助他们："给病者药食，多出私钱。民不幸罹旱疫，得免于转死，虽死，得无失敛埋，皆公力也。"有不幸遭遇疾疠死去的，赵抃也尽己之力为之安葬。

此次旱灾"民饥馑疾疠，死者殆半"（死者至半并非赵抃赈救不力，而是夏季已有旱情，而赵抃九月方才到任），赵抃躬亲不懈，经画周详，作

---

① 李华瑞：《宋代地方官员与救荒》，《地方文化研究》2013 年第 2 期。

为地方官员，他所做的努力与对百姓的关怀抚慰了民心，数百年后的地方志仍记载着当地百姓对赵抃的感戴之情。曾巩正是看到了赵抃的代表性，才对其事迹进行了有意的记录，他认为："其施虽在越，其仁足以示天下。"的确，灾难发生后，积极进行赈灾及灾后防疫、恢复民生等工作皆是地方官员的基本责任，赵抃所作所为似乎是理所应当的，但是，曾巩对赵抃赈灾过程的记录，其意义不仅在于宣扬其仁，更在于为地方官员树立了一个榜样，为心系百姓的好官做"专题报道"，对塑造官员群体的正面形象、官员所在的社会政治体系获得正向评判都有重要意义。

蔡世远《古文雅正》云："是时救荒美政，推赵公之在越州，富公之在青州，有心斯民者，所宜核考而健记之。"① 富弼于青州救灾、赵抃于越州救灾，都是当时被广为谈论的。可惜富弼之法未能得以详记，难观其风采，而赵抃之事，则因曾巩之笔得以永传后世："赵公救越堪师法，仗有南丰笔一枝。详尽规模容细绎，是图突兀典争奇。"② "仗有南丰笔一枝"，恰是赵公救灾之法因曾巩记录而流传后世的佐证。这是曾巩此记文的第二"美"。

三 叙事高妙，可法可传

《越州赵公救灾记》起首数言交代事件背景，叙述赵抃任越州知州时救灾事迹则分三层，笔墨周详，条理井然，记其先后应对的举措，铺叙其在救灾中涉及的钱、粮、人工等事，数字详细明白，从容体现出赵抃干练、条理的做事风格。从文章学的视角加以审视，曾巩此记的确有诸多高妙之处。卢元昌《唐宋八大家文钞》评此记曰："叙事详恳，妙在无一复语，无一衍字，此等作，恐欧苏亦当避席。"③ 方苞云："叙琐事而不俚，非熟于经书及管、商诸子，不能为此等文。"④ 孙琮《山晓阁曾南丰文选》

---

① 转引自高海夫主编《唐宋八大家文钞校注集评·南丰文钞》，三秦出版社，1998，第4059页。
② 杨新：《一幅难得的〈赈荒图〉》，《文物》2010年第4期。
③ 卢元昌：《唐宋八大家文钞》，顺治十五年刻本，北京大学图书馆藏。
④ 转引自高海夫主编《唐宋八大家文钞校注集评·南丰文钞》，三秦出版社，1998，第4059页。

云："前幅叙饥叙疫，条列井井，笔力直可作史。"① 刘大櫆云："详悉如划，有用之文。起处用《管子·问篇》，文法极古。"② 蔡世远《古文雅正》云："绝大经济，得大手笔叙之，更可法可传。"③

这些评点中，"叙事详恳""详悉如划"都在讲对赵抃赈灾之过程和方法的记录完备。按曾巩所记，赵抃在赈济中虑事极为周全。如对于不能自救的百姓，赵抃按粟米需求的多少区分了成人与"幼小"的分发量；担心发放粟米时发生踩踏，又将男女错开时日领取；担心民众有流亡至外地增加死亡，特在城市郊野分设"给粟之所"，又专门交代不可离家，否则不予分发粟米；担心设置这样多的"给粟之所"缺少工作人员，专门"取吏之不在职而寓于境者，给其食而任以事"，这样人手不够等情况和报酬之事就得到了妥善处置。对尚可自救的百姓，赵抃则命富人不得闭粜，又出官粟五万二千余石，平价借与百姓。赵抃设"给粟之所"共五十七处，"粜粟之所"计十八处，使民之力完工城墙四千一百丈，"为工三万八千，计其佣与钱，又与粟再倍之"，具体的策略与大量的数据，使文章材料丰赡，翔实且可信，读来有亲睹其事之感。

"叙琐事而不俚"、"文法极古"和"无一衍字"则侧重说曾巩叙述语言的简古。曾巩语言简古，得益于对《尚书》等六经的研习："叙事莫如《书》。其在《尧典》，述命羲和，宅土，测日晷星候气，揆民缓急，兼蛮夷鸟兽，其财成辅相，备三才万物之理，以治百官，授万民，兴众功，可谓博矣。然其言不过数十。"（《王容季文集序》）曾巩认为《尚书》等之所以成为经书，其原因之一在于"其言不过数十"，用言极简，却含义深微远阔。此文开篇，只用"熙宁八年夏，吴越大旱"九字交代赵抃赈救的时间、地域、事件之大背景，随即转入赵抃，交代其身份及知越州之事。开篇语言简省，意在突出赵抃之人与事。叙述赵抃赈救之事时，语言平实，不用僻字，表意清晰，文气畅达。叙述赈救过程多用短句，亦注意小层次之间的呼应，如"忧其众相踩也""忧其且流亡也""计官为不足用

---

① 转引自高海夫主编《唐宋八大家文钞校注集评·南丰文钞》，三秦出版社，1998，第4058页。
② 转引自高海夫主编《唐宋八大家文钞校注集评·南丰文钞》，三秦出版社，1998，第4059页。
③ 转引自高海夫主编《唐宋八大家文钞校注集评·南丰文钞》，三秦出版社，1998，第4059页。

也”等，三个短句在内容、用字上有所呼应和对仗，“不能自食者”、“能自食者”、“民取息钱者”和“弃男女者”，赈救群体相反相辅，又皆为“者”字短句，这种表述使文章节奏紧凑，令人感觉精爽不烦。

诸家之评点“非熟于经书及管、商诸子，不能为此等文”、“起处用《管子·问篇》”和“笔力直可作史”等都约略辨析了曾巩此篇文章之根底。除在语言上专意师法《尚书》，曾巩此篇记文确如评选家所言，于《管子》有所取法。《管子·问篇》：“凡立朝廷，问有本纪。”①言主持朝政，问询调查应有原则根本，《问篇》发问六十余次，涉及民生、经济、政治等多方面，虽并无具体对象和答语，但所问问题全面细致。曾巩记赵抃到任赈灾，问询属吏的内容为：“灾所被者几乡，民能自食者有几，当廪于官者几人，沟防构筑可僦民使治之者几所，库钱仓廪可发者几何，富人可募出粟者几家，僧道士食之羡粟书于籍者其几具存。”这一套发问，与《管子·问篇》有高度相似处，一方面这些问题的提出，可见赵抃对于灾情的全局掌控能力强，另一方面，曾巩将此系列问题专列于篇首，意在以其总领全文，后文即依照问题一一对应叙述。可以说，《越州赵公救灾记》是以《管子·问篇》的问题意识、问题方式来构筑全文的。当然，曾巩高妙之处在于其所叙之事与叙文之法完美契合。

日本学者赖山阳对此篇记文的评点颇有趣。他不喜曾文，这一点在评《移沧州过阙上殿札子》中直接表露出来，他说：“余见其繁，不见其简；见其近，不见其古。不知归愚何以称赞如此？”②他常以“冗”“可厌”评曾文，却对曾巩此记大加赞赏：“明人动称西京，骂宋文不绝口，何知如南丰此篇，真西京风气，明人得效否？”③“以上零零碎碎叙毕，以一笔结之，曰‘皆公力也’。然后自朝廷天下说至公功大处，略着议论，体裁绝佳。”④

---

① 李山译注《管子》，中华书局，2009，第148页。
② 沈德潜选评，〔日〕赖山阳增评，闵泽平点校《增评唐宋八家文读本》，崇文书局，2010年，611页。
③ 沈德潜选评，〔日〕赖山阳增评，闵泽平点校《增评唐宋八家文读本》，崇文书局，2010年，641页。
④ 沈德潜选评，〔日〕赖山阳增评，闵泽平点校《增评唐宋八家文读本》，崇文书局，2010年，641页。

"最尾点题，体制好。"① 对曾巩此记赞不绝口，当是深刻领会了曾巩叙事文法的妙处。

曾巩这篇救灾记文是一次有意识的记录。熙宁二年曾巩通判越州，约在熙宁三年，"岁饥，度常平不足仰以赈给，而田居野处之人，不能皆至城郭，至者群聚，有疾疠之虞。前期喻属县召富人，使自实粟数，总得十五万石，视常平贾稍增以予民，民得从便受粟，不出田里而食有余，粟买为平。又出钱粟五万贷民为种粮，使随岁赋入官，农事赖以不乏"②。曾肇所作《行状》记录熙宁三年曾巩赈灾考虑周详，发动富人以比平日略高的价格卖米救急，又出钱出米，先借给百姓种粮度过春种难关，最终使百姓得以安抚。赵抃于越州赈救是在曾巩赈灾事五年之后了。于曾巩而言，赈救的政策、其间可能遇到的问题等都是他非常熟悉的，因此在记叙赵抃赈救过程的时候仿佛是全知全能的，全面的数据搜集、不同受灾群体的赈救方式、可能发生的意外、赈救人手的筹划、社会力量的协助、旱灾之后可能带来的疾疠等既是赵抃所关注的，也是曾巩在救灾过程中遇到的困难并认为重要的事项，同时也有意识地记载对象。宋董煟《救荒活民书》序言："臣闻水旱霜蝗之变，何世无之，然救荒无术，则民有流离饿莩、转死沟壑之患。"③ 无论哪个时代都可能遇到自然灾害，但是官员在灾害面前的有为与无为却会关系到百姓的生死存亡。听闻赵抃救灾事，曾巩以过来人的视角对赵抃救灾惠于民的结果进行了审视。这使他在救灾记文的后半部作总结："其事虽行于一时，其法足以传后。盖灾沴之行，治世不能使之无，而能为之备。民病而后图之，与夫先事而为计者，则有间矣；不习而有为，与夫素得之者，则有间矣。予故采于越，得公所推行，乐为之识其详，岂独以慰越人之思，将使吏之有志于民者，不幸而遇岁之灾，推公之所已试，其科条可不待顷而具，则公之泽岂小且近乎！"

"文学书写毕竟不是专门的历史记载，不会机械地按成例来叙述史实，

---

① 沈德潜选评，〔日〕赖山阳增评，闵泽平点校《增评唐宋八家文读本》，崇文书局，2010年，642页。
② 曾肇：《行状》，陈杏珍、晁继周点校《曾巩集》，中华书局，1984，第790页。
③ 董煟：《救荒活民书·救荒活民书原序》，《文渊阁四库全书》本。

这就必然导致许多涉灾诗文有关灾害的一些关键性事项（如时间、地点等）信息不全，有的则会因为文学含蓄、艺术的写法而隐晦难明。在这种情况下，为了充分提取、利用文学作品蕴含的灾害信息，文史专业重视文献整理和长于考证训释的学风就可望发挥用武之地。"① 对曾巩的这篇《越州赵公救灾记》，学术界也应该以多方面视角来进行审视和评析，看到其多重价值。

---

① 李朝军：《古代文学作品的灾害文献价值及其利用刍议》，《华夏文化论坛》2020 年第 1 期。

第六章

拙者之适：诗以娱情

因曾巩文章多出入六经而不离"道"，后人常以"醇儒"视之，亦有"曾子固不能诗"的讥诮①与刻板印象，事实上曾巩诗歌多有佳作，其人也并非毫无生活情趣。文人常有的感时观物、饮酒赏花、游景览胜、雅集与送别等都极大丰富了他的诗歌内容。曾巩一生经济状况欠佳，他将自己穷困的日常生活记录在诗歌中，与他严肃的文章风格形成鲜明对比，曾巩忧喜哀乐、感激怨怼等情感波动——鲜活地显现在诗歌中，这使他的形象更为立体化。曾巩入仕后的寺庙诗歌显露了他作为儒者的心态变化，是值得读者注意的重要内容。

第一节 "穷人之辞"，不悖道义

通观曾巩的一生，穷困是他日常生活的常态。曾巩对社会有更为深刻的认识，基于切身体验，他提出了"穷人之辞"的命题。曾巩认为，"穷人之辞"多士人"其中所欲言"，"要之不悖于道义者，皆可取也"（《读贾谊传》）。穷困生活，是曾巩诗歌写作的重要内容；基于"不悖于道义"的要求，他在诗歌写作中依然以"道"为约守，以理节情，其人穷，而其

---

① 谷曙光：《被遮掩的诗名和影响力——论宋代古文大家曾巩的诗歌创作》，《中国人民大学学报》2020年第2期；夏汉宁等《曾巩诗歌研究》，江西人民出版社，2019，第2～34页，都有对此观点的辨析，已较为翔实，此不赘述。

诗旨仍合于"道"。

一 感疾瘵形，独抱六经

曾巩青年时代生活颇多坎坷，景祐三年（1036）、庆历元年（1041）两次赴试不中后，他回南丰开始耕读生活。其间，曾巩患肺病几乎丧命，又因父亲去世，担起侍奉继母，抚养四弟、九妹，为弟妹宦学婚嫁的责任。至嘉祐二年（1057），曾巩中进士已近不惑之年。嘉祐三年曾巩出任太平州司法参军，嘉祐五年，曾巩充任馆职到达京师，其后两年内，八妹德耀、女儿庆老、夫人文柔相继病亡，曾巩穷居京师，生活困苦。① 穷困生活给曾巩带来的忧思愁虑很难在他的文章中觅得踪迹，却鲜明地显现在诗歌中，"病""老""尘"等成为其诗歌的重要意象。忧思愁虑是曾巩诗歌写作的重要情感基础，成为曾巩创作的动机之一。

庆历三年，曾巩与王安石相商去扬州看望王安石，"时以谓介卿虽系职于扬，不可以来视我，我幸布衣，有兄弟以养，可去而视介卿，或一年或二年，当复见之也"（《喜似赠黄生序》），但没想到不久曾巩祖母病逝并归葬南丰。约在庆历五年夏，② 曾巩染上肺病，至冬尤甚，后数年间疾病缠身，几欲丧命。开始曾巩不以为意，"虽病犹谓旦夕且愈"，很快达成扬州之行。但没想到的是，这一病"几不可治"。曾巩生病这段时间，他的不少诗歌充满了惆怅与无奈：

> 我从得病卧闾巷，三见夏物争滋荣。红英紫萼逐风尽，高干密叶还阴成。山亭水馆处处好，朱碧万实相骈擎。林乌梁燕各生子，翅羽已足争飞腾。雉鸡五色绣新翮，鸳鸯慕匹相随鸣。穴蜂露蝶亦有类，欸往复聚何翾轻。箔蚕满室事方盛，茧缀下上如连星。麦芒秋颖错杂出，高垅大泽填黄青。物从草木及虫鸟，无一不自盈其情。嗟我独病不如彼，胸气卧立常怦怦。筋酸骨楚头目眩，强食岂得肌肤盈。我身

① 王琦珍：《曾南丰先生评传》，江西人民出版社，2019，第65页。
② 李震：《曾巩年谱》，江西人民出版社，2019，第58页。

今虽落众后，我志素欲希轲卿。十年万事常坎壈，奔走未足供藜羹。愁勤未老鬓先白，多学只自为身兵。自然感疾瘗形体，后日虽复应伶俜。非同世俗顾颜色，所慕少壮成功名。但令命在尚可勉，屑细讵足伤吾平。（《初夏有感》）

身染肺病后，曾巩坐卧不适，筋酸骨痛，长期的病痛折磨，使他"自然感疾瘗形体"，虚弱不堪。庆历七年曾巩撰此诗，从景祐年间十八岁第一次赴试，距此时已十年。对每个生命个体来讲，这都是一个不短的时间。此次因病久卧闾巷之中，曾巩面对夏季旺盛生长的繁花、绿林，看见山水亭阁之美、田亩青黄之变、燕雀振翅争飞，听虫鸟啾鸣之声，深受触动，自叹自己的生命力尚不如自然界里微小的一草一木，心悸、筋酸骨痛、头晕目眩的病体描写与鲜活的自然生命形成鲜明的对比。回顾过往生活，曾巩一直为生计奔走，却常常"未足供藜羹"，才二十八岁的他自觉"未老鬓先白"，沧桑之感油然而生，不能不让人喟叹。

《代书寄赵宏》也对曾巩这段极困窘的生活有所记录：

东溪最好水已渌，桃李万株红白照。当时病卧不能出，日倚东风想同调。……日高行忽又别君，从此闭门谁可啸。秋风已尽始得书，喜听车轮返穷徼。身欲追随病未能，目断珊瑚遮海峤。是时肺气壮更恶，日以沉冥忧不疗。岂其艰苦天所悯，晚节幸值巫彭妙。放心已保性命在，握手犹惊骨骸峭。今年霜霰虽未重，室冷尚无薪可燎。一亩酸寒岂易言，局促不殊鱼在罩。（《代书寄赵宏》）

作此诗时曾巩的病情已经有所好转。他回忆起好友来探望，他很想与好友一起同游山水，但彼时正病重卧床，只好凭空想象出游的情景了。"是时肺气壮更恶"，曾巩身体状况极差，甚至担心难以医治，只好以养病为重。提起当时生病的情况，曾巩还胆战心惊，"握手犹惊骨骸峭"，能保住性命已实属幸运。病情虽好转，但曾巩的生活更加艰难，天冷无薪，寒苦异常，"局促不殊鱼在罩"，"鱼在罩"之喻，将曾巩被现实生活所困的情景极形象地表现出来。"长嗟贫累心，更苦病摧壮"（《答裴煜二首》），"我有愁轮行我肠，颠倒回环不能律。……远梦频迷忆故人，客被初寒卧沉疾"（《秋怀》），"未昏已移就明烛，病骨夜宿添重衾"（《游麻姑山九首·游麻姑山》），这些诗句都是对病情的真实写照。

　　病痛的折磨持续了三年多后，虽幸可治，但"气闭胸中，既食则不可坐，不可骑……"（《喜似赠黄生序》）曾巩病虽好，身体却未完全恢复，本不宽裕的家境愈加窘迫。也由于这场大病，曾巩在庆历六年未能赴试。①这时父曾易占接到朝廷启用的旨意，②庆历七年，曾巩奉父进京，先至金陵，约八月中旬后又自宣化渡江取道滁州拜访欧阳修。在滁州与欧阳修相聚二十余天后，父子本计划在次年春抵达京师，但行至南京（今河南商丘）时，曾易占暴病身亡。曾巩身体未完全恢复，又逢父亲亡去，生活之重担几不可承受。此时，宰相杜衍闲居南京，得杜衍之助，曾巩才得以扶枢回乡。

　　从庆历三年到庆历七年，曾巩遭祖母、父亲病逝之痛，又染肺病之疫，这些经历给他以巨大冲击，亲人的逝去、世事变化的无常、难以预见及担负的未来，都使曾巩感叹个人之渺小：

　　　　一昼千万思，一夜千万愁。昼思复夜愁，昼夜千万秋。故人远为县，海边勾践州。故人道何如，不间孔与周。我如道边尘，安能望嵩丘。又若涧与溪，敢比沧海流。景山与学海，汲汲强自谋。愁思虽尔勤，故人得知不。（《一昼千万思》）

---

① 王琦珍：《曾南丰先生评传》，江西人民出版社，2019，第50页。曾巩在《代书寄赵宏》中说："东溪最好水已渌，桃李万株红白照。当时病卧不能出，日倚东风想同调。"五月赵宏宰师前往湖南路出抚州，曾巩又作《送赵宏序》，篇末题识为"庆历六年五月□日"。八月又在抚州写了《送王希序》。而这年科试却在六月十四日，由翰林学士孙抃知贡举，奏名进士七百一十五人，题榜首者便是曾巩的一位朋友裴煜。王琦珍认为这正是曾巩生病的时候，并未参加考试。

② 王安石《太常博士曾公墓志铭》记："归不仕者十二年，复如京师，至南京，病，遂卒。"王琦珍考曾易占玉山失官在景祐三年，至庆历七年实仅十一年。王安石言十二年盖取其首尾而言之。

这首诗中曾巩以"道边尘"自喻，极写胸中愁闷。首联两个"千万"极道"思""愁"之多与苦，"昼思"与"夜愁"的持续，使曾巩觉一昼一夜之漫长难熬。故友不在身旁，无人相与倾诉，虽强自努力，却难以改变现状。"尘"与"嵩丘"、涧溪与"沧海"形成巨大反差、对比，无一字着"情"，然而其内心的失意与黯然愁苦之情显露无遗。"我如道边尘"，正是对难以把控现实境况的"我"的质询与怀疑。任馆职后，曾巩居京师未久，就遭遇亲人亡故之痛，遂疲于应对生活，他作诗以叹："孺人舍我亡，稚子未堪役。家居拙经营，生理见侵迫。海盐从私求，厨面自官得。拣豆连数晨，汲泉候将夕。调挠遵古书，煎熬需日力。庶以具藜羹，故将供胲食。岂有寄径忧，提瓶无所适。但惭著书非，覆瓿固其职。"（《合酱作》）日常繁杂的家务甚至使曾巩无暇著述。

入仕前，曾巩面临的不仅是身体病痛的折磨，两次赴试不中，家乡里人已有嘲笑、中伤之语。曾巩《代书寄赵宏》曰："去随众后已自枉，更苦世情非可料。一心耿耿浪诚直，百口幡幡竞诃诮。"其《答裴煜二首》云："寥寥今非古，感激事真妄。曾谁省孤心，只以饵群谤。参差势已甚，决起意犹强。亲朋为忧危，议语数镌荡。"虽然曾巩对此不以为意，但被众人所谤也并不是令人愉悦的事情。"酒酣始闻壮士叹，丈夫试用何时遭。"（《一鹗》）"功名竟安在？富贵空寥寥。鸿鹄举千里，鸾凤翔九霄。胡为蓬蒿下，日夜悲鹪鹩。车马夕已还，行人亦飘飘。浩然沧海志，寂寞守空宵。"（《将之浙江延祖子山师柔会别饮散独宿空亭遂书怀别》）"吾徒于时直何用，欲住未得心茫然。"（《丹霞洞》）这些诗歌在体现病痛忧思之外，表达了曾巩怀才不遇的苦闷心情。

虽有不少愁苦之辞，但曾巩并不颓丧："灸灼君所劝，感君书上辞。勿难火艾痛，要使功名垂。我道世所背，君知余有谁。筋骸傥且健，学行肯教隳。"（《答所劝灸》）"我身今虽落众后，我志素欲希轲卿"（《初夏有感》），拖着病体，曾巩志向仍在孟子先贤。身在穷困之中，其心仍坚，其志仍壮，他善于自我调适，对"道"的追求在诗歌中多有体现：

　　荒城绝所之，岁暮浩多思。病眼对湖山，孤吟寄天地。用心长者

间，已与儿女异。况排千年非，独抱六经意。终非常情度，岂补当世
治？幽怀但自信，盛事皆空议。气昏繁霜多，节老寒日驶。局促去朋
友，呫嗫牵梦寐。将论道精粗，岂必在文字？（《写怀二首》）

"病眼对湖山，孤吟寄天地""况排千年非，独抱六经意"，这些诗句
显示了曾巩青年时期颇为自信的生活态度，虽然生活多艰，但曾巩从儒家
经典中汲取精神的营养，充实内心，并不被贫穷、病体所困，依然保持积
极的生活态度。

二　以"道"节情，自待甚重

困窘生活的深刻体验，使曾巩更能理解文人之穷的处境。他认为：
"古诗之作，皆古穷人之辞"（《读贾谊传》）①，他为贾谊鸣不平，为贾谊
之不遇而悲：

　　余悲贾生之不遇。观其为文，经画天下之便宜，足以见其康天下
之心。观其过湘为赋以吊屈原，足以见其悯时忧国，而有触于其气。
后之人责其一不遇而为是忧怨之言，乃不知古诗之作，皆古穷人之
辞，要之不悖于道义者，皆可取也。贾生少年多才，见文帝极陈天下
之事，毅然无所阿避。而绛灌之武夫相遭于朝，譬之投规于矩，虽强
之不合，故斥去，不得与闻朝廷之事，以奋其中之所欲言。彼其不发
于一时，犹可托文以抒其蕴，则夫贾生之志，其亦可罪耶？
　　故予之穷饿，足以知人之穷者，亦必若此。又尝学文章，而知穷
人之辞，自古皆然，是以于贾生少进焉。（《读贾谊传》）

可从几个方面来理解以上曾巩之论。首先，"道"是曾巩衡量文学价

---

① 何焯认为此为曾巩少作（《义门读书记》卷四四），李震《曾巩年谱》（苏州大学出版社，
1997）依将此文系于 1045 年，是年曾巩 26 岁。

值的首要标准。曾巩观贾谊之赋与文，① 认为贾谊有"康天下之心"和"悯时忧国"之虑，这符合曾巩"道"的要求。其次，在合"道"基础上，曾巩认为贾谊少年多才，遇事不阿避，但与朝廷武夫不合，不为所用，其所发之言不过是"奋其中之所欲言"，或为"忧怨之言"，但只要这些观点符合"道"的要求，不应苛求。再次，"穷人之辞，自古皆然"，曾巩以自己的"穷饿"，来推测贾谊穷困之时所做的选择与生活状态，又以自己学作文章的经历，说明"穷人之辞"多忧愤而发是普遍规律。最后，由此进一步引申，"托文以抒其蕴"，处境穷困者心有忧怨，发而为文泄导情感。这本质上与历代穷愁之士提出的命题具有相通之处。

中国文学史上留名的穷愁之士为数不少。在文学理论上，司马迁的"发愤著书"说、韩愈"物不得平则鸣"、欧阳修的"穷而后工"说都是著名的命题。以韩愈为例，韩愈初到长安谋考进士，在《答崔立之书》中曾有自述："仆始年十六七时，未知人事，读圣人之书，以为人之仕者，皆为人耳，非有利乎己也。及年二十时，苦家贫，衣食不足，谋于所亲，然后知仕之不唯为人耳。乃来京师，见有举进士者，人多贵之。仆诚乐之，就求其术……"② 但此后举进士，三次落第，终难免寄食于人，可谓出身低微，历尽坎坷。既为有志之士，心中难免不平，"亦时有感激怨怼奇怪之辞，以求知于天下，亦不悖于教化"③。他认为，历来优秀的文学作品，多是心中有所郁结而不得其平的产物："大凡物不得其平则鸣。"④ 曾巩言"托文以抒其蕴"，"奋其中之所欲言"，自己曾"感愤之不已，谨成《忆昨诗》一篇，杂说三篇，粗道其意"（《上欧蔡书》）。"感愤""忧怨"

---

① 这里涉及"文""赋""诗""辞"等概念，但通观"古诗之作，皆古穷人之辞"，"又尝学文章，而知穷人之辞，自古皆然"之论，则曾巩之言"穷人之辞"包括了"诗"与"文"。因此其所言"赋""诗""文"似都泛指文学，虽以不同之体称之，但曾巩在写作规律上似并未特意强调文体之分。

② 韩愈：《答崔立之书》，马其昶校注，马茂元整理《韩昌黎文集校注》，上海古籍出版社，1986，第165页。

③ 韩愈：《上宰相书》，马其昶校注，马茂元整理《韩昌黎文集校注》，上海古籍出版社，1986，第153页。

④ 韩愈：《送孟东野序》，马其昶校注，马茂元整理《韩昌黎文集校注》，上海古籍出版社，1986，第232页。

而成文，即文学作品的形成基于主体内在情感的积蕴，曾巩之说在本质上与司马迁、韩愈之说是完全一致的。

曾巩父亲去世后，他回乡过起了一段耕读生活，生活负担很重："衣食药物，庐舍器用，箕筥碎细之间，此予之所经营以养也。天倾地坏，殊州独哭，数千里之远，抱丧而南，积时之劳，乃毕大事，此予之所遭祸而忧艰也。太夫人所志，与夫弟婚妹嫁，四时之祠，属人外亲之问，王事之输，此予之所皇皇而不足也"，"今天子至和之初，予之侵扰多事故益甚，予之力无以为"（《学舍记》）。生活的重担使得曾巩"力疲意耗"，"劳心困形"（《学舍记》）。但曾巩仍"得其闲时，挟书以学"，在家旁建"草舍以学"，并道："予之卑巷穷庐，冗衣砻饭，芑苋之羹，隐约而安者，固予之所以遂其志而有待也。予之疾则有之，可以进于道者，学之有不至。"（《学舍记》）这种态度是极为难得的。对自己处境上的穷与物质上的贫的坦然态度，在曾巩的文章中时有显现。曾巩给欧阳修的上书中说："觊少垂意而图之，谨献杂文时务策两编，其传缮不谨，其简帙大小不均齐，巩贫故也，观其内而略其外可也。"（《上欧阳学士第一书》）让欧阳修忽略其所上的两编杂文时务策"传缮不谨""简帙大小不均齐"的外在，只读其文内之意即可。

曾巩的生活态度是通达的，他从容说到自己的生活状况，认为处境上的穷困与主体的材性、对"道"的体认及文章的美感相关联，因而"穷人之辞"则不一定必为"忧怨"之言了：

> 余读其书，知文叔虽久穷，而讲道益明，属文益工，其辞精深雅赡，有过人者。而比三遇之，盖未尝为余出也。又知文叔自进为甚强，自待为甚重，皆可喜也。虽其遇于命者不至于富贵，然比于富贵而功德不足以堪之，姑为说以自恕者，则文叔虽久穷亦何限哉？（《张文叔文集序》）

自进甚强、自待甚重，这是主体处于穷困之时凸显出来的特殊修养，曾巩十分欣赏。在这种态度下，张文叔之文对"道"的体悟愈加深刻，阐发愈发明白，而发为文章，则显现为"精深雅赡"过于常人。在曾巩的几个好友中，王安石为布衣之交，其余交往甚密的王向、王回、强至等都不是显达之人，他与朋友惺惺相惜，互相勉慰，也更理解这些朋友的"道"与"文章"，欣赏其道德人格：

> 然子直晚自以为不足，而悔其少作。更欲穷探力取，极圣人之指要，盛行则欲发而见之事业，穷居则欲推而托之于文章，将与《诗》、《书》之作者并，而又未知孰先孰后也。（《王子直文集序》）

王子直"欲穷探力取，极圣人之指要"而悔少作，愈发注重以文章托圣人之意，曾巩认为王子直可与《诗》《书》之作者并，甚至不能分出孰先孰后，这较之张文叔而言则更进一层。虽出于对自己的好友推举而辞有溢美，但曾巩之意更在于王子直于穷居之时不忘修身而成言的德行。他评王深甫说：

> 深父于是时奋然独起，因先王之遗文以求其意，得之于心，行之于己，其动止语默必考于法度，而穷达得丧不易其志也。（《王深父文集序》）

"穷达得丧不易其志"，这既是曾巩对好友的极高评价，亦是曾巩自己所坚持的操守。同样的评价也用于刘向，曾巩虽批其文"往往有不当于理者"，却肯定其"学博矣"，"数困于谗而不改其操，与夫患失者异矣，可谓有志者也"。经济上的窘迫、个人仕途的失意、生活中的挫败等都是穷愁士人需要面对的问题，或可发为"忧怨之言"，但困顿之中"不改其操"，依然能坚持"因先王之遗文以求其意"，"得之于心"，"行之于己"，这是曾巩所极为赞赏的良好德行。入仕前，曾巩有数首诗歌高壮激昂："高松高干云，众木安可到。汤汤鸣寒溪，偃偃倚翠藘。侧听心神醒，仰视目睛毛。风雨天地动，一叶不欹倒。岂同涧中萍，上下逐流潦。岂同墙根槐，卷卷秋可扫。凤凰引众禽，此木阴可焘。君求百常柱，星日此可造。般匠世有无，方钟野人好。"（《高松》）此诗言松树高耸入云，仪姿秀拔，视其形、听其音可使人心清神醒。水中浮萍随波逐流，墙根槐树遇霜则落，此松却稳如磐石，不随风雨摇摆，实为稀见之材，可荫庇凤凰，可为作楼台高柱，非他树可比，"般匠世有无"，则有伯乐难遇之意。又有《橙子》："江湖苦遭俗眼慢，禁御尚觉凡木多。谁能出口献天子，一致大树凌沧波。"这些都暗合了曾巩不随波逐流的傲气和坚定高远的志向。

与历史上遭遇穷困的文学家一样，曾巩亦在"穷"中而鸣。但与其他文学家不同的是，他对物质之贫显现了一种相对平和、淡然的态度，正是基于这种态度，曾巩倾向于内省，不断强调"修于内"的道德持养方法，以"道""理"来约守自己，虽将千万愁苦发于诗歌中，但仍心念周、孔，能"汲汲强自谋"，使诗歌合于儒家之"道"，不作奇怪之语。

第二节　娱情写物，拙者之适

一　忧喜哀乐，于诗见之

曾巩在文章中，对"道"的强调较为突出，而对于诗歌，则承认有娱情写物的作用，对"道"的要求较为宽容。其《王平甫文集序》云：

> 古今作者，或能文不必工于诗，或长于诗不必有文。平甫独兼得之，其于诗尤自喜，其忧喜、哀乐、感激、怨怼之情，一于诗见之，故诗尤多也。

又评鲍溶、李白诗云：

> 溶诗尤清约谨严，而违理者少，亦近世之能言者也。故既正其误谬，又著其大旨以传焉。（《鲍溶诗集目录序》）

> 白之诗连类引义，虽中于法度者寡，然其辞闳肆隽伟，殆骚人所

不及，近世所未有也。《旧史》称白有逸才，志气宏放，飘然有超世之心，余以为实录。（《李白诗集后序》）

曾巩看到王平甫诗中蕴含了"忧喜、哀乐、感激、怨怼之情"，认为他兼擅诗、文，显然曾巩承认多样、丰沛的情感在诗歌中的抒写是合理的。鲍溶之诗清约谨严，因"违理者少"受曾巩喜爱。李白之诗"中于法度者寡"，"连类引义"，曾巩未加批评，反而赞其"辞闳肆隽伟，殆骚人所不及"，并认为旧史对李白之评价"有逸才，志气宏放，飘然有超世之心"是实录。这些都说明曾巩对诗歌传"道"的要求是不那么高的。除《李白诗集后序》，他还曾作《代人祭李白文》：

> 子之文章，杰立人上。地辟天开，云蒸雨降。播产万物，玮丽瑰奇。大巧自然，人力何施？又如长河，浩浩奔放。万里一泻，末势犹壮。大骋厥辞，至于如此。意气飘然，发扬俊伟。飞黄驶騠，轶群绝类。摆弃羁辔，脱遗辙轨。捷出横步，志狭四裔。侧睨驽骀，与无物比。始来玉堂，旋去江湖。麒麟凤凰，世岂能拘？古今僻儒，钩章搞字。下里之学，辞卑义鄙。士有一曲，拘牵泥滞。亦或狡巧，争驰势利。子之可异，岂独兹文？轻世肆志，有激斯人。姑熟之野，予来长民。举觞墓下，感叹余芬。

又有《谒李白墓》：

> 世间遗草三千首，林下荒坟二百年。信矣辉光争日月，依然精爽动山川。曾无近属持门户，空有乡人拂几筵。顾我自惭才力薄，欲将何物吊前贤？

李白的飘然超世之心、写作技法的大巧自然都使曾巩倾倒不已，发出"自惭才力薄"的感叹。曾巩诗歌有不少篇章较为鲜明地流露了他的忧喜哀乐、感激怨怼的情绪和情感。既有前文所提因生活困苦、生病及科考不利等因素带来的忧思愁绪，也有不少欢愉、淡泊、激壮的情感与情志。曾巩诗虽不及李白诗"玮丽瑰奇""浩浩奔放"（《代人祭李白文》），但是对全面了解曾巩的真实情感、志向追求、日常生活面貌有重要的意义。

曾巩之喜乐可于感时观物诗而得：

> 荒城懒出门常掩，春气欲归寒不敛。东邻咫尺犹不到，况乃傍溪潭石险。风光得暖才几日，不觉溪山碧于染。欣然与客到溪岸，衣帻不避尘泥点。谷花洲草各萌芽，高下迸生如刻剡。梅花开早今已满，若洗新妆竞妖脸。柳条前日尚憔悴，时节与催还荏苒。沙禽翅羽亦已好，争趁午暄浮翠澉。从今物物已可爱，有酒便醉情何慊。君厨山杏旧所识，速致百壶须滟滟。心知万事难刻画，惟有醉眠知不忝。预愁酪酊苦太热，已令酒屋铺风箪。（《东津归催吴秀才寄酒》）

这首作于庆历年间的古诗，写景如画，体察细腻。早春之时，寒气未散，才有几日暖阳，溪流山峦已慢慢透出绿色。"不觉溪山碧于染"，写春至之时悄无声息，用字极妙。曾巩与友人兴致盎然，到溪边漫步赏春，"高下迸生如刻剡"，写草芽萌生时短小劲健的形态，颇为传神。一花一草、梅柳沙禽，都在昭示天地生机。"从今物物已可爱"，其实是主体受客观世界的感发而心生希望，赏景者沉醉于美景，暂忘烦忧，痛饮百壶美酒方不负此春。

曾巩喜雪，集中有咏雪诗、喜雪诗各数首。在他看来，雪不仅是时节更替的自然现象，落雪还带来寒气、阻隔道路，重新构建了冬日景象。雪包容万物，改造乾坤，祛除尘滓，灌溉田园。在落雪之时，才能分辨竹柏之劲健品格："北风萧萧鸣且歇，短日悠悠生复灭。朝含沧海满天云，暮断行人千里雪。初通壑谷气先冷，渐蔽郊原路疑绝。并包华夷德岂薄，改造乾坤事尤谲。驱除已与尘滓隔，灌溉终令枯槁悦。相持始信竹柏劲，易败可嗟萑苇折。"（《咏雪》）① 与竹柏相对应，士人当树立高洁的品格：

---

① 曾巩有《咏雪》同题诗二首，此为卷一《咏雪》。

"壮夫抚剑生锐气，志士屏门养高节。"（《咏雪》）另一首同题《咏雪》则描写了落雪后的壮丽景象："严严层冰塞川泽，汹汹北风鸣木石。黄云半夜满千里，大雪平明深一尺。两仪混合去纤间，万类韬藏绝尘迹。蛟龙发起抱峦冈，江海横奔控阡陌。野林缥缈苦难状，庭树鲜妍疑可摘。开门更觉山市静，散帙偏宜纸窗白。精光荡射遍岩谷，气象峥嵘见松柏。"山川冰塞、北风呼号，这是写下雪前的时节背景，黄云漫天、大雪蔽物，是下雪前后的壮丽天地，"万类韬藏""蛟龙发起"等描写山川万类被雪覆盖后的雄壮、寂静、缥缈、洁净，视野辽阔，气象雄浑，使人如临其境。曾巩还有一首长达五百字的五言古诗《雪咏》，叹古今咏雪辞同，誓为雪立传碑："雪花好洁白，不待咏说知。区区取相似，今古同一辞。薛能比众作，小去笔墨畦。谁能出千载，为雪立传碑。"诗歌叙描兼用，铺张笔墨，写"天地降于雪，其功大艰难"，最终认为"岂惟疠疫消，庶验百谷祥"（《雪咏》）。另有《喜雪二首》《再赋喜雪》《雪后》等诗，都在赋雪之时写景抒志。

　　曾巩之喜乐亦在林泉寄兴。熙宁五年，曾巩由通判越州改知齐州，到任后，曾巩基于之前在越州的治理经验，"除其奸强，而振其弛坏，去其疾苦，而抚其善良"（《齐州杂诗序》），很快取得不错的政绩。因此得以"与士大夫及四方之宾客，以其暇日，时游后园。或长轩崇榭，登览之观，属思千里；或芙蓉芰荷，湖波渺然，纵舟上下"（《齐州杂诗序》）。虽远离京师，却也是曾巩入仕生涯中最为轻松惬意的时光之一。曾巩《齐州杂诗序》云：

　　　　虽病不饮酒，而闲为小诗，以娱情写物，亦拙者之适也。（《齐州杂诗序》）

　　"娱情写物"，是曾巩对诗歌内容与功用的认识，诗歌可抒发情志、摹写生活。这一表述也让人看到了一个完成政务，没有生活重压的、没有传"道"焦虑感的曾巩。这段时间，曾巩的诗歌创作计有七十余首，其中有不少清新雅致的诗句，显露出轻松、欢乐的情感状态："颇喜市朝内，独

无尘土喧"(《七月一日休假作》),"耕桑千里正无事,况有樽酒聊开颜"(《北渚亭雨中》)。又如:

> 枕前听尽小梅花,起见中庭月未斜。微破宿云犹度雁,欲深烟柳已藏鸦。井辘声急推寒玉,笼烛光繁秉绛纱。行到市桥人语密,马头依约对朝霞。(《早起赴行香》)

这首小诗以"听""见""破""藏""推""行""对"等动词为线索,将系列代表性的意象串联起来,铺排描绘出了早起之时世间由静到闹的过程,读来如见其景,如临其境。《西湖纳凉》云:

> 问吾何处避炎蒸,十顷西湖照眼明。鱼戏一篙新浪满,鸟啼千步绿阴成。虹腰隐隐松桥出,鹢首峨峨画舫行。最喜晚凉风月好,紫荷香里听泉声。

齐州多山水,曾巩闲时常沉醉其间,这首诗歌通过鱼戏、鸟啼、新浪、绿荫等写出了大明湖盛夏之时的清幽雅致。

二 寺庙悠游,心态史卷

曾巩在入仕前对佛家思想批评激烈,写文章也必为自家门第,前文列举的佛寺、道观记文都显现了这种态度。与欧阳修、苏轼、王安石等相较,曾巩与佛门道家人士交往极少。入仕之后,曾巩由于职务原因,需处理各类事项,作为地方官员牵涉禳灾祈福、寺院管理、寺制变更等,需同寺院交接;又由于政务繁杂,耗力费心,与友人就近游赏观景,寺庙自然也就更频繁地走入曾巩的视野和诗歌中。曾巩有二十余首涉及寺庙的诗歌,与入仕前的激烈批佛时的追索儒道、面目严肃不同,这些诗歌大多以"闲""尘外"为关键词,反映了曾巩闲适、放松、愉悦的悠游心境与山水好尚。与其生平经历相对看,这些寺观诗歌有别于文章,显露了曾巩的心态演变史。

曾巩入仕后不久就有与寺庙相关的诗歌。嘉祐二年曾巩中进士第，嘉祐四年曾巩调太平周司法参军。[①] 任期内曾巩有《延庆寺会景纯正仲希道介夫明叟纳凉同观建邺宫中画像翰林墨迹延庆寺者刘裕故宅中有寿丘山》，诗云："禅方寿丘山，平昔宋公宅。好风吹雨来，暑气一荡涤。我与二三友，欢言同几席。神清轶埃壒，趣合尽肝膈。……泊无势利心，自觉衿虑适。起坐相扳牵，迟留日将夕。"曾巩与友人在延庆寺同观画像、翰林墨迹等，风雨过后，寺庙翠竹、红花等构成的景致清幽、宜人，暑热退去，让人有神清气爽、远离尘埃、忘却俗务之感。在诗中，曾巩不再关注"惟学佛之人不劳于谋议，不用其力，不出赋敛，食与寝自如也"（《鹅湖院佛殿记》），延庆寺也暂时褪去了传扬宗教、害于儒道的面目，成为初入仕途的他游赏观景的一个地域空间。在游赏观景、与友人相聚的同时，曾巩也放下了在其文章中显露出的强烈的"以文传道"的责任感，呈现出士人日常生活的心情与状态。

嘉祐五年冬，曾巩被召编校史馆书籍。嘉祐六年，富弼以母丧守制去相位，司马光知谏院，王安石知制诰，欧阳修任参知政事，苏轼、苏辙应制科试，弟曾宰任舒州司户参军，曾巩妻子晁文柔病[②]。编校史籍虽适合曾巩，但到京师生活后，家庭的生活困境，妻子的生病，政事变化的频繁，使他认识到仕途的复杂。其《京师观音院新堂》云：

> 九衢言语乱人耳，三市尘沙昧人目。猿狙未惯裹章绶，鱼鸟宁忘慕溪谷？恨无栖宿在清旷，欲弄潺湲愈烦懊。道人谁氏斥佳境，决汉披霄敞华屋。骈罗巍巍三秀石，丛迸娟娟两修竹。云蒸雨泄被岩窦，海倒河垂动林麓。顿惊俯仰远嚚浊，岂直形骸摆羁束。解衣坚坐暝忘返，饮水清谈心亦足。丈夫壮志须坦荡，曲士阴机谩翻覆。青鞋赤舄偶然尔，安用区区巧追逐。

---

① 李震：《曾巩年谱》，江西人民出版社，2019，第 132 页。
② 李震：《曾巩年谱》，江西人民出版社，2019，第 138～141 页。

居于京师，曾巩政事闻见愈多，所知愈早，虽只是编校史籍，也感受到了政治现实之复杂性。"九衢""三市"代指繁华闹市，"乱人耳""眯人目"诉说喧闹的京师生活也会给人带来困扰，这两句既有陈述事实的感觉，又有议论警世的意味。"猿狙""鱼鸟"两句借动物喻人，身心向往自由而不愿受权位名望的羁绊。"丈夫壮志须坦荡，曲士阴机谩翻覆"说明身边有人暗用机巧、毁谤谩骂之事，这与曾巩坦荡的胸怀、磊落的做事风格相去甚远，他认为脚着草鞋与赤舄、身为平民与身居高位存在着偶然性，要顺其自然，不必为名利权势费尽心机。在这样的思想下，游观音院，看到奇石修竹、云蒸雨泄的景致，曾巩豁然开朗，得以体会片刻远离尘世、摆脱肉身羁绊的妙处，乃至化用庄子语，发出"解衣坚坐瞑忘返，饮水清谈心亦足"的感叹。曾巩在史馆任职八年多，除整理、校勘典籍，还写下了不少有名的书序文章，与他十几年的外任生活相比，这段京师生活似乎是平静美好的，但这首《京师观音院新堂》可以补充京师生活的某些侧面。

熙宁二年，曾巩知越州时有《游天章寺》《金山寺》《游金山寺作》《题宝月大师法喜堂》等诗。《游天章寺》是曾巩由京师外任地方后心态变化的代表，其诗言：

> 篮舆朝出踏轻尘，拂面毵毵柳色新。曲水岂能留往事，南湖空解照行人。最宜灵运登山屐，不负渊明漉酒巾。老去飘零心未折，暂须同醉海边春。

天章寺始建于北宋至道二年（996），曾巩至越州后前往游览。从京师到外任地方，在工作职责、承受压力、任职前景、人员交往层级等方面必定会有差别，曾巩内心有失落感，自言"老去飘零"，诗歌又用王羲之、谢灵运、陶渊明等典故，显露山林游访、隐逸之心，但这些只是表象。诗歌的最终主旨落在"心未折"三字，入仕前他传播儒道的理想与任天下之事的"勤行之意"仍在，"心未折"恰说明了他暗藏的抱负与有所作为的决心。天章寺据传建造在兰亭旧址。曾巩的这首诗歌除了书写建寺历史、寺庙景观，最重要的还是言志。镇江金山是江南佛教圣地，梁武帝时期已在金山设立过庄严隆重的水陆道场，其上金山寺"始建于东晋，唐时，始称金山寺"①，历史悠久。与曾巩大致同期的范仲淹、王安石、王令、苏轼等人都有金山寺题咏诗歌。曾巩《金山寺水陆堂记》云："夫金山之以观游之美取胜于天下，非独据江瞰海，并楚之冲而滨吴之要也。盖其浮江之槛，负崖之屋，橼摩栋揭，环山而四出，亦有以夸天下者。"极称道金山景观之美。其诗《游金山寺作》云：

> 候潮动鸣橹，出浦纵方舟。举篙见兹山，岿然峙中流。朱堂出烟雾，缥缈若瀛洲。十年入梦想，一日恣寻游。展履上层阁，披襟当九秋。地势已潇洒，风飙更飕飗。远挹蜀浪来，旁临沧海浮。壶觞对京口，笑语落扬州。久闻神龙伏，况睹鹙鸟投。行缘石径尽，却倚岩房幽。颇谐云林思，顿豁尘土忧。昏钟满江路，归榜尚夷犹。

"十年""一日"这一强烈的时间比对，反映了金山寺作为知名游览景观在曾巩心目中的重要性，一朝观览，"笑语落扬州"，心情极为愉悦。此次游览，曾巩沿石径寻访，遇幽谧岩房，感受到世外桃源般的美好，领会到隐逸之趣，暂忘尘世繁杂，以至返程时仍恋恋不舍。当然，与《游天章寺》对看，其中悠游之趣应只是曾巩政事之余的闲雅之乐。在入仕之前，他只是觉得很多世儒"习圣人之道，既自以为至矣，及其任天下之事，则未尝有勤行之意，坚持之操"（《菜园院佛殿记》），而从京师到地方，仕宦已近十年，所历不少，也对现实中所谓崇儒行道之人有了更加清晰的认识："谁能怀抱信分明，扰扰相欺是世情。只有陋儒夸势利，几曾高位功名②。欲将志义期千载，只合溪山过一生。君向此堂应笑我，病身南北正营营。"（《题宝月大师法喜堂》）这时的他看到陋儒为功名权位扰扰相欺，自己空有志向，只能在名利争夺中做些本职工作。"只合溪山过一生""营

---

① 余红艳：《镇江金山寺"高僧降蛇"符号的叙事体系》，《广西民族大学学报》（哲学社会科学版）2015 年第 6 期。

② 此句原本脱漏一字。

营"数字道出多少无力与无奈。

熙宁四年曾巩知齐州，"齐故为文学之国，然亦以朋比夸诈见于习俗。今其地富饶，而介于河岱之间，故又多狱讼，而豪猾群党亦往往喜相攻剽贼杀，于时号难治。余之疲驽来为是州，除其奸强而振其弛坏，去其疾苦而抚其善良"（《齐州杂诗序》）。曾巩治齐州"以疾奸急盗为本"，以严厉的手段打击了周高等横行庄里的黑恶势力，经大力整治后，居民"外户不闭"[1]，民众皆服膺爱戴曾巩。闲暇之余，曾巩尽山水之兴，赋诗吟咏，其有不少齐州特有的景观诗歌除收录于《元丰类稿》，亦收入《两宋名贤小集》、《济南府志》（道光）中，证明了其作为地方官员的治绩。曾巩《到郡一年》透露出政务之外难得的闲适心情："薄材何幸拥朱轩，窃食东州已一年。陇上雨余看麦秀，桑间日永问蚕眠。官名虽冗身无累，心事长闲地自偏。只恐再期官满去，每来湖岸合留连。""心事长闲地自偏"很明显化用了陶渊明之"心远地自偏"。"麦秀""蚕眠"，是百姓安居的祥和景象，百姓生活如此，曾巩也得以"长闲"，此"闲"是用自己恰当得法的治理方式换得的。知齐州时曾巩还有《请文慧和尚住灵岩疏》《请文慧和尚开堂疏》等文，是因政务要求，曾巩请文慧重元和尚驻灵岩寺而作。灵岩寺在长清县东九十里，始建于东晋，"初为梵僧佛图澄卓锡之地，法定禅师所创"[2]，自唐时起即与南京栖霞寺、浙江国清寺、湖北玉泉寺并称天下"四大名刹"，宋属京东东路济南府长清县，"真宗景德中改名曰：敕赐景德灵岩禅寺。后仍去景德字，复名灵岩禅寺"[3]。寺内有辟支塔、千佛殿、御书阁等。关于灵岩寺，曾巩有诗云：

> 法定禅房临峭谷，辟支灵塔冠层峦。轩窗势耸云林合，钟磬声高鸟道盘。白鹤已飞泉自涌，青龙无迹洞常寒。更闻雷远相从乐，世道嚣尘岂可干。（《灵岩寺兼简重元长老二刘居士》）

---

① 王赠芳：《济南府志》卷三四"宦绩·宋"，清道光二十年刻本，国家图书馆藏。
② 舒化民：《长清县志》卷一"祠祀志·寺"，清道光十五年刻本，国家图书馆藏。
③ 马大相编纂，孔繁信点校《灵岩志》，山东友谊出版社，1994，第13页。

诗歌对灵岩寺险峻的地理位置、寺内辟支塔的雄壮景观、轩窗钟磬的高远氛围等进行描写，"雷远"是对赵抃闻雷悟道之事的化用，对这样一个已有悠久历史又为君王所重视的大寺，曾巩作为主政之一，恪守职责之时，言其出世之乐。

熙宁十年（1077），曾巩在洪州任上，获假返乡葬妻子文柔、弟曾宰、八妹德耀、二女庆老和兴老于南丰。[①] 回乡间，曾巩有《访石仙岩杜法师》《赠安禅懃上人》《送觉祖院明上人》《僧正倚大师庵居》等。其《访石仙岩杜法师》诗云：

> 杜君袖衔丹砂书，一顾诃斥百怪除。声如翻河落天衢，四方争迎走高车。方瞳秀貌白须垂，贾船东南寻旧居。石岩天开立精庐，四山波澜势争趋。君琴一张酒一壶，笑谈衮衮乐有余。我今归来尚踟蹰，美君决发真丈夫。

曾巩常因其在文章中显示的严肃的推崇儒道态度被视为醇儒，其入仕前的佛寺、道观记文对佛教道教的批判尤为激烈。入仕后的寺庙悠游是曾巩的休闲方式之一，出于交游、职责等原因，曾巩与寺庙等交往更为频繁。当他把寺庙仅视为一种地域空间时，赏景游玩、忘却俗务烦扰，是他寺庙主题诗歌的主要表现内容。但这首《访石仙岩杜法师》诗似乎不同于以往，在返乡安葬亲人的事件背景下，其"踟蹰"是在言说什么内容？是对羁留于相对佛教而言的俗世的"踟蹰"？是曾巩历经亲人不断离世感慨生命脆弱、长期外任于地方感受政务烦扰仕途多舛，该不该执着于儒"道"的考虑？"美"的言说对象是"决发"，即出离俗世剃发为僧，"真丈夫"是对杜法师的赞美，结合全诗内容、作诗时间与曾巩这些年仕途的经历，不能不说"踟蹰""美"是一种历经百事后的真实的心境。

元丰元年（1078），曾巩知福州军事，其诗《圣泉寺》记录当地的佛教发展状况："闽王旧事今何在，惟有村村供佛田。"《福州府志》录曾巩

---

① 李震：《曾巩年谱》，江西人民出版社，2019，第247页。

于"名宦",载其绩:"时贼渠廖恩者既降,余众观望复合,旁连数州,巩以计罢致之,余众或归或擒,自是境内盗息。州多梵刹,僧争为主守,赇请公行,巩俾其徒自推择,籍之以次补注,受牒于府,又禁妇人毋得游僧寺。官旧无职田,岁鬻园蔬,收其直,不下三四十万,巩曰:太守与民争利,可乎?罢之。尝谓州县文移烦数,吏弊滋甚,民困追呼之扰,乃痛革弊端,所省文移至数倍,令行禁止,吏民安之。"① 外任已十年,曾巩已有丰富的地方治理经验,福州方志对他的治绩虽是概述,但"吏民安之"说明他获得了当地百姓的认可。曾巩《福州上执政书》记录了经治理后百姓的生活状态:"自冬至春,远近皆定。亭无桴鼓之警,里有室家之乐。士气始奋,而人和始洽。至于风雨时若,田出自倍。今野行海涉,不待朋俦。市粟四来,价减什七。"处理好政务,做好本职工作,这是曾巩作为儒者对自己的要求。四境安泰,人民安居,曾巩的心境也较为愉悦,这期间的寺观诗歌,《凤池寺》《旬休日过仁王寺》《大乘寺》《升山灵岩寺》等多流露出闲适之趣,如《旬休日过仁王寺》:"随分笙歌与樽酒,且偷闲日试闲行。"《大乘寺》:"……楼台势出尘埃外,钟磬声来缥缈间。自笑粗官偷暇日,暂携妻子一开颜。"这些诗中,除描绘杂花修竹、溪桥野水、丹楼碧阁外,大多表现了曾巩放松的心态。不过从他的生活全景来看,这种愉悦也是他多年飘零于京外的自我调适。曾巩母亲八十余高龄居京师,自己多年外任难以回京,辗转飘零之感常常流露出来:"一麾漂泊在天涯"(《寒食》)、"身在天涯未得归"(《城南二首》),所以《凤池寺》诗说:"经年闻说凤池山,蜡屐方偷半日闲。……为郡天涯亦潇洒,莫嗟流落鬓毛斑。""半日闲"、"偷暇日"和"偷闲日"都是从为官的身份去言说,"潇洒"是曾巩调整后的心态,而作为士人个体的真实内心可能更多在于"流落"和"漂泊"。

多样的情感、情绪在曾巩诗歌里得到了充分的表露,但在文章中则极难见到。曾巩为贾谊之"忧怨之言"受到后人责备鸣不平,对李白之诗极为推崇,也常把自己的"忧怨之言"显现在诗歌中,是默认了将诗歌看作

---

① 叶溥修:《福州府志》卷一五·官政志·名宦,明正德刻本,国家图书馆藏。

情感宣泄的渠道，强调"不违理"，在文章中多不显，只是出于自己的道德持守要求将感情加以克制罢了。有些学者基于曾巩以"道"论文及在诗歌中偏议论的倾向，认为他对诗的艺术特征是缺乏认识的，可能未必切合曾巩的实际情况。

由于曾巩宗经明道，他的文章往往被认为缺少活泼泼的真实性与新鲜可感的生命力，不那么凸显个人的性情、趣味，曾巩从而成为后世不为世人所重视甚至具有争议性的文章家。但是，从积极的方面说，文本于经，在历史上总会起到这样的作用："实现了社会现实同文学艺术的紧密结合，文学不至于完全堕入个人性情抒发的自娱自乐的形式主义深渊。每当形式主义泛滥的时候，正统的文学家们总是借助'宗经'、'征圣'的经学文学传统，以现实主义的风雅精神对抗形式主义的华丽绮靡。"[①] 宋中期，章句声偶之辞仍在士人耳边，浮轨滥辙之语尚在眼前，正是因为有以曾巩为代表的文章家们坚定不移地走宗经明古的写作道路，欧阳修发起的古文运动才得以更快走上了正途。回顾曾巩未入仕时的《菜园院佛殿记》一文，对照他一生的文章，曾巩确如当年自省的那样，能够坚持儒家之"道"，始终如一。心中有这样的信念，博览百家之书，以六经为宗，以"三代两汉之书"为师法对象，不以藻彩为重，辨理析道，从容叙事，曾巩创作出了一批反映一代文风的、具有典范意义的文章佳作。固然后世不少文人对曾巩有非议，但无论如何，无论谁书写中国古代文学史，都不得不多少给他留上几笔，以证实这位醇儒文章家在北宋古文发展史上的影响。与文章相对应，曾巩在诗歌中吐露真情，记录了自己的日常生活，喜怒哀乐都见之于笔端，又因为对"道"的持守，在诗歌中，这些情感也被克制，显现出不悖道义的特点。

---

① 傅道彬：《"六经皆文"与周代经典文本的诗学解读》，《文学遗产》2010 年第 5 期。

附录一：

曾巩交游名录小考

　　欧阳修（1007—1072），字永叔，吉州永丰人。庆历元年（1041），曾巩二十三岁，入京师游太学，上书欧阳修《上欧阳学士第一书》，附自己写的杂文时务策两编。欧阳修此时在京任馆阁校勘已一年多，见其文而奇之，并言："过吾门者百千人，独于得生为喜。"（《上欧阳学士第二书》）欧阳修对曾巩之文评价很高，"辱爱幸之深"，使曾巩"不敢自外于门下"（《上欧阳学士第二书》）。欧阳修的文章与道德人格都对曾巩产生很大影响。

　　杜衍（978—1057），字世昌，越州山阴人。《两宋名贤小集》收有《杜祁公撼稿》一卷，《全宋诗》录有其诗。曾巩集收与杜衍书及诗多篇，如《上杜相公》《与杜相公书》《谢杜相公书》《谢杜相公启》《上杜相三首》等。曾巩第一次上书杜衍是在庆历七年（1047），此年九月曾巩侍父赴京至南郡（都），而杜衍正退休寓居此地，两人得以相识。后杜衍曾于曾父病时前去探望，后曾巩父亲去世时予以帮助，曾巩有书云："居常龃龉，动辄困穷。往以孤生而蒙收接，又遭大故而被救存。非常之恩德所加，空知感激；无用之技能素定，曷有报偿。"（《谢杜相公启》）

　　范仲淹（989—1052），庆历三年（1043）由陕西经略安抚使入京任枢密副使，后拜参知政事，与富弼、欧阳修等发起"庆历新政"。曾巩彼时虽未入仕，却极力支持，曾上书范仲淹表示赞颂，并言"然阁下之位可谓贵矣，士之愿附者可谓众矣，使巩也不自别于其间"（《上范资政书》），后又有《答范资政书》，其言："王寺丞至，蒙赐手书及绢等。"今《范文正公集》及《文正公尺牍》均未收与曾巩书。

蔡襄（1012—1067），字君谟，莆田人。仁宗庆历三年（1043）时知谏院，为人忠诚刚直，谏必尽言，不讳君过，每一疏出，闻者悚然。后人辑有《蔡惠忠集》，《直斋书录解题》著录其《荔枝谱》一卷。① 曾巩有《上欧蔡书》《上蔡学士书》《答蔡正言》②，但检今《蔡惠忠集》不见蔡襄与曾巩书。

梅尧臣（1002—1060），字圣俞，宣州宣城人，曾经欧阳修荐为国子监直讲，于诗坛享有盛名，世称宛陵先生，有《宛陵集》。嘉祐二年（1057）曾巩进士及第后，欧阳修曾设宴请王安石、曾巩："二十二日，欲就浴室或定力饯介甫、子固，望圣俞见顾闲话。"③ 梅尧臣有《得曾巩秀才所附滁州欧阳永叔书答意》《逢曾子固》《和楚屯田同曾子固陆子履观予堂前石榴花》《送曾子固苏轼》《夜直广文有感寄曾子固》《重送曾子固》《送次道学士知太平州因寄曾子固》等，均见《宛陵先生集》④。但今《曾巩集》不见与梅尧臣之书。

赵抃（1008—1084），字阅道，衢州西安人，景祐元年（1034）进士及第，曾知谏院、擢右谏议大臣、参知政事，后出京师知杭州、青州、成都、越州等地，有"铁面御史"之称，有《清献集》传世，《宋史》有传。赵抃有《寄酬齐州曾巩学士二首》⑤，曾巩有《送赵资政》二首、《余杭久旱赵悦道入境之夕四郊雨足二首》、《寄赵宫保》、《和酬赵宫保致政言怀二首》、《和赵宫保〈别杭州〉》、《越州赵公救灾记》、《贺赵大资政致政启》、《贺杭州赵资政冬状》、《齐州答青州赵资政别纸启》⑥ 二篇等，可谓

① 陈振孙：《直斋书录解题》，上海古籍出版社，1987，第299页。
② 《续资治通鉴长编》卷一五二载：庆历四年（1044）十月己酉（二十一日），蔡襄"授右正言，知福州。"（《久佚海外〈永乐大典〉中的宋代文献考释》）穆修《河南集》亦有《答福州蔡正言书》，言："自君谟在朝廷为言事之臣，遂不作书逾三年矣，忽辱手诲以家兄亡殁为慰……"由此知"蔡正言"为蔡襄。
③ 欧阳修：《与梅圣俞书》，李逸安点校《欧阳修全集》，中华书局，2001，第2458页。
④ 梅尧臣撰，朱东润编年校注《梅尧臣集编年校注》，上海古籍出版社，2006。
⑤ 赵抃：《清献集》卷五，《文渊阁四库全书》本。
⑥ 许仲毅编《海外新发现〈永乐大典〉十七卷》，上海辞书出版社，2003。

交谊甚深①。

范世京（生卒年不详），字祖延，熙宁进士，官至秘书丞，范仲淹从兄范师道（字贯之）之子。范师道去世后，范世京收集其父生前奏议，请曾巩作序，曾巩为之作《范贯之奏议集序》。

邵亢（1014—1074），字兴宗，润州丹阳人，熙宁二年四月以资政殿学士给事中知越州，十一月移郑州。②《东都事略》卷八一列传六四详记其事。曾巩有《和邵资政》《寄郓州邵资政》《送郑州邵资政》《贺郓州邵资政改侍郎状》。

袁陟（生卒年不详），字世弼，号遁翁，南昌人，庆历六年（1046）进士，知当涂县官，官至太常博士，有《遁翁集》③。《直斋书录解题》："陈郡袁氏谱一卷，袁陟世弼录。"④《西清诗话》卷中云："袁陟世弼，豫章人，韩魏公、欧阳文忠公、刘原父、王文公皆其知友。丱角时能诗，天才秀颖，有唐人风。"曾巩有《答袁陟书》。

钱藻（1022—1082），字醇老，一作纯老，吴越王钱镠之孙。嘉祐二年进士，曾为秘阁校理，⑤《新雕皇朝类苑》载："嘉祐四年仁宗谓辅臣曰：'宋、齐、梁、陈、后魏、后周、北齐、书世罕有善本，未行之，学官可委编校官精加校勘。'八月命编校书籍，孟恂、丁宝臣、郑穆、赵彦若、钱藻、孙觉、曾巩校宋、齐、梁、陈、后魏、北齐、后周七史。恂等言：'梁、陈等书缺，独馆阁所藏，恐不足以定著，愿诏京师及州县藏书之家，使悉上之。'仁宗皇帝为下其事，至七年冬，稍稍始集，然后校正讹谬，遂为完书，模本行之。"⑥可知钱藻、曾巩曾同在史馆校书，熙宁三年（1070）钱藻知婺州，同僚送行，各有赠诗，到任时，钱藻刻石而请曾巩作序，曾巩有《馆阁送钱纯老知婺州诗序》。曾巩还有《朝中祭钱纯老文》

---

① 关于赵抃与曾巩的交游已有詹亚园《赵抃与曾巩交游事实略考》（《浙江社会科学》2006年第3期）一文进行了较为全面的考证。
② 嘉泰《会稽志》卷二。
③ 厉鹗辑撰《宋诗纪事》，上海古籍出版社，2008，第416页。
④ 陈振孙：《直斋书录解题》，上海古籍出版社，1987，第229页。
⑤ 《彭城集》云："嘉祐末年予始为学官，同舍六人，后二年间钱醇老为秘阁校理……"
⑥ 《新雕皇朝类苑》卷三一，日本元和七年活字印本。

《故翰林侍读学士钱公墓志铭》等。《故翰林侍读学士钱公墓志铭》记："公与余尝为僚，相善，其且殁，以遗事属余，而其家因来乞铭。"可见二人相交之深。

王震（生卒年不详），与曾巩同为中书舍人，今传《元丰类稿》各版本多有王震序，《宋十朝纲要》卷八载王震曾与曾巩、赵彦若、蹇周辅、蔡卞、蔡京、陆佃、杨景略、钱勰、范百录等同为馆职。

孙觉（1028—1090），字莘老，高邮人，皇祐元年（1049）进士。少学于胡瑗，擅经学，官至御史中丞。熙宁元年（1068）他和郑穆、曾巩同为修《英宗实录》检讨官。"撰有文集 40 卷、外集 10 卷、奏议 12 卷，《荔枝唱和诗》1 卷，《春秋经社要议》3 卷、《春秋学纂》12 卷；《春秋经解》15 卷（今存）等。其著作多佚，仅存佚诗文约近百篇，其中诗 10 余首。"[①] 王安石交游最厚者除曾子固外，亦有孙正之、王逢原、孙莘老、王深甫、刘原父、贡父、丁元珍、常夷甫、崔伯易诸人，诸人皆以文学行谊见推于当世。曾巩有《寄孙莘老湖州墨妙亭》。

宋敏求（1019—1079），字次道，赵州人，藏书家，亦长于史学。庆历三年（1043）以光禄寺丞充馆阁校勘，参修《实录》，亦编有《唐大诏令集》（一百三十卷）、《长安志》等。曾巩曾为宋敏求作《代宋敏求知绛州谢到任表》。

刁约（994—1077），字景纯，润州丹徒人，天圣八年（1030）进士，康定元年（1040）与欧阳修同修礼书。[②] 与王安石、曾巩皆有交，曾巩有《延庆寺会景纯正仲希道介夫明曳纳凉同观建邺宫中画像翰林墨迹延庆寺者刘裕故宅中有寿丘山》《刁景纯挽歌词二章》。

丁宝臣（1010—1067），字元珍，晋陵人，景祐元年（1034）进士，终集贤校理尚书司封员外郎。欧阳修、王安石、梅尧臣、刘敞等均与其有交往，丁宝臣亦为曾巩在秘阁校书的共事者，曾巩有《丁元珍挽词二首》《馆中祭丁元珍文》。

---

① 方健：《北宋士人交游录》，上海书店出版社，2013，第 548 页。
② 方健：《北宋士人交游录》，上海书店出版社，2013，第 574 页。

林希（生卒年不详），字子中，号醒老，福州侯官人，嘉祐二年进士，别头省试第一人，登进士第三甲，初授泾县主簿。① 曾巩同馆舍之友，元祐中曾任吏部尚书，丁元珍、郑穆、孙觉、林希等曾与曾巩同往相国寺听琴，曾巩有《相国寺维摩院听琴序》。曾巩去世，林希为其撰《神道碑》。

洪规（生卒年不详），字方叔。曾巩于治平三年（1066）夏"得洪君于京师，始合同舍之士，听其琴于相国寺之维摩院……同舍之士，丁宝臣元珍、郑穆阆中、孙觉莘老、林希子中……"，并言洪规"以文学吏事称于世"。（《相国寺维摩院听琴序》）

赵彦若（约1033—1095），字元考，司马光座上客，性孝友温良，谨洁正固，博闻强记，曾与曾巩于史馆共事。曾巩有《和贡甫送元考元考不至》。

金君卿（1023—1098），字正叔，饶州浮梁人，庆历二年（1042）登进士第。《皕宋楼藏书志》记《金氏文集》二卷，评曰："少颖悟，善属文。康定中，文正范公出守鄱阳延致门馆，议论纵横，闻望卓著，逾冠举进士，登甲科，治五经，尤长于易，尝撰《易说》、《易笺》，自谓可以起诸儒之膏肓，清辅嗣之耳目者矣。"② 官至尚书度支郎中。《宋史·艺文志》有《金君卿集》十卷。金君卿有《和曾子固闻言事谪官者》，曾巩为作《卫尉寺丞致仕金君墓志铭》。

刘挚（生卒年不详），字莘老，永静军东光县人。嘉祐四年（1059）省元，初授试秘书省校书郎，知冀州南宫县。有《正月十一日迎驾大庆殿次曾子固韵》。

苏轼（1037—1101），字子瞻，眉山人，曾巩同年。苏轼有《送曾子固倅越得燕字》《与曾子固一首》。苏轼、苏辙兄弟之父苏洵去世，请曾巩为作哀辞，曾巩记："二子，轼为殿中丞直史馆，辙为大名府推官。其年，以明允之丧归葬于蜀也，既请欧阳公为其铭，又请予为辞以哀之。"（《苏明允哀辞》）曾巩还曾应苏轼之请而为其祖父苏序作《赠职方员外郎苏君墓志铭》。曾巩《赠黎安二生序》言："赵郡苏轼，余之同年友也，自蜀以

---

① 傅璇琮主编，龚延明、祖慧编撰《宋登科记考》，江苏教育出版社，2009，第242页。
② 《皕宋楼藏书志》卷七十四，《续修四库全书》本。

书至京师遗余，称蜀之士曰黎生、安生者。既而黎生携其文数十万言，安生携其文亦数千言，辱以顾余……遂书以赠二生，并示苏君，以为何如也。"

苏辙（1039—1112），苏轼之弟，曾巩同年。苏辙有《曾子固舍人挽词》。

苏颂（1020—1101），王安石同年，庆历二年进士，嘉祐中与王安石同为馆职。据方健先生考证，"皇祐二年（1050），欧阳修为南京留守，苏颂为其属官，任南京留守司推官，因才学兼备，虑深思远，精于吏事，而深得欧阳修信任，府事一以委之，是欧阳修极为赏识的门下之士。"① 苏颂有《次韵曾子固舍人上元从驾游幸》②。曾巩与之和诗已佚。

韩维（1017—1098），字持国，开封人，元符元年（1098）六月左朝议大夫致仕。其人笃志学问，尝以进士荐礼部。陈鹄《西塘集·耆旧续闻》记："韩持国吕晦叔不合，曾子固王介甫不合"条记："嘉祐、治平间，韩氏、吕氏，人望盛矣。议者谓魏公将老，置辅非韩即吕。故王介甫结韩持国，又因持国以结子华。"③曾巩有《七月十四日韩持国直庐同观山海经》。曾巩去世后韩维为曾巩作《神道碑》。

韩缜（1019—1097），字玉汝，韩维六弟。元丰末至宰相。刘攽、梅尧臣、王安石、范纯仁等与其皆有唱和诗，《苕溪渔隐诗话》《诗话总龟》《东坡志林》等皆记其为政及好美食之事。曾巩有《韩玉汝使归》《送韩玉汝》《送韩玉汝使两浙》。

王哲④（生卒年不详），字微之，累官知汝州，元丰中官尚书兵部郎中集贤校理、提点礼泉观，著有《孙子注》三卷。王安石与之交好，酬唱甚多。曾巩有《酬王微之汴中见赠》。

章友直（生卒年不详），字伯益，工古文，以小篆著名，史言善以篆笔画龟蛇和棋盘。曾巩有《谢章伯益惠砚》。

---

① 方健：《北宋士人交游录》，上海书店出版社，2013，第 398 页。
② 苏颂著，王同策、管成学、颜中其等点校《苏魏公文集》，中华书局，第 134 页。
③ 陈鹄，孔凡礼点校《西塘集·耆旧续闻》（历代史料笔记丛刊），中华书局，2002，第 315 页。
④ 李浩对王微之的姓名进行过详细辨析，认为其名应为"王哲"而非"王晢"，见李浩《王微之姓名考辨》，《文教资料》2012 年第 26 期。

孔武仲（1042—1097），字常父，临江新淦人，《宋史》有传。孔武仲有《祭曾子固文》言："我少方蒙，公发其源。……面奖所是，夺其不然。粗若有之，公赐多焉。公方择隐，在溢之墙。我亦于此，谋安一廛。"① 说明孔武仲少时即与曾巩相熟。曾巩有《和孔教授》《雪后同徐秘丞皇甫节推孔教授北园晚步》《孔教授张法曹以曾论荐特示长笺》。

孔平仲（1044—1102），字义甫，一作毅父，其兄孔文仲、孔武仲。黄庭坚有"二苏连璧、三孔分鼎"之说，三孔即指孔文仲、孔武仲、孔平仲兄弟，三人都为颇有影响的学者。孔平仲有《曾子固令咏齐州景物二十一诗》②，有《上曾子固》："海邦穷僻想知音，匹马春风入岱阴。千里山川忘道远，一门兄弟辱恩深。发扬底滞先生德，振拔崎岖长者心。更以诗篇壮行色，东归胜挟万黄金。"③ 曾巩有《和孔平仲》，可见二人不但有交往，可能曾巩对孔平仲、孔武仲兄弟等亦有帮助。其父孔延之，字长源，孔子之后四十六世孙。曾巩为孔延之作墓志铭《司封郎中孔君墓志铭》，其中有"其子以余与君为最旧，来乞铭"，又《祭孔长源文》言："我试于乡，自公考择，弥久弥亲，情隆意获。"可知曾巩与孔长源一家相交甚早而深。

陆佃（1042—1102），字农师，越州山阴人，熙宁三年（1070）年进士，陆游祖父，曾从王安石学。《郡斋读书志》载陆氏《埤雅》二十卷，注："右皇朝陆佃农师撰，书载虫鱼鸟兽草木名物，喜采俗说。然佃，王安石客也，而其学不专主王氏，亦似特立者。"又载其注《老子》二卷。④《直斋书录解题》载陆佃撰《礼象》十五卷。其事亦见《宋史》。陆佃曾与曾巩同为中书舍人，有《次韵和曾子固舍人二首》，曾巩有《回陆佃谢馆职启》。

蹇周辅（生卒年不详），字磻翁，成都双流人，"周富强学，善属文，神宗尝命作《答高丽书》，屡称善，为吏深文刻核，故老而获戾"⑤。曾巩

---

① 《清江三孔集》卷一九，《文渊阁四库全书》本。
② 郭祥正《青山续集》（卷三，《文渊阁四库全书》本）亦收入此齐州二十一首诗歌，钱锺书认为"郭祥正《青山集·续集》里的诗篇差不多全是孔平仲的作品，后人张冠李戴，错编了进去的"。（《宋诗选注》，第 97 页）李震认为此二十一首诗即孔诗而非郭诗。
③ 《清江三孔集》卷二四，《文渊阁四库全书》本。
④ 晁公武：《昭德先生郡斋读书志》（万有文库本），商务印书馆，1937 年影印本。
⑤ 《宋史》卷三二九《蹇周辅传》，中华书局，1977，第 10605 页。

有《蹇碏翁寄新茶二首》、《贺蹇周辅授馆职启》和《福州与转运论张办七事别纸启》①。

释道潜（1043—1106），字参寥，本姓何，於潜人，北宋著名诗僧，与苏轼交好。有《赠子固舍人》。

张耒（1054—1114），字文潜，亳州人，苏门四学士之一，与曾巩有书信往来。元丰二年（1079）夏，曾巩自四明守亳，道楚，张耒时自楚将赴河南寿安尉，致书曾巩请求拜望。

王安石（1021—1086），字介甫。王安石与曾巩的交往情况学界已做不少考述。王安石、曾巩于景祐三年（1036）年相识于入京赴试途中，援为知己，自此相交颇深。又由于二人身处位置不同，政见颇有不同，遂渐远，但多年情谊仍未断。曾巩集及王安石集中皆存二人大量往来书信及唱和诗，此不赘述。

王安国（1031—1077）②，字平甫，为王安石之弟。曾巩评曰："世皆谓平甫之诗宜为乐歌，荐之郊庙；其文宜为典册，施诸朝廷，而不得用于世。"（《王平甫文集序》）由于王安石的关系，曾巩与王安国相识较早，曾巩对王安国之人、之文评价颇高："平甫乃躬难得之姿，负特见之能，自立于不朽，虽不得其志，然其文之可贵，人亦莫得而掩也。则平甫之求于内，亦奚憾乎！古今作者，或能文不必工于诗，或长于诗不必有文。平甫独兼得之，其于诗尤自喜，其忧喜、哀乐、感激、怨怼之情，一于诗见之，故诗尤多也。平甫居家孝友，为人质直简易，遇人豁然推腹心，不为毫发疑碍，与人交，于恩意尤笃也。"（《王平甫文集序》）王安国与曾巩亦有姻亲关系，为曾巩第二妹之婿。曾巩集中收《王平甫文集序》《和酬王平甫道中见寄》《拟试制科王平甫策问一道》等。王安国去世后，曾巩尝作《祭王平甫文》。

---

① 方健《久佚海外〈永乐大典〉中的宋代文献考释》辑有此文，并考证认为曾巩知福州与蹇周辅任权发遣福建漕使相始终，此文即为致蹇周辅的书启。见《暨南史学》第3辑，暨南大学出版社，2004。

② 方健：《北宋士人交游录》，上海书店出版社，2013，第424～425页注释有对王安国生卒的考证。方健认为今著多误将王安国生卒标注为1028—1074，实际应为1031—1077，今从方健之说。

王回（1022—1065），曾巩《隆平集》有王回简传："王回，字深甫，福州侯官人。尝举进士中第，补卫真县主簿，议邑事不合，移疾自免。久之，大臣荐之，朝廷授以一邑，命下而卒，年四十二。有集二十卷。弟向亦以文学知名，善序事，亦早卒。回孝友质直，博学知要，与临川王安石友善。安石谓回造次必稽孔子、孟轲所为，而不为小廉曲谨以求名于世。其学问所得，自汉以来列儒林者罕及也。"①《续资治通鉴长编》卷二〇五"英宗治平二年六月"有王回事，《宋史》将其列入儒林传。

王向（生卒年不详），字子直，王回弟。《宋登科记考》"王向"条记为嘉祐二年登进士第，② 曾任峡州硖石县主簿。曾巩评其文曰："长乐王向字子直，自少已著文数万言，与其兄弟俱名闻天下，可谓魁奇拔出之才，而其文能驰骋上下，伟丽可喜者也。读其书，知其与汉以来名能文者，俱列作者之林，未知其孰先孰后。考其意，不当于理者亦少矣。然子直晚自以为不足，而悔其少作，更欲穷探力取，极圣人之指要，盛行则欲发而见之事业，穷居则欲推而托之文章，将与《诗》、《书》之作者并，而又未知其孰先孰后也。"（《王子直文集序》）《文献通考》录《王子直文集》，记："王向子直，深父之弟。……西麓周氏曰：子直之于深甫，犹颍滨之于东坡也，芝兰之丛，无不香者。然子直时有英气，而能力自蟠屈以就法度，可谓有意于文章也。"③

王同（生卒年不详），字容季，王向之弟，仕至蔡州新蔡县主簿。曾巩《王容季墓志铭》评曰："容季孝悌纯笃，尤能克意学问，自少已能为文章，尤长于叙事，其所为文，出辄惊人。为人自重，不驰骋衒鬻，亦不孑孑为名。日与其兄讲唐虞孔子之道，以求其内，言行出处，常择义而动。"马端临《文献通考》著录有《王容季文集》，曰："按，侯官三王之文，盖宗师欧公者也。其大家正气，当与曾、苏相上下，故南丰推服其文，而深悲其早世。然晁、陈二家书录并不收入，《四朝国史·艺文志》仅有《王深父集》，才十卷，则止有曾序所言之半，而子直容季之文无传

① 曾巩撰，王瑞来校正《隆平集校正》，中华书局，2012，第 451 页。
② 傅璇琮主编，龚延明、祖慧编撰《宋登科记考》，江苏教育出版社，2009，第 239 页。
③ 马端临：《文献通考》，中华书局，1986，第 1877 页。

焉，亦不能知其卷帙之多少，可惜也。"①

曾巩评王氏三兄弟言："学士大夫以谓此三人者皆世不常有，藉令有之，或出于燕，或出于越，又不可得之一乡一国也，未有同时并出，出于一家。"（《王容季墓志铭》）曾巩与王氏兄弟往来的书信及相关资料主要有《与王深甫书》、《答王深甫论扬雄书》、《王深父文集序》、《与王向书》、《王子直文集序》、《王容季文集序》和《金华县君曾氏墓志铭》②等。《全宋文》录王回《答曾子固书》一篇。王回与曾巩有姻亲关系，曾巩六妹嫁给王回。

常秩（1019—1077），字夷甫，颍州汝阴人，长于《春秋》。常秩与王回、王安石、曾巩等交游甚密，关于扬雄"美新"之事与曾巩等进行过讨论。"秩，颍州人，应进举。初未为人知，欧阳永叔守颍，令吏较郡中户籍，正其等，秩赀簿在第七。众人遽请曰：'常秀才廉贫，愿宽其等。'永叔怪其有让，问之皆曰：'常秀才孝悌有德，非庸众人也。'永叔为除其籍而请秩与相见，悦其为人。秩由此知名。"③《东都事略》评曰："及王安石更定法令，士大夫沸腾，以为不便。秩在闾阎，见所下诏，独以为是。被召，遂起。然在朝亦无所发明，闻望日损……常秩以隐逸应聘，而不能尽性知命，乃务求苟合，是岂知《易》所谓君子之道者哉？故虽名列隐逸，殆亦赧然矣。"④ 在王安石变法之时，曾巩请赴京外任职，常秩选择了与曾巩不同的态度。

王无咎（1024—1069），字补之，建昌南城人，嘉祐二年进士，《宋史》有传："第进士，为江都尉、卫真主簿、天台令，弃而从王安石学，久之，无以衣食其妻子，复调南康主簿，已又弃去。好书力学，寒暑行役不暂释，所在学者归之，去来常数百人。王安石为政，无咎至京师，士大夫多从之游，有卜邻以考经质疑者。然与人寡合，常闭门治书，惟安石言论莫逆也，安石上章荐其文行该备，守道安贫，而久弃不用，诏以为国子

---

① 马端临：《文献通考》，中华书局，1986，第 1877～1878 页。
② 曾氏为王氏兄弟之母。
③ 刘敞：《杂录》，《公是集》卷四八，《文渊阁四库全书》本。
④ 王偁撰，孙言诚、崔国光点校《二十五别史·东都事略》，齐鲁书社，2000，第 1032 页。

直讲，命未下而卒，年四十六。"① 陈振孙《直斋书录解题》卷一七录云："《王直讲集》十五卷，天台县令南城王无咎补之撰。无咎，嘉祐二年进士，曾巩之妹夫，从王安石游最久，将用为国子学官，未及而卒，为之志墓。曾肇序其集云二十卷，今惟十五卷。"② 曾巩集有《送王无咎字序》《送王补之归南城》，其《讲周礼疏》记王无咎讲《周礼》，曾巩前往听之之事。

王无咎与曾巩亦有姻亲关系，曾两娶曾巩之妹。曾巩《与王深甫书》云："宣和日得书，四弟应举，今亦在京师。去年第二妹嫁王补之者，不幸疾不起，以二女甥之失其所依，而补之欲继旧好，遂以第七妹归之，此月初亦已成姻。"可知曾巩以二妹、七妹先后嫁王无咎。陈师道亦记："女嫁承议郎关景晖、南康主簿王无咎、秘阁校理王安国、江宁府教授朱景略、秘书丞李中、承议郎王几、宣德郎周彭孺，一卒于家，一再适王无咎，凡女九人。"③

孙侔（1019—1084），字少述，一字正之，吴兴人。今唯《五百家播芳大全文粹》录孙侔六篇贺（谢）启文。沈遘、刘攽、刘敞、欧阳修、王安石等皆与其有往来唱和或书信。王安石有《得孙正之诗因寄兼呈曾子固》，其《与孙侔书》云："且吾两人与子固岂当相求于行迹间耶？"④ 曾巩与孙侔有唱和诗《孙少述示近诗兼仰高致》、《和酬孙少述》、《和孙少述侯职方同燕席》、《寄孙正之二首》和《寄孙正之》等。可知孙侔为王安石、曾巩共同好友。

孙甫（998—1057），字之翰。曾为谏官，博学强记，精史学，官至兵部员外郎。《遂初堂书目》载其《唐论》。曾巩有《寄孙之翰》一诗，其《隆平集》及《杂识》中皆载孙甫事。

蒋之奇（生卒年不详），字颖叔，宜兴人，举进士，曾拜翰林学士，

---

① 《宋史》卷四四四《王无咎传》，中华书局，1977，第 13120 页。
② 陈振孙：《直斋书录解题》，上海古籍出版社，1987，第 504 页。
③ 陈师道：《光禄曾公神道碑》，《后山居士文集》卷一八，宋刻本（清翁方纲跋并题诗），国家图书馆藏。
④ 王安石：《与孙侔书》，李之亮笺注《王荆公文集笺注》，巴蜀书社，2005，第 1370 页。

兼侍读，谥文穆。"文穆在熙宁、元祐、崇宁为博闻强识之儒，曾在禁林，记诸典章文物之旧，曰《逸史》，至数百卷。是亦北宋一魁儒也。惜其受知庐陵，因患'奸邪'之目，转劾庐陵，为瑜不掩瑕耳。"① 曾巩有《庭桧呈蒋颖叔》《酬江西转运使蒋颖叔》等。

裴煜（生卒年不详），字如晦，抚州临川人，庆历六年试礼部第一，"治平中以开封府提刑知苏州，入判三司都磨勘司"②。裴煜官至翰林学士，与欧阳修、梅尧臣、王安石、刘敞酬唱甚密。曾巩有诗《答裴煜二首》，又有《都官员外郎胥君墓志铭》记："君之葬，秘阁校理裴煜以茂谌之疏来请铭。"

王存（生卒年不详），字正仲，丹阳人。《直斋书录解题》卷四有："《两朝国史》一百二十卷。熙宁十年，诏修仁宗、英宗正史，宋敏求、苏颂、王存、黄履等编修，吴充提举。元丰五年，王珪、李清臣等上之。"③亦曾参编《元丰九域志》十卷，见《直斋书录解题》卷八。曾巩有《酬王正仲登岳麓寺阁见寄》《延庆寺会景纯正仲希道介夫明叟纳凉同观建邺宫中画像翰林墨迹延庆寺者刘裕故宅中有寿丘山》等。

强至（1022—1076），字几圣，曾为韩琦幕下客，韩琦表章、书记多出强至手。《直斋书录解题》卷七载："《韩忠献遗事》一卷，郡牧判官钱塘强至几圣。至，魏公之客也。"④ 卷一五有 "《考德集》三卷，强至所集韩魏公琦薨后时贤祭文挽诗"⑤。《直斋书录解题》还著录《强祠部集》四十卷。曾巩曾为强至文集作序，称其文备古今体，兼人所长云。《曾巩集》卷七有《酬强几圣》《强几圣文集序》，《祠部集》有《寄齐州曾子固学士》、《回越州通判曾学士书》二通、《代魏公回曾舍人书》。

潘兴嗣（生卒年不详），字延之，号清逸，南昌人。《通志》载："《潘延之集》六十卷。"⑥《明一统志》卷四九载其："新建人，与王安石、曾巩

---

① 黄宗羲：《宋元学案·庐陵学案》，中华书局，1986，第 214 页。
② 厉鹗辑：《宋诗纪事》，上海古籍出版社，2008，第 412 页。
③ 陈振孙：《直斋书录解题》，上海古籍出版社，1987，第 105 页。
④ 陈振孙：《直斋书录解题》，上海古籍出版社，1987，第 208 页。
⑤ 陈振孙：《直斋书录解题》，上海古籍出版社，1987，第 208 页。
⑥ 郑樵：《通志》，中华书局，1987，第 823 页。

善，仕为德化县尉。许珹与兴嗣同郡，珹为江州刺史，兴嗣往见，珹踞不为礼，兴嗣竟归，徜徉山水间，自号清逸居士。后以瑞州推官召，不赴。孙淳师事黄庭坚，作记尤工。"曾巩有《移守江西先寄潘延之节推》诗，另有《奏乞与潘兴嗣子推恩状》。

张徽（生卒年不详），字伯常，复州人，仁宗宝元元年（1038）进士，隐而不仕，移居郢州。范纯仁、司马光、刘敞等皆与其有唱和及书信往来。《温国文正司马公文集》有《送张伯常同年移居郢州》，可知其与司马光为同年进士。《曾巩集》有《赠张伯常之郢见过因话荆楚故事仍赠祝佳什》《伯常少留别业寄诗索酒因以奉报》、《和张伯常自郢中将及敝境先寄长句》、《和张伯常岘山亭晚起元韵》和《题张伯常汉上茅堂》等。

关景晖（生卒年不详），字彦远，为曾巩妹婿。曾巩《郓州平阴县主簿关君妻曾氏墓表》云："郓州平阴县主簿关君景晖妻，姓曾氏……而巩之长妹也。"曾巩与关彦远的往来诗歌有《送关彦远》、《送关彦远赴江西》、《送关彦远赴河北》和《祭关职方文》。

关景仁（生卒年不详），曾为徐州丰县令，与曾巩有姻亲关系。曾巩应其请为其妻周婉作《夫人周氏墓志铭》，为其母作《福昌县君傅氏墓志铭》，其中记："子男八人，景荣、景元、景仁、希声、杞、景山、景宣、景良……景宣，予妹婿也，宜为铭。"

王几（生卒年不详），曾巩妹曾许王几，但未婚即病死，《曾氏女墓志铭》曰："讳德耀，……生二十岁，许嫁大理寺丞王几，行有日矣。"

刘敞（1019—1068），字原甫（一作原父），临江新喻人，学者称其为公是先生，举庆历进士，廷试第一。累牵知制诰，拜翰林学士，改集贤院学士，判南京御史台。《直斋书录解题》著录有《公是集》七十五卷。刘敞亦从欧阳修学，有《李觏以太学助教召曾巩以进士及第俱归会郡下素闻两人之贤留饮涵虚阁》①，说明刘、曾二人交往较早。

刘攽（1023—1089），字贡甫（一作贡父），临江新喻人，与兄敞同举

---

① 刘敞：《公是集》卷一三，《文渊阁四库全书》本。

庆历六年进士，历秘书少监，出知蔡州，召拜中书舍人。① 苏辙、王安石等与其常有唱和，后与王安石论新法不合，通判泰州。《直斋书录解题》著录其《彭城集》六十卷，曾巩有《和贡甫送元考元考不至》。

刘沆（995—1060），字冲之，吉州永新人，"天圣八年登进士第，累擢知制诰、龙图阁学士，皇祐三年参知政事，至和元年拜相，嘉祐元年罢，知南京，徙知陈州。卒年六十六"②。曾巩集有《与刘沆龙图启》，曾巩与刘沆通信时还未登第。

李献卿（生卒年不详），字材叔。李献卿任阆州尚书职方员外郎时请曾巩作《阆州张侯庙记》，曾巩另有《酬材叔江西道中作》《送李材叔知柳州序》等，并评李材叔为"好古君子"。

李觏（1009—1059），字泰伯，盱江人，"以文章知名，通经术，四方从学者常数百人。素不喜孟子，以为孔子尊王，孟子教诸侯为王。……泰伯有富国强兵之学，著《礼论》、《易论》、《明堂书》行于世"③。《郡斋读书志》著承其《李泰伯退居类稿》十二卷、《续稿》八卷、《常语》三卷、《周礼致太平论》十卷、《后集》六卷。④ 有学者认为曾巩曾师从李觏，⑤但笔者认为证据不足。刘敞有《李觏以太学助教召曾巩以进士及第俱归会郡下素闻两人之贤留饮涵虚阁》，言曾巩及第，刘敞邀李觏、曾巩二人相聚，对二人评价颇高。这并不能说明李、曾二人的师生之谊。

赵宏（生卒年不详），字希道。曾巩有《送赵宏序》《代书寄赵宏》。

胥元衡（1028—1066），字平叔，长沙人。与曾巩同为嘉祐二年进士，"少孤，能自奋厉，力学问，工为文章，又谨畏洁廉，慕善而不自放"。曾巩为之作《都官员外郎胥君墓志铭》。

陈枢（生卒年不详），字慎之，湖州长兴人，知泉州。曾巩曾荐之曰："质性纯笃，治民为循吏"（《尚书都员外郎陈君墓志铭》）。曾巩还为其母

① 厉鹗辑：《宋诗纪事》，上海古籍出版社，2008，第 409 页。
② 曾巩撰，王瑞来校正《隆平集》，中华书局，2012，第 192 页。
③ 王偁撰，孙言诚、崔国光点校《二十五史·东都事略》，齐鲁书社，2000，第 988 页。
④ 陈振孙：《直斋书录解题》，上海古籍出版社，1987，第 496 页。
⑤ 宋友贤：《曾巩实系盱江门下高弟——故宫博物院藏南宋稿本提供新证》，《东华理工大学学报》（社会科学版）2010 年第 2 期。

撰《德清县君周氏墓志铭》。

林慥（生卒年不详），至和元年通判抚州，立"思轩"，"士之能诗者，皆为君赋之"（《思轩诗序》），请曾巩为序。

丁琰（生卒年不详），姑苏人，尝佐南城。曾巩有《送丁琰序》，序曰："求余文者多矣，拒而莫之与也。独丁君之行也，不求余文，而余乐道其所尝论者以送之，以示重丁君，且勉之，且勉天下之凡为吏者也。"

李丕（生卒年不详），字子京，初名真卿。曾巩有《尚书比部员外郎李君墓志铭》记："康定初，先人寓南康，与李君居并舍，是时君年未四十，游余父子间，相好也。后十余岁，君为临安，遇余于浙西，道旧故，喜甚。又十余岁，君已退而家居，复见之山阳。"曾巩父子皆与其相熟。

傅权（生卒年不详），字次道，建昌军南城人，熙宁三年（1070）进士，官建宁军观察推官，学者称其为东严先生。曾子固尝推其诗文，为一时特出。曾巩《回傅权书》，记："辱惠书及古律诗、杂文，指意所出，义甚高，文辞甚美。以巩有乡人之好，又于闻道有一日之先，使获承重贶，幸甚。"

张持（生卒年不详），字久中，初名伯虎。曾巩有《张久中墓志铭》，记张持曾过曾巩所居之临川，二人相识："出其文章，因与予言古今治乱是非之理，至于为心持身得失之际，于其义，余不能损益也。"为曾巩青年时友人。

张彦博（生卒年不详），字文叔，蔡州汝阳人。庆历三年（1043）为抚州司法参军，曾巩曾为其父作墓铭及《刑部郎中张府君神道碑》。后张文叔得婴儿秃秃之遗骸葬之，曾巩又为之作《秃秃记》。张文叔去世后，其子张仲伟集其父遗文，请曾巩为之作序，曾巩作《张文叔文集序》。

刘伯声（生卒年不详），曾巩《刘伯声墓志铭》曰："庆历之间，余家抚州。州掾张文叔与其内弟刘伯声从予游。余与刘伯声皆罕与人接，得颛意以学问磨砻浸灌为事，居三年乃别。后数年，余以贫而仕，见伯声于京师，年益壮，学日以益。又数年，余校书史馆，伯声数过余，饮酒谈笑，道旧故相乐也。"

陈师道（1053—1102），字履常，一字无己，号后山居士，彭城人。

"好学苦志。年十六，以文谒曾子固，大奇之，许以文著时，留受业焉。"①
元祐初苏轼等荐其文，起为徐州教授，历仕太学博士、颍州教授、秘书省
正字。一生安贫乐道，闭门苦吟，有"闭门觅句陈无己"之称。后人有将
陈师道列为苏门六君子之一，论其文也以苏门称之，② 事实上陈师道一直
以曾巩门人自称。陈师道有《和南丰先生出山之作》。

李撰（生卒年不详），字子约，吴县人，曾官至袁州通判。《元丰类
稿》有《送李撰赴举》一诗，对他推举甚高。黄宗羲《宋元学案》将李
撰、陈师道同归于南丰门人。

晁说之（1059—1129），字以道，一字伯以，济州巨野人，晁补之之
弟，为元丰进士。曾巩元丰三年至京师后，晁说之就学于曾巩。

刘弇（1048—1102），字伟明，号云龙，安福人，《宋史》有传，有
《龙云集》三十二卷。其文不拘一格，大都气体宏整，词致敷腴。《龙云
集》中有《上曾子固先生书》《上知府曾内翰子固书》等。

吕南公（1047—1086），字次儒，号衮斧，又号灌园，人称灌园先生，
建昌军南城人。曾巩《与王向书》言："比得吕南公，爱其文。南公数称
吾子，然恨未相见。"吕南公有《上曾龙图书》。

黄曦（生卒年不详），字耀卿，南城人。曾巩《与王向书》云："及
至南丰，又得黄曦，复爱其文。"

王希（生卒年不详），字潜之。曾巩有《送王希序》云："巩庆历三
年遇潜之于江西。始其色接吾目，已其言接吾耳，久其行接吾心，不见其
非。吾爱也，从之游，四年间，巩于江西，三至焉。"

胡敏（生卒年不详），抚州金溪县人，曾从曾巩游。曾巩为其作《胡
君墓志铭》。

---

① 黄宗羲：《宋元学案·庐陵学案》，中华书局，1986，第 216 页 。
② 如谷曙光《以论为记与宋代古文革新发微》（《中国人民大学学报》2014 年第 1 期）云：
"苏门的陈师道在'以文为诗'、'以诗为词'等问题上，表现出强烈的尊体特点，是个
不折不扣的文体本色派"。

附录二：

曾巩诗文集稀见序跋

曾南丰全集序[①]

宋·陈宗礼

　　文章非小技也，三代而下，惟汉近古；唐惟昌黎、柳州能复古，继是弊矣。宋兴，文治一新，涤凡革腐，几与三代同风，而士以文鸣者称之。嘉祐中，欧阳文忠公以古道倡；南丰之曾，眉山之苏，胥起而应。眉山父子兄弟，稽千载治乱成败得失之变，参以当世之务，机圆而通，词畅而逸，言之有辅于世，美矣；然求其渊源圣贤，表里经术，未有若吾南丰先生之醇乎其醇者也。先生初登文忠公之门，其说曰："明圣人之心于百世之上，明圣人之心于百世之下。"又曰："趋理不避荣辱利害，相与争先王之教于衰灭之中"，则先生之学，非角声名竞利禄之学矣。韩子所谓："仁义之人，其言蔼如也"，故溢而为文，辞严义正，不诡不回。援孔孟之是，断《战国策》之士非；举《典谟》之得，正司马迁以下诸史之失；如针指南，如药伐病，言语之工云乎哉？盖眉山父子兄弟文之奇，南丰先生文之正。奇者如天马，如云龙，恍惚变态；而正者金之精，玉之良，凡物莫能加也。帛之暖，粟之饱，不可一日无，而人莫知其功也；以斯文，明斯道，淑斯人，古所谓经国之大业，不朽之盛事，先生之文，直与三代同风也。予昔窃禄中秘，偶当陛对，尝述先生之文之道，请赐谥以光往哲，以

──────────

　　① 转录自《王更生先生全集》第十六册《曾巩散文研读》，（台北）文史哲出版社，2010。

范后学，清朝既以文定易名，又为祠以崇仰望；邑之士请书其本末，遂不敢辞。宝祐四年，正月望日，参知政事陈宗礼撰。

大德重刊元丰类稿序①

元·程文海

南丰先生之故里本邑也。异时，邑于盱，民犹以汲汲告进而郡焉，汲汲可知已。故长于斯者，循簿书期会之文而无害已谓之能，已足以获乎下。今郡犹故也，簿书期会未之有改也，而能刊先生之文于校官，此其于民必有以裕之者矣。不然，夫子适卫之言，独非为政之大方乎？先生之文，天下之文也，而其乡校顾无之。非无也，有于斗斋黄令君，而无于毁。今复有矣，欲予序其颠。夫文之有无不系于板，板之有无不系于序，而惟民之有无实系于守令。故予于文不待赞而赞，为州者之能裕民焉。为州者谁乎？东平丁君德谦也。昔先生为齐州。齐，剧郡也，顽悍凶盗之讼无虚日。至未几，而郡中肃然。然则观先生之文，当观先生之实。此又读《元丰类稿》所当知者。君名思敬。大德八年夏五，广平程文海书。

元丰类稿序②

明·罗　伦

南丰先生《元丰类稿》五十卷，《续稿》四十卷，《外集》十卷。《类稿》宜兴板行矣，《续稿》、《外集》世未有行者。南靖杨君参来令南丰，刻宜兴板于县学，属伦叙之。夫圣贤之学，心乎道非心乎文也，道成于己而文自显也。文人之学，心乎文非心乎道也，学文而因窥乎道也，道成而文自显者，文与道为一也。因文而窥乎道者，道与文为二也。道也者，天

---

①　此序见台北故宫博物院藏景印元本《元丰类稿》，此本即傅增湘所言"故宫本"《元丰类稿》，本文句读参照张文澍校点的《程钜夫集》（吉林文史出版社，2009，第164页）。

②　此序以明嘉靖黄希宪本为底本，本文句读参照《王更生先生全集》第十六册《曾巩散文研读》，［（台北）文史哲出版社，2010，第329、330页］。

命之性，本诸吾心而散诸万事，其大者君臣、父子、夫妇、兄弟、朋友之伦，其小者威仪、文辞、食息、起居之节，其达诸国家天下，尊卑贵贱相接之体，制度，文为之著，其笔之于书，以诏后世，则《易》、《诗》、《书》、《春秋》、《礼》、《乐》之文，无适而非圣贤之文也。圣贤非有心于文也，道成而文自显也。孔子曰："文王既没，文不在兹乎？"孟轲氏没而斯文不传矣。后数百年而得董仲舒焉，得杨雄氏焉。仲舒惑于灾异，未醇乎道。杨雄失于黄老美新之文，君子羞之，其能与于斯文乎？杨雄氏没，又数百年而后得韩愈氏焉，道之大用亦庶乎矣，然急于富贵而检身之道不及，其能与于斯文乎？又数百年而后得欧阳氏焉，学者宗之，以配韩愈，然因其言以求其道，亦未免乎韩氏之病也。当是时也，其徒倡而和之者，眉山苏氏、临川王氏、南丰曾氏其尤也。二氏之说，淫于老佛者有矣，唯曾氏独得其正而犹未得与于斯文，何也？其用心者，韩愈、欧阳之文，而非文王、孔子之文也。当是时也，濂溪之周子、河南之程子、横渠之张子，三子者之用心，文王、孔子之文也。使曾氏而得其门焉，则其所立其如斯而已乎？新安朱子所以与其文之正，而惜其未见，夫道之大原也。於戏！数子者之文，率数百年而后得一人焉，其心专而力勤，终其身也，而卒不得与于斯文者，心乎文而非心乎道也。昔孔子之门，身通六艺者七十人，独如愚之颜子莫有能及者，非惟当时群弟子莫能及，而天下后世卒莫有能及者，心乎道也。孔子告颜子以非礼勿视、听、言、动，心乎道者之所事也。心乎文者，有至有不至；心乎道者，无不至矣。故孔子曰："未之思也，夫何远之有？"言心乎道者无不至也。虽然，曾氏之文，不得与于文王、孔子之文矣，然亦岂非百世之士乎？予三过南丰而问焉，其世已无闻，其祠已为蔬圃。景泰间，训导汪伦立祠于读书岩下，主其祠者先生之叔父易持之后也。杨君既梓其文，复欲请于朝以祠之，予故成其志，使闻先生之风而兴者，知求道于内也。赐进士及第，翰林修撰，湖西罗伦叙。①

---

① 罗伦，字彝正，永丰人，成化丙戌进士第一，有《一峰集》，见《天禄琳琅书目后编》卷一八，清光绪刻本。

书元丰类稿后①

明·何乔新

南丰曾先生之文，有《元丰类稿》五十卷，《续元丰类稿》四十卷，《外集》二十卷，南渡后《续稿》、《外集》散佚无传。开禧间，建昌郡守赵汝砺始得其书于先生之族孙潍，缺误颇多，乃与郡丞陈东合《续稿》、《外集》校定，而删其伪者，因旧题定注为四十卷，缮写以传。元季又亡于兵火。国初，惟《类稿》藏于秘阁，士大夫鲜得见之。永乐初，李文毅公为庶吉士，读书秘阁，日记数篇，休沐日辄录之，今书坊所刻《南丰文粹》十卷是也。正统中，昆池赵司业琬始得《类稿》全书，以畀宜兴令邹旦刻之，然字多讹舛，读者病焉。成化中，南丰令杨参又取宜兴本重刻于其县，踵讹承谬，无能是正。太学生赵玺访得旧本，悉力校雠，而未能尽善。予取《文粹》、《文鉴》诸书参考，乃稍可读。《文鉴》载《杂识》二首，并《书魏郑公传后》，《类稿》无之，意必《续稿》所载也，故附录于《类稿》之末。呜乎！先生之生当洛学未兴之前，而独知致知诚意正心之说，馆阁诸序，蔼然道德之言，其学粹矣。至其发之赋咏，平实雅健，昌黎之亚也，世或谓其不能诗者，非妄邪？校雠既完，谨识于卷末。

南丰曾先生文粹序②

明·王慎中

无锡安君如石刻南丰曾氏《文粹》成，属慎中为序，而重以武进唐太史顺之、同安洪郎中朝选二君之书以勉焉。予惟曾氏之文至矣！当其时，

---

① 何乔新：《书元丰类稿后》，黄宗羲编《明文海》，中华书局，1986 年影印本，第 2428 页。笔者句读。

② 此为明嘉靖二十八年安如石刻本《南丰曾先生文粹》序，国家图书馆藏，傅增湘校并跋，本文句读参照《王更生先生全集》第十六册《曾巩散文研读》〔（台北）文史哲出版社，2010，第 327、328 页〕。

王震序之已，无能有益于发明，晚宋及元，序者颇多，而其言愈下，予何敢任焉？唐君以文名世，洪君与之上下其学，文亦日有名，而二君见勉之勤如此，岂有他哉？亦慨斯文之既坠，而欲明其说于世也。故不揆而序之曰，极盛之世，学术明于人人，风俗一出乎道德，而文行于其间，自铭器赋物，聘好赠处，答问辩说之所撰述，与夫陈谟矢训，作命敷诰施于君臣政事之际，自闺咏巷谣，托兴虫鸟，极命草木之诗，与夫作为雅颂，奏之郊庙朝廷，荐告盛美，讽谕监戒，以为右神明，动民物之用，其小大虽殊，其本于学术而足以发挥乎道德，其意未尝异也。士生其时，盖未有不能为言，其才或不能有以言，而于人之能言，固未尝不能知其意，文之行于其时，为通志成务，贤不肖愚知共有之能，而不为专长一人、独名一家之具。噫！何其盛也。周衰学废，能言之士始出于才，由其言以考于道德，则有所不至，故或驳焉而不醇、或曲焉而不该，其背而违之者又多有焉，以彼生于衰世，各以其所见为学，蔽于其所尚，溺于其所习，不能正反而旁通，然发而为文，皆以道其中之所欲言，非掠取于外藻饰而离其本者，故其蔽溺之情亦不能掩于词，而不醇不该之病所由以见，而荡然无所可尚。未有所习者，徒以其魁博诞纵之力攘窃于外，其文亦且怪奇瑰美，足以夸骇世之耳目，道德之意不能入焉，而果于叛去，以其非出于中之所为言，则亦无可见之情，而何足以议于醇驳该曲之际？由三代以降，士之能为文，莫盛于西汉，徒取之于外而亦足以悦世之耳目者，公孙弘、徐乐、枚乘、谷永、司马相如之属，而相如为之，尤能道其中之所欲言；而不免于蔽者，贾谊、董仲舒、司马迁、刘向之属，而向其最也。于是之时，岂独学失其统而不能一哉？文之不一，其患若此。其不能为言者既莫之能知，由其不知之众，则为之而能者又益以鲜矣。四海之广，千岁之久，生人之多，而专其所长以自名其家者，于其间数人而已。道德之意犹因以载焉而传于不泯，虽其专长而独名为有愧，于盛世既衰之后，士之能此，岂不难哉？由西汉而下，莫盛于有宋庆历、嘉祐之间，而杰然自名其家者，南丰曾氏也。观其书，知其于为文良有意乎！折衷诸子之同异，会通于圣人之旨，以反溺去蔽，而思出于道德，信乎能道其中之所欲言，而不醇不该之蔽亦已少矣，视古之能言，庶几无愧，非徒贤于后世之士而已。推其所行之远，宜与《诗》、《书》之作者并天地无穷而与之俱久，然至于今日，知好之者已鲜，是可慨也。盖此道不明，士之才庶可以有言矣，而病于法之难入，困于义之难精，决焉而放于妄，以苟自便，而幸人之相与为惑，其才不足以有言，则愧其不能矫为之说，诬焉以自高，而掩其不能之愧，以为是不足为也，其弊于今为甚，则是书尤不可不章显于时，顾予之陋安能使人人知好之，而序之云然，盖以致予之所感焉尔。

嘉靖己酉冬十月望，晋江后学王慎中谨序。

南丰曾先生粹言叙[①]

明·曾　佩

宋三文公，以文章彪炳一时，而余宗遂有声江汉间，自我祖元绍公，由后湖徙居田西，实祖文昭公，则不肖佩，乃文定公从裔也。余发始燥，即从先君子亹亹谭先世德业文章，而抚余顶曰："尔必亡忘先文公之业。"不肖少困举子业，比长，备员台史，学殖几落，顷以建言亡状，杖戍雷阳。会新天子覃恩，诏归田，乃得卒业《文定公集》，作而叹曰："夫文章之垂于世也，岂不以道哉！"藉不要于道，即摘辞春华，犹无益于殿最，譬诸三家之市，列组点采，适足走乡里小儿耳！乃两都之巨丽，海外之谲酬，政不在此。今天下家握灵珠，人人自欲追秦以上，语及宋则掩口，宋故卑疵不及格，然抽精骑于什伍，探玄珠于罔象，亦有颇可采者，何必上古？文定公具在，以今观，制诏则抵掌典谟，诗歌则优孟汉魏，固已参靮前修，而冠冕宋代矣！颜之推有云，文章之体，标举兴会，使人忽于特操，果于进取。文定公当元丰群小之间，进退泊如，陈谊矫然，绝无一切文士之态，以故温醇岊雅，片语摹真，便足千古，岂与少年骋烟云月露之华，竞壮语以相矜哉？康乐氏谓得道须从慧业，文人直芘糠视之。然则公之文垂日月，盖有道焉，进乎技矣！会遭兵燹，遗文散失，夫湮前人之盛业，遗千载之阙文，余小子惧焉，乃谋之公裔孙后湖松，并查溪以达等，欲

---

① 《南丰先生元丰类稿》明万历二十五年曾敏才等刻本。

重订正之，金曰唯唯。于是余遂刻其《粹言》，藏于家，以俟后之人。

隆庆元年丁卯岁秋八月穀旦，赐进士、文林郎、山东道监察御史、奉敕刷卷南京京畿道、前钦差巡按居庸三关福建等处，从裔孙佩谨撰。

重刻曾南丰先生文集序①

明·李玑

夫文辟则水也，随地赋形，用至不一矣，莫不有道焉。学未明乎其道，则言各狃于见之所及，而不见于所不及，或失则偏，或失则驳，词旨纰缪，亦何所藉于发明？而其甚，又果于叛道，挟其掉阖之口，徒以攘袭于其外，是则古谓虚车，虽以覆瓿焉可也。乃或陶铸，既凡，才非天授，则内见虽融，词不足达，而强颜撰述，斯尤无足观也已。求以行远，奚可哉？向余读学中秘，盖尝览观古今之际，莫不代有作者，而究其才若学并，吾于宋得曾氏南丰焉。南丰之文才之天授者也，意念所注，词必达焉，顷刻千言，成章有斐，而彬彬焉，衍裕雅飑，诚足自名其家矣。及详其书而味之，则又统一道德，上本六经，词有厥源，异乎攘袭。是故书疏之作婉而确，论序之作辩而则，而代言诸制又皆词严理正，参之典谟无愧焉。盖孟学不传之后，程学未显之前，言美而传，而绝无偏驳之弊者，如公盖寡矣。呜呼！是岂可以易言乎？尝即公所为学记者观之，公年十五笃志六经之文矣，已而周流于外，晚休于家，遑遑不暇息，而一有间，无不力于学，则公所深造自得而言有本者，诚非偶然矣。世之士无其学而肆言，非其才而妄作，效颦接踵，务以欺人，而卒之自诬，不以反其本，此其弊至今为日甚。而公之集所以尤不可以无传也。公集有《元丰类稿》五十卷，《续稿》四十卷，《外集》十卷。《类稿》刻久矣，《续稿》、《外集》成化间刻之于本邑，无锡安氏迻选其粹刻之。乃侍御黄君伯容谓未之广也，又版多脱缪，爰檄苏守王君翻刻之，因属余以序。夫学未明道，而才之劣，

---

① 《南丰先生元丰类稿》明嘉靖四十一年黄希宪刻本（顾之逵跋并录何焯批校），国家图书馆藏。笔者句读。

宜莫如余者，何敢序公之文哉？侍御君之请不可虚，而因识其由如此，抑以见吾景仰之私尔。侍御君察吴中，风裁籍甚，而雅意于斯文，此固其一验云。

嘉靖壬戌年春仲望，赐进士出身、资善大夫、南京礼部尚书、前吏部右侍郎兼翰林院学士、掌詹事府事、国子监祭酒、春坊谕德、翰林侍读、纂修国史《会典》丰城李玑撰。

南丰先生文集跋[①]

明·李良翰

叙曰：是书也，鲁国之流裔，道南之橐籥也。盖谈道之书出，而文与道二矣，夫子之文章与性与天道一也。子贡以文章学，以博学多识而学，夫子启之曰："予一以贯之。"至矣，诚则明也。鲁国曾子，独契其密，乃泄其机于《大学》之止，曰止，曰物，则一也，格致，诚正，修齐，治平，以贯乎一也。明则诚也，鲁国子之文也。文王既没，文不在兹乎？南丰曾子，生于孔学绝绪之后，程朱未显之前，会厥流润，自见本原，其叙圣学，略曰：思曰睿，思以致知也。知至矣，而诚心以好之；好矣，而诚心以乐之。知斯好，好斯乐，乐斯安，凡以尽性也，尽性则诚矣。诚也者，成也。圣无思也，其至循理而已；无为也，其动应物而已。神也者，至妙而不息者也。故述礼乐，以谓合内外而持养，而贯礼乐于一；述政教，以谓适变者法，立本者道，而贯政教于一。汉史迁、唐昌黎殆未臻此旨，即其造诣，有至有未至，而修言其庶几哉！会厥流润，自见本原，因明以求诚，南丰子之文也。史谓斟酌迁、愈，本原六经，然乎哉？今去先王已久，独紫阳朱子评："世以文章知公者浅，而未竟其所以深。"临川吴子评："公，学有汉唐，所不得而闻，而未指其所可闻。"翰与先生裔以达，购求遗书，得睹其全，敢妄亿之曰："鲁国之流裔，道南之橐籥也。顾南丰有先生，则南丰重；先生有集，则先生重；先生后裔，世守其集，

---

① 《南丰先生元丰类稿》明万历二十五年曾敏才等刻本，国家图书馆藏。

则先生久而益重。"南丰后学生李良翰顿首跋。

南丰先生元丰类稿叙①

明·谭 锴

尝谓，文章者，道德之精神也，精神遍满宇内，故能文章炤耀今古，第精神之用为变，而道德之元归一，自其变者观之，各出手眼，定有奔放高古、沉着纵肆之别；自其一者观之，咸归心性，决无天地民物、圣贤帝王之分。故濂溪周先生有云，文以载道，不得其道而文焉，艺焉而已矣。余乡先哲有曾南丰先生，文章卓卓，为古今传诵，忻慕久矣！记其弱冠入太学，欧阳并斋一望即奇，然亦徒昌其文，不能大有其用。虽登嘉祐进士，而历官外郡，最后擢中书，一年，丁艰而卒。即用也，而未极其所学，是当世知先生者于道德文章已各有深浅，而况其后也与！又况后之有知，皆在耳目之内，谁能得之精神之外？间有探其本源，谁复测其渊海哉？锴生不敏，七龄失怙，得节母符赠宜人者和熊植孤，故孤当髫年，弱质而精神独王。甫能文时，母指筐中告曰，此父书也，可简读之。余启视，中有《六经》及先生文集，而文集有先人手泽，因以日加搜讨，穷年毕读，方知《六经》乃文章之宗匠也，又道德之乘载也，道德者精神之渊薮也，而精神者又道德文章之总持也。勉以半生之精神涉猎《六经》，而独会先生之精神于极致，而后乃信史氏称先生之行章本源《六经》，与夫景星卿云之喻为不谬，而深惜先生蕴三代之礼乐，酿圣贤帝王之成法，而不克大用，于道德归寂寥也。噫！锴不能文，班窥寸管，亦博一第，但十年扩落，四方专对，一擢台中，三载留都，维不敢言，未极所学，而知遇约略相仿，乍转勋二，遂心丘壑，卜筑澹园，以寄清况，因暇日与豚湄将先生旧集重订刻版，一为先生发道德之精神，以炤兹来学，一为子孙鼓不倦之精神，而善相文章，庶几乎千载之下，知先生之文章非艺焉已也，谨

---

① 陈杏珍将明谭锴本列为明代比较有影响的《元丰类稿》版本之一（《谈曾巩集的流传和版刻》，《文献》1984 年第 9 期），笔者未见其本，《王更生先生全集》第十六册《曾巩散文研读》中录有此序，因较难见，兹转录之。

叙。南丰后学谭锴叙。

重修曾南丰先生文集序①

清·陶 成

陈伯玉诗有云："前不见古人，后不见来者。念天地之悠悠，独潜然而泪下。"予每读至此，窃叹众贤于继往开来之际，未尝不惓惓三致意焉。虽然，古人不可见，见其著作即如见古人，盖性情、心术、德谊、经济但于是乎寓，故读其文使人肃然生敬，悠然神往，不敢仅以文视焉者，乃至文也。孔子曰："有德者必有言，有言者不必有德。"自六经而下，其以文章垂世者不下千百家，然不尽为有德之言，君子无取焉。世列唐宋八氏为大家，然就中德行或未满人意，其议论偏驳，亦或无当圣贤之旨。惟南丰曾文定先生，《宋史》称其至性孝友，所历辄有异政。朱子谓其文词严而理正，为言者必当如是。故《或问》等书多用其体，其他诸儒上下，古今知先生者莫不称叹。则夫子所云有德有言者，其先生之谓矣。《宋史》载吾郡诸贤如李泰伯、邓温伯、吕次儒、陈永年、王补之之论详矣，皆与先生前后同时，以文章见于世，要未有如先生之名遍宇内，无少长罔弗知者。世之重先生，岂徒以其文与？抑其所以为文，有不可泯灭者存乎其中与？余前至南丰曾先生读书岩及独孤氏琴石、谢子程山，慨然兴向往之思，皆以不得亲炙其人为恨。唯颂其诗，读其书，庶几遇之，要皆使予肃然生敬，悠然神往者也。呜呼！徒知学其文而不效其人，又安得见来者？此陈子所为叹慨也。今先生之嗣孙国光取《元丰类稿》重镌以行于世，吾知必将有慕先生而尚友者矣，因颡首拜书于其端。康熙庚寅岁长至后一日，赐进士翰林院庶吉士，盱江后学陶成顿首谨序。

---

① 《元丰类稿》清康熙四十九年西爽堂本，国家图书馆藏。笔者句读。

重修南丰先生文集序①

清·梁瑶海

先生以文章名世久矣，然先生之垂千古而不朽者，宁独文章乎哉？知先生于文章非知先生者也，知先生于文章而不能知先生之行义政事蓄于文章之内，无惑乎吕公著之言，有不当于先生者多矣。予向时景慕先生，未尝一至其地，间读《元丰类稿》，恍乎若接先生，则知先生之垂千古而不朽者，不独文章，而传先生之行义政事留于天壤者正不可泯灭于文章者也。予屡困公车，戊子谒选，得一令，不足喜，喜得宰南丰，至先生故墟，庶几一慰夙昔志，执策自顾，心怡然也。比居两月，而令不可为，幡然引疾而归，父老遮留不顾矣。然得游先生之故里，登祠堂，步书岩，接见先生之后裔，虽不获尽读《隆平》诸集，而于《元丰类稿》，簿书稍暇，因得肆力以卒业，谓予之厚幸者宁不在是乎哉？先生所学皆原本圣经，上以接孔孟之心传，下以启程朱之理学，故其居家也，事继母以孝闻，抚弟妹而宦学婚嫁一出其力，虽王介甫亦为之心折，其在太平、越、齐、襄、洪诸州皆有异政，在史馆中书屡为神宗所褒，先生之显当时而垂后世者，宁仅文章耶？彭渊才不知诗，故不足以知先生，犹吕公著不知先生之行义政事，又岂知先生之文章也哉？魏文帝谓"文章经国之大业，不朽之盛事"，先生之文章真堪与日月争光也。予甫莅丰邑，即询及先生文集，不期《元丰类稿》偶尔残缺，旋有后裔国光惧其失真，欲更新镌，属序于予，可谓孝矣。予故乐得而为之序。时皇清康熙己丑岁仲春月，文林郎、知南丰县事、大梁后学梁瑶海谨序。

重刻元丰类稿序②

清·阎镇珩

南丰曾氏之集世罕传本，予求之二十余年，始得之钱唐书肆。慈利田

---

① 《元丰类稿》清康熙四十九年西爽堂本，国家图书馆藏。笔者句读。
② 《元丰类稿》清光绪十六年慈利渔浦书院本，国家图书馆藏。笔者句读。

君春庵见而慕之，告于里人，为出资锓诸板，而以其序属予。盖汉、唐以前，文学之士多聚于西北，至宋而东南浸盛，其尤显于世者，庐陵之欧、临川之王，并曾氏而为三焉。观三家所为文，大抵浸润于六经以出之，而曾氏最为无颣。自朱子拟之刘向，后世学者莫敢有异说也。夫文非可以徒作，六经言道之祖，诸子时或叛而去之，扬雄、王通无其道而强饰经言，其貌得，其实丧。学者卒莫与焉。曾氏之学于六经为有得矣。其发之文者缜密而精纯，往复而多不尽之致。在宋三百年可谓能言特立之士，而世或以东南柔弱少之，其亦不达于文者矣。且夫文之有刚柔，譬若二气之有阴阳。天道始于东南，其气温以仁；地道终于西北，其气肃以义。二者天地之正气也，人能得之，皆足以名天下，而仁义或充或不充，则气之盛衰应焉。扬王之道不足语于斯文，故虽起自西北而其气莫之称也。欧、曾所受之天者，东南之温气为多，而揉之以六经之学，涵之以仁义之道。彼其于孟、韩也，方将殊涂而同归，顾欲以柔弱少之，得乎？且所贵乎文者，因时而适变，非以一体拘也。文至于唐季，于五代，其气蘜累而不能举矣。北宋诸子矫而振之，汪洋自恣，与道大适。其所变者，汉唐诸家之体也；其不变者，六经圣人之道也。元、明以降，学者于气之刚柔两无所得，方且用其无本之学，揣摩于语言之间，其自视若秦、汉无与异矣，而世卒莫有以欧曾许之者。呜乎！此穷于道而不知变之过也。曾氏之文，予尝粗尽心，喜其刻之将竣，而同好者益众，故为之论以先之，欲使世之无实而言文者，且稍知返焉。湖西阎镇珩序。

重修南丰先生文集序①

清·徐子男

道之在天者日也，其在人者文也。文章发于性情，而灿为经纬，余钦先生经纬之在当日者，麟麟炳炳，不可殚述。至读其名言巨章，骨力遒上，则山峙岳立，神理飙发，则泉涌波驰，迄今披其文而想见其为人。先

---

① 《元丰类稿》清顺治十五年曾先补修本，国家图书馆藏。

生虽逝乎，固无时不在嘉禾川岳间也。以先生之品望，寿先生之文章，能使万世而下，挹其微言只字，莫不砥砺奋兴，断然以廉耻自淑，则文之为功于天下万世也，直如日之经天，而不容旦夕晦焉者也。余壬辰公车，梦先生至止，谭言娓娓醉心，余私衷喜甚，以为奋风云而上矣，乃下第而司铎兹邑。此固余之所不幸，而亦余之所大幸也。余登读书岩，而见先生之故址，余礼拜家庙，而接先生之哲嗣，因购求先生秘书，而询其藏板，则曰为兵燹去其半。余抚兹残篇，不禁愀然涕集也，以为是天之将丧斯文，而不欲广其传于天下后世乎！有族渣溪世袭祀生讳先者，出先生血孙，谥忠节，忞公嫡系也，与族嗣英、时秀、文通、文选等，感余悲痛之甚，慨然起而语余曰："修治前典，后裔之责也。愿竭产补缉，以光我先贤名编。"经年告竣，因索叙于余。余逡巡弗敢言，漫应之曰："先生之文，于昭天壤，卓烁古今，愚者咸知之，哲士弗能名焉，余乌敢言先生之文？唯言其续先生之文者。先字惟一，诚朴端茂，古貌古心，故能轻厮资材、敦崇典籍，务使先生之书，抵今绝而复续，晦而益章，而天下后世，亦得因是集而景先生于不衰。始信文之在人者，未始不与日之在天者等量也，则先生之功远，而续先生书者之功，不与之俱远哉？"

顺治戊戌岁孟冬朔，南州高士裔，丙戌亚魁，署儒学事徐子男题于登龙署中。

重修曾文定公南丰先生文集序①

清·邵睿明

海内人知有南丰者，以有先生，知有南丰与知有南丰之文章者，以有先生。然法先生之行者，不近在南丰，诵先生之文章者，不近在南丰。上原于《易》、《书》、《诗》、《礼》、《乐》、《春秋》之六经，下启乎濂、洛、关、闽之四子，夫六经述天人之道，四子疏圣贤之义，岂有意于文章哉？而皇皇两间，以六经配六卦，而乾坤不毁，以四子配四渎，而河淮会

---

① 《元丰类稿》清乾隆二十八年查溪本，国家图书馆藏。

宗。先生以一人接其统，衍其传，故其文章以为星斗也，以为江汉也，合天地而经之纬之，宁独南丰乎？先生南丰人也，南丰据江上游，占牛斗二星之墟，与庐陵距湖东西相望，中间不下数百里。先是宋文稍靡，自欧阳子黜轧苗，崇大雅，进南丰、眉山二家言，而文章一变，当时以二家并称矣。然朱子谓眉山早拾苏张、晚醉佛老，谓南丰制诰有三代气象，其注《或问》诸书，多仿其体，则二家之文章，其是非取舍可考也。然先生岂独文章哉？与弟子开，皆为名臣。立朝之概，史书之"居家仁睦，妹婚弟娶，皆孤茕时"经纪，半生心力竭此矣。嗟乎！此儿女事也，可以得先生之性情，即可以知先生之文章。先生之裔，世居查溪，奉俎豆者，其嫡裔曰曾先，感先公之性情，而宪其文章，兹历燹毁，率族氏子次残补阙，而先生之集复著于南丰。睿明生先生之里，与其裔统善世谊姻幼，读其集，拜庭庙，抚遗器，山高水清，忾然想见其为人。今者发种种矣，高岸深谷，无复仕进。日从同里诸君子，讲道问学，寻六经之道，讨四子所疏，而先生之文章本末具是矣。后先生数百年，有寅清李子，去世若此未远，近居若此之甚，犹有闻先生之风者乎？用是以告海内人，知南丰者，不仅求之文章也。

龙飞庚子岁仲夏上丁日，同里后学邵睿明拜手书。

新刻曾文定公全集序①

清·彭 期

思以立言自见于后世，非学术之正，造道之深，而家学师友渊源有所自来，欲以垂之久远，盖其难哉！惟吾乡《曾文定公集》，自元丰迄今六百余年而益显，其学兼综百家，根本六经，穷年矻矻不自满。假其先大夫正臣先生为宋初名臣，公得师六一而友东坡，宜其文之不可磨灭，至于今不废。唐宋八家，公居一焉，人咸以文人目之。史称吕正献之言曰："行谊不如政事，政事不如文章，以故不大用。"嗟乎！正献在当时有知人誉，

---

① 《曾文定公全集》清康熙三十一年彭期刻本，国家图书馆藏。笔者句读。

而此则失言矣！公孝友，性成，行合矩矱，生平辟佛老，奖恬退，崇节义，行谊之美，不可胜纪。历官齐、襄、洪，多异政。在福州，罢园蔬钱数十万以还民，至摘奸除盗，不挠不惊，荒政水利，多有实效，固能事之已见者。至于奏对及所记载，凡系国计民生，未尝不详其原委。坐而议，可起而行，览之者有若观火。惜也垂之空文，未获尽用。是三者先生兼有之，固不容有所轩轾也。余少习举子业，仅于鹿门《选本》得先生之文，读之，未及览其全书。闻昔刘水村先生偶在他乡，与诸友谈论，众知其为丰人。询及子固先生，因各背其文数首，而水村所记独少，每听一过，辄汗流浃背，以未能留意于同邑前贤之文为愧。盖在宋元之际，其文章见重于时已如此。是书旧无批点，余仿鹿门所选，为定其句读，而遍采诸评，无非欲发明作者之旨。其编次先后，则取旧本而更定之，以关于政事行谊者为先，余各以次编入，庶使后之君子知正献两言实非定论，而先生之立品，不仅以文章传世已也。其详列于凡例，独是《仙凫羽翼》及《西陲要纪》等书，皆正臣先生所撰，曾氏科名、品望实开自先生，当其为谏议时，直声动天下，即公大父也。父博士公与弟文昭，俱著作甚富，今皆散失不可考。海内藏书家必有存者，即残编断简，亦当奉为拱璧。异日者幸购得之，当校刻以寿世，亦先河后海之意，余小子所极不忘有志焉而未逮也。

康熙三十一年壬申岁季冬月南丰后学彭期谨撰。

跋新刻曾南丰先生集[①]

清·戴 晟

晟年十四五时家先生授读南丰先生文，心笃好之，日夕求一全集而不能得。十余年，始见《类稿》五十卷，证之《文鉴》、《文粹》、《文编》、《文钞》，未为完书。又数年，见椒丘《题元丰类稿后》曰："《文鉴》载《杂识》二首，《书魏郑公传后》，《类稿》无之，必《续稿》所载也，故

---

① 《曾文定公全集》清康熙三十一年彭期刻本，国家图书馆藏。笔者句读。

附录于《类稿》之末。"不著《文粹》所多何篇。晟家藏旧本《文粹》于今《类稿》外多九篇，与《文鉴》所载共计十二篇，唐、茅两家未尝别有采择，是《续稿》、《外集》即不传，而散见于选部及他记录之书，断不止此。况李文毅当永乐时集尚存内府，如今《文粹》所存是已。而椒丘云经兵火，国初惟《类稿》藏于秘阁，恐非确论，疑不敢信。岁癸酉，邑侯郑公授晟《元丰类稿》，乃公莅任日重辑查溪祠旧板也。今又赠新刊文集，展读之，知南丰彭毅斋先生校定点画明白，雕刻精工，视公所修特为完好，虽约为二十卷，而《类稿》诗文无一篇遗者。且就荆川、鹿门撰录补入五篇，用心详慎，非近日浮慕名高者所可同日语也。虽诵累日，喜不自胜，既又念今世《文粹》已不多见，向后数十年日亡日少，因录未刻七篇，送毅斋先生补刊集中，传之久远，庶天下后世有尊信曾氏文章之士，求《续稿》、《外集》不可得见，见此数篇，尚能留心宋元旧刻，记录而会粹之，不为椒丘印定眼目也。康熙丁丑岁闰月八日山阳后学戴晟谨识。

元丰类稿序①

清·魏 权

不能步南丰先生之学与行，至并不能貌先生之文于万有一，而思叙厥文，先生将毋揶揄地下。然自来蚓窍蝇鸣，虽未有当于先生，亦足觇百世下。读先生文者，其跂悦向道之忱，如众潦之于渎，如群阜之于岱，如五纬经天，寒芒色正，曩今胥照也。先生《答李沿书》曰："道之大归非他，欲其得诸心，充诸身，扩而被之国家天下，非汲汲乎辞也。"又引《孟子》曰："余岂好辨哉，余不得已也。"此其所以为孟子也。心心相续，一线未坠。先生之道，脉数语，可得其倪矣。虽曰用未克竟其学，然至性竭于一门，德教浃于六州，立朝无中挠之节，论道有独辟之勇。紫阳夫子服膺，以谓自孟韩子以来，作者之盛未有至于斯。论尤明确，彼公著之不足与言先生也，公著之不能为先生也，诞妄如渊材，又何责焉？今天子隆尚道

---

① 　题目为笔者所加，见《元丰类稿》清康熙四十九年西爽堂本，国家图书馆藏。笔者句读。

术，以朱子言行纯粹，议加尊崇，由斯以谭，将来之尊崇，曾氏不减紫阳，必有可翘俟者。其于先生裔孙宸佐，竭资重锓，务求精良，至意，不亦可告，无恫于先人欤？宸佐讳国光，负才练达，名倾动京师。是役也，核对详明，篇各有汇，一以《年谱》为先后，不类前者错杂，鲁鱼互讹，间有字义僻险，毫不敢易，亦未尝妄事丹黄，不以智自用也，遵旧章也，其学行与文必能有以上承先生之绪意，先生默有以启之矣。顾余独念先生自负要似刘向，其于向《新序》又曰："如向之徒皆为众说之所蔽，而不知折衷者也。"则知似者，亦其文，近似于先生，非其道之谓也。至谓不知视韩愈为何如，原自负为韩愈以后一人，惟其能独排众臆，而一归于道，无丝粟惑于后代时势谋诈之说，故能振颓发蕡，有以兴起千百世。后之人士，凡今之序先生文者，俾后人复待后人，未知视今之视先生为何如也。濡墨惝恍，不知所云。时壬辰冬杪广昌后学魏权谨序于盱城旅社。

曾南丰先生文集序①

清·王　谦

余同年友彭君毅斋重刊《南丰曾文定公集》成，问序于余，为之序曰：

文章必原本经术，经术湛深，故理达；理达，故气昌；气昌，故力厚。理不足，强为之言，荒经者也，荒经则悖道矣。有宋自许经术而误用者，为王荆公，发明经术而未竟所用者，为曾文定公。二公生同时，居同江右，文章同在大家之列，而不同者，不在位之高下、品之贤否，而在经术善不善之别。往余读荆公文，意必刻，致必峭，议论甚严正，亦似乎近道者。而繇其文以考其人，其自谓经术经世，而弊至于黜《春秋》，废《仪礼》，误用《周礼》，未常不为其文惜。及读文定公文，按朱文公所为公《年谱》，则诚醇乎其醇，而人与文符合，可无訾议者也。公生平研精六经，根极理要，立言自比刘向，绍孟子之道于千五百年之上，而开濂、洛诸儒之先意，不徒以文自见，而文已卓绝一时。如《洪范》之原本睿作

---

① 《曾文定公全集》清康熙三十一年彭期刻本，国家图书馆藏。笔者句读。

圣，《大学》之原本正心诚意，《礼》、《乐》之原本性情中和，非经术湛深何能若是？其深至而以此入告，即以此修己治人，虽未大用于世，而略见诸施行者，既所在有声矣。他如举属、取士、择将、益兵、经费、边防、警盗、修史、诸议，以及修贡、职乞便养、诸状、政要策四十八条，此正荆公所谓经术经世者，而荆公特误用之，姑妄言之，公则必欲身体而力行，而天下莫不信之，岂独为人后一议？欧阳子有未见之叹，诸制诰诏策，朱子有"无愧三代诰命"之称哉。公少与荆公交好，荆公声名未立，实公导扬之。既荆公得志，刚愎自用，公致书至再至三，直谅不避，常赠以诗云"结交谓无嫌，忠告期有补"，其爱友如此，则其对神宗切责其咎者，岂弃之哉？逆知误用经术之惑，君听而新法之弊之必害民也，惟不附和荆公，是以不大用，惟不大用是以不致荆公异己之嫉，而行谊、政事之美善，卒与诗文并传，如吕正献"行谊不如政事，政事不如文章"之对，与彭渊材"子固不能诗之恨"，其谬又不足责矣。

集初名《元丰类稿》，屡易其板，多残缺。毅斋求善本而是正之，整齐其散乱，荟粹其评论，斯无愧其乡先生者与，余故乐道之，为读是集者，勉进于道，而凡生先贤之乡，不能阐幽以传后者，皆得自警焉。

康熙三十二年癸酉端阳后一日，平干王谦拜题于洪州官舍。

重修南丰先生文集序①

清·郑 梁

南丰令卫公，予仲兄也，戊辰秋季以丁外艰服阕，来京谒补，持其宰邑时重修《南丰先生文集》为赠，且命序之。夫先生之文固史所称，原本六经，斟酌司马迁、韩愈，而为欧阳修所重者也，考亭爱其词严而理正，尝曰："自孟韩子以来，作者之盛，未有至于斯。"而景濂氏则谓其信口所谈，无非三代礼乐。盖古人之所以推重之者尽矣，末学小生，何从更置一词乎？顾余于卫公重修之意，不能无感也。世皆伯鲁人，谁说学为吏者，

---

① 《曾文定公全集》清康熙三十一年彭期刻本，国家图书馆藏。笔者句读。

簿书钱谷之中，苟焉自图，其考成而已。学宫茂草，经籍缺如，曾不一过而问焉。至若境内之先贤，复何足以经其胸臆。而卫公之于先生，乃既赎田以祭，且为之捐俸以修祠，更为之倡，率后学，取遗集而重新梨枣，此岂今之俗吏之所能为乎？归熙甫曰："士大夫不可不知文，能知文而后能学古。故上焉者能识性命之情，其次亦能达于治乱之迹，以通当世之故，而可以施于为政。"若卫公者，可不谓之知文学古之徒欤？而吾因以知丰之人所为恩其德而讴歌之者，其皆非诬也已。呜呼！文以载道，务使有裨于实用，苟能与六经之旨相发明，原不以时代限也。自学者多称秦汉，先生之文不幸而出于宋，几为所掩。年来二李焰熄，古文复昌，先生之道，稍稍振矣，而不善读之者，拟其形似，而不知其精神根柢之所在，空疏以为淡，陈腐以为朴，支离缠扰以为曲折，白苇黄茅，味同嚼蜡，几何而不又为选体之风云月露所夺乎？然则是集虽修，吾方惧夫不知者，且将归咎先生，而安必后之宰，是丰者皆能踵其事也哉？乃为书此，以告夫来者。卫公名钘，钱塘人，康熙壬戌由鸿胪寺属出宰南丰。此集之修，则乙丑岁云。康熙二十七年岁次戊辰十月既望。

赐同进士出身、翰林院庶吉士慈溪后学郑梁谨撰。

曾南丰先生文集序[①]

清·汤来贺

《南丰先生文集》，其初名曰《元丰类稿》者，有正、续，有《别集》，自宋已逸其大半，余友中翰彭毅斋新校刻之，定为二十卷。考公成进士于嘉祐初，然自庆历以来，声名在天下已二十余载。穷乡绝徼，咸诵习其文。当神宗锐意用人，公独久在外，至元丰而始克修撰，赐金紫。人咸以熙宁之不大用为公惜，而不知公固不乐用于熙宁，即执政且不得而用之也。何也？公与介甫相知极蚤，当其未见知于世，公为引翼而荐扬之，观介甫所作曾氏志铭，其于谏议大夫则曰：某视公犹大父也，于太常博士

---

① 《曾文定公全集》清康熙三十一年彭期刻本，国家图书馆藏。笔者句读。

则自称曰故人子王某也，可不谓亲厚乎？假令其秉钧日，公稍迎合其意，则韩、吕诸人因介甫而显者，不在彼而在此。当是时，天下倾慕奔走，有叹其无，因而不得至，故或前诋而旋媚之，或既附而后乃叛之，不一其人，公岂非人情独无弹冠之庆乎？不善其所为，故屡书切谏不听，又赋诗以见志，载集中者，可考而知。至在上前，则直指之为吝，非讪友也，"勇于有为，吝于改过"二语，实中介甫之病，爱君之深，不敢为友讳也。且欲以成就介甫，冀得翻然改悔，不终于执拗，以被恶名于后世。其爱友也，亦云笃矣。是以宁使其身不见用于时，而不肯苟且，以枉其难进易退之守，此公之大节也。其在齐州，会朝廷变法，遣使四出，公推行有方，民用不扰，使者有所希求，公执不可。夫公岂不能致仕而去哉？康节常告其门人故友曰："此正贤者当尽力之时，能宽一分，则民受一分之赐。投劾何为耶？"斯言也，获公之心矣。或者谓子宣之事，公胡不呵止之？夫平甫、和甫皆极言新法之弊，彼两贤者，不能得之于其兄，而谓公独能得之于其弟乎？此又不足为公辨者也。介甫于异己者辄恶之，而未尝加怒于公，非以其直谅素著，不汲汲于干进，有以大服其心者乎？辑稿之名曰《元丰》，意岂在是哉？毅斋于是书用功之勤，非一朝夕，读其序与凡例，昭然揭作者心思以示人。盖生平好学深思，持躬方正，不惑异端，不事奔竞，与公正合宜。其于公之书，好之笃而言之深切如此也。先是，学博刘二至时相过从，辄与赏奇析疑，曾取此集丹铅者数本，故毅斋是刻多存其说。既成，予得而读之，因推公出处之大端，以见其卓然自立，其学为有本。至如文章之出入经史，足以并驾龙门、昌黎者，在诸儒久有定论，无容赘也。皇清康熙壬申仲冬既望，后学汤来贲撰。

曾南丰先生诗注序①

清·符 遂

晦翁朱夫子为我曾南丰先生作《年谱》，作前后序，其《序》有曰：

---

① 《曾文定公全集》清康熙三十一年彭期刻本，国家图书馆藏。笔者句读。

"公之文高矣，自孟韩子以来，作者之盛，未有至于斯。"夫文与诗一也，分而言之，曰诗、文，合而言之，诗亦文也，犹手足亦身也，身肥硕则手足亦肥硕，岂有高于文而不能诗者乎？筠之彭渊材，谓先生不能诗，为江南第三恨。其端一起，至有谓其短于韵语者，又有谓其有韵辄不工者。某窃疑之，因取先生之诗，且读且玩，则见其格调超逸，字句清新，愈读愈不能释。渊材诸人，何所见而云然也？或以江西师有宗派图，而先生不与。某复以图中二十五人者细考之，惟陈公师道有声，则又出于先生之所指授，余皆不及师道，讵敢望先生，殆难以此论也。及味水村刘公之评、椒丘何公之诗，然后知先生之诗果高，而渊材真所谓黄口之诟，诸人不免为闻声之吠，其妄诞而不足信也明矣。剡晦翁尝曰："古之君子，德足以求其志，必出于高明纯一之地，其于诗，固不学而能之。"白沙陈公语门人亦曰："子欲学诗，未有足于道而不足于言者。"观于此言，以先生之学问、之文章，而谓不能诗，其妄诞而不足信也又明矣。是以忘其疏浅，于《类稿》中摘其首八卷为诗者为之注，字难者音之，讹者正之，阙者补之，不能补者空之，有出处者采之，意浑涵而未露，句妙而泛读不觉者，表而白之。然又必以晦翁之序、水村之评、椒丘之诗并录于前者，盖欲后之君子，知某此举，本于前辈诸大儒之公论，而非区区一己之私议也。若夫卷类之分，题目之列，悉依《类稿》旧定，而不敢妄有所移易云。

重修曾南丰先生文集序①

清·王行恭

自宋迄今六百余年，天下莫不知有南丰曾文定先生者。盖聪明才智之士，笃志好古，思效法先生，每叹其文为不可几及。自世以经义取士，士之为文者，亦无不读先生之文而知有先生，而先生遂以文重于天下。尝考《宋史》，先生孝友过人，立朝不苟，所莅辄有异政，是先生之德诣经济，非人所能及，奈何徒以文重先生？然吾谓先生之文，原本六经，粹然一出

---

① 《元丰类稿》清康熙四十九年西爽堂本，国家图书馆藏。笔者句读。

于正，非有道者不能为。其奏议、制诰、条策，大纲小纪，凿凿可据，不善读者徒以文视之，善读者即于先生之文见其德诣经济，则先生又何必不以文重也？先生之文其行于世者，大都去取之间存什一于千百，而使人不见其全，又或于全集中剖为甲乙，加以丹铅，见其论次古人，每每阙略，从何以彰先生启佑后人之旨，而恍挹其德性纯一之风，安在其为能读先生之文也？其全集存之家乘者，屡经兵燹，散佚遂多。今其嗣孙国光欲为重梓，悉从古本，还其太素，使读先生之文者，各以其意求之，无专执之见，神明所遇，知其性情自有真，斯为能存先生之文者矣。国光亦贤矣哉！窃尝慨念生平所企慕不可及之人，读其著述，稽其德行政事，必乐溯其里居，思见其山川风土，及其后嗣之贤否，且欲交其乡之贤士大夫，因得详其纪传所未悉。然而生异时，居异地，往往不能如其愿。今承乏兹土，见军峰盱水之高且深，而知山川清淑之气所以钟灵于先生者，固自不爽。其后人且骎骎日盛，乡之士大夫继先生而起者，代不乏人。簿书之暇，得日相晋接，窃自谓于先生有天幸焉。而余企慕先生之心，于是而一慰，而读先生之文之心，更觉有余快矣。而吾终欲后之读先生之文者，无徒以文视之也。至其文之所以不朽，自昔知言者各有定评矣，余又何足以知先生哉？

梁南后学王行恭顿首拜撰。康熙庚寅岁仲秋月毂旦。

元丰类稿序[①]

清·曾　镆

朱子曰："熹未冠而读南丰先生之文，爱其辞严而理正。"又曰："余读曾氏书，未尝不掩卷而叹。自孟韩子以来，作者之盛，未有至于斯。"先儒吴氏亦云："在孟学不传之后，程学未显之前，其言真详切实，体用兼该。"虞氏邵庵曰："孟氏既没，千五百年之后，先生求圣贤之遗言，帝王之成法于六经之中，沛然而有余，渊然而莫测，赫然为时儒宗。"史称

---

① 　题目为笔者所加，见《元丰类稿》清康熙四十九年西爽堂本，国家图书馆藏。笔者句读。

本原六经，斟酌司马迁、韩愈，为欧阳修重。他如江汉星斗，羽翼元龟，读其书者，神往心追，末由语肖。然则我文定公之言，征之前贤，论断至详括矣。锼小子，复何述以叙？虽然，载道之言与百家支流，若岱之于垤，海之于潦，日月之于萤爝，判然心目，万古英渶。公初上欧阳书略曰：圣人之道，泯泯没没，其不绝若一发之系千钧也，耗矣哀哉！又尝自谓于圣人之道，有丝发之见焉。周游当世，常斐然有扶衰救缺之心，非徒嗜皮肤、随波流、搴枝叶而已也，是何等自任。后之学者顾斤斤求之以文耶？亲在忧患，祖母日愈老，抚四弟九妹婚嫁就学，始终无间，其为文一本天性也。六掌州麾，两迁史阁，悉以正学，引其设施，功在朝野。始荐王介甫，迨其显而逞臆独行，陈悟不得，竟忤挠力排，不以私害公，晦翁服其严正，此一班也。公受知欧阳先生，其言亦往覆不已，有曰：若某者亦粗可以为多士先矣，执事其亦受之而不拒乎？后又言："某之幸获左右，非有一日之素，宾客之谈，率然自进于门下"，书屡上而词愈切，敷陈今古。又荐王回、王向，有所知必尽言以告，略无顾惜。欧公复书亦曰："此而不光耀于世，吾徒可耻也"，其重之如此。与杜相公书曰："某多难而贫且贱，学与众违，而言行少合于世"，读至此，更不觉感叹唏嘘也。夫士君子正谊明道，苟不遇大贤，欲卓卓树立于世，鲜不以为狂且怪焉。即遇矣，爱慕之情，不胜其恩私之念，此而俯试，彼而枉合，遂令功名迁就，其于遭逢之际，或亦有未尽者乎？何公于欧阳无纤介之嫌也？千百世下，诵诗读书，溯厥风仪，孰不叹当日堂奥之间，贤贤相续，其气数之盛，顾若是哉！而犹曰"学与众违，言行少合于世"，快其说于宰执之前，而不以为倨，以此知杜公亦贤者也。公晚岁还朝，天下望之，虽未竟其学，而学已大显于天壤。有明见竹王先生序，谓"先师一贯，宗圣一唯"，公则"定性法祖，衍宗圣之一为，传心令典"，此论尤确切也。公之文与六经并传矣，惟诗为彭渊材始俑之谈，谓公不能诗。《选宋诗》评云："公之诗巉削遒洁，如峨眉天半，不可攀跻，其气格在少陵、昌黎之间。"不知者何不于兹集三复而怪之乎？集凡数刻，藏南丰，屡遭毁失，长岭裔孙国光复授梓。公世勖志念祖，并序以附篇末。

　　时康熙庚寅岁初秋闰月上浣，从裔孙锼书于燕京道一旅斋。

元丰类稿跋①

清·田金楠

右《元丰类稿》都五十卷刊始于光绪庚寅十月，越辛卯十月讫工。襄是役者于敦琢润堂胡术元贞，次于继淑吉人王正鹄准夫、王正衡钧甫、王正仁寿苏、王育杰性成、汤光镒汉铭、杨道镇子平、杨道辉子遴、王育昌亦文、王育荣桂冬及从弟金树初青也。兹集旧为先生裔孙国光重修刻本，谬讹殊多，今校其显误者正之，疑者仍旧，以俟后之多识君子。慈利后学田金楠谨跋。

宋刊元丰类稿残卷跋②

傅增湘

宋人巨集如王荆文公、欧阳文忠公及三苏，余皆藏有宋刊本，独曾集无之。遍观南北藏书家，亦未著录。昔年正文斋谭笃生有《南丰文粹》六卷，余曾假校一过，后为袁寒云所收，今不知流转何所矣。昨岁溳阳张庚楼兄以宋刊《元丰类稿》残叶见贻，为卷四十三之尾，其《张久中墓志铭》后又刻一首，文字大异，是一文两刻之例，虽仅存三叶，颇以敝帚自珍。

顷于季湘斋头见宋刊第三十一、二两卷，叶四周皆残蚀过半，望而知为内阁大库之蠹余。取近刻校之，卷三十二《论中书录黄札子》"恐于理未安"句下脱二十二字。此外词句小异者，亦触目皆是。其"一作某某"以小字注于本句旁，为宋刊本中之创例。虽零缣断璧，要为海内孤帙，以视近世豪门丰屋，罗列牙签锦帙以相侈炫者，其轻重为何如也！书此以告季湘，并告世之喜读未见书者。甲子立冬前一日，藏园居士傅增湘。

---

① 原文无标题，题目为整理者所加。见清光绪十六年慈利渔浦书院本，国家图书馆藏。笔者句读。

② 傅增湘：《藏园群书题记》卷一三，上海古籍出版社，1989，第659页。

元刊元丰类稿跋①

清·朱锡庚

　　右宋椠本《元丰类稿》五十卷。《直斋书录解题》云："《元丰类稿》五十卷，《续》四十卷，《年谱》一卷，中书舍人南丰曾巩子固撰，王震为之《序》。《年谱》朱文公所辑也。韩持国为巩《神道碑》，称《类稿》五十卷，《续》四十卷，《外集》十卷。本传同之。及朱文公为《谱》时，《类稿》之外，但有《别集》六卷，以为散佚者五十卷，而《别集》所存者，十之一也。开禧乙丑，建昌守赵汝砺、丞陈东得其族孙潍者，校而刊之，因碑传之旧，定著为四十卷。"据此，则朱文公为《年谱》时，《续稿》并《外集》已散佚不全。而赵汝砺、陈东所定著，但就碑传所著之数定为四十卷，以符原数而已，固非当时之旧矣。《义门读书记》引何椒邱之言曰："明初，惟《类稿》藏于秘阁，士大夫鲜得见之。永乐初，李文毅公为庶吉士，读书秘阁，日记数篇，休沐日辄录之，今书坊所刻《南丰文粹》十卷是也。正统中，赵司业琬始得《类稿》全书，以畀宜兴令邹旦刻之，然字多讹舛，读者病焉。成化中，南丰令杨参又取宜兴本重刻于其县，踵讹承谬，无能是正。太学生赵玺访得旧本，悉力雠校，而未能尽善。余取《文粹》、《文鉴》诸书参校，乃稍可读。"据此，则不惟《续稿》散佚已久，即《类稿》五十卷，在前明藏于内府，外间亦未能窥。至赵琬所得《类稿》全书，亦未言其得自何本，想亦转相钞录，鸟焉三写，是以难免讹舛耳。

　　《四库书目》云："今世所行，凡有二本。一为明成化六年南丰知县杨参所刊，前有元丰八年王震序，后有大德甲辰东平丁思敬序，又有《年谱序》、《年谱序》二篇，无撰人姓名，而《年谱》已佚，盖已非宋本之旧。一为康熙中长洲顾崧龄所刊，以宋本参校，补入第七卷中《水西亭书事》诗一首；第四十七卷中，《太子宾客陈公神道碑铭》中阙四百六十八字。"

---

　　①　国家图书馆藏元大德本《元丰类稿》中华再造善本序。笔者句读。

今校是本第七卷、第四十卷，宛然俱存，岂即顾氏所据之本耶？是本纸质薄而细润，格式疏而字体朴茂，洵南宋椠本之佳者。卷尾载《行状》、《墓志》、《神道碑》三篇，而卷首无序，殆日久剥落欤？中有"四明孙氏禹见珍玩印"一，"孙云翼印"一，"徐健庵""乾学印"各一，"季振宜号沧苇"印一。沧苇乃钱遵王曾售书于彼者，是书当亦在所售之列。又"经训堂王氏之印""琴德一字兰泉""青浦王昶"印三。故刑部侍郎王兰泉先生与先大夫为乾隆甲戌同榜进士，相知最笃，是盖先生从军金川时所贻者，藏于余家六十年矣。爰识于是，用告后来。

道光三年癸未春二月既望，少河山人识。

参考文献

一　著作

刘弇：《龙云先生文集》，明弘治十八年刻本，国家图书馆藏。

叶溥：《福州府志》，明正德刻本，国家图书馆藏。

舒化民：《长清县志》，清道光十五年刻本，国家图书馆藏。

王赠芳：《济南府志》，清道光二十年刻本，国家图书馆藏。

赵抃：《清献集》，《文渊阁四库全书》本。

孔文仲等：《清江三孔集》，《文渊阁四库全书》本。

陈思编《两宋名贤小集》，《文渊阁四库全书》本。

陈师道：《后山居士文集》，《文渊阁四库全书》本。

董煟：《救荒活民书》，《文渊阁四库全书》本。

徐松辑《宋会要辑稿》，中华书局，1957。

王安石：《临川先生文集》，中华书局，1959。

《宋史》，中华书局，1977。

《方苞集》，上海古籍出版社，1983。

刘埙：《隐居通议》（丛书集成初编本），商务印书馆，1985。

陈杏珍、晁继周点校《曾巩集》，中华书局，1984。

孔凡礼点校《苏轼文集》，中华书局，1986。

黎靖德编，王星贤点校《朱子语类》，中华书局，1986。

姚鼐选纂，宋晶如、章荣注释《古文辞类纂》，中国书店，1986。

黄宗羲：《宋元学案》，中华书局，1986。

何焯：《义门读书记》，中华书局，1987。

楼昉：《崇古文诀》（四库文学总集选刊），上海古籍出版社，1993。

张震泽校注《扬雄集校注》，上海古籍出版社，1993。

詹大和等撰，裴汝诚点校《王安石年谱三种》，中华书局，1994。

陈师道撰，任渊注，冒广生补笺，冒怀辛整理《后山诗注补笺》，中华书
　　局，1995。

李逸安点校《欧阳修全集》，中华书局，2001。

陈鹄撰，孔凡礼点校《西塘集 耆旧续闻》（历代史料笔记丛刊），中华书
　　局，2002。

朱弁撰，孔凡礼点校《曲洧旧闻》（历代史料笔记丛刊），中华书局，2002。

李之亮笺注《王荆公文集校笺》，巴蜀书社，2005。

朱东润编年校注《梅尧臣集编年校注》，上海古籍出版社，2006。

张伯行选编《唐宋八大家文钞》，上海古籍出版社，2007。

厉鹗辑《宋诗纪事》，上海古籍出版社，2008。

洪本健校笺《欧阳修诗文集校笺》，上海古籍出版社，2009。

沈德潜选评，〔日〕赖山阳增评、闵泽平点校《增评唐宋八家文读本》，崇
　　文书局，2010。

曾巩撰，王瑞来校正《隆平集校正》，中华书局，2012。

马其昶校注，马茂元整理《韩昌黎文集校注》，上海古籍出版社，2014。

王焕镳：《曾南丰先生年谱》，商务印书馆，1943。

高克勤选注《新译曾巩文选》（古籍今注新译丛书），（台北）三民书局，
　　1984。

王琦珍：《曾巩评传》，江西高校出版社，1990。

葛晓音：《唐宋散文》，上海古籍出版社，1990。

褚斌杰：《中国古代文体概论》，北京大学出版社，1990。

洪本健：《宋文六家活动编年》，华东师范大学出版社，1993。

张毅：《宋代文学思想史》，中华书局，1995。

〔美〕贾志扬:《宋代科举》,台湾东大图书股份有限公司,1995。

王运熙、顾易生主编《中国文学批评通史》,上海古籍出版社,1996。

王水照主编《宋代文学通论》,河南大学出版社,1997。

沈松勤:《北宋文人与党争》,人民出版社,1998。

陶文鹏选注《曾巩》(中国古代十大散文家精品全集),大连出版社,1998。

赵树功:《中国尺牍文学史》,河北人民出版社,1999。

葛兆光:《中国思想史》,复旦大学出版社,2001。

高克勤:《王安石诗文选评》,上海古籍出版社,2002。

杨庆存:《宋代散文研究》,人民文学出版社,2002。

许仲毅编《海外新发现〈永乐大典〉十七卷》,上海辞书出版社,2003。

高海夫主编《唐宋八大家文钞校注集评》,三秦出版社,2004。

四川大学古籍整理研究所编《宋集珍本丛刊》,线装书局,2004。

陈平原:《从文人之文到学者之文》(明清散文研究),生活·读书·新知
　　三联书店,2004。

敏泽主编《中国文学思想史》,湖南教育出版社,2004。

刘衍:《中国古代散文史》,高等教育出版社,2004。

张秀民著,韩琦增订《中国印刷史》,浙江古籍出版社,2006。

谭家健:《中国古代散文史稿》,重庆出版社,2006。

曾枣庄:《宋代文学与宋代文化》,上海人民出版社,2006。

周振甫:《中国文章学史》,江苏教育出版社,2006。

祝尚书:《宋代科举与文学考论》,大象出版社,2006。

张祥浩、魏福明:《王安石评传》,南京大学出版社,2006。

周裕锴:《宋代诗学通论》,上海古籍出版社,2007。

曾枣庄:《宋文通论》,上海人民出版社,2008。

〔美〕包弼德编《宋代研究工具书刊指南》,广西师范大学出版社,2008。

陈柱:《中国散文史》,江苏文艺出版社,2008。

郭绍虞:《中国文学批评史》,百花文艺出版社,2008。

郭英德、于雪棠编著《中国古典文献学的理论与方法》,北京师范大学出
　　版社,2008。

熊海英：《北宋文人集会与诗歌》，中华书局，2008。

张剑、吕肖奂、周扬波：《宋代家族与文学研究》，中国社会科学出版社，2009。

傅璇琮主编，龚延明、祖慧编撰《宋登科记考》，江苏教育出版社，2009。

成复旺：《新编中国文学理论史》，中国人民大学出版社，2010。

陈平原：《中国散文小说史》，北京大学出版社，2010。

《王更生先生全集》第十六册《曾巩散文研读》，（台北）文史哲出版社，2010。

沈松勤：《宋代政治与文学研究》，商务印书馆，2010。

谭家健：《中国散文简史》，（马来西亚）新纪元学院，2010。

曾枣庄、吴洪泽：《宋代文学编年史》，凤凰出版社，2010。

祝尚书译注《曾巩诗文选译》，凤凰出版社，2011。

郭预衡：《中国散文史》，上海古籍出版社，2011。

李俊标：《曾巩研究》，中国社会科学出版社，2011。

陈湘琳：《欧阳修的文学与情感世界》，复旦大学出版社，2012。

郭学信：《北宋士风演变的历史考察》，中国社会科学出版社，2012。

祝尚书：《北宋古文运动发展史》，北京大学出版社，2012。

方健：《北宋士人交游录》，上海书店出版社，2013。

〔日〕高津孝：《科举与诗艺：宋代文学与士人社会》，潘世圣译，上海古籍出版社，2013。

成玮：《制度、思想与文学的互动：北宋前期诗坛研究》，复旦大学出版社，2013。

祝尚书：《宋元文章学》，中华书局，2013。

〔日〕小岛毅：《中国思想与宗教的奔流：宋朝》，何晓毅译，广西师范大学出版社，2014。

罗伽禄：《曾巩家族》，江西人民出版社，2014。

〔日〕沟口雄三：《中国思想史：宋代至近代》，龚颖、赵士林等译，生活·读书·新知三联书店，2014。

喻进芳：《温厚平和　含蓄深沉：曾巩诗歌论》，中国社会科学出版社，2016。

李震：《曾巩年谱》，江西人民出版社，2019。

王水照、崔铭：《欧阳修传》，人民文学出版社，2019。

王琦珍：《曾南丰先生评传》，江西人民出版社，2019。

二 论文

骆啸声：《曾巩及其〈元丰类稿〉考释》，中州书画社编《宋史论集》，中
　　州书画社，1983。

王琦珍：《学术自应超董贾，文章元不让韩欧》，《文学遗产》1983 年第
　　4 期。

万陆：《曾巩散文理论和散文创作的特色》，《江西大学学报》1983 年第
　　4 期。

陈杏珍：《谈曾巩集的流传和版刻》，《文献》1984 年第 9 期。

刘扬忠：《从曾巩的受冷落看古代散文的研究》，《光明日报》1984 年 3 月
　　20 日。

王水照：《曾巩及其散文的评价问题》，《复旦学报》（社会科学版）1984
　　年第 4 期。

陈杏珍：《跋北京图书馆藏金刻本〈南丰曾子固先生集〉》，《文献》1985
　　年第 4 期。

刘扬忠：《关于曾巩诗歌的评价问题》，江西省文学艺术研究所编《曾巩研
　　究论文集》，江西人民出版社，1986。

夏汉宁：《曾巩诗歌内容初探》，江西省文学艺术研究所编《曾巩研究论文
　　集》，江西人民出版社，1986。

成复旺：《"明道"说的深化，"义法"论的先导——谈曾巩的古文理论》，
　　江西省文学艺术研究所编《曾巩研究论文集》，江西人民出版社，1986。

熊礼汇：《论曾巩散文的艺术特色及其成因》，《武汉大学学报》（社会科
　　学版）1988 年第 2 期。

陈圣：《曾巩传》，《抚州师专学报》（曾巩研究专辑）1988 年第 4 期。

陈晓芬：《曾巩的心理机制及其对散文的影响》，《抚州师专学报》（曾巩
　　研究专辑）1988 年第 4 期。

吴小林：《欧曾王苏散文比较》，《文史哲》1988 年第 5 期。

涂木水：《〈曾巩集〉辑佚》，《抚州师专学报》1988 年第 12 期。

吴显泉：《曾巩诗词散论》，《青海师专学报》1989 年第 4 期。

高克勤：《曾巩及其散文述论》，《宁波大学学报》1995 年第 4 期。

魏耕原：《曾巩书序考论》，《陕西师范大学学报》（哲学社会科学版）
　　1998 年第 3 期。

王河：《曾巩佚著〈南丰杂识〉辑考》，《江西社会科学》1999 年第 7 期。

俞樟华：《欧阳修、曾巩论墓志铭——古代传记理论研究之一》，《浙江师
　　大学报》2000 年第 2 期。

张海鸥：《宋文研究的世纪回顾与展望》，《文学评论》2002 年第 3 期。

邹陈惠仪：《曾巩诗文版本概况与辑佚》，《古籍整理研究学刊》2003 年第
　　2 期。

吴芹芳：《〈元丰类稿〉版本考略》，《江西图书馆学刊》2003 年第 4 期。

金程宇：《新发现〈永乐大典〉残卷中的曾巩佚文》，《学术月刊》2004 年
　　9 月。

方健：《久佚海外〈永乐大典〉中的宋代文献考释》，《暨南史学》第 3 辑，
　　暨南大学出版社，2004。

方艳、李俊标：《〈永乐大典〉所收曾巩佚文考》，《安庆师范学院学报》
　　（社会科学版）2004 年第 5 期。

刘宗彬、黄桃红：《刘弇年谱》，《井冈山学院学报》（哲学社会科学版）
　　2005 年第 1 期。

詹亚园：《赵抃与曾巩交游事实略考》，《浙江社会科学》2006 年第 3 期。

黄桃红：《北宋文学家刘弇》，《兰台世界》2006 年第 15 期。

文师华、包忠荣：《曾巩家族的〈二源曾氏族谱〉》，《文学遗产》2007 年
　　第 5 期。

赵润金：《赵抃是开宋调诗人群之一》，《中国韵文学刊》2008 年第 3 期。

祁琛云：《苏轼与曾巩兄弟交往关系考论——立足于进士同年关系的考
　　察》，《井冈山学院学报》（哲学社会科学）2009 年第 3 期。

丁延峰：《王子霖与海源阁遗书》，《版本目录学研究》第二辑，国家图书

馆出版社，2010。

李俊标：《曾巩〈游双源〉辨伪》，《文献》2011 年第 3 期。

付琼：《唐宋八大家座次考论——以三十四种唐宋八大家选本为据》，《贵州社会科学》2012 年第 6 期。

李浩：《王微之姓名考辨》，《文教资料》2012 年第 26 期。

裴云龙：《古文传统与理学思想的涵容——曾巩散文经典化历程及学理意义考论（1127—1279 年）》，《励耘学刊》（文学卷）2016 年第 1 期。

周倩如：《儒家经典对曾巩散文创作手法的影响》，《辽宁教育行政学院学报》2016 年第 2 期。

魏华仙：《"民思不忘"：北宋为官地方的赵抃》，《宋史研究论丛》第二十辑，科学出版社，2017。

吕肖奂：《欧梅唱和圈中的曾巩形象与创作——兼论曾巩唱和圈的存在与基本样态》，《福州大学学报》（哲学社会科学版）2019 年第 6 期。

王永波：《〈元丰类稿〉的成书与版本》，《贵州文史丛刊》2019 年第 3 期。

李成晴：《必为自家门第：〈曾巩集〉佛老题文中的儒家本位》，《北京社会科学》2019 年第 5 期。

陈飞龙、夏老长：《署名曾巩的几篇诗文辨伪》，《东华理工大学学报》（社会科学版）2019 年第 3 期。

黎清、刘双琴：《曾巩散文的经典化及其多维阐释》，《江西社会科学》2020 年第 11 期。

熊礼汇：《论曾巩古文醇厚严密、简淡明洁所蕴涵的文学美感》，《斯文》2020 年第 2 期。

何素雯、闵定庆：《试论历代曾巩年谱撰作的学术价值——兼及古代文学研究中的"年谱义例"》，《辽宁工程技术大学学报》（社会科学版）2020 年第 5 期。

张剑：《中日韩曾巩研究管窥》，《汉语言文学研究》2020 年第 3 期。

陶然、张婧：《欧阳修与南丰曾氏家族文人略论》，《汉语言文学研究》2020 年第 3 期。

唐亚飞：《曾巩〈为人后议〉问题一则》，《文史知识》2020 年第 9 期。

陈光锐、胡传志：《欧阳修、曾巩滁州"三亭三记"一体论》，《安徽农业大学学报》（社会科学版）2020 年第 4 期。

李佳：《曾巩建筑物记的融通与开拓》，《东华理工大学学报》（社会科学版）2020 年第 3 期。

谷曙光：《被遮掩的诗名和影响力——论宋代古文大家曾巩的诗歌创作》，《中国人民大学学报》2020 年第 2 期。

曾祥芹：《曾巩〈洪范传〉的文章阐释学》，《山东图书馆学刊》2020 年第 1 期。

张亚静、马东瑶：《论曾巩的"以史笔为墓志"》，《华南师范大学学报》（社会科学版）2020 年第 1 期。

叶晔：《〈齐州吟稿〉与曾巩地方诗歌的存录方式》，《汉语言文学研究》2020 年第 3 期。

王友胜：《曾巩诗疾病书写的多重隐喻及其消解》，《江西社会科学》2021 年第 4 期。

孙文起：《曾巩的碑传理论及其传记的"平和"之意》，《东华理工大学学报》（社会科学版）2021 年第 6 期。

曾维刚：《空间之维：曾巩诗歌题材的地域观照》，《中国文学研究》2021 年第 4 期。

陈斐：《曾巩与欧阳修交游史实考论》，《苏州大学学报》（哲学社会科学版）2021 年第 3 期。

鄢嫣：《疏离于古文运动之外——论王安石与欧阳修、曾巩的文学交游》，《北京社会科学》2021 年第 2 期。

李俊标：《曾巩研究》，南京大学博士学位论文，2004。

喻进芳：《论曾巩的文化品格与诗文创作》，武汉大学博士学位论文，2008。

李天保：《曾巩文学思想研究》，西北师范大学硕士学位论文，2005。

李艳敏：《曾巩诗歌研究》，山东师范大学硕士学位论文学，2007。

刘芸：《曾巩记体散文研究》，安徽大学硕士学位论文，2012。

张超旭：《曾巩记体文研究》，陕西师范大学硕士学位论文，2013。

齐程花：《刘弇〈龙云集〉研究》，广西大学硕士学位论文，2015。

陈笑笑：《曾巩散文与儒学》，扬州大学硕士学位论文，2016。

余丽：《曾巩的交游与创作》，南昌大学硕士学位论文，2016。

杨杰：《赵清献公诗集校注》，广西大学硕士学位论文，2018。

车易赢：《曾巩书序研究》，上海交通大学硕士学位论文，2019。

任雅惠：《王回研究及其诗文校注》，江西师范大学硕士学位论文，2020。

任小妹：《曾巩〈元丰类稿〉墓志铭研究》，安徽大学硕士学位论文，2021。

图书在版编目（CIP）数据

曾巩文学研究 / 于晓川著. -- 北京：社会科学文
献出版社，2023.9
ISBN 978 - 7 - 5228 - 2395 - 9

Ⅰ.①曾… Ⅱ.①于… Ⅲ.①曾巩（1019 - 1083）-
文学研究　Ⅳ.①I206.441

中国国家版本馆 CIP 数据核字（2023）第 165265 号

曾巩文学研究

著　　者 / 于晓川

出 版 人 / 冀祥德
责任编辑 / 杜文婕
责任印制 / 王京美

出　　版 / 社会科学文献出版社 · 人文分社（010）59367215
　　　　　　地址：北京市北三环中路甲 29 号院华龙大厦　邮编：100029
　　　　　　网址：www. ssap. com. cn
发　　行 / 社会科学文献出版社（010）59367028
印　　装 / 三河市龙林印务有限公司

规　　格 / 开　本：787mm × 1092mm　1/16
　　　　　　印　张：18　字　数：273 千字
版　　次 / 2023 年 9 月第 1 版　2023 年 9 月第 1 次印刷
书　　号 / ISBN 978 - 7 - 5228 - 2395 - 9
定　　价 / 128.00 元

读者服务电话：4008918866